MANHATTAN
by Goldmann

Buch

Stephanie Plum ist der Schrecken aller Ganoven in der Gegend um Trenton, New Jersey. Zumindest all derer, die auf Kaution freigelassen wurden und sich dann aus dem Staub gemacht haben. Bei ihrem jüngsten Fall steht sie allerdings vor einem Rätsel, denn warum sollte der beliebteste Bürger der Stadt vor seiner Verhandlung fliehen? Schlimmstenfalls hätte ihm eine Geldstrafe gedroht und eine Verwarnung wegen unerlaubten Waffenbesitzes. Doch Moses »Uncle Mo« Bedemier, seines Zeichens Eisverkäufer, ist unauffindbar – im Gegensatz zu ein paar Toten, die aus der örtlichen Drogenszene stammen. Sollte Mo in schlechte Gesellschaft geraten sein? Als wäre das noch nicht genug des Unheils, klebt Joe Morelli, der Polizist mit dem unwiderstehlichen Lächeln, Stephanie wieder einmal auf den Fersen – von einer Ex-Prostituierten und nunmehr Möchtegern-Kopfgeldjägerin sowie Grandma Mazur ganz zu schweigen. Dieses Gespann versucht nun, den Eisverkäufer vor einem bösen Schicksal zu bewahren und gleichzeitig den wahren Schurken das Handwerk zu legen…

Autorin

Janet Evanovich stammt aus South River, New Jersey, und lebt heute in Fairfax, Virginia. Sie hatte bereits eine Serie von romantischen Frauenromanen veröffentlicht, bevor sie sich dem Krimi zuwandte. Mit dem vorliegenden Roman hat sich die Zahl der von der Kritik begeistert gefeierten Stephanie Plum-Krimis bereits auf drei erhöht, ein vierter ist in Vorbereitung.

Bereits bei MANHATTAN erschienen

Zweimal ist einmal zuviel. Roman (54027)

Bereits als Goldmann Taschenbuch erschienen

Einmal ist keinmal. Roman (42877)

Janet Evanovich

EINS, ZWEI, DREI UND DU BIST FREI

Roman

Aus dem Amerikanischen
von Thomas Stegers

MANHATTAN
by Goldmann

Die Originalausgabe erschien 1997 unter dem Titel
»Three to Get Deadly«
bei Scribner, New York

Umwelthinweis:
Alle bedruckten Materialien dieses Buches
sind chlorfrei und umweltschonend.

Manhattan Bücher erscheinen im Goldmann Verlag,
einem Unternehmen der Verlagsgruppe Bertelsmann

Deutsche Erstausgabe 6/98

Umschlaggestaltung: Design Team München
Umschlagfoto: TIB/Bieber
Satz: Uhl & Massopust, Aalen
Druck: Graphischer Großbetrieb Pößneck
Verlagsnummer: 54055
Redaktion: AB · Viola Eigenberz
Herstellung: Katharina Storz
Made in Germany
ISBN 3-442-54055-0

1 3 5 7 9 10 8 6 4 2

- 1 -

Trenton im Januar. Der Himmel war bleigrau, und eisige Kälte hing schwer über Autos und Gehsteigen. Im Büro von Vincent Plum, Kautionsdetektiv, herrschte ein nicht minder frostiges Klima, aber ich schwitzte, nicht weil mir heiß war, sondern vor Aufregung.

»Das kann ich unmöglich machen«, sagte ich zu meinem Vetter. »Ich habe noch nie einen Auftrag abgelehnt, aber den Kerl kann ich unmöglich verhaften. Überlaß Ranger den Kram, oder Barnes.«

»So eine Lappalie kann ich Ranger nicht zumuten«, sagte Vinnie. »Das ist dein Ressort. Meine Güte, jetzt benimm dich endlich mal wie ein Profi. Du bist Kopfgeldjägerin, und das seit geschlagenen fünf Monaten. Was ist denn schon dabei?«

»Es handelt sich um Onkel Mo!« erwiderte ich. »Ich kann Onkel Mo nicht festnehmen. Das würde mir ganz Trenton übelnehmen. Meine Mutter würde mir das übelnehmen. Meine besten Freunde würden mir das übelnehmen.«

Vinnie ließ seinen schlanken, geschmeidigen Körper in den Sessel hinter seinem Schreibtisch fallen und legte den Kopf an die gepolsterte Rückenlehne.

»Mo hat die Kautionsvereinbarung gebrochen und ist nicht vor Gericht erschienen. Er ist flüchtig, der alte Schleimer. Alles andere interessiert mich nicht.«

Ich verdrehte die Augen so weit nach oben in meinem Schädel, daß mir fast schwindelig wurde.

Moses Bedemier, allen bekannt als Onkel Mo, verkauft seit dem 5. Juni 1958 Eiscreme und Süßwaren an Kinder und hat sein Lebtag nichts anderes gemacht. Sein Laden befindet sich am Rand von Burg, einem gemütlichen Eckchen von Trenton, wo engstirnige Menschen auf engstem Raum zusammenleben und noch stolz darauf sind, im allgemeinen aber das Herz auf dem rechten Fleck haben. Ich bin in Burg geboren und aufgewachsen. Meine jetzige Wohnung liegt zwar über einen Kilometer außerhalb, aber ich bin immer noch durch eine unsichtbare Nabelschnur mit Burg verbunden. Ich schlage mich seit Jahren damit herum, aber es ist mir bisher noch nicht gelungen, mich abzunabeln.

Moses Bedemier ist waschechter Burgianer. Er und der Linoleumfußboden in seinem Laden sind in die Jahre gekommen, so daß sie äußerlich etwas angeschlagen wirken und die ursprüngliche Farbe nach über dreißigjähriger Neonbeleuchtung verblaßt ist. Die gelbe Backsteinfassade und das Ladenschild aus Eisenblech über der Tür sind veraltet und verwittert. Das Chrom und Resopal der Stühle und der Ladentheke haben ihren Glanz verloren. Aber das ist alles überhaupt nicht von Bedeutung, denn Onkel Mo ist so etwas wie Burger Urgestein.

Und ich, Stephanie Plum, 60 Kilo Lebendgewicht, eins siebzig groß, braune Haare, blaue Augen, ansonsten Kopfgeldjägerin, hatte soeben den Auftrag erteilt bekommen, den Heiligen Mo im Knast abzuliefern.

»Was hat er denn angestellt?« fragte ich Vinnie. »Wieso hat man ihn überhaupt verhaftet?«

»Er hat sich mit sechzig Stundenkilometern erwischen lassen, bei erlaubten vierzig, von Officer Picky, auch bekannt unter dem Namen Officer Benny Gaspick, frisch von der Polizeischule und noch grün hinter den Ohren. Er hätte nur Mos Mitgliedsausweis vom Polizeiförderverein einzuziehen brauchen und Mo laufen lassen sollen, und die Sache wäre erledigt gewesen.«

»Bei einem Verkehrsdelikt ist keine Kaution erforderlich.«

Vinnie pflanzte einen lackledernen Schnabelschuh auf die Schreibtischkante. Vinnie war sexuell ziemlich gestört, besonders dunkelhäutige junge Männer mit Brustwarzenringen und spitzbrüstige Frauen mit Foltergeräten aus dem 14. Jahrhundert hatten es ihm angetan. Vinnie war Kautionsbürge, was bedeutete, daß er Leuten das Geld für die gerichtlich festgesetzte Kaution lieh. Die Kaution hatte den Zweck, es dem Beschuldigten in finanzieller Hinsicht schwerzumachen, sich einfach abzusetzen. Sobald die Kaution hinterlegt war, wurde der festgehaltene Beschuldigte auf freien Fuß gesetzt, er konnte zu Hause im eigenen Bett schlafen und in Ruhe den Prozeß abwarten. Der Preis für Vinnies Service betrug fünfzehn Prozent der Kautionssumme und wurde nicht rückerstattet, egal wie der Prozeß ausging. Wenn der Kautionsnehmer nicht zum Prozeßtermin erschien, behielt das Gericht Vinnies Geld ein. Es behielt nicht nur die fünfzehn Prozent, es behielt den ganzen Jackpot, Kaution inklusive Prämie. Darüber konnte sich Vinnie jedesmal von neuem aufregen.

Hier kam ich ins Spiel. Ich spürte den Kautionsnehmer auf, der jetzt offiziell als Verbrecher galt, und führte ihn wieder der Justiz zu. Wenn ich den »Nicht vor Gericht Erschienenen«, kurz NVGler, innerhalb einer bestimmten Frist fand, erstattete das Gericht Vinnie das Geld. Ich strich für die Ergreifung des Geflüchteten zehn Prozent der Kautionssumme ein, und Vinnie blieben die restlichen fünf Prozent Gewinn.

Ursprünglich hatte ich den Job aus reiner Verzweiflung angenommen, nachdem mir nämlich – unverschuldet – meine Stelle als Dessouseinkäuferin bei E. E. Martin gekündigt worden war. Die Alternative zur Arbeitslosigkeit wäre ein Job als Einrichterin der Verpackungsmaschine in der Tamponfabrik gewesen. Eine verantwortungsvolle Tätigkeit, aber auch nicht gerade die reinste Wonne.

Ich wußte selbst nicht genau, warum ich für Vinnie arbeitete. Wahrscheinlich hatte es etwas mit der Berufsbezeichnung zu tun. Kopfgeldjägerin. Das verlieh einem ein gewisses Ansehen. Jedenfalls brauchte man keine Strumpfhosen zu tragen. Das kam mir entgegen.

Vinnie grinste dreckig. Er hatte seinen Spaß an der Geschichte. »In seinem maßlosen Drang, den Orden für den unbeliebtesten Bullen des Jahres verliehen zu bekommen, hält Gaspick dem armen Mo eine Strafpredigt über Sicherheit im Straßenverkehr. Währenddessen rutscht Mo immer tiefer in den Fahrersitz, und Gaspick sieht plötzlich eine Fünfundvierziger in Mos Jackentasche stecken.«

»Und kriegt Mo wegen verdeckten Mitführens einer Waffe dran«, sagte ich.

»Erraten.«

Verdecktes Mitführen einer Waffe war in Trenton nicht gerne gesehen. Mit Waffenscheinen ging man sparsam um, sie wurden höchstens an Juweliere, Richter und an Geldboten ausgegeben. Verdecktes Mitführen einer Waffe galt, wenn man sich erwischen ließ, als unerlaubter Waffenbesitz und damit als Straftat. Die Waffe wurde beschlagnahmt, eine Kaution wurde festgesetzt, und der Waffenhalter war der Angeschissene.

Natürlich hielt das einen beträchtlichen Teil der Einwohnerschaft von Jersey nicht davon ab, heimlich Waffen zu tragen. Waffen kaufte man in Bubba's Gun Shop, erbte sie von Verwandten, reichte sie unter Nachbarn und Freunden weiter und erwarb sie aus zweiter, dritter und vierter Hand von Zivilisten, die es mit den Feinheiten des Waffengesetzes nicht so genau nahmen. Die Gesetze der Logik besagten: Wenn der Staat mir erlaubt, eine Waffe zu besitzen, dann darf ich sie auch bei mir tragen und in die Tasche stecken. Wozu besorgt man sich sonst eine Waffe, wenn man das Ding nicht auch tragen darf? Und wenn es verboten ist, eine

Waffe in die Tasche zu stecken, dann ist das Gesetz blöd. Und blöde Gesetze brauchen wir uns in Jersey nicht gefallen zu lassen.

Von mir war sogar allgemein bekannt, daß ich gelegentlich heimlich eine Waffe mit mir führte. Und noch während wir uns unterhielten, sah ich Vinnies Enkelholster den Aufschlag seiner Kunstfaserhose ausbeulen. Das war nicht nur verdecktes Mitführen einer Waffe, ich wäre auch jede Wette eingegangen, daß die Waffe nicht registriert war.

»Das ist doch kein Schwerverbrechen«, sagte ich zu Vinnie. »Noch lange kein Grund, nicht vor Gericht zu erscheinen.«

»Wahrscheinlich hat Mo seinen Gerichtstermin einfach vergessen«, sagte Vinnie. »Und du brauchst ihn nur daran zu erinnern.«

Ein tröstlicher Gedanke. Halt dich daran fest, redete ich mir zu. Vielleicht war es ja wirklich nur eine Lappalie. Es war zehn Uhr. Ich konnte gemütlich zu Mos Süßwarenladen rüberfahren und mit ihm reden. Je mehr ich darüber nachdachte, desto klarer wurde mir, daß meine Aufregung völlig unbegründet war. Mo hatte kein Motiv, nicht vor Gericht zu erscheinen.

Ich machte die Tür hinter mir zu, als ich aus Vinnies Büro trat, und versuchte, Connie Rosolli aus dem Weg zu gehen. Connie war Büroleiterin und gleichzeitig Vinnies Wachhund. Sie brachte Vinnie soviel Hochachtung entgegen, wie man sie normalerweise für Schleimhäuter übrig hat, aber sie arbeitete seit Jahren für Vinnie und hatte akzeptiert, daß sogar Schleimhäuter Teil der göttlichen Schöpfung sind.

Connie hatte einen fuchsroten Lippenstift aufgelegt, dazu passenden Nagellack, und trug eine weiße Bluse mit großen schwarzen Punkten. Der Nagellack war wirklich Klasse, aber die Bluse schickte sich nicht für eine Person, deren Körpergewicht zu sechzig Prozent von den Brüsten eingenommen wurde. Gut, daß die Modepolizei in Trenton nicht Streife fuhr.

»Du hast den Auftrag doch nicht etwa angenommen, oder?« fragte sie. Der Tonfall besagte, daß nur ein Dreckschwein dazu fähig wäre, so jemandem wie Onkel Mo auch nur ein Haar zu krümmen.

Es war nicht böse gemeint. Ich wußte, aus welchem Stall sie kam. Wir funkten auf gleicher Wellenlänge. »Mal ein Wörtchen mit Onkel Mo zu reden? Doch. Ich werde mal ein Wörtchen mit Onkel Mo reden.«

Connie zog in aufrechter Empörung die schwarzen Augenbrauen zusammen. »Der Bulle hatte kein Recht, Onkel Mo zu verhaften. Jeder weiß, daß Onkel Mo keiner Fliege was zuleide tun könnte.«

»Er hatte eine Waffe dabei.«

»Seit wann ist das ein Verbrechen?« sagte Connie.

»Seit es ein Verbrechen ist. Basta!«

Lula schaute von ihren Akten auf. »Was soll eigentlich das ewige Gerede von diesem Onkel Mo?«

Lula war eine ehemalige Prostituierte, die jetzt die Aktenablage machte. Sie hatte gerade an einem »Machen Sie das Beste aus Ihrem Typ«-Kursus teilgenommen, sich die Haare blond färben, glätten und sie anschließend in Ringellöckchen legen lassen.

Nach der Verwandlung sah sie aus wie eine zwei Zentner schwere fetzige schwarze Ausgabe von Shirley Temple.

»Moses Bedemier«, sagte ich. »Ihm gehört der Süßwarenladen in der Ferris Street. Ziemlich beliebter Typ.«

»Ach, der?« sagte sie. »Ich glaube, den kenne ich. So Anfang Sechzig? Ein bißchen kahlköpfig? 'ne Menge Leberflecken? Und seine Nase sieht aus wie 'n Schwanz?«

»Auf seine Nase habe ich noch nie besonders geachtet.«

Vinnie hatte mir Onkel Mos Akte gegeben, die aus den zusammengehefteten Kopien des Verhaftungsprotokolls, der unterschriebenen Kautionsvereinbarung und einem Foto bestand. Ich nahm das Foto von Onkel Mo zur Hand und betrachtete es aufmerksam.

Lula sah mir über die Schulter. »Genau«, sagte sie. »Das ist er. Die alte Schwanznase.«

Connie sprang vom Stuhl auf. »Willst du mir etwa weismachen, Onkel Mo wäre ein Freier von dir gewesen? Das kaufe ich dir nicht ab.«

Lulas Augen verengten sich zu schmalen Schlitzen, und sie schob die Lippen vor. »Halt die Luft an, Schätzchen.«

»Nimm's nicht persönlich«, sagte Connie.

»Hnh«, erwiderte Lula bloß, die Hände in die Hüften gestemmt.

Ich zog den Reißverschluß an meiner Jacke hoch und band mir einen Schal um den Hals. »Kennst du Onkel Mo wirklich?« fragte ich Lula.

Sie warf noch mal einen Blick auf das Foto. »Schwer zu sagen. Ich finde, alte weiße Männer sehen alle gleich aus. Vielleicht besser, wenn ich mitkomme und mir den Macker aus der Nähe ansehe.«

»Nein!« Ich schüttelte den Kopf. »Das halte ich für keine gute Idee.«

»Glaubst du etwa, ich könnte diesen ganzen Kopfgeldscheiß nicht auch erledigen?«

Eine Verfeinerung der Sprachsitten hatte nicht zu ihrem Kurs gehört.

»Natürlich kannst du das auch«, sagte ich. »Es ist nur so, daß es sich hierbei um eine ... heikle Situation handelt.«

»Scheiße«, sagte sie und zwängte sich in ihre Jacke. »Ich zeig dir gleich, was heikel ist.«

»Na ja, aber ...«

»Vielleicht brauchst du ja Hilfe. Angenommen, er macht

Stunk. Da kann eine stattlich gebaute Frau wie ich die richtige Überzeugungsarbeit leisten.«

Lula und ich waren uns bei meiner ersten Verbrecherjagd über den Weg gelaufen. Sie ging auf den Straßenstrich, und ich wußte nicht, wo es lang ging. Ich hatte sie unabsichtlich in einen Fall mit hineingezogen, und das Ergebnis war, daß ich sie eines Morgens übel zugerichtet und blutüberströmt auf meiner Feuertreppe fand.

Lula hielt mir zugute, ihr Leben gerettet zu haben, und ich hielt mir vor, es überhaupt in Gefahr gebracht zu haben. Es wäre mir lieber gewesen, reinen Tisch zu machen, aber Lula entwickelte eine gewisse Zuneigung zu mir. Ich würde nicht so weit gehen und behaupten, es sei Heldinnenverehrung. Es war eher das, was wir von den Chinesen kennen. Wenn man da einem Menschen das Leben rettet, gehört er einem ein Leben lang, auch wenn man ihn gar nicht haben will.

»Wir brauchen keine Überzeugungsarbeit zu leisten«, sagte ich. »Schließlich handelt es sich um Onkel Mo. Der verkauft Süßigkeiten an Kinder.«

Lula hängte sich ihre Handtasche um. »Alles klar«, sagte sie und kam hinter mir her. »Fährst du immer noch den alten Buick?«

»Ja. Mein Lotus ist in der Werkstatt.«

Eigentlich war der Lotus nur in meinen Träumen vorhanden. Vor ein paar Monaten wurde mir mein Jeep gestohlen, und in einem Anfall fehlgeleiteter wohlmeinender Absicht hatte mich meine Mutter mit sanfter Gewalt gezwungen, auf dem Fahrersitz von Onkel Zandors Buick, Baujahr 53, Platz zu nehmen. Eine angespannte Finanzlage und mangelndes Rückgrat brachten es mit sich, daß ich jetzt beim Fahren immer noch über die ellenlange, taubenblaue Motorhaube des Buicks hinwegsehen mußte. Blieb bloß die Frage, mit welchen gräßlichen Schandtaten ich so ein Auto verdient hatte.

Eine Windböe rüttelte an dem Ladenschild von Fiorellis Feinkostgeschäft neben Vinnies Büro. Ich schlug den Kragen hoch und suchte in meiner Tasche nach Handschuhen.

»Wenigstens ist der Buick fahrtüchtig«, sagte ich zu Lula. »Das ist doch das wichtigste, oder?«

»Hnh«, entgegnete Lula. »So was sagen nur Leute, die keinen anständigen Wagen fahren. Was ist mit dem Radio? Taugt das Scheißding was? Hat es Dolby?«

»Es hat kein Dolby.«

»Moment mal«, sagte sie. »Du erwartest doch wohl nicht, daß ich in ein Auto ohne Dolby einsteige. Ich brauche heiße Musik. Ich muß mich in Stimmung bringen, um andere Leute hochzunehmen.«

Ich schloß die Wagentür auf. »Wir nehmen keine Leute hoch. Wir wollen uns nur mit Onkel Mo unterhalten.«

»Klar«, sagte Lula, ließ sich auf dem Beifahrersitz nieder und warf einen angewiderten Blick auf das Radio. »Ich weiß Bescheid.«

Ich fuhr bis zur nächsten Querstraße die Hamilton runter und bog nach links in die Rose Street, die nach Burg führte. Die Gegend hatte im Januar wenig Erfreuliches zu bieten. Die blinkenden Lichterketten und roten Plastiknikoläuse waren weggepackt, und der Frühling war noch reine Zukunftsmusik. Die Hortensienbüsche waren zu nackten, braunen Sträuchern abgemagert, der Rasen durch den Bodenfrost jeder Farbe beraubt und die Straßen wie leergefegt, keine Kinder, keine Katzen, keine autowaschenden Männer und keine plärrenden Radios. Fenster und Türen waren fest verriegelt und verrammelt gegen Kälte und Trübsinn.

Sogar bei Onkel Mo wirkte alles kahl und abweisend, als ich mit dem Wagen vor seinem Haus anhielt.

Lula schaute argwöhnisch zum Laden hinüber. »Ich will dir ja nicht die Radieschen verhageln«, sagte sie, »aber ich habe den starken Eindruck, daß das Arschloch geschlossen hat.«

Ich stellte den Wagen am Straßenrand ab. »Unmöglich. Onkel Mo hat nie geschlossen. Onkel Mo hat seit seiner Eröffnung neunzehnhundertachtundfünfzig nicht einen Tag geschlossen gehabt.«

»Dann mach dich auf was gefaßt. Ich gehe jede Wette ein, daß er heute geschlossen hat.«

Ich entstieg Big Blue, ging zu Mos Tür und sah durch die Scheibe. Es brannte kein Licht, und von Onkel Mo keine Spur. Ich probierte die Klinke, abgeschlossen. Ich klopfte laut und vernehmlich an der Tür. Nichts. Scheiße.

»Muß wohl krank sein«, sagte Lula.

Der Süßwarenladen befand sich in einer Straßenecke. Seitlich grenzte der Laden an die King Street, aber der Eingang ging zur Ferris Street raus. Die Ferris Street entlang zog sich eine Reihe gepflegter Zweifamilienhäuser, die bis ins Zentrum von Burg reichte. Die King Street dagegen machte schlimme Zeiten durch; die meisten Zweifamilienhäuser waren in mehrere kleine Wohnungen unterteilt worden. Die sauberen weißen Gardinen und gestärkten Martha-Washington-Vorhänge, die man aus Burg kannte, bekam man in der King Street nicht zu Gesicht. Privatsphäre garantierten einem hier gespannte Bettücher und zerschlissene Rollos und das unangenehme Gefühl, daß es sich hier nicht mehr um ein begehrtes Wohnviertel handelte.

»Nebenan sieht uns eine gruselige alte Dame vom Fenster aus zu«, sagte Lula.

Ich schaute zum Nachbarhaus in der Ferris Street hinüber und erschauderte. »Das ist Mrs. Steeger. Sie war meine Lehrerin in der dritten Klasse.«

»War bestimmt lustig.«

»Mein längstes Schuljahr.«

Bis heute bekam ich Krämpfe bei Rechenaufgaben mit schriftlicher Division.

»Wir können sie ja mal fragen«, sagte ich zu Lula.

»Ja«, sagte Lula. »Diese neugierigen alten Frauen wissen doch immer über alles Bescheid.«

Ich hängte mir meine Handtasche um, und Lula und ich marschierten zielstrebig auf das Haus zu und klopften an Mrs. Steegers Tür.

Die Haustür wurde nur einen Spaltbreit geöffnet, aber es reichte, um zu erkennen, daß sich Mrs. Steeger im Laufe der Jahre kaum verändert hatte. Sie war immer noch spindeldürr, mit verkniffenem Gesicht und flinken Äuglein, die unter den mit einem Stift nachgezogenen Brauen auf der Lauer lagen. Letztes Jahr war sie Witwe geworden, das Jahr zuvor in Rente gegangen. Sie trug ein braunes Kleid mit weißem Blümchenmuster, dicke Strümpfe und solides Schuhwerk. Das Haar war in winzige Locken gelegt und braungetönt. Sie wirkte nicht wie jemand, der sich auf ein Leben in Müßiggang vorbereitete.

Ich reichte ihr meine Visitenkarte und stellte mich als Agentin zur Ergreifung Flüchtiger vor.

»Was soll denn das bedeuten?« wollte sie wissen. »Sind Sie bei der Polizei?«

»Das nicht gerade. Ich arbeite für Vincent Plum.«

»Ach so«, sagte sie und überdachte die Information. »Sie sind Kopfgeldjägerin.«

Es wurde mit der Zuneigung gesagt, die man sonst Drogendealern und Kinderschändern entgegenbringt. Ihr vorgeschobenes Kinn kündigte von möglichen Strafmaßnahmen, und ihre Haltung ließ durchblicken, daß vielleicht noch etwas aus mir geworden wäre, wenn ich nur die schriftliche Division beherrscht hätte.

»Und was wollen Sie von Moses?« fragte sie.

»Er wurde wegen eines geringfügigen Vergehens festgenommen, aber er hat es versäumt, vor Gericht zu erscheinen. Die Agentur von Plum hat die Kaution gestellt, und deswegen muß ich Mo finden, um mit ihm gemeinsam einen neuen Termin festzusetzen.«

»Mo würde sich nie etwas zuschulden kommen lassen«, sagte Mrs. Steeger.

Also sprach der Herr.

»Wissen Sie, wo er ist?« fragte ich sie.

Sie richtete sich extra ein paar Zentimeter auf. »Nein. Und ich finde, es ist eine Schande, daß Sie nichts Besseres zu tun haben, als rechtschaffene Menschen wie Moses Bedemier zu belästigen.«

»Ich will ihn nicht belästigen. Ich will ihm nur dabei behilflich sein, einen neuen Gerichtstermin zu vereinbaren.«

»Lügen haben kurze Beine«, sagte Mrs. Steeger. »Sie haben mich schon damals in der dritten Klasse angeflunkert, und heute flunkern Sie immer noch. Sie wollten ständig Kaugummi ins Klassenzimmer schmuggeln.«

»Trotzdem, vielen Dank auch«, sagte ich zu Mrs. Steeger.

»War mir ein Vergnügen, Sie mal wiederzusehen.«

Wumm! Mrs. Steeger schloß die Tür.

»Du hättest ihr gleich was vormachen sollen«, sagte Lula. »Mit der Wahrheit kommt man nie weit. Du hättest ihr sagen sollen, du würdest bei der Lotto-Kommission arbeiten, und Mo hätte einen Haufen Geld gewonnen.«

»Ich merke es mir fürs nächstemal.«

»Das nächstemal hauen wir dem alten Drachen gleich eine vor den Latz.«

Ich sah Lula entsetzt an.

»War ja nur ein Vorschlag«, sagte sie.

Ich trat auf die Nachbarveranda und wollte gerade anklopfen, als Mrs. Steeger wieder den Kopf durch die Tür steckte.

»Das brauchen Sie erst gar nicht versuchen«, sagte sie. »Die Whiteheads sind zu dieser Jahreszeit immer in Urlaub. Die kommen erst in zwei Wochen wieder.«

Wumm! Mrs. Steeger verschwand erneut hinter der geschlossenen Tür.

»Macht nichts«, sagte ich zu Lula. »Probieren wir es an der nächsten Tür. Aller guten Dinge sind drei.«

Dorothy Rostowsky machte Tür Nummer Drei auf.

»Dorothy?«

»Stephanie?«

»Ich wußte gar nicht, daß du hier wohnst.«

»Schon seit fast einem Jahr.«

Sie trug ein Baby auf der Hüfte, ein anderes Kind hockte vor dem Fernseher. Sie roch, als hätte sie Bananenbrei mit Chablis gekippt.

»Ich suche Onkel Mo«, sagte ich. »Ich hatte eigentlich erwartet, ihn hier in seinem Laden anzutreffen.«

Dorothy setzte das Baby auf die andere Hüfte. »Ich habe ihn seit zwei Tagen nicht mehr gesehen. Du suchst ihn doch nicht im Auftrag von Vinnie, oder?«

»Eigentlich ...«

»Mo würde sich nie etwas zuschulden kommen lassen.«

»Bestimmt nicht, aber ...«

»Wir suchen ihn nur, weil, er hat im Lotto gewonnen«, sagte Lula. »Wir wollen ihm einen Haufen Geld in den Rachen schieben.«

Dorothy gab ein entnervtes Stöhnen von sich und knallte uns die Tür vor der Nase zu.

Wir versuchten es im Haus nebenan, aber bekamen die gleiche Auskunft. Mo war seit zwei Tagen nicht mehr im Laden gewesen. Sonst kam bei der Befragung nichts heraus, außer dem ungebetenen Rat, ich solle mir gefälligst andere Arbeit suchen.

Lula und ich stiegen in den Buick und lasen uns noch mal die Kautionsvereinbarung durch. Mo hatte seine Adresse mit 605 Ferris Street angegeben. Er wohnte also über dem Laden.

Wir reckten die Hälse, um einen Blick auf die vier Fenster im Obergeschoß werfen zu können.

»Ich glaube, Mo ist ausgeflogen«, sagte Lula.

Es gab nur eine Möglichkeit, das herauszufinden. Wir stiegen wieder aus und gingen auf die Rückseite des Backsteingebäudes, an der eine Außentreppe zu einem Balkon im Obergeschoß führte. Wir erklommen die Treppe, klopften an die Tür. Keine Reaktion. Wir drehten am Türknauf. Abgeschlossen. Wir schauten durchs Fenster. Es sah alles ordentlich aus. Keine Spur von Mo. Kein Licht brannte.

»Vielleicht liegt Mo da irgendwo tot auf dem Boden«, sagte Lula. »Vielleicht ist er auch bloß krank. Hatte einen Herzinfarkt und liegt jetzt hilflos im Badezimmer.«

»Wir brechen auf keinen Fall ein.«

»Es wäre ein Akt der Menschlichkeit«, sagte Lula.

»Der gegen das Gesetz verstößt.«

»Manchmal bewegt man sich mit so einem Akt der Menschlichkeit eben in einer Grauzone.«

Ich hörte Schritte und sah nach unten. Am Fuß der Treppe stand ein Polizist. Steve Olmney. Ich war mit ihm zur Schule gegangen.

»Was ist los?« fragte er. »Die alte Mrs. Steeger hat sich beschwert, hier würde jemand Verdächtiges bei Onkel Mo rumschnüffeln.«

»Damit kann sie nur mich meinen«, sagte ich.

»Wo ist Mo?«

»Wir haben uns gedacht, vielleicht ist er ja tot«, sagte Lula. »Es ist besser, jemand schaut mal nach, ob er nicht einen Herzinfarkt hatte und im Badezimmer liegt.«

Olmney kam die Treppe hoch und rüttelte an der Tür. »Mo!« schrie er. Er hielt die Nase an die Tür. »Riecht nicht nach einem Toten.« Er sah durchs Fenster. »Und eine Leiche kann ich auch nicht entdecken.«

»Er ist nicht vor Gericht erschienen«, sagte ich. »Sie haben ihn wegen verdeckten Mitführens einer Waffe drangekriegt, aber dann hat er sich nicht bei Gericht gemeldet.«

»Mo würde sich nie etwas zuschulden kommen lassen«, sagte Olmney.

Ich unterdrückte ein Kreischen. »Wer seinen Gerichtstermin nicht wahrnimmt, läßt sich was zuschulden kommen.«

»Wahrscheinlich hat er ihn nur vergessen. Vielleicht ist er in Urlaub. Vielleicht ist seine Schwester in Staten Island krank geworden. Frag doch mal bei seiner Schwester nach.«

Eigentlich eine ganz vernünftige Idee.

Lula und ich gingen zurück zu meinem Wagen, und ich las mir noch mal die Kautionsvereinbarung durch. Tatsächlich, Mo hatte seine Schwester aufgeführt und auch ihre Adresse hinterlassen.

»Es ist besser, wenn wir uns trennen«, sagte ich zu Lula. »Ich suche seine Schwester auf, und du kannst den Laden überwachen.«

»Da bin ich spitze drin«, sagte Lula. »Mir entgeht nichts.«

Ich steckte den Schlüssel in den Anlasser und gab Gas. »Was willst du machen, wenn Mo vorbeikommt?«

»Ich kralle mir den Hosenscheißer an den Eiern und stopfe ihn in meinen Kofferraum.«

»Auf keinen Fall! Du bist nicht dazu berechtigt, jemanden festzunehmen. Wenn du Mo siehst, setzt du dich sofort mit mir in Verbindung. Du kannst mich über Handy erreichen oder meinen Funkmelder anwählen.« Ich gab ihr eine Visitenkarte mit meinen Rufnummern.

»Und merk dir eins: Du stopfst mir keinen in den Kofferraum. Damit das klar ist.«

»Ist schon klar«, sagte Lula. »Keine Sorge.«

Ich setzte Lula vor dem Büro ab und fuhr los, Richtung Route 1. Es war mitten am Tag, und es herrschte nur geringer Verkehr. Ich kam nach Perth Amboy und reihte mich in die Schlange für die Brücke nach Staten Island ein. Der Straßenrand vor der Mautstelle war übersät mit Auspufftöpfen, zerfressen vom Streusalz und infolge der Erschütterungen durch die nicht zu umgehenden Schlaglöcher in der vielfach geflickten Schotterdecke der Brücke irgendwann abgefallen.

Ich fädelte mich in die Spur zur Brücke ein und saß Stoßstange an Stoßstange, eingequetscht zwischen »Petruccis Gemüsegroßhandel« und »Gefährliche Sprengstoffe«. Eine gute Gelegenheit, mal die Karte zu studieren. Mos Schwester wohnte eher zur Inselmitte hin, in einem Viertel, das meines Wissens so ähnlich wie Burg war.

Ich zahlte die Mautgebühr, kroch weiter zentimeterweise vorwärts und atmete dabei ein Gemisch aus Dieselabgasen und anderen unbekannten Zusätzen ein, das mir in der Kehle steckenblieb. Nach ein paar hundert Metern hatte ich mich an die Luftverpestung gewöhnt, und als ich an dem Haus von Mos Schwester in der Crane Street vorfuhr, ging es mir wieder gut. Anpassungsfähigkeit ist einer der großen Vorteile, wenn man in New Jersey geboren und aufgewachsen ist. Schlechte Luft oder verseuchtes Wasser können uns einfach nichts anhaben. Entreißt man uns unserer natürlichen Umgebung, wachsen uns sofort alle Körperteile, die wir zum Überleben brauchen. Nach New Jersey ist der Rest des Landes das reinste Paradies. Wollen Sie jemanden in ein radioaktiv verseuchtes Gebiet schicken, dann holen Sie sich ihn aus New Jersey. Er wird sich tapfer schlagen.

Mos Schwester wohnte in einem lindgrünen Zweifamilienhaus mit Rolläden vor den Fenstern und weißgelb gestreiften Aluminiummarkisen. Ich stellte den Wagen am Straßenrand ab und erklomm die Betontreppe bis zum Absatz im ersten Stock. Ich klingelte und stand kurz darauf einer Frau gegenüber, die große Ähnlichkeit mit den Verwandten von der Mazur-Seite meiner Familie aufwies. Robuster ungarischer Stamm. Schwarze Haare, schwarze Augenbrauen, blaue Augen, nüchterner Blick. Dem Aussehen nach war sie über fünfzig und nicht allzu erbaut über meinen Besuch.

Ich gab ihr meine Visitenkarte, stellte mich vor und sagte ihr, ich wäre auf der Suche nach Mo.

Ihre spontane Reaktion war Überraschung, gefolgt von Mißtrauen.

»Agentin zur Ergreifung Flüchtiger«, sagte sie. »Was soll man denn darunter verstehen? Und was hat das mit Mo zu tun?«

Ich entschied mich für die Kurzfassung als Erklärung. »Bestimmt war es nur ein Versehen, daß Mo nicht zu seinem Gerichtstermin erschienen ist. Ich will ihn daran erinnern, daß er einen neuen Termin vereinbaren muß«, sagte ich.

»Ich weiß davon nichts«, sagte sie. »Ich sehe Mo ja kaum noch. Er ist immer in seinem Laden. Probieren Sie es doch dort.«

»Er ist seit zwei Tagen nicht mehr in seinem Laden gewesen.«

»Das sieht Mo aber gar nicht ähnlich.«

Nichts von alledem sah Mo ähnlich.

Ich fragte sie, ob es noch andere Verwandte gäbe. Sie sagte nein, jedenfalls keine nahen. Ob er einen zweiten Wohnsitz oder ein Ferienhaus besäße. Nein, nicht daß sie wüßte.

Ich bedankte mich für ihre Mühe und ging zurück zu meinem Buick. Ich sah mir die Nachbarhäuser an. Es war nicht viel los. Mos Schwester saß hinter verschlossener Tür in ihrer Wohnung. Wahrscheinlich fragte sie sich, was bloß in Mo gefahren war.

Natürlich bestand die Möglichkeit, daß sie ihren Bruder schützte, aber mein Instinkt sagte mir etwas anderes. Sie war ehrlich erstaunt gewesen, als ich ihr sagte, Mo stünde nicht hinter der Theke und verkaufte Gummibärchen.

Ich könnte das Haus beobachten, aber so eine Überwachung war ermüdend und zeitaufwendig, und in diesem Fall war ich mir auch nicht einmal sicher, ob sich die Mühe überhaupt lohnte.

Außerdem hatte ich so ein komisches Gefühl, was Mo anging. Vernünftige Leute, so wie Mo, vergaßen keine Gerichtstermine. Vernünftige Leute machten sich Sorgen deswegen, verbrachten schlaflose Nächte, suchten Rechtsanwälte auf. Und vernünftige Leute, so wie Mo, ließen auch nicht einfach ihren Laden im Stich, ohne nicht wenigstens ein Schild im Schaufenster aufzuhängen.

Vielleicht hatte Lula recht. Vielleicht lag Mo tot im Bett oder bewußtlos auf dem Boden in seinem Badezimmer.

Ich stieg wieder aus und ging denselben Weg zum Haus zurück.

Noch bevor ich anklopfen konnte, wurde die Tür geöffnet. Zwei kleine Falten hatten sich auf die Stirn von Mos Schwester eingegraben. »Ist noch etwas?« fragte sie.

»Ich mache mir Sorgen um Mo. Ich will Sie nicht unnötig beunruhigen, aber es könnte doch sein, daß er krank zu Hause liegt und nicht an die Tür kann.«

»Daran habe ich auch gerade gedacht«, sagte sie.

»Haben Sie einen Schlüssel zu seiner Wohnung?«

»Nein. Und soweit ich weiß, auch sonst niemand. Mo hat gern seine Ruhe.«

»Kennen Sie jemanden aus seinem Bekanntenkreis? Hat er eine Freundin?«

»Tut mir leid. Wir stehen uns nicht sehr nah. Mo ist ein guter Bruder, aber wie gesagt, er hat gern seine Ruhe.«

Eine Stunde später fuhr ich wieder in Burg ein. Ich bretterte die Ferris Street entlang und parkte hinter Lulas Wagen.

»Wie läuft's?« fragte ich sie.

Lula lümmelte sich hinter dem Steuerrad ihres roten Firebird. »Gar nichts läuft. Das ist der langweiligste, blödeste Job, den ich je hatte. Den könnte ja selbst ein Blinder mit Krückstock erledigen.«

»Ist jemand vorbeigekommen, um Süßigkeiten zu kaufen?«

»Eine Mutter mit Kind. Sonst keiner.«

»Sind sie nach hinten gegangen?«

»Nein. Sie haben durchs Schaufenster geguckt und sind wieder abgezogen.«

Ich warf einen Blick auf die Uhr. Die Schule würde bald aus sein. Kinder würden in Scharen vorbeiströmen, aber mich interessierten keine Kinder. Ich wartete auf einen Erwachsenen, der vorbeischauen würde, um Mos Pflanzen zu gießen und seine Post aus dem Kasten zu holen.

»Schön am Ball bleiben«, sagte ich. »Ich knöpfe mir noch mal die Nachbarn vor.«

»Am Ball bleiben? Hm. Ich friere mich noch zu Tode in dem Auto. Wir sind hier nicht in Florida.«

»Ich dachte, du wolltest Kopfgeldjägerin werden. Kopfgeldjäger bleiben am Ball.«

»Ich hätte ja nichts dagegen, wenn ich zum Schluß wenigstens jemanden erschießen dürfte. Aber nicht einmal das kannst du mir garantieren. Ich höre immer nur, tu dies nicht, tu das nicht. Ich darf den Scheißkerl ja nicht mal in meinen Kofferraum packen, wenn ich ihn finde.«

Ich überquerte die Straße und unterhielt mich noch mit drei anderen Nachbarn. Die Antworten fielen alle gleich aus. Sie hätten keine Ahnung, wo Mo sich aufhielt, aber es wäre ganz schön unverschämt von mir zu unterstellen, Mo sei ein Verbrecher.

An der vierten Tür machte mir ein Teenager auf. Wir trugen fast die gleiche Kleidung. Doc Martens, Jeans, T-Shirt und darüber ein kariertes Hemd. Ansonsten zu viel Augenschminke und eine braune Lockenpracht auf dem Kopf. Sie war zehn Pfund leichter und fünfzehn Jahre jünger als ich. Ich beneidete sie nicht um ihre Jugend, aber das mit der Tüte Doughnuts, die ich mir auf der Fahrt durch Burg gekauft hatte und die sich sogar jetzt, während ich mit ihr redete, vom Rücksitz meines Wagens aus meldeten und um Verzehr baten, wollte ich mir lieber noch mal überlegen.

Ich reichte ihr meine Visitenkarte, und sie bekam große Augen.

»Kopfgeldjägerin!« sagte sie. »Ist ja cool.«

»Kennst du Onkel Mo?«

»Natürlich kenne ich Onkel Mo. Alle hier kennen Onkel Mo.« Sie beugte sich vor und senkte die Stimme. »Hat er was ausgefressen? Sind Sie hinter Onkel Mo her?«

»Er hat einen Gerichtstermin nicht wahrgenommen, den er wegen eines geringen Vergehens bekommen hatte. Ich will ihn nur daran erinnern, daß er einen neuen vereinbaren muß.«

»Wahnsinn! Schlagen Sie ihn auch zusammen, wenn Sie ihn geschnappt haben, und sperren ihn in den Kofferraum?«

»Nein!« Was sollte dieses ständige Gerede über meinen Kofferraum? »Ich will nur mit ihm reden.«

»Er hat bestimmt etwas ganz Gräßliches getan. Sie wollen ihn bestimmt wegen Kannibalismus drankriegen.«

Kannibalismus? Der arme Kerl verkaufte Süßigkeiten. Was sollte er mit menschlichen Fingern und Zehen anfangen? Die Kleine hatte Geschmack in Sachen Fußbekleidung, aber was sich in ihrem Kopf abspielte, machte einem angst. »Weißt du irgend etwas über Mo, das mir weiterhelfen könnte? Hat er enge Freunde hier unter den Nachbarn? Hast du ihn kürzlich gesehen?«

»Ich habe ihn vor zwei Tagen im Laden gesehen.«

»Du könntest ja für mich nach ihm Ausschau halten. Meine Nummern stehen auf der Karte. Wenn du Mo oder irgend jemand Verdächtiges siehst, rufst du mich einfach an.«

»Bin ich dann auch eine richtige Kopfgeldjägerin?«

»Fast.«

Ich lief zurück zu Lula. »Alles klar«, sagte ich. »Du kannst wieder ins Büro fahren. Ich habe Ersatz gefunden. Die Kleine von gegenüber wird für uns spionieren.«

»Wurde aber auch Zeit. Ich wäre hier nicht alt geworden.«

Ich fuhr hinter Lula her ins Büro und rief meine Freundin Norma an, die bei der Kfz-Meldestelle arbeitete. »Ich hätte da einen Namen«, sagte ich, »und brauche das zugehörige Nummernschild und den Wagentyp.«

»Wie lautet der Name?«

»Moses Bedemier.«

»Onkel Mo?«

»Genau der.«

»Über Onkel Mo kriegst du von mir keine Informationen.«

Ich erzählte ihr das Märchen von dem neuen Termin, der vereinbart werden müßte. Es klang schon ziemlich abgenutzt.

Im Hintergrund hörte man jemanden Computertasten betätigen. »Wenn du Onkel Mo auch nur ein einziges Haar auf seinem Schädel krümmen solltest, kriegst du nie wieder ein Nummernschild von mir.«

»Ich werde ihm nicht weh tun«, sagte ich. »Ich habe noch nie jemandem weh getan.«

»Und was ist mit dem Kerl, den du letztes Jahr im August umgebracht hast? Und dem Beerdigungsinstitut, das du in die Luft gejagt hast?«

»Kriege ich nun die Information oder nicht?«

»Er fährt einen Honda Civic, Baujahr zweiundneunzig. Farbe

blau. Hast du was zu schreiben? Ich gebe dir das Kennzeichen durch.«

»Au weia«, sagte Lula, die mir über die Schulter spähte. »Noch mehr Hinweise. Sollen wir jetzt auch noch nach dem Auto suchen?«

»Ja.« Und danach suchen wir nach dem Wohnungsschlüssel. Jeder macht sich Gedanken für den Fall, daß er sich mal aus der Wohnung ausschließt. Gibt es niemanden unter den Nachbarn, dem man seinen Schlüssel anvertrauen möchte, versteckt man ihn irgendwo. Man legt ihn auf den Türrahmen, verstaut ihn in einem Stein aus Kunststoff neben dem Keller oder schiebt ihn unter den Fußabtreter.

Ich wollte mir nicht gewaltsam Zugang verschaffen, aber falls ich den Schlüssel fand …

»Ich habe noch nicht zu Mittag gegessen«, sagte Lula. »Ohne was im Magen kann ich nicht arbeiten.«

Ich zog die Tüte mit Doughnuts aus meiner großen schwarzen Schultertasche, und wir tauchten unsere Hände hinein.

»Wer rastet, der rostet. Ich habe jede Menge zu tun«, sagte ich kurz darauf, Puderzucker von meinem Hemd wischend. Wenn ich doch bloß nach zwei Doughnuts aufgehört hätte.

»Ich komme mit«, sagte Lula. »Diesmal fahre ich. Ich habe wenigstens ein anständiges Radio in meinem Wagen.«

»Fahr bloß nicht zu schnell. Ich will nicht von Officer Gaspick verhaftet werden.«

»Ach nee?« sagte Lula. »Führen wir unsere Waffe heute wieder verdeckt? So wie Onkel Mo?«

Im Augenblick nicht. Meine 38er Smith & Wesson lag zu Hause auf dem Küchentisch, in der Plätzchendose mit dem Bärchenmuster. Vor Waffen hatte ich eine Heidenangst.

Wir zwängten uns in Lulas roten Firebird und fuhren zur Ferris Street, dröhnende Rapmusik in unserem Windschatten.

»Kannst du die Musik etwas leiser stellen?« brüllte ich ein paar Straßen weiter. »Ich kriege Herzrhythmusstörungen davon.«

Lula boxte in die Luft. »Da da, da da, da da.«

»Lula!«

Sie sah mich scheel von der Seite an. »Hast du was gesagt?«

Ich drehte an dem Lautstärkeregler. »Du wirst noch mal taub davon.«

»Hnh«, erwiderte Lula nur.

Wir fuhren die Ferris Street entlang und hielten nach blauen Civics Ausschau, aber es war keiner in der Nähe des Ladens abgestellt. Wir forschten die Querstraßen und Parallelstraßen zu beiden Seiten aus. Kein blauer Civic. Wir parkten Ferris Ecke King Street und gingen zu Fuß die Gasse hinter dem Laden ab, sahen in alle Garagen. Kein blauer Civic. Die Einzelgarage, die mit der Rückseite an den Hinterhof des Ladens grenzte, war leer.

»Er hat sich aus dem Staub gemacht«, sagte Lula. »Bestimmt ist er längst in Mexiko und lacht sich einen Ast ab bei der Vorstellung, daß wir hier diese blöden Garagen abklappern.«

»Und was ist mit der Theorie, daß er tot im Badezimmer liegt?«

Lula trug eine knallrosa Skidaunenjacke und weiße, kniehohe Kunstpelzstiefel. Sie zog den Jackenkragen fester um den Hals und schaute hoch zu Mos Balkon im Obergeschoß. »Dann hätten wir seinen Wagen finden müssen. Und wenn er tot wäre, hätte er längst angefangen zu stinken.«

Das hatte ich mir auch schon gedacht.

»Es kann natürlich auch sein, daß er sich in die Kühltruhe eingeschlossen hat, in der er seine Eiscreme aufbewahrt«, sagte Lula. »Dann würde er jetzt nicht stinken, weil, er wäre dann ja tiefgefroren. Aber so ist es wahrscheinlich nicht gewesen, denn dann hätte Mo ja die ganze Eiscreme auspacken müssen, damit er überhaupt in die Truhe paßt. Und wir haben ja schon durchs Schaufenster geguckt, und irgendwelche Eiskartons, die gemütlich vor sich hin schmelzen, haben wir, so weit ich weiß, nicht entdeckt. Andererseits, vielleicht hat Mo das ganze Eis auch vorher aufgegessen.«

Mos Garage war aus Holz und Schindeln gebaut, vorne mit einer altmodischen Doppeltür, die an Scharnieren hing und einen Spalt offenstand. Die Einfahrt zur Garage befand sich in der Gasse, aber an der Rückwand war eine Tür, von der aus man über einen kurzen betonierten Weg zum Hintereingang des Ladens gelangte.

Im Innern der Garage war es finster und modrig, die Wände waren vollgestellt mit diversen Pappkartons: Tastee-Strohhalme, Papierservietten, Reiniger, Drygas-Antigefriermittel, Del-Monte-Fruchtcocktail, Hershey-Sirup und Motoröl. In einer Ecke stapelten sich Zeitungen, die für die Altpapiersammlung bestimmt waren.

Mo war ziemlich beliebt in der Gegend und wahrscheinlich ein vertrauensseliger Mensch, aber seine Garagentür einfach offenstehen zu lassen, wenn sich dahinter ein Vorratslager für den Laden verbarg, schien mir unangemessene Versuchung für die menschliche Natur darzustellen. Es gab viele Erklärungsmöglichkeiten: Entweder war er in aller Eile aufgebrochen und viel zu beschäftigt gewesen, um noch an die Tür zu denken. Oder er hatte nicht die Absicht, je zurückzukehren. Oder er war gezwungen worden, abzuhauen, und seine Entführer hatten anderes im Sinn als ausgerechnet Garagentüren.

Die letzte Variante gefiel mir am wenigsten.

Ich holte eine Stablampe aus meiner Tasche und reichte sie Lula mit der Bitte, die Garage nach dem Haustürschlüssel abzusuchen.

»Wenn es um versteckte Haustürschlüssel geht, bin ich der reinste Bluthund«, sagte Lula. »Keine Sorge, der Schlüssel ist so gut wie gefunden.«

Mrs. Steeger warf uns von ihrem Fenster aus böse Blicke zu. Ich lächelte und winkte ihr, und sie trat von der Scheibe zurück, bestimmt, um schnurstracks zum Telefon zu eilen und erneut meinetwegen die Polizei zu rufen.

Zwischen dem Laden und der Garage klemmte ein winziger Hinterhof, aber nichts ließ darauf schließen, daß er zur Erholung genutzt wurde. Keine Schaukel, kein Grill, keine verrosteten Gartenstühle. Nur ein Plattenweg zog sich durch den struppigen Rasen. Ich ging den Weg entlang zum Hintereingang des Ladens und schaute in die Mülltonnen, die an der Backsteinmauer aufgereiht standen. Sie waren alle voll, der Abfall fein säuberlich in Plastikbeutel gepackt. Neben den Tonnen stapelten sich zusammengefaltete Pappkartons. Ich schlich mich um die Tonnen und die Pappkartonstapel herum und suchte nach Anzeichen, die auf ein Schlüsselversteck deuteten. Ich fand nichts dergleichen. Ich tastete den Türpfosten des Hintereingangs zum Laden ab, ging die Treppe hoch und ließ die Hand an der Unterseite des Balkongeländers entlanggleiten, klopfte noch einmal an die Tür und sah durchs Fenster.

Lula tauchte aus der Garage auf und überquerte den Hof. Sie erklomm die Außentreppe und überreichte mir stolz einen Schlüssel.

»Bin ich nicht gut?« sagte sie.

- 2 -

Ich stieß den Schlüssel in das Yale-Schloß von Mos Tür, und sie öffnete sich.

»Mo?« rief ich.

Keine Antwort.

Lula und ich sahen uns um. Keine Polizei, keine Kinder, keine neugierigen Nachbarn. Unsere Blicke trafen sich, und leise schlüpften wir in die Wohnung. Ich durchschritt einmal kurz alle Räume und stellte fest, daß Mo weder im Schlafzimmer noch im Badezimmer, weder in der Küche noch im Wohnzimmer tot auf dem Boden lag. Im Kühlschrank befanden sich Lebensmittel, und im Schlafzimmer hingen Kleider.

Die Wohnung war sauber und aufgeräumt. Mo besaß keinen Anrufbeantworter, ich konnte also keine Nachrichten abhören. Es lag auch nirgendwo ein vergessener Notizzettel mit Angaben über Flugreservierungen oder Zimmervorbestellungen herum, kein Werbeprospekt von Disney World.

Ich wollte mich gerade nach unten begeben und die Ladenräume durchsuchen, als Carl Constanza auf der hinteren Veranda erschien. Carl war einer meiner Lieblingsbullen. Wir waren zusammen zur Ersten Heiligen Kommunion gegangen, und nicht nur das.

»Ich hätte es mir denken können«, sagte Carl. Er stand plattfüßig da, eine Pistole und andere Utensilien baumelten gewichtig an seinem Gürtel. »Ich hätte es mir denken können, daß du das bist, als der Anruf kam.«

»Ich muß gehen«, sagte Lula und glitt an Carl vorbei, die Treppe hinunter. »Ihr wollt euch doch sicher in Ruhe unterhalten. Da möchte ich nicht stören.«

»Lula!« rief ich hinter ihr her. »Wehe, du haust ohne mich ab!«

Lula war schon fast um die Ecke verschwunden. »Ich habe mir eine Erkältung eingefangen, ich will euch lieber nicht anstecken.«

»Na?« sagte Carl. »Willst du mir nicht sagen, was das Theater hier soll?«

»Daß Lula und ich hier in Onkel Mos Wohnung sind?«

Carl verzog das Gesicht. »Bestimmt hast du irgendeine alberne Erklärung parat, habe ich recht?«

»Mo ist nicht zu seinem Gerichtstermin erschienen. Ich wollte ihn hier aufsuchen, und seine Tür stand sperrangelweit offen. Muß der Wind gewesen sein.«

»Hmhm.«

»Und dann haben Lula und ich uns Sorgen gemacht. Was ist, wenn Mo sich verletzt hat? Im Badezimmer gestürzt ist, sich den Kopf aufgeschlagen hat und bewußtlos daliegt?«

Carl hob abwehrend die Hände. »Hör auf. Ich will es gar nicht wissen. Bist du mit deiner Suche fertig?«

»Ja.«

»Und liegt Mo nun bewußtlos auf dem Badezimmerboden?«

»Nein.«

»Und du fährst jetzt sofort nach Hause?«

»Natürlich.« Carl war ein anständiger Kerl, aber jetzt in Mos Laden einzubrechen, während Carl mir über die Schulter schaute, hieße mein Glück überstrapazieren, also machte ich die Tür zu und achtete darauf, daß sie ins Schloß fiel.

Ich trat auf die Straße, von Lula und ihrem Firebird keine Spur. Gesenkten Hauptes ging ich zu Fuß zu meinen Eltern, die sich bestimmt dazu überreden ließen, mich nach Hause zu bringen.

Meine Eltern wohnten im Herzen von Burg, in einer schmalen Doppelhaushälfte, wo es an einem so kalten Tag wie heute sicher nach Schokoladenpudding roch, der auf dem Herd kochte. Er hatte die gleiche Wirkung wie die Lorelei, die alle vorbeifahrenden Seeleute mit ihrem Gesang so betörte, daß die Schiffe an den Felsen zerschellten.

Ich ging drei Querstraßen weiter auf der Ferris Street und bog dann in die Green. Die grimmige Kälte drang durch Schuhe und Handschuhe, und mir taten die Ohren weh. Ich trug einen Anorak aus Gore-Tex mit einem dicken Fleece-Futter, einen schwarzen Rollkragenpullover und ein Sweatshirt mit einem Aufdruck von meiner Alma mater, dem Douglass College. Ich stülpte die Anorakkapuze über den Kopf und verknotete den Schnürzug. Es sah verboten aus, aber wenigsten würden mir die Ohren nicht wie Eiszapfen abfallen.

»Das ist aber eine schöne Überraschung«, sagte meine Mutter, als sie mir die Tür aufmachte. »Wo es doch heute abend Brathähnchen gibt. Mit viel Soße. Gerade so, wie du es gerne hast.«

»Ich kann nicht bleiben. Ich habe noch einen Termin.«

»Was denn für einen Termin? Eine Verabredung?«

»Keine Verabredung. Ein Arbeitstermin.«

Grandma Mazur steckte den Kopf durch die Küchentür. »Oh, toll, du arbeitest an einem Fall. Wer ist es diesmal?«

»Du kennst ihn sowieso nicht«, sagte ich. »Nur eine Lappalie. Ich tue es Vinnie zuliebe.«

»Ich habe gehört, sie hätten Tom Gates verhaftet, weil er in der Schlange vorm Sozialamt auf den Boden gespuckt hat. Bist du hinter Tom Gates her?« fragte Grandma.

»Nein. Ich bin nicht hinter Tom Gates her.«

»Was ist mit dem Kerl, über den heute was in der Zeitung steht? Der den Autofahrer am Kragen gepackt und durchs Türfenster gezerrt hat?«

»Das war bloß ein Mißverständnis«, sagte ich. »Die beiden haben sich um einen Parkplatz gestritten.«

»Wer ist es dann?« wollte Grandma wissen.

»Moses Bedemier.«

Meine Mutter bekreuzigte sich. »Heilige Mutter Gottes. Bist du wirklich hinter Onkel Mo her?« Sie warf die Arme in die Luft. »Der Mann ist ein Heiliger!«

»Er ist kein Heiliger. Er ist wegen verdeckten Mitführens einer Waffe verhaftet worden und dann nicht vor Gericht erschienen. Ich muß ihn finden, damit er einen neuen Termin vereinbart.«

»Wegen verdeckten Mitführens einer Waffe«, wiederholte meine Mutter und verdrehte dabei die Augen. »Welcher Schwachkopf würde eine solche Seele von Mensch wie Mo Bedemier wegen verdeckten Mitführens einer Waffe verhaften?«

»Officer Gaspick.«

»Ich kenne keinen Officer Gaspick.«

»Er ist neu bei der Polizei.«

»Das kommt davon, wenn man neue Bullen einstellt«, meinte Grandma. »Man weiß nie, was die für Mist anstellen. Ich wette, man hat Mo die Pistole untergeschoben. Gestern haben sie im Fernsehen gezeigt, wie Polizisten, die scharf auf eine Beförderung sind, harmlosen Menschen sogar Drogen unterschieben, nur damit sie sie verhaften können. Bei Mo war es bestimmt das gleiche. Dieser Officer Gaspick hat ihm die Waffe bestimmt nur untergeschoben. Alle Welt weiß, daß Mo sich nie etwas zuschulden kommen lassen würde.«

Ich konnte es langsam nicht mehr hören. Allmählich fragte ich mich, was für ein Mensch dieser sagenhafte Onkel Mo in Wirklichkeit war. Anscheinend war er stadtbekannt, aber keiner kannte ihn.

Meine Mutter hob flehentlich die Hände. »Wie soll ich das jemandem begreiflich machen? Was sollen die Leute sagen?«

»Die werden sagen, ich tue nur meine Arbeit«, antwortete ich.

»Arbeit? Für deinen nichtsnutzigen Vetter? Als reichte es nicht, rumzulaufen und wildfremde Menschen zu erschießen, machst du jetzt auch noch Jagd auf Onkel Mo, als wäre er ein gemeiner Verbrecher.«

»Ich habe bisher nur einen einzigen Menschen erschossen! Und Onkel Mo ist tatsächlich ein gemeiner Verbrecher. Er hat gegen das Gesetz verstoßen.«

»Zufällig gegen eins, das uns ziemlich egal sein kann«, sagte Grandma, das Verbrechen abwägend.

»Ist Mo eigentlich mal verheiratet gewesen?« fragte ich. »Hat er eine Freundin?«

»Natürlich nicht«, sagte meine Großmutter.

»Was ist daran natürlich? Stimmt was nicht mit ihm?«

Meine Mutter und meine Großmutter sahen sich an. Scheinbar hatten sie das noch nie unter diesem Aspekt betrachtet.

»Er lebt eben wie ein Priester«, stellte Grandma Mazur abschließend fest. »Als wäre er mit seinem Laden verheiratet.«

Ach, du lieber Himmel, dachte ich. Onkel Mo, der keusche Lutscherverkäufer – besser bekannt unter dem Namen Schwanznase, der Dauerlutscher.

»Nicht, daß er ein Kind von Traurigkeit wäre«, sagte Grandma. »Einmal hat er sogar einen von diesen Blondinenwitzen erzählt. Natürlich nichts Schlüpfriges. Er würde nie etwas sagen, was nicht salonfähig ist. Er ist ein echter Gentleman.«

»Wißt ihr irgend etwas über ihn?« fragte ich. »Geht er in die Kirche? Ist er Mitglied im Veteranenverband?«

»Das weiß ich nicht«, sagte Grandma. »Ich kenne ihn nur aus seinem Süßwarenladen.«

»Wann hast du das letztemal mit ihm gesprochen?«

»Das muß ein paar Monate her sein. Wir sind auf dem Nachhauseweg vom Einkaufen auf ein Eis bei ihm vorbeigegangen. Weißt du noch, Ellen?«

»Das war vor Weihnachten«, sagte meine Mutter.

Ich forderte sie mit einer Geste auf, mehr zu erzählen. »Und?«

»Nichts und«, sagte sie. »Wir sind reingegangen. Wir haben uns über das Wetter unterhalten. Wir haben das Eis gekauft und sind wieder gegangen.«

»Und sah Mo gesund aus?«

»Er sah aus wie immer«, sagte meine Mutter. »Vielleicht mit ein bißchen weniger Haaren auf dem Kopf und einem kleinen

Rettungsring um die Taille. Er trug ein weißes Hemd, auf dem »Onkel Mo« über der Brusttasche stand, wie immer.«

»Was ist mit dem Huhn?« wollte meine Mutter wissen.

»Komme ich später drauf zurück«, sagte ich. »Ich muß zu Vinnie. Kann mich jemand mit dem Auto hinbringen?«

»Was ist mit deinem Auto?« fragte Grandma. »Schon wieder geklaut?«

»Es steht bei Vinnie. Ist eine lange Geschichte.«

Meine Mutter holte ihren Mantel aus dem Garderobenschrank. »Ich kann dich hinbringen. Ich muß sowieso noch was einkaufen.«

Das Telefon klingelte, und Grandma Mazur hob ab.

»Ja«, sagte sie knapp. »Ja. Ja. Ja.« Ihre Stirn legte sich in Falten. »Ich habe dich verstanden«, erwiderte sie.

»Das ist ja ein Ding«, sagte sie, nachdem sie aufgelegt hatte. »Das war Myra Biablocki. Sie sagte, sie hätte mit Emma Rodgers gesprochen, und Emma hätte ihr erzählt, sie hätte gehört, Stephanie würde Jagd auf Onkel Mo machen. Myra meinte, es sei ein Trauerspiel, daß ein Mensch nichts Besseres zu tun hätte, als einem unbescholtenen Bürger wie Moses Bedemier an den Karren zu fahren.«

»Deine Kusine Maureen hat gerade Arbeit in der Knopffabrik gefunden«, sagte meine Mutter zu mir. »Die stellen bestimmt noch Leute ein.«

»Ich will aber nicht in der Knopffabrik schuften. Mir gefällt meine Arbeit.«

Wieder klingelte das Telefon. Wir sahen uns an.

»Hat sich wahrscheinlich nur jemand verwählt«, bot Grandma Mazur als Entschuldigung an.

Meine Mutter schob sich an Grandma vorbei und riß den Hörer von der Gabel. »Ja?« Ihre Lippen verzogen sich zu einem dünnen Strich. »Moses Bedemier ist nicht über das Gesetz erhaben«, sagte sie. »Mach dich doch bitte erst mal sachkundig, bevor du irgendwelche Gerüchte in die Welt setzt. Und wo wir schon dabei sind: Ich an deiner Stelle würde mal meine Fenster putzen, statt anderen Leuten am Telefon die Ohren vollzuquatschen.«

»Das war sicher Eleanor«, sagte Grandma. »Sie wohnt ein Stück die Straße runter. Ihre Fenster sind mir auch schon aufgefallen.«

Das Leben war überschaubar in Burg. Die Sünden wurden einem von der katholischen Kirche vergeben, schmutzige Fenster waren ein Affront gegen die Nachbarn, Klatsch war die Würze des Lebens, und man mußte höllisch aufpassen, was man einer anderen Frau über ihre Tochter ins Gesicht sagte. Egal, ob es stimmte oder nicht.

Meine Mutter legte den Hörer auf, band sich einen Schal um den Hals und nahm Handtasche und Schlüssel von der Anrichte. »Willst du mit uns fahren?« fragte sie Grandma Mazur.

»Ich darf meine Fernsehsendung nicht verpassen«, sagte Grandma. »Außerdem muß ja jemand die Anrufe entgegennehmen.«

Meine Mutter schüttelte sich. »Gütiger Gott, gib mir Kraft.«

Fünf Minuten später setzte sie mich vor Vinnies Büro ab.

»Überleg dir das mit der Knopffabrik«, sagte meine Mutter. »Ich habe gehört, die sollen ganz gut zahlen. Und es gibt Sozialleistungen, Krankenkasse zum Beispiel.«

»Ich werd's mir überlegen«, sagte ich. Keiner von uns beiden achtete mehr auf das, was ich von mir gab. Wir glotzten beide den Mann an, der an mein Auto gelehnt stand.

»Ist das nicht Joe Morelli?« fragte meine Mutter. »Ich wußte gar nicht, daß ihr immer noch befreundet seid.«

»Wir waren nie befreundet, und wir sind auch jetzt noch nicht befreundet«, sagte ich. Eine faustdicke Lüge. Morellis und meine

Freundschaft füreinander reichte von gut über wahnsinnig gut bis geradezu mörderisch gut. Uns verband eine gemeinsame Geschichte. Als ich sechzehn war, hatte er mir die Jungfräulichkeit geraubt, und mit achtzehn hatte ich versucht, ihn mit dem Buick meines Vaters zu überfahren. Diese beiden Ereignisse spiegelten die atmosphärischen Spannungen in unserer gegenwärtigen Beziehung wider.

»Man könnte meinen, er wartet auf dich.«

Ich stöhnte laut. »Na dann, auf ins Vergnügen.«

Morelli war Polizist. Zivilbeamter. Die Bezeichnung war der reinste Euphemismus, denn Morelli hatte schmale Hüften und ein breites Kreuz, und die strammen Jeans, die ihm wie angegossen saßen, hatten absolut nichts Beamtenmäßiges. Er ist zwei Jahre älter und einen halben Kopf größer als ich, hat eine Narbe quer über der rechten Augenbraue und einen tätowierten Adler auf der Brust. Der Adler ist ein Überbleibsel aus seiner Militärzeit, die Narbe eine kürzliche Erwerbung.

Ich stieg aus dem Auto und verzog mein Gesicht zu einem breiten gekünstelten Lachen. »Na, das ist ja eine tolle Überraschung.«

Morelli grinste. »Lüg nicht so schamlos.«

»Was soll denn das schon wieder heißen?«

»Du gehst mir aus dem Weg.«

Das beruhte auf Gegenseitigkeit. Morelli hatte sich mir im November regelrecht aufgedrängt, und dann kam von ihm – urplötzlich – nichts mehr.

»Ich war ziemlich beschäftigt«, sagte ich.

»Das habe ich auch schon vernommen«, sagte er.

Ich sah ihn neugierig an.

»Zwei Beschwerden wegen verdächtigen Verhaltens an einem Tag, und dazu noch ein Einbruch. Willst du deine persönliche Bestleistung übertreffen?« sagte Morelli.

»Costanza ist ein altes Klatschweib.«

»Du kannst von Glück sagen, daß sie Costanza geschickt haben. Wenn es Gaspick gewesen wäre, könntest du jetzt Vinnie um Zahlung deiner Kaution bitten.«

Ein Windstoß traf uns unverhofft, und wir schlangen unsere Jacken enger um uns.

»Kann ich mal ganz im Vertrauen mit dir reden?« fragte ich Morelli.

»Scheiße«, erwiderte er. »Ich kann es nicht ab, wenn du mir so kommst.«

»Irgend etwas stimmt nicht mit Onkel Mo.«

»Verschon mich!«

»Ich mein es ernst.«

»Also gut«, sagte Morelli. »Worum geht es diesmal?«

»Es ist nur so ein Gefühl.«

»Bei jedem anderen, der mir das sagte, würde ich weghören.«

»Mo ist nach dem Vorwurf auf verdecktes Mitführen einer Waffe nicht vor Gericht erschienen. Er hätte eine Geldstrafe aufgebrummt bekommen, und man hätte ihm ins Gewissen geredet. Mehr nicht. Warum hat er den Termin platzen lassen? Das ergibt doch keinen Sinn.«

»Das Leben ergibt nie einen Sinn.«

»Ich habe ihn schon überall gesucht. Er ist nirgendwo zu finden. Sein Auto ist weg, aber seine Garagentür stand offen. In der Garage lagern Waren. Lauter Sachen, die man sich nicht gerne klauen läßt. Irgend etwas ist da faul. Sein Laden ist seit zwei Tagen geschlossen, und keiner weiß, wo Mo steckt. Seine Schwester nicht, und auch seine Nachbarn nicht.«

»Was hast du in seiner Wohnung gefunden?«

»Kleider im Kleiderschrank. Lebensmittel im Kühlschrank.«

»Irgendwelche Spuren, die auf einen Kampf deuten?«

»Keine.«

»Vielleicht mußte er einfach mal raus, um abzuschalten«, sagte Morelli. »Hat er einen Anwalt?«

»Er hat auf einen Pflichtverteidiger verzichtet.«

»Ich glaube, du ziehst voreilige Schlüsse.«

Ich zuckte mit den Schultern. »Vielleicht, aber es ist trotzdem komisch.«

»Sieht Mo gar nicht ähnlich.«

»Genau.«

Mrs. Turkevich kam mit einer Einkaufstüte in der Hand aus Fiorellis Feinkostgeschäft.

Ich nickte ihr zu. »Ziemlich kalt heute, was?«

»Pfff«, sagte sie.

»Hören Sie«, blaffte ich sie an. »Es ist nicht meine Schuld. Ich mache nur meine Arbeit.«

Das Grinsen in Morellis Gesicht wurde breiter. »Wir Verbrechensbekämpfer haben es doch ganz schön schwer, was?«

»Arbeitest du immer noch bei der Sitte?«

»Ich arbeite bei der Mordkommission. Vorübergehend.«

»Ist das eine Beförderung?«

»Ich würde eher sagen, eine Unterforderung.«

Ich konnte mir Morelli kaum bei der Mordkommission vorstellen. Morelli war ein Tatmensch. Mord war eher was für Kopflastige.

»Gibt es einen Anlaß für deinen Besuch?« fragte ich.

»Ich war gerade in der Gegend. Ich dachte, ich schau mal vorbei und frage, wie es so läuft.«

»Du meinst, wie es mit Mo Bedemier so läuft?«

»Du mußt vorsichtiger sein. Mo hat einige sehr fürsorgliche und sehr lautstarke Nachbarn.«

Ich zog mir den Jackenkragen enger an den Hals. »Ich verstehe das nicht. Was ist so toll an dem Typen?«

Morelli hob beide Hände in fragender Geste. »Wahrscheinlich ist er einfach ein lieber Kerl, der mit allen kann und viele Freunde hat.«

»Ich habe eher festgestellt, daß er keine Freunde hat. Er lebt sehr zurückgezogen, vertraut sich nicht mal seiner Schwester an. Meine Großmutter meint, er sei mit dem Laden verheiratet. Wie ein Priester.«

»Viele Menschen stellen die Arbeit über ihr Leben. Das ist doch uramerikanisch«, sagte Morelli.

Morellis Funkrufempfänger meldete sich.

»Mist«, sagte Morelli. »Hoffentlich endlich mal was richtig Gräßliches. Eine Enthauptung oder eine kugelzerfetzte Leiche auf einer Müllkippe. Die Mordkommission in Trenton, das ist wie Gras beim Wachsen zugucken. Es gibt einfach nicht genug anständige Morde hier.«

Ich machte die Tür von meinem Wagen auf und setzte mich hinters Steuer. »Sag Bescheid, wenn es Mo ist.«

Morelli spielte schon mit seinen Autoschlüsseln. Sein schwarzer Toyota 4x4 stand direkt hinter mir. »Mach mir keinen Ärger.«

Ich fuhr los, ungewiß, was ich als nächstes tun sollte. Ich war allen Angaben nachgegangen, die in Mos Kautionsvereinbarung standen.

Ich hatte die Nachbarn sondiert, seine Wohnung durchsucht, mit seiner einzigen Schwester gesprochen.

Nach zehn Minuten Herumfahren fand ich mich auf dem Parkplatz vor meinem Haus wieder. Das Gebäude und der Platz sahen kahl aus im Januar. Backstein und Schotter waren von Sommergewächsen befreit, der bleierne Himmel so dunkel, daß die Straßenlaternen eingeschaltet waren.

Ich stieg aus dem Auto und ging mit eingezogenem Kopf zum Hintereingang des Hauses, stieß die Flügeltür aus Glas auf und war dankbar für die Wärme, die mich plötzlich umfing.

Ich betrat den Aufzug und drückte den Knopf für den ersten

Stock. Ich fragte mich, was mir bei meiner Suche nach Bedemier entgangen war. Normalerweise tauchte bei den allerersten Nachforschungen immer irgend etwas auf, an das man sich halten konnte – eine Freundin, ein Hobby, eine Lieblingsbäckerei, ein Spirituosenladen. Diesmal war nichts dergleichen aufgetaucht.

Die Aufzugtür öffnete sich, und auf dem kurzen Stück über den Flur legte ich mir im Geist eine Liste von Telefonanrufen zurecht, die ich machen wollte. Ich konnte Mos Bankkonto überprüfen, feststellen, ob kürzlich Abhebungen getätigt worden waren. Ich konnte seinen Kreditrahmen überprüfen. Manchmal förderte eine Überprüfung des Kreditvolumens verborgene Probleme zutage. Ich konnte mir die Abrechnungen über Strom- und Wasserversorgung ansehen, vielleicht wurde da ein zweiter Wohnsitz verbucht. Und ich konnte Sue Ann Grebek anrufen. Sue Ann Grebek wußte über alles und jeden Bescheid.

Ich schloß die Wohnungstür auf, trat in die Diele und machte kurz Inventur. Mein Hamster Rex schlief in der Suppendose in seinem Glaskäfig. Die Anzeige auf meinem Anrufbeantworter blinkte nicht, und es waren auch keine Urlaute von irgendwelchen dicken, behaarten, stummelzahnigen Kerlen zu hören, die hastig unter mein Bett krochen.

Ich warf meine Handtasche auf die Küchenablage und hängte meine Jacke über eine Stuhllehne. Ich goß Milch in einen Becher, stellte ihn zwei Minuten in die Mikrowelle und schaufelte zwei Löffel Kakaopulver in die heiße Milch. Ich tat noch zwei Speckmäuse hinzu, und während sie aufweichten, schmierte ich Erdnußbutter auf eine pappige Weißbrotscheibe.

Ich ging mit dem ganzen Zeug und meinem schnurlosen Telefon zum Eßtisch und wählte Sue Anns Nummer.

»Stephanie, Stephanie, Stephanie«, sagte Sue Ann. »Mein Telefon steht nicht mehr still. Alle Leute reden nur noch davon, daß du hinter Onkel Mo her bist.«

»Ich bin nicht hinter ihm her. Er muß bloß einen neuen Gerichtstermin vereinbaren. Eine Lappalie.«

»Wieso regen sich dann alle so auf?«

»Wem sagst du das?«

»Ich weiß nicht«, antwortete Sue Ann. »Was soll ich sagen? Mo ist bei allen beliebt. Mo mischt sich nicht ein. Er ist nett zu den Kindern.«

»Irgend etwas muß doch faul sein. Sind dir nie irgendwelche Gerüchte zu Ohren gekommen?«

»Kümmert es dich, ob sie stimmen oder nicht?«

»Nicht im geringsten.«

»Mit anderen Worten, du wühlst unbegründet im Dreck.«

»Genau.«

Schweigen.

»Und?« fragte ich.

»Meine Nichte hat gesagt, daß es aus Mos Laden manchmal nach Ähbäh stinkt.«

»Ihh.«

»Das wäre auch schon alles«, sagte Sue Ann.

»Ist ja nicht gerade berauschend.«

»Der Mann ist ein Heiliger. Was soll man da machen?«

»Heilige stinken nicht nach Ähbäh«, sagte ich zu ihr.

»Komische Heilige vielleicht doch.«

Nach dem Telefonat mit Sue Ann aß ich mein Sandwich, trank meinen Kakao und dachte an Moses Bedemier. Seine Wohnung war aufgeräumt gewesen, die Möbel verschlissen, aber gemütlich. So wie meine. Der Fernseher bildete den Mittelpunkt des Wohnzimmers. Die Programmzeitschrift auf dem Sofatisch war eine Woche alt, die Lebensmittel im Kühlschrank das übliche, Aufschnitt, Brot, Saft, Milch.

Mo war seit vielen Jahren alleinstehend, und ich konnte mir vorstellen, daß sein Leben in recht geordneten Bahnen verlief.

Seine Wohnung bot keinerlei Überraschung. Das einzig absonderliche waren die Filmzeitschriften, ein ganzer Stapel im Schlafzimmer. Moses Bedemiers Bettlektüre war der Klatsch und Tratsch aus der Welt der Serienhelden.

Ich rief meine Kusine Bunnie bei der Kreditauskunft an. Wieder eine Niete. Nichts Nachteiliges oder eine Eintragung jüngeren Datums, weder in der Personal- noch in der Geschäftsakte.

Ich kippelte mit dem Stuhl nach hinten und sah mit stierem Blick durch den Raum. Das Fensterglas war schwarz wie ein Spiegel. Gelegentlich leuchteten Autoscheinwerfer unten auf dem Parkplatz auf, das Knallen von Autotüren war zu hören. Meine Nachbarn kehrten von einem harten Arbeitstag oder von sonstwo heim.

Mo wurde vermißt, und ich hatte keinen einzigen Anhaltspunkt und keine Ahnung, wo ich nach einem suchen sollte. Ich hatte alle üblichen Routinen angeleiert. Jetzt konnte ich nur noch warten. Und Warten war nicht meine Stärke.

Ich schleppte mein Geschirr in die Küche und dachte wieder an Onkel Mo. Das Problem bei Vermißten besteht darin, daß sie vielleicht längst in weiter Ferne weilen. Ich suche ganz Trenton nach Moses Bedemier ab, dabei hockt er mit dicker Brille und Pappnase in Guadeloupe. Um die Wahrheit zu sagen, wenn er sich wirklich in Guadeloupe aufhielte, hatte ich eben Pech, also lieber erst gar nicht an so was denken. Lieber davon ausgehen, daß Mo sich ganz in der Nähe aufhielt, das stimmte hoffnungsfroher.

Meistens bleiben die Leute sowieso in der Nähe ihres Wohnortes. Sie täten besser daran, weit weg zu sein, aber weit weg fühlen sie sich nicht sicher. Zu Hause fühlen sie sich sicher. Früher oder später nehmen die meisten »Nicht vor Gericht Erschienenen« wieder Kontakt mit Verwandten, Freundinnen oder ihren Kumpels aus der Nachbarschaft auf. Meist früher oder später.

Ich tauschte mein kariertes Hemd gegen ein Rangers-Trikot und schaltete den Fernseher ein. Eigentlich hätte ich noch mehr Anrufe tätigen sollen, aber das Fernsehen übertrug ein Spiel der Rangers, und irgendwo muß man schließlich Prioritäten setzen.

Um sieben Uhr klingelte mein Wecker. Ich schlug mit der Hand auf den Knopf und sah auf das Zifferblatt. Wieso hatte ich das Ding auf eine so unchristliche Zeit eingestellt? Nirgendwo war auch nur ein winziges Sonnenfleckchen am Himmel zu sehen, und Regen pladderte gegen die Fensterscheiben. Auch in den allerbesten Zeiten hat meine Morgenstund kein Gold im Mund, und die Zeiten waren ganz gewiß nicht die besten.

Als ich das nächstemal aufwachte, war es halb neun. Noch immer peitschte Regen ans Fenster, aber wenigstens hatte sich der Himmel etwas aufgeklärt, von Schwarz zu Grau.

Ich schleppte mich aus dem Bett ins Badezimmer und stand eine ganze Zeitlang unter der Dusche. Ich dachte an Mel Gibson und Joe Morelli und versuchte zu entscheiden, wer den schönsten Hintern hatte. Dann dachte ich an Mike Richter, den Torhüter der Rangers, dem man wahrlich auch keine Hängebacken nachsagen konnte.

Als ich mir mit einem Handtuch die Haare abrubbelte, war ich von Richter wieder bei Onkel Mo gelandet, und was den anging, kam ich zu dem Schluß, daß ich mich in einer Sackgasse befand. Mein Instinkt sagte mir, daß Mo nicht weit weg sein konnte und daß er irgendwann schon wieder auftrauchen würde. Leider rangierte das Wort »irgendwann« in der Sprache der Kopfgeldjäger nicht unter den Lieblingsvokabeln. Die Monatsmiete zahlte man ja auch nicht »irgendwann«.

Ich sprühte mein Haar mit einem Superhaarfestiger ein, legte meine Dienstkleidung an, Jeans und kariertes Hemd, und zog mit einem Ruck die Schlafzimmervorhänge zurück.

Ich sang meine Zauberformel, Regen, Regen, bring deinen Segen und deine Sorgen lieber erst morgen. Der Regen hörte aber nicht auf, und ich ging zurück zu meiner Kommode und ergänzte meine Dienstkleidung noch um ein Paar dicke Socken und ein Sweatshirt.

Ich begab mich ins Büro, weil ich nichts Besseres zu tun hatte. Unterwegs fuhr ich beim Blue-Ribbon-Gebrauchtwagenladen vorbei und ließ meinen Blick sehnsuchtsvoll über das Ausstellungsgelände schweifen. Jeden Morgen beim Aufstehen hatte ich die Hoffnung, die gute Autofee hätte mir über Nacht einen Besuch abgestattet. Jeden Morgen dieselbe Enttäuschung. Allmählich wurde es Zeit, die Sache selbst in die Hand zu nehmen.

Ich hielt am Straßenrand und beäugte durch den Regen das Angebot. Die Wagen sahen alle ziemlich langweilig aus, mit Ausnahme eines blauen Nissan Pickups am äußersten Rand des Geländes. Der kleine blaue Pickup war total süß. Ich stieg aus und sah ihn mir näher an. Neue Lackierung. Sitzbank, die Polsterung ein bißchen verschlissen, aber nicht gerissen. Standardgetriebe.

Ein Mann in einem gelben Regenmantel eilte auf mich zu. »Wollen Sie den Wagen kaufen?«

»Was soll er denn kosten?«

»Wenn er für Sie ist, könnte man sich auf einen Preis einigen. Der Wagen ist Baujahr vierundachtzig. Fährt einsame Spitze.«

Ich schlug mein Scheckheft auf. »Ich glaube, den kann ich mir nicht leisten.«

»Ach was«, sagte er. »Sie sind doch kreditwürdig. Wir können Ihnen den Wagen finanzieren. Die Raten fallen kaum ins Gewicht.«

»Ich würde gerne eine Probefahrt damit machen.«

»Warten Sie einen Moment. Ich montiere nur schnell ein paar Nummernschilder an.«

Ich fuhr vier Straßen weit und wieder zurück zur Probe, und ich war hin und weg. Auf meine frischen Apfelsinen mußte ich in Zukunft also verzichten und meinen Konsum an Filmen aus dem Videoverleih drastisch zurückschrauben. Aber das Opfer würde sich lohnen. Ich hatte einen Truck!

Lula blickte von ihrer Akte auf, als ich mich durch die Tür quälte, triefend vor Nässe. »Ich kann nur hoffen, daß du heute morgen nicht zu viel Aufwand mit deinem Haar betrieben hast«, sagte sie.

Ich schüttelte meine nassen Klamotten aus. »Die Schönheit liegt im Auge des Betrachters.«

»Ha«, erwiderte Lula. »Höherer Blödsinn.«

»Ist unser Mann da?« fragte ich Connie.

»Noch nicht.«

Ich fletzte mich auf das braune Nappaledersofa. »Ich hatte kein Glück bei Onkel Mo. Ich brauche Geld. Ihr habt nicht zufällig ein paar Schnellschüsse?«

»Nur einen NVGler, gestern reingekommen. Wäre bloß ein Taschengeld, dafür absolut idiotensicher. Stuart Baggett.« Sie holte einen Hefter aus dem mit »Eingang« markierten Kasten und schlug ihn auf. »Zweiundzwanzig Jahre. Männlich. Weiß. Knapp einssiebzig groß. Hat vor drei Wochen mit zwei Freunden im Rausch eine nächtliche Spritztour unternommen und dabei auf vierzehn parkende Autos geschossen. Mit einem Luftgewehr. Hat seinen Gerichtstermin versäumt und ist flüchtig... außerdem ein Holzkopf. Zwei Autos, auf die er geschossen hat, waren unbesetzte Polizeiautos.«

Ich wunderte mich, daß der Schaden an den Polizeiautos überhaupt jemandem aufgefallen war. Trentons Streifenwagen sahen ziemlich mitgenommen aus, als kämen sie geradewegs aus einem Kriegsgebiet.

Ich nahm Connie den Hefter ab.

»Er wohnt in der Applegate, bei seinen Eltern«, sagte sie. »Und er arbeitet an dem Hot-Dog-Stand im Einkaufszentrum. Wahrscheinlich hat seine Mutter die Kaution gestellt.«

Ich wählte seine Privatnummer, und seine Mutter hob ab. Ich fragte sie, ob Stuart heute arbeite, und sie sagte, ja, bis vier Uhr.

»Ich hätte nichts gegen einen Bummel durch das Einkaufszentrum einzuwenden«, sagte Lula. »Eine Pause täte nicht schaden, und ich könnte mir bei der Festnahme gleich mal deine Jagdtechnik genauer abgucken.«

»Da gibt es keine Technik abzugucken«, sagte ich. »Der Kerl ist irgendso ein Blödmann, der sich betrunken hat und dann Unsinn angestellt hat. Entweder hat er seinen Termin vergessen, oder es war ihm peinlich, vor Gericht zu erscheinen.«

»Klar, aber du mußt ihn doch trotzdem irgendwie rumkriegen, oder? Du erzählst ihm irgendwelchen Scheiß, um ihn nach draußen auf den Parkplatz zu locken, wo wir ihm Handschellen anlegen und ihn ins Auto verfrachten.«

»Ich werde ihn in aller Höflichkeit auf sein Versehen aufmerksam machen und ihn bitten, uns zur Wache zu begleiten, um einen neuen Gerichtstermin zu vereinbaren.«

»Dieser Job wird es nie zu einer Fernsehserie bringen«, sagte Lula.

»Wenn du in die Nähe von Macy's kommst, dann besorg mir doch bitte Nagellack. Knatschroten«, sagte Connie.

Ich steckte den Hefter in meine große schwarze Umhängetasche und zog den Reißverschluß meiner Jacke zu. Lula schlüpfte in einen knöchellangen dunkelbraunen Staubmantel aus Popeline und pflanzte sich einen dazu passenden braunen Cowboyhut aus Leder auf den Kopf.

»Sehe ich jetzt aus wie eine richtige Kopfgeldjägerin?« fragte sie.

Ich hoffte nur, daß der arme Stuart Baggett nicht vor Schreck tot umfiel bei ihrem Anblick.

Die Tür ging auf, und Ranger kam herein. Draußen regnete es immer noch.

Ranger war so etwas wie mein Mentor gewesen, als ich ins Gewerbe einstieg, und war ein wahnsinnig guter Kopfgeldjäger. Obercool. Früher gehörte er zu den Typen beim Militär, die in schwarzer Tarnkleidung rumlaufen und sich von Baumrinde und Käfern ernähren und aufstrebenden Dritte-Welt-Rebellen Angst und Schrecken einjagen sollen. Jetzt war er Ziviler, sozusagen, und half Vinnie gelegentlich bei der Ergreifung von Kautionsflüchtlingen aus. Angeblich wohnte er bei seinen kubanischen Verwandten, und er kannte sich mit Sachen aus, die ich nie und nimmer erlernen würde.

Sein schwarzes Haar trug er streng nach hinten gekämmt und zu einem Pferdeschwanz zusammengebunden. Dazu kamen schwarze und khakifarbene Kleidung, ein Waschbrettbauch, gußeiserner Bizeps und die Reflexe einer Klapperschlange.

Ein Lächeln zuckte um seinen Mund, als er Lula in ihrer Wildwest-Aufmachung entdeckte. Meine Anwesenheit quittierte er mit Augenkontakt und einem kaum wahrnehmbaren Kopfnikken, was bei Ranger einem beidseitigen Wangenkuß gleichkam.

»Herzlichen Glückwunsch«, sagte ich zu ihm. »Ich habe gehört, du hast Jesus Rodrigues geschnappt.« Jesus Rodrigues hatte eine Kaution von einer halben Million Dollar geschmissen und galt als gemeingefährlicher Irrer. Ranger bekam immer die großen Fische. Nichts dagegen einzuwenden, mein Todestrieb ist nicht sonderlich ausgeprägt.

»Ich hatte Glück«, sagte Ranger und zog eine polizeiliche Personenempfangsbestätigung aus der Jackentasche. Die Bestätigung besagte, daß Ranger den Behörden eine gesuchte Person übergeben hatte.

Er schob uns auf dem Weg zu Connies Schreibtisch sanft zur Seite, und im ersten Moment dachte ich, Lula würde gleich aus den Latschen kippen. Sie faßte sich ans Herz und torkelte hinter mir her durch die Tür nach draußen.

»Ich kriege jedesmal einen Anfall, wenn er reinkommt«, gestand sie mir. »Man gerät in seine Nähe, und es ist, als schlägt neben dir der Blitz ein. Als würden einem alle Haare am Körper zu Berge stehen.«

»Du hast zuviel ›Akte X‹ gesehen.«

»Hm«, sagte Lula mit einem Blick auf die Autoschlüssel. »Vielleicht nehmen wir besser wieder meinen Wagen. Nimm es nicht persönlich, aber dein Buick macht einfach nichts her. Ich meine, nicht so wie der Schlitten von Starsky und Hutch. Du mußt dir ein neues Image zulegen. Du brauchst so einen geilen Mantel wie diesen, ein Auto mit anständigen Reifen, und du mußt deine Haare blond färben. Laß dir das gesagt sein, meine Süße, blond bringt's voll.«

»Ich habe einen Truck«, sagte ich und wies auf den Nissan. »Heute morgen gekauft.« Nachdem ich den Kaufvertrag unterschrieben hatte, hatte ich meinen Vater dazu überredet, noch mal mit mir hinzufahren, damit er den Buick nach Hause bringen und ich gleich mit meinem neuen Pickup losdüsen konnte. Du machst einen großen Fehler, hatte mein Vater gesagt. Die Japaner verstehen nichts von Autobau. Sie können keine Autos für uns Amerikaner bauen. Dieser Truck ist im Vergleich zu dem Buick nur eine halbe Portion.

Genau deswegen hatte ich mir den Truck zugelegt – weil es nur eine halbe Portion war.

»Was für ein süßer kleiner Flitzer«, sagte Lula. »Der reinste Babytruck!« Sie schaute durchs Fenster. »Du willst bestimmt selbst ans Steuer, oder? Ich wollte schon immer mal einen von diesen Winzlingen ausprobieren.«

»Nur zu«, sagte ich und überließ ihr die Schlüssel. »Ich habe nichts dagegen.«

Lula ließ den Motor aufheulen und fuhr los. Der Regen war in Graupel übergegangen, und Eisspäne klatschten gegen die Windschutzscheibe. Der Schneematsch blieb an den Scheibenwischern hängen und wurde jedesmal über das Kreissegment der gereinigten Scheibe mitgezogen.

Ich sah mir das Foto an, das den Kautionsunterlagen beigefügt war, und prägte mir das Gesicht ein. Es sollte schließlich nicht den Falschen erwischen. Ich stöberte in meiner Tasche und stellte eine kurze Inventur meiner Utensilien an. Ich hatte eine Spraydose Reizgas dabei, dessen Einsatz in einem von Menschen wimmelnden Einkaufszentrum bestimmt strikt untersagt war. Ich hatte eine Schreckschußpistole, deren Batterie allerdings leer war, wie sich bei näherer Betrachtung zeigte. Meine beiden Handschellen waren funktionstüchtig. Und dann hatte ich noch eine fast volle Dose Haarspray. Na gut, ich war sicher nicht spitzenmäßig ausgerüstet für eine Kopfgeldjägerin, aber was brauchte man schon groß an Ausrüstung, um einen alten Knacker, dessen Nase wie ein Penis aussah, und einen geborenen Verlierer, der sich als Würstchenverkäufer durchschlug, festzunehmen.

»Wir müssen hier professionell vorgehen«, sagte Lula und brachte uns zielstrebig zur Route 1. »Wir brauchen einen Plan.«

»Wie wär's, wenn wir zuerst den Nagellack besorgen und uns dann den Kerl schnappen?«

»Gut. Aber wie sollen wir dabei vorgehen? Wir können uns doch nicht einfach anstellen, und wenn wir an der Reihe sind, sagen: ›Zwei Chilidogs zum Mitnehmen, bitte. Ach übrigens, Sie sind verhaftet‹.«

»So kompliziert ist es gar nicht. Ich nehme ihn einfach beiseite, zeige ihm meinen Ausweis und erkläre ihm das Verfahren.«

»Und du glaubst, er würde sich das in aller Ruhe anhören? Wir haben es hier mit einem flüchtigen Täter zu tun.«

Lula gab plötzlich Gas und hüpfte auf die Nebenspur. Unser kleiner Truck spritzte ein paar vorsichtige Fahrer mit Schneematsch voll und reihte sich dann wieder ein. Die Heizung lief auf Hochtouren, und ich hatte das Gefühl, meine Augenbrauen fingen gleich an zu schmoren.

»Was sagst du zu meiner Errungenschaft?« fragte ich Lula.

»Fährt sich doch gut. Und die Heizung funktioniert auch prima.«

Vor uns leuchteten Bremslichter auf, rote Schmierstreifen jenseits der Scheibenwischer, aber Lula sah schweigend geradeaus.

»Lula?«

Keine Reaktion.

»Ähem, die Autos vor uns bremsen ab«, sagte ich. Ich wollte Lula nicht zu nahe treten, denn ich hatte den Verdacht, daß sie gerade ein außersinnliches Erlebnis oder etwas Ähnliches hatte.

Sie schüttelte den Kopf. »Nicht, daß ich Angst vor flüchtigen Tätern hätte ...«

»Bremsen!« schrie ich. »Die Autos vor uns bremsen!«

Lula riß die Augen auf und latschte auf die Bremse. »Heiliger Strohsack!«

Der Nissan rutschte sechzig Meter weit und kippte zur Leitplanke hin, verfehlte dabei einen Lastwagen nur um wenige Zentimeter. Wir hatten uns um hundertachtzig Grad gedreht und sahen den Verkehr auf uns zukommen.

»Ein bißchen leicht im Heck«, sagte Lula. »Du mußt etwas Ballastgewicht auf die Achsen legen.«

Meine erste Wahl für den nötigen Ballast wäre auf eine zwei Zentner schwere Ablagesekretärin gefallen. »Soll ich nicht doch lieber selbst fahren?«

»Es geht schon«, sagte Lula und reihte sich wieder in den Verkehr ein. »Ich bin bloß noch nie dabeigewesen, wenn du jemanden verhaftet hast.«

»Das ist so, als würde man seine Wäsche abholen. Man geht zur Reinigung, legt seine Quittung vor und geht mit seinem Zeug wieder nach Hause. Nur mit dem Unterschied, daß man diesmal sein Zeug zur Polizeiwache bringt.«

»Um Polizeiwachen mache ich normalerweise einen großen Bogen«, sagte Lula.

- 3 -

Lula und ich stellten den Wagen an einem der Eingänge zum Einkaufszentrum, unweit der Würstchenbude, ab und huschten unter einem wolkenverhangenen Himmel durch Regen und eisigen Graupel zur Tür. Wir marschierten quer durch die Halle auf Macy's zu, wobei sich die Leute mit aufgerissenen Mäulern nach Lula in ihrem Staubmantel umdrehten und gegen die nächste Wand liefen.

»Oh, sieh mal«, sagte Lula. »Hier gibt's Handtaschen. Die kleine rote mit dem Goldkettchen sieht bestimmt schick an mir aus.«

Wir blieben stehen, um uns die rote Tasche näher zu betrachten und sie zur Probe über Lulas Schulter zu hängen.

»Schwer zu erkennen, bei dem Mantel«, stellte Lula fest.

Eine Verkäuferin machte sich an uns heran. »Sie dürfen den Mantel ruhig ablegen, ich halte ihn solange für Sie.«

»Ich würde ja gerne«, sagte Lula, »aber es ist vielleicht doch keine so gute Idee. Wir sind Kopfgeldjäger und hinter einem Mann her, und ich habe eine Waffe unter meinem Mantel.«

»Kopfgeldjäger?« stieß die Frau keuchend hervor. Das Wort

war für sie offenbar gleichbedeutend mit »Wildgewordenes Ungeziefer«.

Ich riß Lula die Tasche von der Schulter und legte sie auf die Theke. Ich packte Lula am Ellbogen und zog sie hinter mir her. »Du hast doch wohl nicht wirklich eine Pistole unter deinem Mantel, oder?«

»Irgendwie muß ich mich als Frau doch schützen.«

Ich scheute mich, sie zu fragen, was für eine Waffe sie bei sich trug; wahrscheinlich ein Sturmgewehr oder einen Raketenwerfer.

»Wir müssen den Nagellack für Connie besorgen«, sagte ich zu ihr. »Einen in Rot.«

Lula machte am Parfümstand halt und sprühte sich mit dem Duftwasser aus einer Probierflasche ein. »Wie findest du das?«

»Wenn das nicht verflogen ist, bis wir wieder im Auto sitzen, kannst du mit dem Bus nach Hause fahren.«

Sie probierte noch eine andere Sorte. »Riecht das besser?«

»Hör auf damit! Parfüms verstopfen mir die Nase.«

»Meine Güte. Keine Handtaschen, keine Parfüms. Du verstehst rein nichts von Shopping.«

»Welcher Nagellack gefällt dir besser?« Ich hielt zwei verschiedene Tönungen zur Auswahl hoch.

»Der linke ist richtig rot. Sieht aus, als hätte jemand eine Vene angestochen und das Blut in Flaschen abgefüllt. Drakula würde ausrasten bei dem Rot.«

Wenn Drakula seine Freude daran gehabt hätte, dann Connie erst recht.

Ich kaufte den Nagellack, danach vergnügten wir uns mit Lippenstiften, probierten ein paar auf dem Handrücken aus, aber fanden keinen, der die Geldausgabe wert gewesen wäre.

Wir durchquerten wieder die Halle und nahmen uns einen Augenblick Zeit, die nächste Umgebung des Hot-Dog-Standes zu sondieren. Wegen des Wetters und der Tageszeit war die Halle vergleichsweise leer. Das kam uns entgegen. Wir würden nicht so viel Aufsehen erregen, wir und Stuart. Es waren gerade keine Kunden da. Nur eine Person arbeitete in dem Würstchenstand, und diese Person war Stuart Baggett, von der Sohle bis zum Namensschildchen.

Ein verpickelter Halbstarker wäre mir lieber gewesen, oder so ein richtig fieser Kerl, Typ Menschenfresser. Ich brauchte klare Fronten für meinen Auftritt, nicht schon wieder so einen Reinfall wie bei Mo. Böser Verbrecher gegen gute Kopfgeldjägerin, das hätte ich gebraucht.

Statt dessen mußte ich mich mit Stuart Baggett abgeben, einem Kerlchen mit rotblonden Haaren, frisch vom Frisör, und Augen wie ein Cockerspaniel. Ich würde mich lächerlich machen, so einen Bengel festzunehmen.

»Nicht vergessen«, sagte ich zu Lula, »ich rede mit ihm. Du hältst die Klappe. Und wehe, du schießt auf ihn!«

»Nur, wenn er aufmuckt.«

»Er wird nicht aufmucken, und selbst wenn – keine Schießerei!«

»Hnh«, sagte Lula. »Keine Handtaschen, keine Parfüms, keine Schießerei. Ganz schön viele Regeln, findest du nicht?«

Ich legte die Hände auf die Theke. »Stuart Baggett?«

»Ja, Ma'am«, sagte er. »Was möchten Sie haben? Chilidog? Frankfurter? Cheesedog?«

Ich zeigte ihm meinen Ausweis und sagte, ich würde seinen Kautionsagenten vertreten.

Er las mit zusammengekniffenen Augen. »Kautionsagenten?«

»Ja«, sagte Lula. »Der perverse Italiener, der dich aus dem Knast rausgehauen hat.«

Stuart sah uns immer noch verdutzt an.

»Sie haben Ihren Gerichtstermin versäumt«, sagte ich zu ihm.

Seine Miene hellte sich auf wie eine Glühbirne. »Ach so, ja. Mein Gerichtstermin. Tut mir leid, aber ich mußte arbeiten. Mein Chef, Eddie Rosenberg, hat keinen Ersatz für mich gefunden.«

»Haben Sie das Gericht davon in Kenntnis gesetzt und einen neuen Termin beantragt?«

Er mimte wieder völliges Unverständnis. »Hätte ich das machen sollen?«

»Achtung«, sagte Lula. »Der Kerl ist dümmer, als die Polizei erlaubt.«

»Sie müssen sich beim Gericht melden«, sagte ich zu Stuart. »Ich könnte Sie jetzt gleich in die Stadt fahren.«

»Ich kann nicht einfach so weg«, sagte er. »Ich bin heute allein hier. Ich arbeite bis neun Uhr.«

»Sie könnten Ihren Chef anrufen. Soll er jemanden vorbeischicken, der für Sie einspringt.«

»Morgen ist mein freier Tag«, sagte Stuart. »Ich könnte morgen hingehen.«

Oberflächlich betrachtet war das eigentlich ein ganz vernünftiger Vorschlag. Meine Erfahrung als Kopfgeldjägerin, so begrenzt sie auch war, sagte mir das Gegenteil. Wenn der Morgen dämmerte, hatte Stuart bestimmt andere, dringendere Dinge vor als ausgerechnet einen Gang in den Knast.

»Es wäre besser, wenn Sie das heute erledigten«, sagte ich.

»Es wäre unverantwortlich«, sagte Stuart. Er wurde allmählich nervös. »Ich kann jetzt unmöglich weg.«

Lula stöhnte. »Mach dir nichts vor, Stuart. Das große Geschäft wird dir hier heute nicht entgehen. Draußen tobt der reinste Schneesturm.«

»Arbeitet sie auch für meinen Kautionsagenten?« fragte Stuart mich.

»Was hast du denn gedacht?« sagte Lula.

Ich sah mir die Einkaufsmeile an, dann sah ich mir Stuart an und seine Brutzelbude. »Sie hat recht, Stuart«, sagte ich. »Das Einkaufszentrum ist menschenleer.«

»Ja, stimmt. Aber ich habe gerade ganz viele Hot Dogs auf dem Grill.«

Ich kramte in meiner Handtasche und zog einen Zwanzig-Dollarschein heraus. »Das reicht für alle. Schmeißen Sie die Hot Dogs in den Mülleimer, und machen Sie den Laden für heute dicht.«

»Ich weiß nicht«, sagte Stuart. »Das sind echt gute Hot Dogs. Die kann man doch nicht einfach alle wegschmeißen.«

Ein schlagendes Argument. Ich strengte mein Gehirn an. »Na gut, dann wickeln Sie sie ein. Wir nehmen sie mit.«

»Ich hätte gern zwei Chili Dogs«, sagte Lula. »Und dann noch zwei mit Sauerkraut und Senf. Hast du auch diese neuen spiralförmigen Fritten?«

Stuart sah mich an. »Und Sie? Wie wollen Sie die übrigen Hot Dogs?«

»Ohne alles.«

»Hnh«, sagte Lula. »Bring Connie noch ein paar Chili Dogs mit. Die ist bestimmt stinksauer, wenn sie mich mit meinen Chili Dogs sieht, und sie kriegt nur die nackten Dinger ab.«

»Ist ja gut! Also noch zwei Chili Dogs«, sagte ich zu Stuart. »Die übrigen packen Sie bitte in eine Tüte.«

»Was ist mit Getränken?« fragte Lula. »Ohne was zu trinken kriege ich die ganzen Hot Dogs nicht runter.«

Ich bestellte drei mittlere Portionen Fritten und drei große Dosen Rootbeer und schob noch mal einen Zwanziger nach.

Stuart rief seinen Chef an und log ihm das Blaue vom Himmel herunter, er wäre krank, würde alles vollkotzen, die Hot Dogs wären verkauft, es wäre heute sowieso niemand unterwegs, wegen des Wetters, und überhaupt, er würde jetzt nach Hause gehen.

Wir zogen das Gitter herunter, schlossen die Brutzelbude ab und machten uns schwer bepackt mit den Tüten voller Hot Dogs und Getränkedosen auf den Weg.

Auf dem Parkplatz hielten sich noch Reste von Schneematsch, aber der Graupelschauer war jetzt in peitschenden Regen übergegangen. Wir quetschten Stuart und die Tüten zwischen uns und fuhren schweigend zurück nach Trenton. Von Zeit zu Zeit überprüfte ich Stuarts Gesichtsausdruck. Er war blaß, und ich hatte den Verdacht, daß er sich nicht gerade ein Bein ausgerissen hatte, um seinen Gerichtstermin einzuhalten. Er sah aus wie jemand, der sein Bestes versucht hatte, sich herauszureden, aber damit gescheitert war. Klein zu sein und süß auszusehen war sicher nicht eben hilfreich, wenn es Zeit war, erwachsen zu werden.

Wahrscheinlich hätte es gar keiner Kaution bedurft, wenn er nicht auch auf Polizeiwagen geschossen hätte. Und wenn er sich an die Spielregeln gehalten hätte, wäre er mit einer Geldstrafe und Bewährung davongekommen. New Jersey wußte nicht wohin mit seinen Kriminellen, für Amateure wie Stuart gab es in unseren Gefängnissen keinen Platz.

Lula bog ab zum Stadtzentrum, bremste vor einer roten Ampel, und der Nissan soff ab. Sie ließ den Motor wieder an, er lief ein paar Augenblicke, dann soff er wieder ab.

»Vielleicht trittst du die Kupplung nicht richtig durch«, gab ich zu bedenken.

»Ich weiß ja wohl, wie man eine Kupplung tritt«, sagte Lula. »Du hast dir eine Schrottkarre andrehen lassen.«

»Laß mich mal ran«, sagte ich, machte die Tür auf und lief auf die andere Seite.

Lula stand am Straßenrand und sah zu. »Das Auto ist kaputt. Laß dir das gesagt sein«, meinte sie.

Ich startete erneut, der Wagen machte ein paar Hopser nach vorn und soff dann wieder ab.

»Sollen wir mal unter die Motorhaube gucken?« schlug Lula vor. »Vielleicht hat sich eine Katze in dein Getriebe verirrt. Meine Nachbarin Midgie hatte mal eine Katze im Getriebe. Als Midgie endlich auf die Idee kam, mal unter der Motorhaube nachzuschauen, sah die Katze aus, als hätte man sie durch den Fleischwolf gedreht.«

Stuart zog eine Grimasse und machte Ihks!

»Das kommt oft vor«, sagte Lula. »Die armen Tiere frieren, und sie legen sich auf den warmen Motor. Dann schlafen sie ein, und wenn man den Wagen startet – gibt's Katzeneintopf.«

Ich klappte die Motorhaube auf, und Lula und ich suchten das Getriebe nach Katzen ab.

»Das kann es wohl nicht gewesen sein«, sagte Lula. »Jedenfalls kann ich kein Katzengedärm erkennen.«

Wir knallten die Motorhaube zu, und Lula sezte sich hinters Steuer. »Ich schaffe das schon«, sagte sie. »Man braucht nur den Motor hochzujagen, dann säuft er nicht ab.«

Wir fuhren zwei Straßen weiter und zuckten automatisch zusammen, als die Ampel vor uns auf Rot sprang. Lula ließ den Truck bis kurz hinter den lezten Wagen in der Schlange ausrollen. »Keine Panik«, sagte sie. »Das hätten wir geschafft.« Sie jagte wieder den Motor hoch. Der Truck röhrte laut im Leerlauf und fing an zu stottern. Lula gab noch mal Gas, dann plötzlich fuhr der Truck mit einem Ruck an und rammte den Wagen vor uns.

»Hoppla«, sagte Lula.

Wir stiegen aus, um nachzusehen, was passiert war.

Der Wagen vor uns hatte eine häßliche Delle links hinten in der Seitenverkleidung. Dem Nissan hatte es eine saftige Beule in der Schnauze und eine tiefe Delle in der Stoßstange eingebracht.

Der Fahrer des anderen Wagens war nicht gerade erfreut.

»Haben Sie keine Augen im Kopf?« brüllte er Lula an. »Lernen Sie erst mal anständig Auto fahren.«

»Schreien Sie mich nicht so an«, sagte Lula zu ihm. »So was vertrage ich nicht. Außerdem kann ich sehr gut fahren. Zufällig funktioniert mein Wagen nicht richtig.«

»Sind Sie versichert?« wollte der Mann wissen.

»Können Sie aber froh sein, daß ich versichert bin«, sagte Lula. »Ich bin nicht nur versichert, ich werde auch einen Unfallbericht für die Polizei aufsetzen. Und darin werde ich schreiben, daß Ihre Bremslichter völlig verdreckt waren und daß dieser Umstand zu dem Unfall beigetragen hat.«

Der Mann und ich tauschten uns kurz aus, dann widmeten Lula und ich uns wieder dem Nissan.

»Ach du Scheiße«, sagte Lula, als sie die Fahrertür öffnete. »Wo ist denn Stuart Baggett abgeblieben? Der Kerl hat die Biege gemacht.«

Hinter uns stauten sich die Autos, die jetzt eins nach dem anderen die Unfallstelle umkurvten. Ich stellte mich auf die kleine Ladefläche des Trucks, um einen Überblick zu haben, und schaute in alle Richtungen, die Straße rauf und runter, aber Stuart war wie vom Erdboden verschluckt. Ich schlug mir ein paarmal mit dem Handballen gegen die Stirn. Wie konnte ich bloß so blöd sein. Ich hatte ihm nicht mal Handschellen angelegt.

»Er sah nicht so durchtrieben aus, daß man befürchten mußte, er würde abhauen«, sagte Lula.

»Ich würde eher sagen, er sah wie ein Engelchen aus.«

»Genau. Wir haben uns blenden lassen.«

»Das beste ist, wir fahren zur Polizeiwache und setzen einen Unfallbericht auf«, sagte ich.

»Wir dürfen auf keinen Fall die verschmutzten Rücklichter vergessen. So was haben Versicherungen besonders gern.«

Ich ließ mich neben Lula nieder, und wir hielten während der Fahrt Ausschau nach Stuart, aber Stuart war längst über alle Berge.

Lula wurde auf einmal unruhig, als wir auf den Parkplatz der Stadtverwaltung fuhren, in der auch das Gericht und die Polizeiwache untergebracht waren. »Ich wäre dir sehr verbunden, wenn du ohne mich da reingehen und das Formular ausfüllen würdest«, sagte sie. »Ich will nicht, daß irgendwer auf falsche Gedanken kommt, wenn er mich auf der Polizeiwache sieht. Wer weiß, was die mit mir anstellen.«

Ich hatte meine Hand bereits am Türöffner. »Du willst mich doch nicht schon wieder im Stich lassen, oder?«

»Ich doch nicht.«

Es dauerte eine halbe Stunde, bis ich die ganzen Formalitäten erledigt hatte. Als ich aus dem Gebäude trat, war von einem blauen Nissan weit und breit nichts zu sehen, weder auf dem Parkplatz noch draußen auf der Straße. Es überraschte mich nicht. Ich ging zurück auf die Wache und rief von dort aus im Büro an.

»Ich bin schon wieder aufgeschmissen«, sagte ich zu Connie.

Ich hörte Einwickelpapier rascheln, und ich hörte Connie kauen.

»Was soll das?« fragte ich patzig. »Ißt du meine Hot Dogs? Gib mir Lula.«

»Hallo?« sagte Lula. »Was ist los?«

»Das kann ich sagen! Ich bin durchnäßt, ich friere, und du hast mich schon wieder im Stich gelassen. Und wehe, ihr habt die ganzen Hot Dogs aufgefuttert.«

»Wir hätten ja auf dich gewartet, aber es wäre doch eine Schande gewesen, das Essen kalt werden zu lassen.«

Schweigen am anderen Ende, dann hörte ich sie aus der Dose trinken.

»Soll ich dich abholen?« sagte sie schließlich.
»Das wäre nett.«

Eine halbe Stunde später waren wir im Büro. Lulas Freundin vom Strich war da, sie aß gerade einen Hot Dog.

»Hallo, meine Freundin«, rief Lula ihr entgegen. »Kommst du mich besuchen?«

»Nee«, sagte Jackie. »Ich will zu Stephanie.«

Connie reichte mir einen kalten Hot Dog. »Jackie hat Probleme mit ihrem Kerl.«

»Und jetzt kriegt der Kerl das Problem«, sagte Jackie. »Wenn wir ihn kriegen.«

Lula beugte sich vor. »Soll das heißen, dein Alter ist abgehauen?«

»Sag ich doch«, entgegnete Jackie. »Ich stehe in klirrender Kälte an meiner Ecke, gehe meinem Gewerbe nach, unterstütze den Versager nach Kräften, und das ist der Dank. Kein Brief. Kein Abschied. Nichts. Gar nichts. Und das schlimmste ist, der Wichser hat auch noch meinen Wagen genommen.«

Lula sah sie entgeistert an. »Den Chrysler?«

»Wenn ich es dir doch sage, meine Liebe. Er hat sich einfach den Chrysler genommen. Dabei muß ich noch zehn Raten zahlen.«

Ich aß meinen Hot Dog auf und gab Connie die Tüte mit dem Nagellack drin. »Hat sich Vinnie heute schon blicken lassen?«

»Nein. Er war noch nicht hier.«

»Schiebt bestimmt irgendwo 'ne Nummer«, sagte Lula. »Der Junge hat Hormonstörungen. Wenn er Druck hat, macht er's auch mit Federvieh.«

»Jedenfalls wollte ich Sie um Hilfe bitten, weil, Sie finden doch sonst immer jeden Dreck«, sagte Jackie zu mir. »Ich habe Geld. Ich kann auch was zahlen.«

»Sie ist unsere Beste«, sagte Lula. »Stephanie hat bis jetzt noch jeden Dreckskerl gefunden. Wenn sie deinen alten Herrn aufspüren soll, ist die Sache so gut wie gelaufen.«

»Das Dreckstück kann mich mal kreuzweise. Sie soll mein Auto wiederfinden«, sagte Jackie. »Ohne die Karre bin ich aufgeschmissen. Ich mußte mir ein Taxi nehmen hierher. Wie soll ich bei diesem Wetter denn meine Arbeit machen, ohne Auto mit Rücksitz. Glaubt ihr vielleicht, die Freier kämen alle mit eigenem Wagen vorgefahren? Von wegen. Ich habe jetzt schon Umsatzeinbußen.«

»Haben Sie den Diebstahl der Polizei gemeldet?« fragte ich.

Jackie verlagerte ihr Gewicht auf das andere Bein, eine Faust in die Taille gestemmt. »Wie bitte?«

»Vielleicht hat man Ihren Wagen beschlagnahmt«, warf ich als Erklärung ein.

»Das habe ich schon nachgeprüft«, sagte Connie. »Er ist nicht beschlagnahmt.«

»Es ist ein Chrysler LeBaron, Baujahr zweiundneunzig. Dunkelblau. Vor einem halben Jahr gebraucht gekauft«, sagte Jackie. Sie hielt mir eine Karteikarte hin. »Hier ist die Nummer. Ich habe ihn zuletzt vor zwei Tagen gesehen.«

»Fehlt sonst noch was? Geld? Kleidung? Hat der Kerl eine Reisetasche gepackt, bevor er abgehauen ist?« fragte ich sie.

»Es fehlen nur seine Wenigkeit und mein Auto.«

»Vielleicht hängt er irgendwo besoffen ab«, sagte Lula. »Treibt sich nur in der Gegend rum.«»

»Das wüßte ich. Ich sage dir, er ist abgehauen.«

Lula und ich wechselten Blicke, und mir kam der Verdacht, daß Jackie recht haben könnte, was seine Wenigkeit anging.

»Wir könnten Jackie doch nach Hause bringen«, schlug Lula vor. »Und dann gondeln wir ein bißchen in der Gegend rum und gucken mal, was sich so tut.«

Der Ton überraschte mich. Sie klang irgendwie freundlich und ernst. Ganz und gar nicht wie die Lula, die in dem Einkaufszentrum Kopfgeldjägerin gespielt hatte.

»Gute Idee«, sagte ich. »Vielleicht finden wir ja was.«

Alle drei sahen wir zu Jackie hinüber. Jackie war nur stinksauer, daß sie über kein Auto mehr verfügte, sonst nichts. Das war so ihre Art.

Lula hatte schon ihren Hut aufgesetzt und die Schnallen an ihrem Staubmantel zugemacht. »Die Ablage erledige ich später«, sagte sie zu Connie.

»Geh bloß in diesem Aufzug nicht in eine Bank«, sagte Connie.

Jackie hauste zur Miete in einer Zweizimmer-Wohnung, drei Straßen weiter von Onkel Mo. Weil wir schon mal in der Gegend waren, machten wir einen kleinen Umweg über die Ferris Street und sahen uns um.

»Alles beim alten«, sagte Lula und glitt mit ihrem Firebird die leere Straße entlang.

Wir fuhren die King Street hinunter und bogen in die Gasse hinter Mos Laden. Ich sprang kurz aus dem Wagen und spähte in Mos Garage. Kein Auto, kein Licht in den rückwärtigen Zimmern der Wohnung im Obergeschoß.

»Irgend etwas ist faul an der Sache«, sagte ich. »Das ergibt alles keinen Sinn.«

Lula arbeitete sich langsam bis zu Jackies Wohnung vor, fuhr vier Straßen weiter, dann wieder fünf Straßen zurück in die entgegengesetzte Richtung. Alle drei hielten wir Ausschau nach Jackies Wagen. Als wir vor ihrem Haus ankamen, hatten wir einen beträchtlichen Teil des Viertels abgeklappert, aber es war uns nichts aufgefallen.

»Mach dir keine Sorgen«, sagte Lula zu Jackie. »Wir finden

dein Auto. Geh ruhig nach Hause und guck Fernsehen. Fernsehgucken ist immer noch das beste an Tagen wie heute. Zieh dir die Knalltüten aus den Unterhaltungsshows rein.«

Jackie verschwand hinter einem Regenschleier in dem mit kastanienbraunen Schindeln verkleideten zweistöckigen Gebäude. Die Straße war gesäumt von Autos, Jackies Chrysler war nicht darunter.

»Was ist das für ein Typ?« fragte ich Lula.

»Wer? Jackies Freund? Nichts Besonderes. Kommt und geht. Dealt ein bißchen.«

»Wie heißt er?«

»Cameron Brown. Auf dem Straßenstrich nennen sie ihn alle nur Maggot. Das läßt tief blicken, finde ich.«

»Traust du ihm zu, daß er einfach so mit Jackies Auto abhaut?«

»Ohne weiteres.« Lula reihte sich wieder in den Verkehr ein. »Du bist hier die Expertin im Aufspüren. Was sollen wir als nächstes machen?«

»Wir machen weiter wie bisher«, sagte ich. Durch die Gegend gondeln. Die Orte auskundschaften, an denen Brown sich normalerweise rumtreiben würde.

Zwei Stunden später verpaßte Lula im Regen plötzlich eine Kreuzung, und bevor wir den Irrtum korrigieren konnten, befanden wir uns unten am Flußufer, schlängelten uns zwischen Hochhäusern hindurch.

»Das wird mir langsam unheimlich«, sagte Lula. »Es geht mir ja schon auf die Augen, nach dieser blöden Karre zu gucken, aber hier komme ich mir nun wirklich total verloren vor.«

»Nicht nötig«, sagte ich. »Wir sind immer noch in Trenton.«

»Na gut, aber in diesem Teil von Trenton bin ich noch nie gewesen. In einer Gegend, in der auf die Häuserwände keine Sprüche gesprüht sind, fühle ich mich einfach nicht wohl. Guck dir das doch an. Keine brettervernagelten Fenster, kein Müll in der Gosse, keiner von unsereins, der hier seinen Bruch auf der Straße verhökert. Ich verstehe nicht, wie man so leben kann.« Sie sah mit zusammengekniffenen Augen in den Regen und lenkte den Wagen auf einen Parkplatz. »Ich kehre um«, sagte sie. »Ich fahre zurück ins Büro, da werde ich mich über die restlichen Hot Dogs hermachen, und dann widme ich mich wieder der Aktenablage.«

Mir war es recht, denn bei strömendem Regen durch irgendeinen Slum spazierenzufahren, zählte nicht gerade zu meinen Lieblingsbeschäftigungen.

Lula glitt schwungvoll an einer Reihe parkender Autos vorbei – und da stand er vor uns, der Chrysler.

Wir saßen beide wie gelähmt, trauten kaum unseren Augen. Da hatten wir mühsam alle möglichen Straßen und Wege abgesucht, dabei stand das Auto hier an dieser unmöglichen Stelle, wo man es nie vermutet hätte.

»Scheißkerl«, sagte Lula.

Ich betrachtete das Gebäude am Rand des Parkplatzes. Acht Geschosse, ein riesiger, einfallsloser Klotz mit Isoverglasung. »Sieht aus wie ein Wohnhaus.«

Lula nickte, und wir widmeten unsere Aufmerksamkeit wieder dem Chrysler, nicht gerade erpicht darauf, ihn zu untersuchen.

»Wir sollten ihn uns wenigstens mal ansehen«, sagte Lula schließlich.

Wir taten beide einen tiefen Seufzer und stiegen aus dem Firebird. Der Regen hatte sich zu einem Nieselregen verflüchtigt, und die Temperatur war gefallen. Die Kälte drang durch meine Haut bis unmittelbar zu meinen Knochen vor, und die Aussicht, Cameron Brown tot im Kofferraum von Jackies Auto vorzufinden, verhinderte jedes warme Gefühl im Bauch.

Ängstlich schauten wir durch die Fenster und probierten die

Türen. Die Türen waren verschlossen. Das Innere des Wagens war leer. Kein Cameron Brown. Keine offenkundigen Hinweise – zum Beispiel Notizen, die detailliert Aufschluß über Browns letzte Stunde gegeben hätten, oder Straßenkarten, die mit einem großen hellroten Kreuz an der bewußten Stelle markiert waren. Lula und ich trafen uns hinten, standen nebeneinander und sahen auf den Kofferraum hinab.

»Blut tropft jedenfalls keins raus«, stellte Lula fest. »Schon mal ein gutes Zeichen.« Sie ging zurück zu ihrem Wagen und kam mit einem Brecheisen wieder. Sie schob es unter die Kofferraumklappe des Chryslers und stemmte die Klappe hoch.

Ersatzreifen, eine schmutzige gelbe Decke und ein paar verschmierte Handtücher. Von Cameron Brown keine Spur.

Lula und ich stießen beide gleichzeitg zischend die Luft aus.

»Wie lange ist Jackie schon mit dem Typen zusammen?« fragte ich.

»Ungefähr ein halbes Jahr. Jackie hat kein Glück bei den Männern. Will nicht wahrhaben, was Sache ist.«

Lula warf das Brecheisen auf ihren Rücksitz, und wir beide stiegen wieder in den Firebird ein.

»Und was ist diesmal Sache?« fragte ich.

»Dieser Maggot ist ein Schnorrer vor dem Herrn. Erst schickt er Jackie anschaffen, dann benutzt er ihr Auto, um seine Dealergeschäfte abzuwickeln. Er könnte sich ja auch ein eigenes Auto kaufen, aber er benutzt Jackies, weil alle Welt weiß, daß sie eine Nutte ist. Wenn die Bullen ihn filzen und Zeug in seinem Kofferraum finden, braucht er nur zu sagen, er wüßte nicht, wie das da reingekommen ist. Hätte sich den Wagen nur von seiner Freundin ausgeborgt. Jeder weiß, daß Jackie Drogen nimmt. Drogen sind doch überhaupt der einzige Grund, warum jemand auf den Strich geht.«

»Glaubst du, daß Brown hier Drogen verkauft hat?«

Lula schüttelte den Kopf. Nein. »Er bringt seine Drogen nicht unter solches Volk. Er verkauft an Kinder.«

»Dann hat er vielleicht eine Freundin hier in dem Haus.«

Lula wendete und fuhr von dem Platz runter.

»Kann sein, aber es sieht eine Nummer zu schick aus für Cameron Brown.«

Als ich mich nachmittags um fünf Uhr in meine Wohnung schleppte, war ich ziemlich niedergeschlagen. Ich war wieder auf meinen alten Buick umgestiegen. Der Pickup befand sich in einer Nissan-Werkstatt zur Reparatur, nachdem Blue-Ribbon-Gebrauchtwagen mit einem Hinweis auf eine Klausel in meinem Vertrag, die besagte, ich hätte den Wagen »im gegenwärtigen Zustand« gekauft, die Verantwortung für den Schaden abgelehnt hatte. Kein Rückgaberecht. Keine Garantie.

Meine Schuhe waren durchweicht, meine Nase lief, und Jackie ging mir nicht aus dem Kopf. Die Suche nach ihrem Auto schien mir völlig unangemessen. Ich wollte ihre Lebensumstände verbessern. Ich wollte sie von den Drogen runterkriegen, und ich wollte, daß sie den Beruf wechselte. Sie war doch nicht blöd! Sie hätte Gehirnchirurgin werden können, wenn sie sich nur mal die Haare anständig geschnitten hätte.

Ich zog die Schuhe in der Diele aus und streifte die übrigen Kleider im Badezimmer ab. Ich blieb so lange unter der Dusche stehen, bis ich aufgetaut war. Ich rubbelte mein Haar mit einem Handtuch trocken und fuhr mit der Hand hindurch, um es wieder in Form zu bringen. Ich zog dicke weiße Strümpfe an, Jogginghose und Sweatshirt.

Ich holte Mineralwasser aus dem Kühlschrank, Schreibblock und Stift von der Küchenablage und setzte mich an den Eßtisch. Ich wollte mal meine Gedanken über Mo Bedemier zu Papier bringen und herausfinden, was ich übersehen hatte.

Ich wachte um neun Uhr auf, das Spiralband des Schreibblocks hatte sich auf meiner linken Gesichtshälfte abgedrückt, und das Blatt Papier war so leer wie mein Kopf. Ich strich mir die Haare aus der Stirn, drückte die Taste 4 meiner Schnellwahl und bestellte eine Pizza beim Lieferservice – mit viel Käse, schwarzen Oliven, Pepperoni und Zwiebeln.

Ich nahm den Stift zur Hand und zog einen Strich auf dem leeren Blatt. Ich malte ein lustiges Gesicht. Ich malte ein mürrisches Gesicht. Ich malte ein Herz mit meinen Initialen drin, aber dann fehlten mir andere Initialen, die ich neben meine hätte schreiben können, und so kehrte ich zu meinen Überlegungen zu Onkel Mo zurück.

Wo konnte Mo hingefahren sein? Er hatte seine Kleider fast alle zu Hause gelassen. Die Schubladen waren voll mit Strümpfen und Unterwäsche. Seine Toilettenartikel waren vollständig; Zahnbürste, Rasierapparat und Deodorant im Badezimmerschrank über dem Waschbecken. Das hatte doch irgend etwas zu bedeuten, oder?

Die logische Schlußfolgerung war, daß er eine zweite Wohnung hatte, in der er eine Ersatzzahnbürste deponiert hatte – das Problem war bloß, daß das Leben nicht immer logisch war. Die Überprüfung der Versorgungsleistungen durch die Stadtwerke hatte nichts ergeben. Das konnte nur heißen, daß das Ferienhaus oder die Zweitwohnung, wenn Mo so etwas besaß, nicht unter seinem Namen registriert waren.

Die andere Möglichkeit – daß man Mo entführt hatte und er mittlerweile längst tot war und man irgendwann nur noch seine Leiche finden würde – war einfach zu deprimierend, um sich damit auseinanderzusetzen. Diese Möglichkeit wollte ich vorerst mal beiseite lassen, entschied ich.

Was war mit Mos Post? An einen Briefkasten konnte ich mich nicht erinnern. Wahrscheinlich brachte der Postbote die Post immer im Laden vorbei und händigte sie ihm persönlich aus. Was passierte also jetzt mit seiner Post?

Bei der Post nachfragen, notierte ich auf meinem Blatt Papier.

Ich spürte Pizzageruch vom Aufzug her in meine Nase strömen, hastete in die Diele, legte die Vorhängekette ab, schob die Sperriegel an den beiden Yale-Schlössern zur Seite, machte die Wohnungstür auf und sah in das Gesicht von Joe Morelli.

»Pizza-Lieferservice«, sagte er.

Ich kniff die Augen zusammen.

»Ich war gerade bei Pino, als deine Bestellung reinkam.«

»Ist das auch bestimmt die Pizza, die ich bestellt habe?«

Morelli drängte sich an mir vorbei und stellte die Pizza auf die Küchenablage. »Ich schwöre bei allem, was mir heilig ist.« Er holte zwei Bier aus dem Kühlschrank, balancierte den Pizzakarton in der anderen Hand, trug alles ins Wohnzimmer und setzte sich an den Sofatisch. Er nahm die Fernbedienung vom Sofa und drückte den Sender, der das Spiel der Knicks übertrug.

»Mach es dir ruhig bequem«, sagte ich.

Morelli lachte.

Ich stellte zwei Teller und eine Rolle Papierhandtücher neben den Pizzakarton und legte ein Pizzamesser dazu. Ehrlich gesagt, war ich gar nicht so unerfreut über das Wiedersehen. Morelli strahlte Körperwärme aus, an der es mir heute mangelte, und als Polizist verfügte er über Mitel, die einem Kopfgeldjäger nützlich sein konnten. Andere Gründe mögen auch eine Rolle gespielt haben, Selbstsucht und Lust, aber das einzugestehen, dazu war ich jetzt nicht in der Verfassung.

Ich schnitt die Pizza an, verteilte ein paar Stücke auf die Teller und reichte einen Morelli. »Kennst du einen gewissen Cameron Brown?«

»Zuhälter«, sagte Morelli. »Ein Schleimer. Dealt mit Drogen.« Er sah mich über den Tellerrand hinweg an. »Wieso?«

»Kennst du Jackie? Lulas Freundin?«

»Jackie, die Nutte?«

»Ja. Sie kam heute in Vinnies Büro und wollte, daß wir ihr Auto suchten. Anscheinend ist ihr Freund Cameron Brown mit dem Auto abgehauen.«

»Und?«

»Lula und ich sind in der Gegend rumgekurvt und fanden das Auto schließlich auf dem Parkplatz der River Edge Apartments.«

Morelli hörte auf zu essen. »Erzähl weiter.«

»Das ist alles. Jackie meinte, Cameron brauchten wir nicht zu suchen. Sie wollte nur ihr Auto wiederhaben.«

»Ich verstehe dein Problem noch nicht.«

Ich kaute auf meiner Pizza herum. »Ich weiß nicht. Das Ganze ist irgendwie – unangenehm. Unerledigt.«

»Halte dich da raus.«

»Wie bitte?«

»Es ist Jackies Problem«, sagte Morelli. »Kümmere dich um deine eigenen Sachen. Du hast ihren Wagen wiedergefunden. Laß es dabei bewenden.«

»Sie ist fast so etwas wie eine Freundin.«

»Sie ist auf Droge. Sie hat keine Freunde.«

Ich wußte ja, daß er recht hatte, aber mich überraschte doch die hartherzige Bemerkung und der eindringliche Ton. In meinem Kopf schrillten die Alarmglocken. Wenn Morelli mir so entschieden davon abriet, mich in einer bestimmten Sache zu engagieren, dann wollte er in der Regel nur verhindern, daß ich ihm ins Gehege kam.

Morelli flezte sich mit der Flasche Bier in der Hand auf dem Sofa. »Was ist denn aus der großartigen Suche nach Mo geworden?«

»Mir fällt nichts Großartiges mehr ein.« Ich hatte zwei Stücke Pizza verschlungen und liebäugelte mit einem dritten. »Nun sag schon«, forderte ich Morelli auf. »Was ist dran, an Jackie und ihrem Macker. Warum soll ich mich nicht einmischen?«

»Wie gesagt, es geht dich nichts an.«

Morelli rutschte nach vorne, klappte den Deckel von Rex' Käfig auf und warf ein Stück Teigkruste von der Pizza in Rex' kleinen Keramikfutternapf.

»Sag es mir trotzdem«, forderte ich ihn noch mal auf.

»Da gibt es nicht viel zu sagen. Es herrscht gerade eine seltsame Stimmung in der Szene. Die Dealer ziehen sich zurück, werden vorsichtig. Es geht das Gerücht um, einige wären verschwunden.«

Das Fernsehen lenkte seine Aufmerksamkeit ab. »Sieh dir das an«, sagte er. »Sieh dir die Zeitlupe von diesem Layup an.«

»Die Kollegen von der Sitte müssen doch begeistert sein.«

»Ja«, sagte Morelli. »Sie sitzen rum und spielen Karten und essen Doughnuts, aus lauter Mangel an Verbrechen.«

Ich haderte immer noch mit mir, was das dritte Stück Pizza anging. Meine Schenkel hätten es nicht gebraucht, aber das Leben war kurz, und körperliche Befriedigung war dieser Tage nicht leicht zu haben. Was soll's, iß das Scheißding und bring's hinter dich, dachte ich.

Ich sah ein Grinsen in Morellis Mundwinkeln aufzucken.

»Was soll das?« brüllte ich ihn an.

Er hielt beide Hände hoch. »Mensch! Schrei mich nicht so an. Bloß weil du keine Willenskraft hast.«

»Ich habe reichlich Willenskraft.« Ich konnte es nicht vertragen, wenn Morelli recht hatte. »Warum bist du überhaupt hergekommen?«

»Reine Menschenfreundlichkeit.«

»Und weil du wissen willst, ob ich irgend etwas Neues über Mo in Erfahrung gebracht habe.«

»Du sagst es.«

Ich hatte erwartet, daß er das abstritt, ich konnte ihm also schlecht Vorhaltungen machen.

»Warum interessierst du dich so für Mo?« fragte ich ihn.

Morelli zog die Schultern hoch. »Ganz Burg interessiert sich für Mo. Ich habe als Kind viel Zeit in seinem Laden verbracht.«

Der Morgen zog spät unter einer öden Wolkendecke herauf, die nach Farbe und Struktur eher einer Betonschicht glich. Ich aß die Pizzareste zum Frühstück und fütterte Rex gerade mit Cheerios und Rosinen, als das Telefon klingelte.

»Ist das ein versauter Morgen«, sagte Lula. »Und es wird mit jeder Sekunde schlimmer.«

»Meinst du das Wetter?« fragte ich.

»Das auch. Aber eigentlich meine ich die menschliche Natur. Es gibt da ein aktuelles Problem. Jackie hat sich auf diesem geleckten Parkplatz eingenistet und will ihren Kerl in flagranti erwischen. Ich habe ihr gesagt, sie soll nach Hause gehen, aber sie hört nicht auf mich. Ich habe ihr auch gesagt, wahrscheinlich wäre er sowieso nicht da. Was sollte er schon mit einer Frau anfangen, die sich eine Wohnung in *so* einem Haus leisten kann? Den Scheißkerl haben sie alle gemacht. Sie sollte lieber in den Müllcontainern nach ihm suchen. Aber da bin ich bei ihr auf taube Ohren gestoßen.«

»Und?«

»Ich habe mir gedacht, du könntest ja mal mit ihr reden. Sie friert sich da draußen noch einen ab. Sie ist die ganze Nacht über da gewesen.«

»Wieso meinst du, sie würde auf mich hören?«

»Du könntest ihr sagen, du würdest ihn überwachen lassen und daß sie sich deswegen nicht einzumischen braucht.«

»Da müßte ich lügen.«

»Na und? Hast du noch nie gelogen?«

»Na gut«, sagte ich. »Mal sehen, was sich machen läßt.«

Eine halbe Stunde später fuhr ich mit meinem Buick auf den Parkplatz der River Edge Apartments. Jackie saß tatsächlich da, in ihrem Chrysler. Ich stellte meinen Wagen hinter ihrem ab, stieg aus und klopfte an ihre Fensterscheibe.

»Ja?« sagte Jackie zur Begrüßung, nicht gerade hocherfreut.

»Was machen Sie hier?«

»Ich warte darauf, daß dieser gemeine Autodieb endlich rauskommt, und dann schieß ich ihm ein Loch in den Bauch, daß er seinen Kopf durchstecken kann.«

Ich verstehe nicht viel von Waffen, aber die Kanone, die neben Jackie auf dem Beifahrersitz lag, sah so aus, als könnte sie die Drohung wahrmachen.

»Gute Idee«, sagte ich, »aber Sie sehen ziemlich durchgefroren aus. Was halten Sie davon, wenn ich Sie mal ablöse bei der Überwachung?«

»Vielen Dank für das Angebot. Aber Sie haben den Kerl schon für mich gefunden, jetzt will ich ihn wenigstens umlegen.«

»Das sehe ich ein. Ich dachte nur, es wäre beser, wenn man damit wartet, bis es etwas wärmer ist. Schließlich will man nichts überstürzen. Ist doch sinnlos, hier rumzusitzen und sich zu erkälten, nur weil man einen Kerl umlegen will.«

»Stimmt, aber ich will ihn jetzt umlegen. Ich habe keine Lust zu warten. Außerdem mache ich heute sowieso keinen Umsatz, bei dem Wetter. An so einem Tag lassen doch nur Verrückte ihr Öl wechseln, und auf perverses Zeug kann ich gut und gerne verzichten. Da kann ich es mir auch gleich hier gemütlich machen. Besser, als mich an meiner Ecke rumzudrücken.«

Da hatte sie recht.

»Wie Sie meinen«, sagte ich. »Seien Sie vorsichtig.«

»Hnh«, sagte Jackie.

Ich fuhr zum Büro und sagte Lula, daß Jackie sich auf die Belagerung versteift hätte.

»Hnh«, sagte Lula.

Vinnie kam aus seinem Büro gestürmt.

»Und?« fragte er.

Wir sahen ihn verständnislos an. Was – und?

Vinnie schoß sich auf mich ein. »Wo ist Mo? Wieso sitzt Mo nicht in Untersuchungshaft? Es kann doch nicht so schwer sein, einen alten Mann zu fangen, der Süßigkeiten verkauft.«

»Mo ist ausgeflogen«, sagte ich. »Vorübergehend von der Bildfläche verschwunden.«

»Und wo hast du überall nach ihm gesucht, wenn ich fragen darf? Warst du in seiner Wohnung? Bei seiner Schwester? Bei seinem Liebhaber?«

Im Büro wurde es plötzlich still.

Ich fand meine Stimme als erste wieder. »Was für ein Liebhaber?«

Vinnie lachte. Die gleichmäßigen Zähne leuchteten weiß in seinem gebräunten Gesicht. »Habt ihr das nicht gewußt?«

»Meine Güte«, sagte Connie und bekreuzigte sich. »Ach, du meine Güte.«

Mir drehte sich alles. »Ist das dein Ernst?« fragte ich Vinnie, als würde ich auch nur für den Bruchteil einer Sekunde an Vinnies Fachwissen über abweichendes Sexualverhalten zweifeln.

»Moses Bedemier ist eine bekennende Tunte«, verkündete Vinnie mit einem breiten Lächeln im Gesicht, die Hände tief in den Taschen seiner Bügelfaltenhosen vergraben und mit Münzen spielend. »Moses Bedemier trägt gern Damenunterwäsche.«

Vincent Plum, Kautionsbürge. Spezialist für Einfühlungsvermögen und Toleranz, politisch korrekt, versteht sich.

Ich wandte mich an Lula. »Ich dachte, Mo wäre ein Kunde von dir.«

»Das habe ich nicht gesagt. Nur, daß ich ihn kenne. Manchmal kam er abends spät, wenn ich an meiner Ecke stand, mit dem Auto vorbeigefahren und fragte Jackie oder mich nach dem Weg. Er wollte wissen, wo er Freddie the Frog oder Little Lionel finden könnte. Ich hatte immer den Verdacht, daß er irgendwelches Zeug geschluckt hat.«

»Ach du liebe Güte«, sagte Connie. »Ein Homosexueller, der auch noch Drogen nimmt. Ach du liebe Güte.«

»Woher weißt du das?« fragte ich Vinnie.

»Gerüchte. Außerdem habe ich ihn und seinen Lebensgefährten vor ein paar Monaten in New Hope in einem Restaurant zusammen gesehen.«

»Woher weißt du, daß es sein Lebensgefährte war und nicht bloß ein Freund?«

»Willst du Einzelheiten hören?« sagte Vinnie, grinste breit und kostete seinen Triumph aus.

Ich verzog das Gesicht und schüttelte den Kopf.

Connie kniff die Augen fest zu.

»Mann, o Mann!« sagte Lula.

»Kennst du seinen Namen?« fragte ich Vinnie. »Wie sieht der Typ aus?«

»Er ist etwa in Mos Alter. Kleiner, schlanker. Sanft, so wie Mo. Dunkle Haare, auf dem Kopf etwas kahl. Ich kenne seinen Namen nicht, aber der ließe sich mit ein paar Anrufen herausfinden.«

Ich schenkte der Drogenkäufertheorie nicht viel Glauben, andererseits wollte ich auch nichts unversucht lassen. Als Lula noch auf den Strich ging, war die Stark Street ihr Revier gewesen, eine ellenlange Straße, in der sich Crackhäuser, Kneipen und Reihenhäuser abwechselten, letztere waren in stickige

Apartments und Mietzimmer umgewandelt worden. Die Stark Street abzuklappern, wäre reine Zeitverschwendung. Niemand würde mit mir reden. Es blieben mir nur zwei Möglichkeiten. Die eine hieß Lula. Die andere Ranger.

- 4 -

Ich befand mich in einer Zwickmühle. Ich konnte Ranger bitten, ein paar Nachforschungen über Mo anzustellen, oder ich konnte Lula fragen. Ranger wäre meine erste Wahl gewesen, aber Lula saß direkt vor meiner Nase, hatte schon Witterung aufgenommen, las meine Gedanken.

»Was ist?« fragte Lula. Sie rutschte auf ihrem Stuhl herum. Unruhig. Kampfbereit. Nüsternblähend wie ein Nashorn. Sie machte den Eindruck, als würde es sie kränken, wenn ich sie nicht bat, mit mir zusammenzuarbeiten. Als würden sich ihre Augen jeden Moment zu Sehschlitzen verengen, als würde sie sich auf mich stürzen und mich wie eine Fliege zerquetschen.

Allmählich dämmerte mir die Einsicht, daß es klüger war, Lula mitzunehmen. Warum sie unnötig kränken? Wahrscheinlich würde sie ganz cool an die Sache herangehen. Was war schon groß dabei? Sie brauchte nur ein paar Nutten und Dealern Mos Foto vorzulegen, mehr nicht. Na gut, sie hatte nicht gerade Fingerspitzengefühl, aber das war ja wohl kein Verbrechen.

»Du hast doch einen guten Draht zur Szene in der Stark Street«, sagte ich zu Lula. »Du könntest Mos Foto herumzeigen. Mal sehen, vielleicht bringt uns jemand auf eine Spur.«

Lulas Miene hellte sich auf. »Aber hallo! Klar kann ich das.«

»Gut so«, meinte Vinnie. »Schaff sie mir aus den Augen. Sie macht mich ganz nervös.«

»Das will ich ja gerade erreichen. Du sollst nervös sein«, sagte

Lula zu ihm. »Ich habe ein wachsames Auge auf dich. Also komm mir nicht blöd, Mister.«

Vinnie bleckte die Zähne, und ich glaubte, Dampf aus seinen Ohren hervorquellen zu sehen, der sich über seinem Kopf in Wohlgefallen auflöste. Aber vielleicht war das auch bloß meine Einbildung.

»Ich hänge mich ans Telefon. Mal sehen, ob ein Name für Mos Freund dabei herauskommt«, sagte Vinnie und zog sich türknallend in seinen Privatbunker zurück.

Lula fuhr mit Wucht in die Ärmel ihres Mantels. »Und ich klemme mich sofort dahinter. Ich werde den Fall bis ins allerletzte aufklären.«

Ich hatte nichts mehr hier verloren, jetzt, wo alle auf Trab waren. Ich ging denselben Weg zurück, den ich gekommen war, stieg in den Buick und schwebte wie im Blindflug nach Hause. Ich fuhr auf den Parkplatz vor meinem Haus und sah hoch zu den Fenstern meiner Wohnung. Ich hatte das Licht im Schlafzimmer angelassen, und jetzt leuchtete es mir freundlich zur Begrüßung entgegen. Ein Viereck der Gemütlichkeit hoch oben über dem grauen eisigen Pesthauch der allmorgendlichen Smogdecke.

Mr. Kleinschmidt stand gerade unten in der Eingangshalle, als ich durch die Doppelglastür kam.

»Halali«, sagte Mr. Kleinschmidt. »Halali, halala, die Kopfgeldjägerin ist da. Warum so früh auf den Beinen? Heute schon einen Mörder gefangen?«

»Nein.«

»Dann vielleicht einen Drogenhändler? Einen Vergewaltiger?«

»Nein, und noch mal nein.«

»Was dann? Warum so früh auf den Beinen?«

»Eigentlich bin ich auf der Suche nach Moses Bedemier.«

»Ein schlechter Scherz, was?« sagte Mr. Kleinschmidt. »Im

Ernst, ich kenne Moses Bedemier. Mo würde sich nie etwas zuschulden kommen lassen. Suchen Sie lieber jemand anderen.«

Ich betrat den Aufzug und drückte den Knopf für den ersten Stock. Ich winkte Mr. Kleinschmidt zum Abschied mit dem kleinen Finger, aber er winkte mir nicht zurück.

»Warum ich?« klagte ich dem leeren Aufzug mein Leid. »Warum trifft es ausgerechnet mich?«

Ich schloß die Wohnungstür auf und schaute zuerst in Rex' Käfig. Er schlief in seiner Suppendose. Still und friedlich. Das ist das Tolle an einem Hamster als Mitbewohner: Hamster behalten ihre Gedanken für sich. Falls Rex sich irgendeine Meinung über Moses Bedemier gebildet hatte, behelligte er mich nicht mit ihr.

Ich stellte eine Tasse Kaffee in die Mikrowelle und ließ mich nieder, um meine Anrufe zu tätigen.

Ich fing mit meiner Kusine Jeanine an, die bei der Post arbeitete. Jeanine sagte mir, Mos Briefe würden gelagert, er hätte keine Nachsendeadresse hinterlassen und bis jetzt auch nichts abgeholt.

Ich rief nacheinander Linda Shantz, Loretta Beeber und Margaret Molinowsky an. Sie alle konnten mir nicht viel sagen über Mo, dafür fand ich heraus, daß meine Erzfeindin, Joyce Barnhardt, sich eine resistente Pilzinfektion eingefangen hatte. Da kam Freude auf.

Um ein Uhr mittags rief ich bei Vinnie an, um zu fragen, ob er den Namen für mich in Erfahrung gebracht hatte. Der Anruf wurde an den automatischen Ansagedienst weitergeleitet, und mir fiel ein, daß heute ja Samstag war. Das Büro war an Samstagen nur halbtags geöffnet.

Ich überlegte, ob ich mich sportlich betätigen sollte, zum Beispiel joggen, aber dann sah ich aus dem Fenster und mußte feststellen, daß immer noch Januar war, also ließ ich die Idee wieder fallen.

Ich ging zurück zum Telefon und rief noch mehr Wichtigtuer an. Es würde Tage dauern, bis ich meine Liste mit Klatschmäulern abgearbeitet hätte, rechnete ich mir aus, aber in der Zwischenzeit konnte ich mir vormachen, ich würde bei meiner Suche vorankommen.

Um halb vier war mein Ohr schon ganz geschwollen, und ich glaube, viel länger hätte ich das Gesülze aus dem Hörer nicht mehr ausgehalten. Ich überlegte gerade, ob ich einen Mittagsschlaf einlegen sollte, als jemand an meine Tür hämmerte.

Ich machte auf, und Lula stürmte herein.

»Weg da!« sagte sie. »Ich bin total durchgefroren. Ich kann nicht mehr geradeaus gehen. Ich bin schon blau angelaufen.«

»Soll ich dir heißen Kakao machen?«

»Heißer Kakao hilft da auch nicht mehr viel. Ich brauch was Härteres.«

Ich bin kein großer Freund von Alkohol. Ich hatte vor langer Zeit entschieden, meine reine Gehirnflüssigkeit lieber nicht mit scharfen Spirituosen zu verunreinigen. Mir fiel es ja schon im nüchternen Zustand schwer, meinen Grips zusammenzuhalten.

»Ich habe keine harten Getränke im Haus«, sagte ich zu Lula. »Nur alkoholarmes Bier, Rotwein und Mundwasser.«

»Geschenkt. Ich wollte dir sowieso nur das mit Mo sagen. Carla, die Nutte von der Seventh, Ecke Stark, behauptet, sie hätte Mo vor zwei Tagen gesehen. Mo soll angeblich nach Shorty O gefragt haben.«

Mir fiel die Kinnlade runter. Mo war vor zwei Tagen in der Stark Street gesehen worden. Liebe Scheiße.

»Ist Carla einigermaßen glaubwürdig?«

»Jedenfalls hat sie nicht gezittert oder war sonstwie daneben, deswegen glaube ich, daß sie das Foto erkannt hat, das ich ihr gezeigt habe«, sagte Lula. »Sie würde mich nicht reinlegen.«

»Wer ist Shorty O? Kennst du ihn?«

»Alle Welt kennt Shorty O. Shorty hat ziemlich Einfluß in der Stark-Street-Szene. Ich würde sagen, mittlere Führungsschicht. Läßt schon mal was in die Luft gehen, wenn nötig. Ich hätte ja gern mit ihm persönlich geredet, aber er war nicht aufzutreiben.«

»Glaubst du, daß Mo ihn aufgetrieben hat?«

»Schwer zu sagen.«

»Hat noch jemand Mo gesehen?«

»Ich wüßte nicht. Ich habe viele Leute gefragt, aber bei diesem Wetter zeigt sich ja auch nicht jeder gern.« Lula trat von einem Fuß auf den anderen und wedelte mit den Armen, um sich aufzuwärmen. »Ich muß los. Ich fahre nach Hause. Es ist Samstag, und ich bin verabredet heute abend. Ich muß mir noch die Haare machen. Auch natürlicher Schönheit wie meiner muß man gelegentlich ein bißchen nachhelfen.«

Ich dankte Lula und begleitete sie zum Aufzug. Ich kehrte in meine Wohnung zurück und bedachte die neueste Entwicklung. Kaum zu glauben, daß Mo, aus welchem Grund auch immer, auf der Stark Street gewesen sein sollte. Trotzdem wollte ich nichts leichtfertig unberücksichtigt lassen, und mochte es noch so absurd erscheinen, besonders wenn es mein einziger Hinweis war.

Ich drückte die Kurzwahltaste für Rangers Nummer und hinterließ eine Nachricht auf seinem Anrufbeantworter. Wenn jemand Shorty O auftreiben konnte, dann Ranger.

Am nächsten Morgen stand ich um zehn Uhr auf. Ich kochte mir Kakao und machte Eiertoasts, trug alles ins Wohnzimmer und legte die Videokassette »Pu der Bär« ein. Als Pu seine Abenteuer in dem Hundert-Morgen-Wald überstanden hatte, war es fast Mittag, und es wurde langsam Zeit, sich an die Arbeit zu machen. Da ich kein besonders geselliger Mensch bin und auch über kein

Büro verfüge, kann ich mir meine Arbeitszeit einteilen, wie ich will.

Und heute wollte ich mir diesen blöden, aalglatten Stuart Baggett schnappen. Bei Mo hatte ich wenigstens eine heiße Spur, bei Stuart hatte ich nicht einmal das.

Ich duschte, zog mich an und grub Stuarts Akte aus. Er wohnte bei seinen Eltern in der Applegate Street in Mercerville. Ich breitete meine Straßenkarte auf dem Eßtisch aus und suchte die Applegate. Sie lag ungefähr drei Kilometer von dem Einkaufszentrum entfernt, in dem Stuart arbeitete. Sehr praktisch.

Ich habe gehört, es soll Orte geben, an denen die Geschäfte sonntags geschlossen sind. In Jersey wäre so etwas undenkbar. So etwas ließen wir uns nicht gefallen. In Jersey gehört es zu den Verfassungsrechten, sieben Tage die Woche einkaufen zu können.

Ich stellte meinen Buick auf dem Parkplatz des Einkaufszentrums ab und übersah geflissentlich die Blicke der Leute, die nicht so phantasievolle Autos fuhren wie ich. Da mein Bankkonto seinen absoluten Tiefststand erreicht hatte, strebte ich zügig den Hot-dog-Stand an. Am besten widerstand man gleich der Versuchung und machte einen großen Bogen um die Schuhabteilung von Macy's.

Hinter dem Hot-dog-Stand waren zwei Frauen.

»Ja bitte«, sagte die eine. »Was möchten Sie?«

»Ich suche Stuart Baggett.«

»Der arbeitet nicht mehr hier.«

Ach herrje. Mein schlechtes Gewissen meldete sich. Es war meine Schuld, daß sie den Trottel rausgeschmissen hatten. »Das ist aber schade«, sagte ich. »Wissen Sie, was vorgefallen ist? Wo ich ihn finden kann?«

»Er hat gekündigt. Er hat vor ein paar Tagen einfach früher

Schluß gemacht und ist seitdem nicht wieder aufgetaucht. Ich weiß nicht, wo er steckt.«

Ein kleiner Rückschlag, aber nicht allzu verheerend, da ich ja noch die Adresse seiner Eltern hatte.

Die Applegate war eine hübsche Straße, gesäumt von gepflegten Einfamilienhäusern und hohen Bäumen. Das Haus der Baggetts war ein weißes Cottage, wie die in Cape Cod, mit blauen Fensterläden und einer dunkelblauen Eingangstür. In der Einfahrt standen zwei Autos und ein Kinderfahrrad. Mrs. Baggett machte mir die Tür auf. Stuart war ungefähr in meinem Alter, wir hätten Freunde sein können. Ich hatte mir überlegt, es erst mal auf diese Tour zu versuchen und möglichst wenig preiszugeben, so daß sich Mrs. Baggett ihren Teil denken konnte.

»Guten Tag«, sagte ich. »Ich wollte zu Stuart.«

Sie zögerte einen Moment, vielleicht aus Sorge, vielleicht versuchte sie auch bloß, mich einzuordnen. »Das tut mir leid«, sagte sie. »Stuart ist nicht zu Hause. Waren Sie hier mit ihm verabredet?«

»Nein. Ich dachte bloß, vielleicht erwische ich ihn hier ja zufällig.«

»Er ist bei einem Freund«, sagte Mrs. Baggett. »Er ist gestern ausgezogen. Er hat gesagt, er hätte einen neuen Job und wollte mit einem Freund zusammenziehen.«

»Haben Sie die Adresse oder Telefonnummer?«

»Nein. Ich weiß nicht einmal den Namen. Er hat sich mit seinem Vater gestritten und ist aus dem Haus gerannt. Soll ich ihm etwas ausrichten?«

Ich gab ihr meine Karte. »Stuart ist nicht vor Gericht erschienen. Er muß so bald wie möglich einen neuen Gerichtstermin vereinbaren. Es ist sehr wichtig.«

Mrs. Baggett seufzte betrübt. »Ach. Ich weiß nicht mehr weiter mit ihm. Er hat den Kopf verloren.«

»Ich wäre Ihnen sehr dankbar, wenn Sie mir Bescheid gäben, falls er sich meldet.«

Sie nickte. »Natürlich. Ich rufe Sie sofort an.«

Ich konnte jede Menge Energie auf die Suche nach Stuart verwenden, oder ich konnte abwarten, bis er sich zu Hause meldete. Ich entschied mich für letzteres. Mrs. Baggett machte auf mich einen vernünftigen und intelligenten Eindruck. Ich war mir ziemlich sicher, daß sie sich bei mir melden würde. Wenn nicht, würde ich im Laufe der Woche noch mal bei ihr vorbeischauen.

Kurz nach sieben Uhr rief Ranger an, Shorty O hätte sich für den Winter in den Süden abgesetzt, seit Tagen hätte ihn niemand mehr gesehen, und für Mo gelte vermutlich das gleiche.

Um acht Uhr stand ich auf der Straßenseite gegenüber von Mos Laden und hatte ein flaues Gefühl im Magen. Obwohl ich einen Schlüssel zu seiner Wohnung besaß, gab es doch bestimmt auch Menschen, die mein Vorhaben als Einbruch bezeichnet hätten. Natürlich hätte ich lügen können, ich hätte sagen können, Onkel Mo hätte mich beauftragt, nach dem Rechten zu sehen. Wenn ein Richter mich das gefragt hätte, wäre meine Antwort unerwünschterweise unter den Begriff Meineid gefallen. Meineid galt es tunlichst zu vermeiden. Allerdings waren wir in Jersey, und das geschriebene Gesetz wurde nicht selten dem gesunden Menschenverstand geopfert. Was bedeutete, daß Meineid immer noch besser war, als auf der Mülldeponie entsorgt zu werden.

Der Himmel war finster, der Mond hinter Wolken versteckt. In den Häusern zu beiden Seiten von Mos Laden brannte Licht, nur Mos Fenster waren schwarz. Ein Auto glitt vorüber und hielt drei Häuser weiter. Ich stand im Schatten, und der Fahrer ging von seinem Auto zum Hauseingang, ohne mich zu bemerken.

Den Buick hatte ich in der Lindal Street abgestellt, eine Straße weiter.

Ich sah Mrs. Steeger in ihrem vorderen Zimmer auf und abgehen. Ich wartete darauf, daß sie sich hinsetzte, bevor ich mich näher herantraute. Sie schaute aus dem Wohnzimmerfenster, und mein Herz blieb vor Schreck stehen. Sie trat vom Fenster zurück, und ich schnappte nach Luft. Kleine schwarze Punkte tanzten vor meinen Augen. Ich klopfte mir mit der flachen Hand auf die Brust. Die Frau ließ mir das Blut in den Adern gefrieren.

Die Strahlenbündel von zwei Scheinwerfern kamen um die Ecke geschwungen, und ein Auto hielt vor dem Haus der Steeger. Der Fahrer hupte, und Mrs. Steeger öffnete die Haustür und winkte. Kurz darauf schloß sie hinter sich ab. Ich hielt den Atem an und machte mich unsichtbar. Reine Willenssache. Mrs. Steeger trat vorsichtig die dunklen Stufen hinunter und trippelte über den Gehsteig zum Auto. Sie setzte sich neben den Fahrer, knallte die Tür zu, und der Wagen fuhr davon.

Mein Glückstag.

Ich überquerte die Straße und probierte Mos Hausschlüssel an der Ladentür, ohne Erfolg. Ich ging auf die Rückseite des Hauses und probierte denselben Schlüssel am Hintereingang. Der Schlüssel paßte wieder nicht.

Im Gespräch mit Ranger hatte ich mich daran erinnert, daß ich wegen der Unterbrechung durch die Polizei gar nicht dazu gekommen war, Mos Laden zu durchsuchen. Keine Ahnung, was mich dort erwarten würde, ich hatte nur das unbefriedigende Gefühl, eine Sache nicht zu Ende geführt zu haben.

Da der Hausschlüssel nicht in das Schloß der Ladentür paßte, vermutete ich, daß sich in Mos Wohnung noch ein zweites Bund befand. Ich ging die Außentreppe hoch, als ob mir das Haus gehörte. Wenn man Zweifel hegt, muß man immer den Eindruck erwecken, als wüßte man genau, was man tut. Ich holte eine

Stablampe aus meiner Tasche und klopfte zweimal an die Tür. Ich rief Onkel Mos Namen, keine Reaktion. Ich öffnete, trat einen Schritt vor und ließ den Strahl der Taschenlampe einmal im Zimmer kreisen. Alles schien an seinem Platz, also machte ich die Tür hinter mir zu und durchstreifte kurz die übrigen Räume. Es lagen nirgendwo Schlüssel auf Ablagen oder Tischen herum, und es gab auch keine kleinen Schlüsselhaken an den Wänden. Ich entdeckte keinerlei Anzeichen, daß jemand nach meinem letzten Besuch in der Wohnung gewesen war.

Die Küche war klein, weiße Metallregale über einer grauen Resopalplatte, ein altes weißes Emaillespülbecken mit einigen schwarzen Bruchstellen. In den Regalen stand zusammengewürfeltes Geschirr, verschiedene Gläser, Tassen, Teller und Schalen. Keine Schlüssel. Ich durchsuchte die Schubladen unter der Ablage. Eine für Besteck, eine für Trockentücher, eine für Plastik- und Aluminiumfolie und Tüten, eine für alles mögliche. Wieder keine Schlüssel.

Ich nahm mir einen Moment Zeit, um die Fotos an der Wand neben dem Kühlschrank zu betrachten. Es waren Bilder von Kindern, allesamt aus Burg. Ich erkannte fast jedes einzelne wieder. Ich suchte, bis ich mein Bild gefunden hatte. Zwölf Jahre alt, eine Eiswaffel in der Hand. Ich erinnerte mich daran, daß Mo dieses Bild gemacht hatte.

Ich schnüffelte in dem Kühlschrank herum, suchte nach raffiniert ausgehöhlten Kohlköpfen und Coladosenattrappen. Ich fand nichts dergleichen und machte weiter mit dem Schlafzimmer.

Über das Doppelbett war eine Steppdecke gebreitet, das gelbbraune Blümchenmuster war blaß und der Baumwollbezug nach jahrelangen Diensten schlabbrig geworden. Bett und Nachttisch hatten billiges Walnußfurnier. Onkel Mo lebte bescheiden. Mit Eiswaffeln war anscheinend nicht viel Geld zu verdienen.

Ich fing mit der obersten Kommodenschublade an, und tatsächlich, da lag das Schlüsselbund in einem eigens dafür bestimmten Fach einer herausnehmbaren Schmuckkassette aus Holz. Ich steckte das Bund in die Tasche, machte die Schublade zu und wollte gerade gehen, als mein Blick auf die Stapel von Filmzeitschriften fiel. *Premiere, Entertainment Weekly, Soap Opera Digest, Juggs*. Wie bitte? *Juggs?* Nicht gerade das Lesefutter, das man im Schlafzimmer eines Schwulen erwartete.

Ich klemmte die Taschenlampe unter den Arm, ließ mich auf dem Boden nieder und blätterte das *Juggs* von hinten durch. Grauenvoll. Ich blätterte es von vorne durch. Genauso grauenvoll. Unglaublich widerwärtig. Auf dem Umschlag der nächsten Zeitschrift aus dem Stapel war ein nackter Mann. Er trug eine schwarze Maske und schwarze Strümpfe, und sein Gehänge reichte fast bis zu den Knien. Er sah aus, als stammte er von Fury, dem schwarzen Hengst, ab. Ich ließ mich dazu verführen weiterzublättern, aber die Seiten klebten zusammen, also widmete ich mich wieder dem Stapel. Ich fand Zeitschriften, von denen ich noch nie gehört hatte, die hauptsächlich Amateurfotos von Personen gewidmet waren, die sich in diversen Stadien der Entkleidung befanden und dabei in unterschiedlichen, peinlichen Posen auftraten und Bildunterschriften wie »Mary und Frank aus Sioux City« oder »Rebecca in ihrer Küche« trugen. Es gab noch einige Ausgaben der *Entertainment Weekly* und als unterstes ein paar Fotokataloge, was mich daran erinnerte, daß ich im Kühlschrank zwei ungeöffnete Filmdosen entdeckt hatte.

Das wiederum erinnerte mich daran, daß ich eigentlich hergekommen war, um eine gesetzwidrige Durchsuchung vorzunehmen, und nicht, um Vergleiche von anatomischen Merkmalen bei Frauen anzustellen, die knappe Höschen und dornengespickte Hundehalsbänder trugen.

Ich legte alles wieder ordentlich hin und verdrückte mich aus dem Zimmer, aus der Wohnung, und dachte bei mir, daß Onkel Mo ein ziemlich komischer Kauz war.

An dem Ring hingen zwei Schlüssel. Ich probierte den einen am Hintereingang des Ladens – Fehlanzeige. Ich probierte den anderen Schlüssel und mußte ein aufgeregtes Lachen unterdrücken, als die Tür aufsprang. Meine eine Hälfte wollte nicht, daß der Schlüssel paßte. Wahrscheinlich die klügere Hälfte. Die Hälfte, die wußte, daß mir Gefängniskleidung nicht steht.

Hinter der Tür lag ein schmaler Flur, von dem aus drei weitere Türen abgingen und der sich am anderen Ende zum Laden hin öffnete. Ich konnte durch den Flur hindurch bis in den Laden hineinsehen und durch die Schaufenster hindurch in dem Haus auf der gegenüberliegenden Straßenseite Lichter erkennen. Man konnte demnach auch von draußen erkennen, ob Licht im Laden brannte, ich mußte also vorsichtig mit meiner Taschenlampe umgehen. Ich ließ sie einmal kurz im Flur und im Laden aufblitzen, um sicherzustellen, daß ich allein war. Ich öffnete die erste Tür zu meiner rechten und sah eine Treppe, die in den Keller führte.

»Hallo?« rief ich. »Ist da jemand?«

Keine Antwort. Ich schloß die Tür wieder. Zu größerer Tapferkeit bei der Untersuchung des Kellers, als in die Finsternis hinunterzubrüllen, war ich nicht fähig.

Hinter der zweiten Tür befand sich ein Klo, hinter der dritten ein Besenschrank. Ich löschte das Licht und wartete einen Moment, bis sich meine Augen an die Dunkelheit gewöhnt hatten. Es mußte zwei, drei Jahre her sein, daß ich zuletzt in dem Laden war, aber ich kannte mich ganz gut aus, und ich sah gleich, daß sich hier nichts verändert hatte. Bei Onkel Mo änderte sich nie etwas.

Durch den ganzen Laden zog sich, von vorn bis hinten, ein Tresen, die hintere Hälfte war eine Art Imbißtheke mit fünf fest installierten Barhockern davor. In diesem Teil hatte Mo seine Herdplatte, einen Kühlbehälter für Limonade, einen Ausschank mit vier Zapfen, zwei Shaker für Milchshakes, einen Eisportionierer und zwei Warmhalteplatten für Kaffee. Die vordere Hälfte des Tresens wurde von zwei Vitrinen eingenommen, eine für die Wannen mit Eissorten, die andere war für Süßigkeiten bestimmt.

Ich schlich herum, ungewiß, was ich eigentlich suchte, aber gewiß, daß ich es nicht gefunden hatte. Alles schien an seinem Platz. Mo hatte aufgeräumt, bevor er abgehauen war. Im Spülbecken lag kein schmutziges Geschirr und keine Löffel. Es gab keine Anzeichen, daß Mo gestört worden oder überstürzt aufgebrochen war.

Ich zog die Kassenschublade heraus. Sie war leer. Nicht ein Cent. In der Wohnung hatte ich auch kein Geld gefunden.

Ein Schatten huschte durch das Straßenlicht, das durch das Schaufenster drang, und ich duckte mich hinter die Theke. Der Schatten ging vorüber, und ich verdrückte mich schleunigst in den hinteren Teil des Ladens. Im Flur zögerte ich und lauschte.

Ich vernahm Schritte auf dem Plattenweg hinter dem Haus. Mir stockte der Atem, und ich sah, wie sich der Türknauf bewegte. Die Tür ließ sich nicht öffnen. Sie war verschlossen. Ich hörte Schlüsselgeklimper und blieb von Panik ergriffen stehen. Wenn es jemand anderes war als Mo, saß ich bis oben in der Scheiße.

Ich trat leise zwei Schritte zurück, horchte genau hin. Der Schlüssel paßte nicht. Vielleicht paßte er nicht, weil es gar kein Schlüssel war! Vielleicht versuchte jemand, bei Onkel Mo einzubrechen!

Verdammt. Wie hoch war die Wahrscheinlichkeit, daß zwei Leute zur gleichen Zeit bei Mo einbrachen? Ich schüttelte empört den Kopf. Das Verbrechen nahm überhand in Trenton.

Ich versteckte mich auf dem Klo, schloß leise die Tür und hielt die Luft an. Ich hörte, wie sich das Schnappschloß der Hintertür öffnete. Zwei Schritte. Jemand stand im Flur, gewöhnte sich an die Dunkelheit.

Na los, ran an die Kasse, dachte ich, bring es hinter dich. Pack das ganze Eis ein und vergnüge dich damit.

Schuhe scharrten über die Holzdielen, und neben mir wurde eine Tür geöffnet. Das mußte die Tür zum Keller sein. Sie wurde lange offengehalten, so daß die Person in die Finsternis hinunterblicken konnte, dann wurde sie leise geschlossen. Wer auch immer sich in Mos Laden befand, er tat genau das gleiche wie ich, und ich wußte mit tödlicher Sicherheit, daß meine Tür als nächste an der Reihe war. Es gab keine Möglichkeit, die Tür abzuschließen, und es gab auch kein Fenster, das ich zur Flucht hätte nutzen können.

Ich hielt die Taschenlampe in der einen und das Abwehrspray in der anderen Hand. In meiner Tasche steckte eine Pistole, aber ich wußte aus Erfahrung, daß es mir widerstrebte, sie zu benutzen. Außerdem wußte ich nicht, ob ich auch daran gedacht hatte, sie zu laden. Ich hielt mich lieber an das Abwehrspray.

Ich hörte, wie eine Hand den Türknauf packte, und im nächsten Augenblick wurde die Tür zum Klo mit einem Ruck aufgerissen. Ich drückte mit dem Daumen fest auf den Schalter der Taschenlampe und erwischte wütende schwarze Augen mit meinem Strahl. Es war meine Absicht, den Eindringling vorübergehend zu blenden, festzustellen, wer es war, und dann zu entscheiden, wie weiter zu verfahren wäre.

Mein Fehler lag in der Annahme, Blindheit hätte automatisch Lähmung zur Folge.

Keine Millisekunde nach dem Aufleuchten der Taschenlampe flog ich durch die Luft und knallte gegen die Rückwand der Toilette. Ich sah etwas Rotes aufblitzen, ein Feuerwerk explodierte in meinem Kopf, dann wurde mir schwarz vor Augen.

Meine Erinnerung setzte erst wieder ein, als ich angestrengt versuchte, das Bewußtsein wiederzuerlangen, meine Augen aufzuschlagen, meine Umgebung wahrzunehmen.

Es war dunkel. Nacht. Ich fuhr mit der Hand über mein Gesicht. Mein Gesicht war klebrig. Auf dem Boden unter meiner Wange breitete sich ein schwarzer Fleck aus. Ich starrte dumpf auf den schwarzen Fleck. Blut, dachte ich. Autounfall. Nein, das stimmte nicht. Dann fiel es mir wieder ein. Ich war bei Mo. Ich lag auf dem Boden der kleinen Toilette, mein Körper wand sich in unmöglicher Verrenkung um die Schüssel, mein Kopf lag unter dem Handwaschbecken.

Es war sehr still. Ich rührte mich nicht. Ich horchte in die Stille hinein und wartete ab, bis ich einen klaren Kopf hatte. Ich fuhr mir mit der Zunge über die Zähne. Es waren noch alle da. Behutsam tastete ich meine Nase ab. Meine Nase schien auch heil geblieben zu sein.

Irgendwoher mußte das Blut kommen. Ich ertrank ja förmlich in Blut.

Ich drückte mich auf alle viere hoch und erkannte die Quelle. Eine Leiche, die mit dem Gesicht nach unten in dem schmalen Flur lag. Durch die geöffnete Hintertür fiel das Licht einer Lampe von der Gasse in den Flur, wodurch ich den Mann auf dem Boden erkennen konnte.

Es war der Kerl, der mich an die Wand geknallt hatte.

Ich kroch ein Stück vor, um ihn mir aus der Nähe anzusehen, und entdeckte hinten auf dem Rücken ein Loch im Hemd, wo die Kugel eingetreten war, und ein ähnliches Loch am Hinterkopf. Die Wand zu meiner Rechten war mit Blut und Gehirnmasse und den Resten der linken Gesichtshälfte des Toten bespritzt. Sein rechtes Auge war unverletzt, weit aufgerissen, mit leerem Blick, der Mund stand offen, als wäre der Mann im Augenblick des Todes leicht überrascht gewesen.

Das Geräusch, das sich in meiner Kehle formte, war Schreien und Würgen gleichzeitig. Ich strampelte mich frei, rückte weg von der Leiche, fuchtelte mit den Armen, suchte nach einem Halt, wo keiner war. Ich plumpste nach hinten, landete auf dem Fußboden, mit dem Rücken zur Wand, unfähig zu denken, schwer atmend. Ich war mir nur bewußt, daß die Zeit verging. Ich unterdrückte einen Brechreiz und schloß die Augen, und ein Gedanke stahl sich in den Schrecken, ein hoffnungsvoller Gedanke. Daß es vielleicht doch nicht so schlimm war, so endgültig. Daß der Mann gerettet werden konnte. Daß ein Wunder geschehen würde.

Ich öffnete die Augen, und alle Hoffnung schwand dahin. Den Mann auf dem Boden konnte auch ein medizinisches Wunder nicht mehr zum Leben erwecken. An meiner Jeans klebten Gehirnmasse und Knochensplitter. Mein Angreifer war ermordet worden, und ich hatte es nicht gemerkt, hatte bewußtlos auf dem Klo gelegen. Eine lächerliche Vorstellung.

Und der Mörder? Meine Güte, wo war der Mörder? Mein Herzmuskel zog sich schmerzhaft zusammen. Bestimmt versteckte er sich noch irgendwo im Schatten und beobachtete, wie ich mich abrackerte. Meine Handtasche lag auf dem Fußboden, unter dem Handwaschbecken. Ich faßte hinein und holte meine Pistole heraus. Die Pistole war nicht geladen. Scheiße. Ich war ein echter Versager.

Ich erhob mich in geduckter Haltung und sah durch die geöffnete Hintertür. Der Hof war zum Teil erleuchtet, so wie der Flur. Mir war kalt, eine Kälte, die nichts mit dem Wetter zu tun hatte. Ich war in Schweiß gebadet, mich fröstelte vor Angst. Ich wischte mir die Hände an meiner Jeans ab. Auf die Tür zu und dann auf die Ferris Street laufen, dachte ich.

Ich biß die Zähne zusammen und startete durch, stolperte über die Leiche im Weg. Ich stürmte durch die geöffnete Tür, raste an der Rückseite des Hauses entlang, um die Ecke, auf die andere Straßenseite. Ich lief im Schatten, blieb stehen, um Luft zu schnappen, und suchte meine Umgebung danach ab, ob sich irgendwo etwas bewegte, das Metall einer Waffe aufschimmerte, einer Gürtelschnalle.

In der Ferne ertönte eine Sirene, und am Ende der Straße sah ich das aufflackernde Blaulicht eines Streifenwagens. Jemand hatte die Polizei gerufen. Aus der Lindal Street bog ein zweiter Wagen in die Straße. Die beiden Autos kamen an der Bordsteinkante vor dem Laden zum Stehen. Die Beamten stiegen aus und richteten den Strahl einer Taschenlampe in das Schaufenster. Ich kannte keinen der Männer.

Ich verdrückte mich in den Winkel zwischen Treppe und Veranda zwei Häuser weiter. Ich behielt die Straße im Blick und kramte in meiner Tasche nach meinem Handy. Ich fand es und wählte Morellis Nummer. Morelli war ein sehr guter Polizist, von meinen persönlichen Gefühlen mal abgesehen. Ich wollte, daß er vom Morddezernat als erster am Tatort war.

Mitternacht war längst vorüber, als Morelli mich nach Hause brachte. Er stellte seinen Toyota auf dem Parkplatz ab und begleitete mich ins Haus. Er drückte den Knopf im Aufzug und stand schweigend neben mir. Keiner von uns beiden hatte ein Wort gesprochen, seit wir die Wache verlassen hatten. Wir waren viel zu erschöpft, um mehr als das Nötigste zu sagen.

Ich hatte Morelli den Tathergang beschrieben und erhielt die Anordnung, mir meinen Kopf im St. Francis Hospital untersuchen zu lassen, auf innere und äußere Verletzungen. Man sagte mir, ich hätte eine Gehirnerschütterung und eine Beule. Mein Schädel sei unversehrt. Nach dem Abstecher ins Krankenhaus ging ich nach Hause, um zu duschen und mich umzuziehen, und wurde zur weiteren Befragung in einem Streifenwagen zur Polizeiwache gefahren. Ich gab mir redlich Mühe, mir alle Einzelheiten genau ins Gedächtnis zurückzurufen, ausgenommen einer kleinen Erinnerungslücke, was den Schlüssel zu Mos Wohnung und Laden betraf und durch welchen Zufall sich die beiden Türen vor mir aufgetan hatten. Ich sah keinen Grund, die Polizei mit solchen Dingen zu belasten. Besonders, wenn man sie damit auf dumme Gedanken über »unerlaubtes Eindringen« bringen konnte. Schließlich war da noch die Sache mit meiner Waffe, die sich rein zufällig nicht mehr in meiner Tasche befand, als ich auf der Wache eintraf. Dieses Thema wollte ich nicht unnötig mit dem anderen in Verbindung bringen oder mich damit blamieren, daß ich vergessen hatte, das Scheißding zu laden.

Als ich meine Augen schloß, sah ich den Eindringling vor mir. Schwarze Augen, schwere Lider, dunkle Haut, lange Dreadlocks, Schnäuzer und Spitzbart. Ein großer Mann. Größer als ich. Und er war stark. Reaktionsschnell. Was noch? Er war tot. Mausetot. Erschossen, aus nächster Nähe, mit einer 45er in den Rücken.

Das Motiv war unbekannt. Ebenso unbekannt wie der Grund, warum ich verschont geblieben war.

Mrs. Bartle von gegenüber hatte die Polizei gerufen. Zuerst, um zu melden, daß sie ein verdächtiges Licht durch das Schaufenster beobachtet hätte, und dann noch mal, als sie den Schuß hörte.

Morelli und ich traten aus dem Aufzug und gingen die paar Schritte durch den Hausflur zu meiner Wohnung. Ich schloß die Tür auf, trat ein und drückte auf den Lichtschalter. Rex hielt in seinem Lauf inne und blinzelte uns zu.

Morelli warf einen flüchtigen Blick in die Küche, ging von da aus ins Wohnzimmer und knipste eine Tischlampe an. Er schlenderte ins Schlafzimmer, ins Badezimmer und stand nach seinem Rundgang wieder vor mir. »Nur so. Hätte ja sein können«, sagte er.

»Was hätte sein können?«

»Daß sich das Schreckgespenst aus Mos Laden hier versteckt.«

Ich sackte auf dem nächsten Sessel zusammen. »Ich war mir nicht sicher, ob du mir glauben würdest. Ich habe schließlich kein wasserdichtes Alibi.«

»Du hast überhaupt kein Alibi, Schätzchen. Ich habe dich nur deswegen nicht wegen Mordes eingebuchtet, weil ich keine Lust hatte, mich mit dem ganzen Papierkram rumzuquälen.«

Ich hatte keine Kraft mehr, mich darüber zu empören. »Du weißt genau, daß ich ihn nicht getötet habe.«

»Ich weiß gar nichts«, sagte Morelli. »Ich habe nur eine Meinung. Und meiner Meinung nach hast du den Kerl mit den Dreadlocks nicht getötet. Leider liegen keine Fakten vor, die diese Meinung untermauern.«

Morelli hatte Springerstiefel und Jeans und eine schwere Jacke mit beigegrünem Tarnmuster an, die wie ein Uniformteil von der Army aussah. An der Jacke waren viele Taschen und Klappen, und an Kragen und Manschetten war sie etwas abgetragen.

Tagsüber wirkte Morelli drahtig und raubtierhaft, aber manchmal, spät abends, wenn seine Gesichtszüge durch Erschöpfung und einen Achtzehnstundenbart weicher waren, schimmerte die verletzliche Seite an ihm durch. Ich fand den verletzlichen Morelli gefährlich anziehend. Zum Glück zeigte der verletzliche Morelli heute abend nicht sein wahres Gesicht. Heute abend war Morelli ganz der übermüdete Polizist.

Morelli schlenderte in die Küche, hob den Deckel von der Plätzchendose mit dem Bärchenmuster hoch und schaute hinein. »Wo ist deine 38er? Du hattest sie nicht dabei, und in deiner Plätzchendose ist sie auch nicht.«

»Ich habe sie irgendwo verloren«, sagte ich. Gegenüber von Mos Laden, zwei Häuser weiter, versteckt in einer Azalee, wenn er es genau wissen wollte. Als ich zwischendurch zu Hause war, um kurz zu duschen, hatte ich Ranger angerufen und ihn gebeten, die Pistole heimlich für mich zu holen.

»Irgendwo verloren«, sagte Morelli. »Soso.«

Ich brachte ihn zur Tür und schloß hinter ihm ab.

Ich schleppte mich ins Schlafzimmer und ließ mich aufs Bett fallen. Ich blieb liegen mit allem, was ich am Leib hatte, bei brennendem Licht, und schlief erst ein, als die ersten Sonnenstrahlen durch meine Schlafzimmergardine fielen.

Um neun Uhr wachte ich durch heftiges Klopfen an der Wohnungstür auf. Ich blieb eine Zeitlang liegen, in der Hoffnung, das Klopfen würde aufhören, wenn ich es nicht beachtete.

»Aufmachen! Polizei!« schrie der Anklopfer.

Eddie Gazarra. Mein zweitbester Freund in der Grundschule, heute Polizist, verheiratet mit meiner Kusine Shirley.

Ich wälzte mich aus dem Bett, schlurfte zur Tür und sah Gazarra aus verquollenen Augen an. »Was ist?«

»Meine Fresse«, sagte er. »Du siehst ja verboten aus. Als hättest du in deinen Klamotten geschlafen.«

Mein Kopf dröhnte, und meine Augen waren verklebt, als hätte jemand eine Ladung feuchten Sand hineingekippt. »Es geht schneller so morgens«, sagte ich. »Erspart einem den ganzen Umstand.«

Gazarra schüttelte den Kopf. »Ts, ts, ts.«

Ich schielte auf die weiße Bäckertüte, die an seiner polnischen Pranke baumelte. »Sind das Doughnuts in der Tüte?«

»Setzen. Eins«, sagte Gazarra.

»Hast du auch Kaffee mitgebracht?«

Er hielt noch eine Tüte hoch.

»Gott segne dich«, sagte ich. »Gott segne deine Kinder und Kindeskinder.«

Gazarra holte zwei Teller aus der Küche, nahm sich die Rolle Papierhandtücher und brachte alles ins Wohnzimmer. Wir verteilten die Doughnuts und den Kaffee und aßen schweigend, bis nur noch ein Fleck Himbeermarmelade auf Gazarras Uniform übrigblieb.

»Also«, fragte ich am Ende, »was soll das hier? Geselliges Beisammensein? Mitleidsbesuch? Solidaritätsbekundung?«

»Alles zusammen«, sagte Gazarra. »Und obendrein der Wetterbericht, den ich dir noch nicht durchgegeben habe.«

»Hoffentlich ist es warm und sonnig.«

Gazarra wischte den Flatschen auf seinem Hemd vorne mit einem zusammengeknüllten Papierhandtuch weg. »Es gibt Leute bei der Polizei, die den Mord von gestern abend dir anhängen möchten.«

»Das ist doch absurd! Ich hatte überhaupt kein Motiv. Ich kannte den Kerl ja nicht einmal.«

»Sein Name ist Ronald Anders. Er wurde am 11. November verhaftet. Besitz und Handel mit einer staatlich kontrollierten Substanz und unerlaubter Besitz einer Feuerwaffe. Ist zwei Wochen später nicht vor Gericht erschienen. Eine Verhaftung konnte bis gestern abend nicht vorgenommen werden. Und jetzt rate mal, wer sein Kautionsagent ist?«

»Vinnie.«

»Genau.«

Ein Schlag ins Kontor. Niemand hatte mich bisher darauf hingewiesen, daß er ein NVGler war, auch nicht Morelli.

Die Doughnuts lagen mir schwer im Magen. »Was ist mit Morelli? Will Morelli mir auch was anlasten?«

Gazarra stopfte die Papierbecher und Handtücher in eine Tüte und brachte alles in die Küche. »Ich weiß nicht. Ich kenne die Einzelheiten nicht. Ich weiß nur, daß es ratsam wäre, sein Pulver trocken zu halten, für den Fall.«

An der Wohnungstür standen wir uns gegenüber.

»Du bist ein echter Freund«, sagte ich zu Gazarra.

»Ja«, sagte Gazarra. »Ich weiß.«

Ich machte die Tür hinter ihm zu und lehnte mich mit der Stirn an den Türpfosten. Ich spürte Druck auf meinen Augenhöhlen, und der Schmerz strahlte bis in den Schädel aus. Wenn je die Notwendigkeit bestanden hatte, einen klaren Kopf zu behalten, dann jetzt, aber jetzt konnte ich nicht einen einzigen klaren Gedanken fassen. Ich blieb ein paar Minuten so stehen und überlegte hin und her, aber ich hatte keine wundersame Erleuchtung und auch keinen brillanten Einfall. Nach kurzer Zeit merkte ich, daß ich nur gedöst hatte.

Ich überlegte, ob ich unter die Dusche gehen sollte, als es laut an meiner Tür hämmerte. Ich drückte ein Auge an den Türspion. Joe Morelli.

Scheiße.

- 5 -

»Mach auf«, sagte Morelli. »Ich weiß, daß du da bist. Ich kann dich atmen hören.«

Das war eine glatte Lüge, denn ich hatte mit dem ersten Hämmern seiner Faust an meine Tür die Luft angehalten.

Morelli kopfte noch mal. »Komm schon, Stephanie«, sagte er. »Dein Auto steht auf dem Parkplatz. Ich weiß, daß du zu Hause bist.«

Mr. Wolesky von gegenüber kam aus seiner Wohnungstür. »Schon mal davon gehört, daß man auch unter der Dusche stehen kann? Oder schlafen? Oder spazierengehen? Ich will in Ruhe fernsehen. Wenn Sie weiter so einen Krach machen, hole ich die Polizei.«

Morelli scheuchte Mr. Wolesky mit einem Blick zurück in seine Wohnung. Rrumms. Klick. Klick.

Morelli bewegte sich von der Tür fort, aber ich wartete ab, klebte mit dem Auge am Türspion. Ich hörte, wie sich die Aufzugstüren öffneten und schlossen, dann herrschte Stille. Eine Gnadenfrist. Morelli zog ab.

Ich wußte nicht, was Morelli von mir wollte, und es schien vernünftig, nicht danach zu fragen – für den Fall, daß es meine Verhaftung bedeutet hätte. Ich lief ans Schlafzimmerfenster, schaute durch den Schlitz zwischen den Gardinen und schielte runter auf den Parkplatz. Ich sah Morelli aus dem Haus kommen und in einen Zivilwagen steigen.

Ich beobachtete weiter, aber es geschah nichts. Er fuhr nicht los. Es sah aus, als würde er vom Auto aus telefonieren. Ein paar Minuten gingen vorüber, und mein Telefon klingelte. Ach, du Schreck, dachte ich, wer das wohl ist. Für den unwahrscheinlichen Fall, daß es Morelli war, ließ ich den Anrufbeantworter eingeschaltet. Der Anrufer hinterließ keine Nachricht. Ich sah wieder hinunter auf den Parkplatz. Morelli telefonierte nicht mehr. Er saß nur da, behielt das Haus im Auge.

Ich sprang schnell unter die Dusche, zog frische Kleider an, fütterte Rex und trat wieder ans Fenster, um zu sehen, was Morelli machte. Er war immer noch da. Dreckskerl.

Ich wählte Rangers Nummer.

»Yo«, sagte Ranger.

»Ich bin's. Stephanie.«

»Ich habe etwas, das dir gehört.«

»Da bin ich erleichtert«, sagte ich. »Aber im Moment beschäftigt mich etwas ganz anderes. Joe Morelli steht unten auf dem Parkplatz vor meinem Haus.«

»Kommt er oder geht er?«

»Möglicherweise will er mich verhaften.«

»Der Tag fängt ja gut an, Baby.«

»Ich glaube, ich kann mich vorne aus dem Hauseingang schleichen, ohne daß er mich sieht. Wir treffen uns in einer halben Stunde bei Bessie's.«

»Alles klar«, sagte Ranger.

Ich legte auf, rief das Büro an und fragte nach Lula.

»Ihr Schutzengel«, meldete sich Lula.

»Hier ist Stephanie«, sagte ich. »Ich brauche einen Chauffeur.«

»Oh, geil. Wieder dieser Kopfgeldjägerkram?«

»Du sagst es«, erwiderte ich. »Schon wieder dieser Kopfgeldjägerkram. Hol mich bitte in zehn Minuten vor meiner Haustür ab. Aber stell deinen Wagen nicht auf den Parkplatz. Fahr einfach gemächlich am Haus vorbei, bis du mich am Straßenrand stehen siehst.«

Ich trocknete mein Haar mit einem Fön und sah noch einmal hinunter zu Morelli. Alles beim alten. Er mußte sich einen abfrieren da unten. Noch eine Viertelstunde, und er würde wieder ins Haus kommen. Ich zog den Reißverschluß meiner Jacke hoch, schnappte mir meine Handtasche und ging zu Fuß runter ins Erdgeschoß. Ich durchquerte rasch die kleine Eingangshalle und trat durch den vorderen Hauseingang nach draußen.

Von Lula war nichts zu sehen. Ich kauerte mich mit dem Rücken an die Hauswand, kuschelte mich in meine Jacke. Ich konnte kaum glauben, daß Morelli hergekommen war, um mich zu verhaften, aber man hat schon Pferde kotzen sehen. Jeden Tag werden unschuldigen Menschen die schlimmsten Verbrechen zur Last gelegt. Wahrscheinlich wollte Morelli mich nur noch mal verhören, aber das wäre auch nicht das reinste Vergnügen geworden.

Lula kündigte sich an. Genauer gesagt, ich spürte die Vibrationen in meinen Fußsohlen und in meinem Brustkorb. Der Firebird schob sich neben mich, Lulas Kopf bewegte sich rhythmisch zur Musik, die Lippen im Takt dazu. Dummdada. Dummdada.

Ich sprang auf den Beifahrersitz und bedeutete ihr loszufahren. Der Firebird wurde plötzlich lebendig und schoß wie eine Rakete in den Verkehrsstrom.

»Wo fahren wir hin?« schrie Lula.

Ich stellte die Musik leiser. »Zu Bessie's. Ich treffe mich da mit Ranger.«

»Ist dein Buick auch im Eimer?«

»Der Buick ist völlig in Ordnung. Mein Leben ist im Eimer. Weißt du schon das mit dem Mord bei Onkel Mo gestern abend?«

»Daß du Ronald Anders alle gemacht hast? Na klar weiß ich das. Weiß doch jeder.«

»Ich habe ihn nicht alle gemacht! Man hat mich k.o. geschlagen. Jemand hat ihn umgebracht, während ich bewußtlos war.«

»Natürlich. Das ist die offizielle Version, aber ich dachte – na, du weißt schon, tot oder lebendig oder wie das immer heißt. Stimmt's?«

»Nein! Stimmt nicht!«

»Dann eben nicht. Kein Grund, deine prämenstruelle Laune an mir auszulassen. Wieso willst du überhaupt zu Bessie's gefahren werden?«

»Joe Morelli hat sich auf meinem Parkplatz eingenistet und brennt darauf, mich zu sprechen. Ich bin aber im Moment nicht für ihn zu sprechen.«

»Das kann ich gut nachvollziehen. Auch wenn er einen geilen Arsch hat, bleibt er eben doch ein Bulle.«

Bessie's war ein Laden, wo es Kaffee und Doughnuts gab, um die Ecke vom Sozialamt. Der Raum war schmuddelig, der Boden dreckig, die Fenster schmutzig, und es war immer gerammelt voll.

Hier trafen das Heer der Langzeitarbeitslosen und das Heer der fleißigen Angestellten des Sozialamts aufeinander. Ein idealer Ort, um billig Kaffee zu trinken, der allerdings grauenhaft schmeckte, und in der Masse unterzutauchen.

Lula ließ mich am Straßenrand raus, drehte die Lautstärke wieder bis zum Anschlag und brauste davon. Ich bahnte mir mit den Ellbogen einen Weg bis nach hinten, wo Ranger bereits auf mich wartete. Er saß auf dem letzten Hocker an der Bar, mit dem Rücken zur Wand. Ich habe ihn nie danach gefragt, wie er es konsequent schafft, sich diesen Platz zu erobern. Man braucht nicht alles zu wissen.

Ich setzte mich auf den freien Hocker neben ihm und sah erstaunt auf den Kaffee und den Krapfen vor ihm auf dem Tresen. »Ich dachte, du stehst nicht auf innere Vergiftung«, sagte ich. Ranger war seit kurzem auf dem Biotrip.

»Reine Tarnung«, sagte Ranger. »Man will ja nicht auffallen.«

Ich wollte ihm nicht seine Illusionen rauben, aber wenn es einen Platz gab, an dem Ranger mal nicht auffallen würde, dann in der Mitte zwischen Rambo und Batman.

»Ich weiß nicht mehr weiter«, sagte ich zu Ranger. »Ich sitze ziemlich in der Klemme.«

»Da sitzt du, seit ich dich kenne, Baby.«

Ich bestellte Kaffee und wartete, bis der Kellner die Tasse brachte. »Diesmal ist es anders. Ich bin Tatverdächtige in einem Mordfall. Der Kerl, der in Onkel Mos Laden auf dem Boden lag, war Ronald Anders. Einer von Vinnies Ausgebüchsten.«

»Erzähl.«

»Ich bin zu Onkel Mo gegangen, um mich mal umzuschauen.«

»Moment mal«, sagte Ranger. »Bist du etwa in den Laden eingebrochen?«

»Nicht ganz. Ich hatte einen Schlüssel. Aber praktisch gesehen gilt es wohl als unerlaubtes Eindringen.«

»Ist ja cool.«

»Jedenfalls war ich in dem Laden und sah jemanden draußen vor dem Schaufenster, also lief ich zum Hintereingang, um abzuhauen. Ich kam nicht mehr dazu, denn plötzlich hörte ich, wie sich jemand hinten an dem Türschloß versuchte. Ich versteckte mich auf dem Klo. Die Hintertür wurde geöffnet und wieder geschlossen. Die Kellertür wurde geöffnet und wieder geschlossen. Und dann kam die Tür zum Klo dran, und ich sah mich einem großen, abgenervten Rastatypen gegenüber, der mich an die Wand pfefferte und mich bewußtlos schlug. Als ich wieder zu mir kam, war der Kerl tot. Was hat das zu bedeuten?«

»Es bedeutet, daß jemand reingekommen ist und Ronald Anders erschossen hat, nachdem der dich zusammengeschlagen hatte«, sagte Ranger.

»Wer? Wer würde so etwas tun?«

Wir sahen uns an und hatten beide den gleichen Gedanken. Mo.

»Nein«, sagte ich. »Unmöglich.«

Ranger zuckte mit den Achseln.

»Das ist doch lächerlich«, sagte ich. »Mo ist nicht der Typ, der durch die Gegend läuft und Leute erschießt.«

»Wer hätte Anders sonst erschießen sollen?«

»Was weiß ich. Irgend jemand.«

»Das grenzt die Zahl der Verdächtigen ein«, sagte Ranger, legte einen Fünfer auf den Tresen und stand auf. »Mal sehen, was sich tun läßt.«

»Und meine Pistole?«

Er beförderte meine 38er aus seiner Jackentasche in meine Umhängetasche. »Sie nützt dir nicht viel, wenn keine Patronen drin sind.«

»Noch etwas«, sagte ich. »Kannst du mich zum Büro fahren?«

Connie erhob sich von ihrem Stuhl, als ich durch die Tür geschneit kam. »Alles in Ordnung? Lula hat mir gesagt, du wärst gestern abend zusammengeschlagen worden.«

»Mir geht's gut. Ich wurde zusammengeschlagen. Aber ich habe Ronald Anders nicht umgebracht.«

Vinnie kam aus seinem Büro hervor. »Sieh mal einer an. Wen haben wir denn da«, sagte er. »Der Kopfgeldjäger hat wieder zugeschlagen. Bist du gekommen, um dir deine Prämie abzuholen, weil du Anders erledigt hast?«

»Ich habe Anders nicht erledigt!« schrie ich ihn an.

»Ach ja, stimmt«, sagte Vinnie. »Wie dem auch sei. Versuch doch das nächstemal, deinen NVGler nicht in den Rücken zu schießen. Das macht sich nicht gut.«

Ich zeigte Vinnie den Mittelfinger, aber er war schon wieder in seinem Büro verschwunden und hatte die Tür hinter sich geschlossen.

»Nun red schon«, sagte Connie, sich mit weit aufgerissenen Augen vorbeugend. »Ich möchte alles haargenau wissen.«

In Wahrheit gab es gar nicht viel zu berichten, aber ich erzählte die ganze Geschichte noch mal von vorn.

Als ich fertig war, winkte Lula genervt ab. »Eine ziemlich holprige Geschichte«, sagte sie. »So etwas zieht die Bullen an wie Motten das Licht.«

»Habe ich dich richtig verstanden?« sagte Connie. »Du hast den Mörder nicht ein einziges Mal gesehen. Du hast ihn nicht gerochen oder gehört. Du hast also nicht den allergeringsten Hinweis, wer es sein könnte?«

»Ich weiß, daß der Mörder von draußen kam«, sagte ich. »Und ich glaube, Ronald Anders hat ihn gekannt. Ich glaube, Ronald Anders hat den Mörder hereingelassen und ihm dann den Rücken zugewandt.«

»Ein Komplize?«

»Vielleicht.«

»Vielleicht war es unser alter Freund Schwanznase?« sagte Lula. »Vielleicht hat Ronald Anders bei ihm anschreiben lassen und konnte seine Snicker-Riegel nicht mehr bezahlen, und Mo hat ihm eins übergebraten.«

»Das ist ja abartig«, sagte Connie. »Und nicht mal witzig.«

»Hm«, sagte Lula. »Hast du vielleicht eine bessere Idee?«

»Ja«, sagte Connie. »Mach dich lieber an die Arbeit, statt irgendwelche dummen Gerüchte über Onkel Mo zu verbreiten.«

»Ich würde auch gerne an die Arbeit gehen«, sagte ich, »aber ich weiß nicht, was ich machen soll. Ich habe mich total verrannt. Ich tauge einfach nicht als Kopfgeldjägerin.«

»Und ob du was taugst«, sagte Connie. »Du hattest diese Woche immerhin eine Festnahme. Du hast Ronald Anders geschnappt.«

»Er war tot!«

»Künstlerpech.« Connie holte einen Stapel Hefter aus der untersten Schreibtischschublade hervor. »Du hast dich nur zu sehr auf Mo eingeschossen. Warum übernimmst du nicht auch mal andere Fälle?« Sie zog den obersten Hefter vom Stapel und schlug ihn auf. »Den hier zum Beispiel. Leroy Watkins. Ist gestern reingekommen, und ich habe ihn noch nicht vergeben. Wenn du willst, kannst du ihn haben.«

»Bloß nicht wieder so ein Schnuckie!« sagte ich zu Connie. »Mein Selbstbewußtsein ist an einem absoluten Tiefpunkt angelangt. Ich habe keine Lust mehr, Jagd auf Publikumslieblinge und Schutzheilige zu machen.«

»Ich kenne Leroy«, sagte Lula. »Er wird allgemein nur die Schlange genannt, weil, sein Schwanz ist nämlich so...«

Ich kniff die Augen zusammen. »Ich will es gar nicht hören.« Ich sah wieder zu Connie. »Was hat Leroy angestellt? Warum ist er verhaftet worden?«

»Er hat einem verdeckten Ermittler Drogen verkaufen wollen.«

»Hat er schon mal Widerstand geleistet bei einer Verhaftung?«

»Ich wüßte nicht«, sagte Connie. »Jedenfalls ist in dem Polizeiregister nicht vermerkt, daß er schon mal auf Bullen geschossen hat.«

Ich nahm Connie die Akte ab. Wenn Leroy Watkins von amtlich beglaubigter Häßlichkeit war, würde ich ihm eine Chance geben. Ich schlug die Akte auf und blätterte bis zu seinem Foto vor. Glück gehabt. Er war häßlich, und wie!

»Gut«, sagte ich. »Mal sehen, ob ich ihn finde.« Ich warf Connie einen flüchtigen Blick zu. »Muß ich sonst noch irgend etwas über ihn wissen? Zum Beispiel, ob er bei seiner Verhaftung bewaffnet war oder nicht?«

»Das übliche«, sagte Connie. »Eine 45er, eine 22er und ein Dolch.«

Meine Stimme schnappte fast über vor Fassungslosigkeit. »Zwei Schußwaffen und ein Messer? Das könnt ihr getrost vergessen. Sehe ich vielleicht aus wie eine Selbstmordkandidatin?«

Wir schwiegen eine Weile, während der wir meine Erfolgsaussichten abschätzten.

»Ich könnte doch mitkommen«, sagte Lula. »Wir müßten nur diskret vorgehen.«

Lula? Diskret?

»Glaubst du, daß er gefährlich ist?« fragte Connie Lula.

»Jedenfalls kein Ausbund an Tugend. Keine Ahnung, ob er auf uns anlegen würde. Wahrscheinlich ist er nicht vor Gericht erschienen, weil er mit seinen Geschäften auf der Straße noch maximalen Gewinn machen will, bevor er eingelocht wird. Ich kenne seine Braut, Shirlene. Wir könnten mit ihr reden.«

Mit seiner Braut reden. Das klang vernünftig. Soviel würde

ich mir noch zumuten. »Na gut«, sagte ich. »Wir können es ja mal versuchen.«

Shirlene wohnte in einem zweistöckigen Wohnhaus ohne Aufzug am südlichen Ende der Stark Street. Die kleine Betonveranda vor dem Haus war übersät mit Streusalz, das sich durch die gestrige Eisschicht gefressen und zierdeckchenartig geformte Flecken aus gefrorenem grauem Matsch übriggelassen hatte. Die Haustür war verwittert und nur angelehnt, die kleine Eingangshalle in kühle Feuchte getaucht.

»Ich komme mir vor wie in einer Gruft«, sagte ich.

Lula schnaubte verächtlich. »Kein Wunder. Das ist es ja auch, eine Gruft. Schlicht und ergreifend. Stark Street ist eine einzige riesige Gruft für lebende Tote.«

Als wir in den zweiten Stock gelangten, keuchten wir beide schwer.

»Ich bin völlig aus der Form«, sagte ich zu Lula. »Ich muß mich unbedingt mal in einem Fitneßstudio anmelden.«

»Ich bin ganz gut in Form«, sagte Lula. »Die Höhe, die schafft mich. Wenn es nicht so hoch wäre, würde ich auch nicht so nach Luft schnappen.« Sie sah Shirlenes Tür an. »Was sollen wir machen, wenn die Schlange zu Hause ist? Ich kann ja erst mal fragen, weil, du hast ja was gegen Gewalt, außer, wenn bei dir die Lichter ausgegangen sind.«

»Die Schlange zu Hause? Soll das heißen, Leroy Watkins wohnt hier?«

Lula sah mich mit enteneigroßen Augen erstaunt an und klimperte mit den Wimpern. »Hast du was anderes gedacht?«

»Ich dachte, wir würden zur Wohnung von seiner Braut gehen.«

»Tun wir ja auch«, sagte Lula, »aber zufällig wohnt ihr Typ auch hier.«

»Ach du Scheiße.«

»Keine Sorge«, sagte Lula. »Wenn er Ärger macht, kriegt er einen Tritt in den Arsch verpaßt.« Sie klopfte an die Tür. »Ich laß mir doch von der Schlange nichts bieten.«

Es erfolgte keine Antwort. Lula klopfte noch mal, diesmal lauter.

»Hallo!« brüllte sie.

Wir standen eine Weile rum, lauschten in die andächtige Stille hinein, und dann ertönte, wenige Zentimeter hinter der geschlossenen Tür, das unfehlbar ratschende Geräusch einer Halbautomatik.

Für den Bruchteil einer Sekunde verschmolzen unsere Blicke miteinander, und wir beide hatten den gleichen Gedanken. Scheiße! Wir machten auf dem Absatz kehrt, stürzten die Treppenstufen hinunter und schlitterten über den Treppenabsatz.

Rumms! Ein Schuß riß ein Loch von einem halben Meter Durchmesser in Shirlenes Wohnungstür, und aus der gegenüberliegenden Wand spritzte der Mörtel.

»Platz da!« schrie Lula. »Laßt mich nicht im Stich, Füße!«

Ich hatte einen Vorsprung bei der nächsten Treppe, aber Lula übersah die erste Stufe, rutschte die nächsten drei Stufen auf ihrem Hintern runter und überrollte mich wie eine Bowling-Kugel. Wir kullerten beide die restlichen Stufen bis zum Fuß der Treppe hinunter, kreischend und fluchtend, bis wir völlig verknäuelt im Erdgeschoß landeten.

Wir rappelten uns hoch und hätten beim Hinauslaufen beinahe noch die Tür aus den Angeln gerissen. Wir liefen die zwei Straßen weiter bis zu Lulas Firebird, und Lula legte den schönsten Kavalierstart hin. Keiner von uns beiden sagte ein Wort, bis wir vor Vinnies Büro hielten.

»Nicht daß du denkst, ich hätte Angst gehabt«, sagte Lula. »Ich wollte bloß nicht meinen neuen Jogginganzug mit Blut versauen. Du weißt doch, wie schwer sich Blut aus diesem Zeug rauswaschen läßt.«

»Ja«, sagte ich, noch immer schwer atmend. »Blut ist irre hartnäckig.«

»Also gut. Vielleicht hatte ich ja doch ein bißchen Angst«, gestand Lula. »So ein Arschloch aber auch. Der hätte uns doch glatt über den Haufen geschossen! Scheiße. Was hat er sich eigentlich dabei gedacht? Was ist los mit ihm?«

»Ich muß mir einen neuen Job suchen«, sagte ich zu Lula. »Ich habe es nicht gerne, wenn die Leute auf mich schießen.«

»Soll ich dir was sagen? Wenn ich es mir recht überlege, bin ich auch ganz schön sauer. Für wen hält sich der Kerl eigentlich? Ich hätte große Lust, ihn anzurufen und ihm meine Meinung zu sagen.«

Ich hielt Lula den Hefter hin. »Nur zu. Die Telefonnummer steht auf der ersten Seite. Und wenn du schon mal dabei bist, kannst du ihm gleich ausrichten, daß er sich gefälligst hier herbequemen soll, denn wenn das nächste Mal jemand an seine Tür klopft, dann ist es Ranger.«

»Genau«, sagte Lula. »Ranger wird dem Dödel schon das Laufen beibringen. Der wird ihm den Arsch vollblasen, daß ihm Hören und Sehen vergeht.«

»Mann, ey, ich kann es nicht haben, wenn man auf mich schießt«, sagte ich. »Ich kann das echt nicht ab!«

Lula stieß die Tür auf. »Ich lasse mir diese Scheiße nicht gefallen. Ich halte doch nicht freiwillig meinen Arsch für so was hin.«

»Ich auch nicht«, sagte ich und ließ mich mitreißen. »Das Ekelpaket gehört in den Knast.«

»Genau«, sagte Lula. »Und wenn wir ihn persönlich hinbringen!«

In dem letzten Punkt war ich mir nicht so sicher, aber ich ließ es durchgehen, und Lula und ich marschierten wie zwei Soldatinnen auf Beutezug ins Büro.

Connie schaute von ihren Unterlagen auf. »Hallo – wen haben wir denn da?«

»Man hat gerade auf uns geschossen«, sagte Lula, die Unterlippe ein paar Zentimeter vorgeschoben. »Glaub mir, man hat schon aus vorbeifahrenden Autos auf mich geballert. Ich bin an solchen Scheiß gewöhnt. Aber das hier war eine ganz besondere Nummer. Hier hatte es jemand auf mich persönlich abgesehen. Und so was kann ich auf den Tod nicht leiden. Das hier war ein Angriff auf meine Person. Scheiße.«

Connie zog die Augenbrauen hoch. »Leroy Watkins?«

»Hat durch eine geschlossene Tür auf uns geschossen«, sagte ich.

Connie nickte. »Und?«

»Und wir sind weggelaufen«, sagte ich. »Lula hatte Angst, ihr neuer Trainingsanzug könnte Blutflecken abbekommen.«

Lula hielt den Hefter in der einen und Connies Telefon in der anderen Hand. »Damit kommt Leroy Watkins bei mir nicht durch. Ich rufe den Kerl an und sage ihm meine Meinung. Daß ich mir so eine Scheiße nicht bieten lasse.«

Lula wählte seine Nummer und stand da, die Faust in die Hüfte gestemmt.

»Ich möchte Leroy sprechen«, bellte sie in den Hörer.

Jemand am anderen Ende antwortete, und Lula beugte sich vor. »Was soll das heißen, er ist im Moment nicht zu sprechen? Er hätte mich eben beinahe weggeputzt, und jetzt soll er nicht für mich zu sprechen sein? Das wollen wir doch mal sehen!«

Nach weiteren fünf Minuten erregter Diskussion gab sie Connie den Hörer zurück.

»Die Schlange meint, er hätte nicht gewußt, daß wir das

waren«, sagte Lula. »Wenn wir wiederkämen, würde er mit uns zum Gericht gehen.«

»Und auf wen, glaubt er, hätte er geschossen?«

»Er sagt, er hätte nicht gewußt, auf wen er schießt. Es sei ratsam heutzutage, vorsichtig zu sein.«

»Der Kerl hat seine eigene Tür zerschossen!«

»Ein Mann in seiner Lage muß auf alles gefaßt sein.«

Ich schnappte mir meine Tasche und hängte sie mir über die Schulter. »Bringen wir es hinter uns.«

»Die Ablage quillt allmählich über«, sagte Connie zu Lula. »Das dauert doch wohl hoffentlich nicht den ganzen Tag, oder?«

»Ach was«, sagte Lula. »Wir sind vor Mittag wieder da.«

Ich zog mir Handschuhe an, aber bei der Mütze zögerte ich. Wenn man morgens eine Mütze aufsetzt, sieht man für den Rest des Tages wie der letzte Arsch aus. Ich sah zwar heute morgen sowieso nicht blendend aus, aber ich wollte die Sache nicht noch verschlimmern. Besonders da Morelli auf dem Parkplatz vor meinem Haus auf mich wartete. Für den Fall, daß das Undenkbare eintrat und ich verhaftet wurde, wollte ich auf dem Kopfbild für die Verbrecherkartei nicht mit einem Mützenabdruck im Haar zu sehen sein.

Wir düsten los Richtung Stark Street, jede mit ihren eigenen Gedanken beschäftigt. Meine drehten sich hauptsächlich um sonnenbeschienene Strände und Männer mit nacktem Oberkörper, die mir kühle Drinks servierten. Aus dem versteinerten Ausdruck in Lulas Gesicht schloß ich, daß ihre Gedanken weit finsterer waren als meine.

Lula hielt am Straßenrand vor Shirlenes Haus und hievte sich aus dem Wagen. Wir standen auf dem Gehsteig und sahen zu den Fenstern im zweiten Stock hoch.

»Hat er wirklich gesagt, er würde nicht auf uns schießen?« fragte ich zur Sicherheit nach.

»Er hat es mir versprochen.«

»Glaubst du ihm?«

Lula zuckte mit den Schultern.

Ranger wäre mit gezogener Pistole ins Haus gegangen, aber das war nicht mein Stil. Ich kam mir blöd vor mit einer Waffe in der Hand. Welchen Zweck sollte das haben? Sollte ich Leroy erschießen, wenn er nicht mit mir ins Auto steigen wollte? Ich fand nicht.

Ich verzog das Gesicht. Lula verzog das Gesicht. Wir betraten das Gebäude und stiegen langsam die Treppe hoch, horchten gespannt auf das Ratschen der Halbautomatik.

Als wir in den zweiten Stock gelangten, sahen wir Shirlene in dem trüben Flur stehen. Sie sah sich ihre kaputte Wohnungstür an. Shirlene war mittelgroß, schlank und drahtig. Ihr Alter war schwer zu schätzen, irgendwas zwischen zwanzig und fünfzig. Sie trug rosa Plüschpantoffeln, verblichene rosa Jogginghosen, die eine Nummer zu klein waren, und ein dazu passendes Sweatshirt, übersät mit verschiedenfarbigen Speiseflekken, keiner allzu neu. Ihr Haar war kurz und struppig, die Mundwinkel hingen herunter, die Augen waren ausdruckslos. In der einen Hand hielt sie ein Stück Pappe, in der anderen einen Hammer.

»In dem billigen Türblatt hält doch kein Nagel«, sagte Lula zu ihr. »Du brauchst Dübel. Das einzige, womit du den Pappkarton festkriegst, sind Dübel.«

»Ich habe aber keine Dübel«, sagte Shirlene.

»Wo ist Leroy?« fragte Lula. »Will er noch mal auf uns schießen?«

»Leroy ist weg«, sagte Shirlene.

»Weg? Wieso weg?«

»Weg heißt weg«, sagte Shirlene.

»Wo ist er hin?«

»Weiß nicht«, sagte Shirlene.

»Wann kommt er wieder?«

»Weiß ich auch nicht.«

Lula stemmte die Fäuste in die Hüften. »Weißt du überhaupt irgend etwas?«

»Ich weiß nur, daß ich die Tür reparieren muß«, sagte Shirlene. »Und ihr steht hier rum und stehlt mir meine Zeit.«

Lula betrat die Wohnung. »Es macht dir doch nichts aus, wenn ich mich mal ein bißchen umsehe, oder?«

Shirlene erwiderte nichts. Wir beide wußten, daß nur eine Halbautomatik Kaliber 12 sie daran hindern konnte, sich mal ein bißchen umzusehen.

Lula tauchte für einen Moment in dem hinteren Zimmer unter. »Du hast recht«, sagte sie zu Shirlene. »Er ist weg. Hat er irgendwelche Klamotten mitgenommen? Ich meine, wird er lange wegbleiben?«

»Er hat seine Sporttasche mitgenommen, und was da drin ist, kannst du dir ja vorstellen.«

Ich sah zu Lula hinüber und runzelte fragend die Stirn.

Lula hielt ihre Hand wie eine Waffe und zielte auf mich.

»Ach so«, sagte ich.

»Meine Zeit ist kostbar«, sagte Lula zu Shirlene. »Was soll das von dem Kerl, mich so zu schikanieren? Glaubt er, ich hätte nichts Besseres zu tun, als Treppen zu steigen?«

Ich gab Shirlene meine Karte, und Lula und ich stapften die Treppe runter, wobei Lula ununterbrochen schimpfte.

»Treppen rauf, Treppen runter, Treppen rauf, Treppen runter«, sagte sie. »Leroy soll sich bloß nicht einbilden, er käme mir ungeschoren davon, wenn ich ihn einhole.«

Unten auf der Straße angelangt, fand ich es gar nicht so schlimm, daß ich keine Festnahme gemacht hatte. Eine Festnahme hätte einen Gang auf die Polizeiwache bedeutet, und die

Polizeiwache war nun wirklich der letzte Ort, den ich gegenwärtig aufsuchen wollte.

»Wir könnten ein paar Kneipen abklappern«, schlug ich ohne jede Begeisterung vor.

»Die Schlange hängt um diese Zeit nicht in Kneipen rum«, sagte Lula. »Viel eher treibt er sich auf Schulhöfen rum und überwacht sein Verkaufspersonal.«

Das war immerhin ein Ansatzpunkt »Also gut. Fahren wir eben ein paar Schulen ab.«

Eine Stunde später kannten wir alle Schulen und hatten die Schlange immer noch nicht aufgespürt.

»Hast du noch eine Idee?« fragte ich Lula.

»Welcher Name steht auf der Kautionsvereinbarung?«

»Shirlene.«

»Sonst keiner? Auch nicht seine Mutter?«

»Nein. Nur Shirlene.«

»Komisch«, sagte Lula. »Normalerweise treibt sich ein Kerl wie die Schlange sonst immer draußen auf der Straße rum. Selbst bei so einem Wetter wie heute würde es ihn nach draußen ziehen.« Sie fuhr im Schrittempo die Stark Street entlang. »Keiner zu sehen heute. Nicht ein einziger, den man fragen könnte.«

Wir fuhren an Jackies Straßenecke vorbei, aber ihr Platz war auch leer.

»Vielleicht hat sie gerade einen Kunden«, sagte Lula.

Lula schüttelte den Kopf. »Ne ne, die hat heute keine Kunden. Die sitzt in ihrem Wagen auf dem Parkplatz und wartet auf ihren Alten. Möchte ich für wetten.«

Lula fuhr einmal um mein Haus herum, während ich nach Morelli Ausschau hielt. Ich konnte sein Auto nirgendwo erkennen, auch sonst nichts, das entfernt an einen Polizisten oder einen Polizeiwagen erinnerte. Ich bat Lula, mich vor dem Vordereingang abzusetzen. Vorsichtig betrat ich die Eingangshalle, noch nicht ganz überzeugt davon, daß Morelli verschwunden war. Ich überschaute die Halle mit einem Blick und durchquerte sie dann zielstrebig bis zur Treppe. Bis hierher hatte ich es geschafft. Ich schlich die Treppe hoch, stieß die Tür zum ersten Stock auf, lugte um die Ecke in den Hausflur und seufzte erleichtert. Keine Spur von Morelli.

Ich konnte Morelli nicht für alle Zeiten aus dem Weg gehen, aber ich dachte mir, wenn es mir lange genug gelänge, würde er noch andere Spuren aufnehmen, und ich wäre aus dem Schneider.

Ich schloß meine Wohnungstür auf, und das Geräusch von Rex' Laufrad empfing mich. Ich schob die Riegel vor die Tür, hängte Tasche und Jacke an einen der vier Kleiderhaken, die ich in meiner winzigen Diele angebracht hatte, und ging nach links in die Küche.

Die Anzeige auf meinem Anrufbeantworter blinkte. Vier Anrufe.

Der erste von Morelli. »Ruf mich an.«

Ich wußte, daß es Morelli war, weil sich beim Klang seiner Stimme meine Brustwarzen versteiften. Ansonsten hörte er sich leicht genervt an. Kein Wunder.

Der zweite Anruf war mindestens ebenso kryptisch. »Lassen Sie Mo in Ruhe. Sonst passiert was.« Eine männliche Stimme, gedämpft, verstellt. Na toll. Genau das, was ich brauchte. Anonyme Drohanrufe.

Der dritte war von der Nissan Werkstatt, ich hätte neue Kontakte und Zündkerzen. Die Zündung sei neu eingestellt. Mein Wagen stehe bereit zur Abholung.

Der vierte war von meiner Mutter. »Stephanie! Bist du da? Geht es dir gut? Mir ist da was von einer Schießerei zu Ohren gekommen. Hallo? Hallo?«

Gute Neuigkeiten sprechen sich in Burg sehr schnell herum, schlechte noch viel schneller. Und wenn außerdem ein Skandal mit dranhängt, kommt alles Leben so lange zum Erliegen, bis jede Einzelheit dieses belanglosen Ereignisses unendlich viele Male durchgekaut, auf den Kopf gestellt, untersucht und abschließend bewertet worden ist.

Wenn ich mir jetzt auch noch Gedanken darüber gemacht hätte, wie in diesem Moment über mich geredet wurde – ich wäre sicher in Ohnmacht gefallen.

Ich wählte die Nummer meiner Eltern, es war besetzt. Ich überlegte kurz, ob mich das von dem obligatorischen klärenden Telefongespräch entband, aber ich entschied dagegen.

Ich machte mir ein Sandwich mit Thunfisch, Kartoffelchips und Gurken und aß es im Stehen an der Küchenablage.

Ich versuchte es noch mal bei meiner Mutter. Immer noch besetzt.

Ich tat Rex in die Badewanne und machte seinen Käfig sauber. Dann machte ich die Badewanne sauber. Danach machte ich das ganze Badezimmer sauber. Ich saugte Staub. Ich wischte den Küchenboden. Ich kratzte etwas von den Schmutzschichten am Herd ab. Für den Fall, daß ich doch verhaftet wurde, sollte meine Mutter keine versiffte Wohnung vorfinden.

Um drei Uhr gab ich die Putzerei auf und versuchte noch mal, meine Mutter anzurufen. Vergeblich.

Daraufhin rief ich Sue Ann an, um die kursierenden Gerüchte über mich einzuholen und die Sache klarzustellen. Sue Ann war immer erreichbar, Sue Ann hatte eine Anklopffunktion an ihrem Telefon.

»Hast du schon mal gehört, daß Onkel Mo irgendwie – sonderbar sein soll?« fragte ich Sue Ann.

»Sonderbar?«

»In Gefühlsdingen.«

»Du weißt doch irgend etwas!« rief Sue Ann in den Hörer. »Jetzt sag schon! Sag endlich, was los ist! Warum will man ihm ans Leder? Er hat ein Verhältnis, stimmt's?«

»Davon weiß ich nichts. Es war nur eine Frage. Schon gut, ich habe nichts gesagt.«

Ich legte auf und versuchte es noch mal bei meiner Mutter. Immer noch besetzt. Es war kurz vor vier, und draußen wurde es allmählich dunkel. Ich ging ans Fenster und schaute hinunter auf den Parkplatz. Morelli war nicht da.

»Was meinst du?« fragte ich Rex. »Soll ich weiter versuchen anzurufen oder soll ich doch lieber gleich hinfahren?«

Rex gab mir per Gedankenübertragung zu verstehen, daß ein persönliches Gespräch mit meiner Mutter mir den zusätzlichen Vorteil eines geschnorrten Abendessens einbringen würde.

Ich fand das ziemlich klug, wenn man bedenkt, daß Rex' Gehirn nicht größer als eine Erbse ist.

Ich nahm meine Tasche und meine Jacke und schielte durch den Türspion. Niemand in Sicht. Ich zog die Tür auf und sah in den Hausflur. Er war menschenleer. Ich ging die Treppe hinunter, durchquerte die kleine Eingangshalle und trat durch die Hintertür nach draußen auf den Parkplatz.

Die Rentner schnappten mir immer die günstigsten Parkplätze in der Nähe des Hintereingangs weg, mein Buick stand also am äußeren Rand des Platzes, neben dem Müllcontainer.

Von der St. James Street tönte ununterbrochener Verkehrslärm herüber, und die Straßenbeleuchtung war soeben eingeschaltet worden. Ich war nur wenige Schritte von meinem Buick entfernt, als plötzlich ein schwarzer Jeep Cherokee auf den Platz gerollt und vor mir zum Stehen kam.

Die getönte Fensterscheibe der Fahrertür glitt herunter, und ein Mann mit einer Skimaske nahm mich ins Visier, legte eine 45er an und trieb wenige Zentimeter vor meinen Füßen zwei Salven in den Asphalt. Ich blieb wie angewurzelt stehen, gelähmt vor Angst und maßloßem Erstaunen.

»Das ist eine Warnung«, sagte der Mann. »Suchen Sie nicht weiter nach Mo. Das nächste Mal landen die Kugeln in Ihrem Kopf.« Er feuerte noch mal drei Salven in die schwere Metallverkleidung des Müllcontainers, und ich suchte Deckung. Eine vierte Salve ging über mich hinweg.

Das Fenster glitt wieder hoch, und der Wagen raste vom Platz.

- 6 -

Als mein Herzschlag wieder einsetzte, traute ich mich auch wieder auf die Beine, und vorsichtig sah ich über den Rand des Müllcontainers. Mrs. Karwatt, auf halbem Weg zwischen Hinterausgang und Container, kam auf mich zu, lavierte um die vereisten Stellen auf dem Parkplatz herum, eine kleine Plastiktüte mit Abfall fest an sich gepreßt.

»Haben Sie das gesehen?« fragte ich in einer nur für Hundeohren hörbaren Stimmlage.

»Was?«

»Der Mann in dem Wagen. Er hat auf mich geschossen!«

»Nein!«

»Haben Sie das nicht gehört?«

»Herrjemine«, sagte sie. »Ist das nicht schrecklich? Ich dachte, es wäre eine Fehlzündung. Ich hatte nur Augen für den vereisten Boden. Wissen Sie, ich muß aufpassen. Letzten Winter ist meine Schwester hingefallen und hat sich die Hüfte gebrochen. Ich mußte sie in ein Pflegeheim stecken. Sie hat sich nie wieder richtig davon erholt. Aber es ist nicht so schlimm. Sie kriegt zweimal die Woche Wackelpudding zum Nachtisch.«

Ich tastete mit zitternden Fingern die Einschußlöcher in dem

Müllcontainer ab. »Das ist heute schon das zweite Mal, daß jemand auf mich schießt!«

»Es wird noch mal so schlimm, daß man sich gar nicht mehr aus dem Haus traut«, sagte Mrs. Karwatt. »Bei dem Eis und der Schießerei. Seit wir den Menschen auf den Mond geschickt haben, geht unser Planet den Bach runter.«

Ich suchte jemanden, den ich für mein jämmerliches Leben verantwortlich machen konnte, aber Neil Armstrong die ganze Schuld in die Schuhe zu schieben, erschien mir auch nicht richtig.

Mrs. Karwatt warf ihre Tüte in den Müllcontainer und marschierte zurück zum Haus. Ich wollte mich ihr anschließen, aber mir schlotterten die Knie, und meine Füße gehorchten mir nicht.

Ich riß die Tür zu meinem Wagen auf, ließ mich auf den Fahrersitz fallen und klammerte mich mit den Händen ans Steuerrad. Also gut, sagte ich mir. Reiß dich zusammen. Die beiden Ereignisse waren einfach irre Zufälle. Bei den ersten Schüssen handelte es sich um eine Personenverwechslung. Bei den zweiten um eine – tja, was eigentlich? Eine Morddrohung!

Scheiße!

Ich holte mein Handy aus der Umhängetasche und rief Morelli an.

»Gerade hat jemand auf mich geschossen!« schrie ich ins Telefon. »Ich wollte zu meinem Wagen auf dem Parkplatz, und da kommt so ein Kerl mit Skimaske angefahren und sagt mir, ich sollte nicht mehr nach Mo suchen. Dann hat er auf mich geschossen. Warnschüsse, hat er gesagt. Und dann ist er weggefahren.«

»Bist du verletzt?«

»Nein.«

»Bist du in unmittelbarer Gefahr?«

»Nein.«

»Hast du dir in die Hose gemacht?«

»Beinahe.«

Wir schwiegen ein paar Takte. Wir brauchten Zeit, um alles zu verdauen.

»Hast du seine Autonummer?« fragte Morelli. »Kannst du den Kerl beschreiben?«

»Ich war viel zu verstört, um mir die Autonummer zu merken. Der Kerl war durchschnittlich gebaut. Weiß. Mehr kann ich nicht sagen.«

»Geht es dir jetzt wieder besser?«

»Ja.« Ich nickte mit dem Kopf. »Es geht. Es war nur... Ich mußte es loswerden.«

»Wo ich dich gerade an der Strippe habe...«, sagte Morelli.

Verdammt! Ich hatte vergessen, daß ich Morelli aus dem Weg gehen wollte! Ich unterbrach kurzerhand unser Gespräch. Nichts für ungut, sagte ich im stillen zu ihm. Ist nicht böse gemeint. Aber es war sicher nicht ratsam, noch länger hier auf dem Parkplatz zu sitzen. Bleiben mir zwei Möglichkeiten. Ich konnte wie geplant meine Mutter besuchen oder zurück in meine Wohnung gehen und mich im Kleiderschrank verstecken. Die Vorstellung, im Kleiderschrank zu hocken, hatte kurzzeitig etwas sehr Anziehendes, aber irgendwann hätte ich mich ja doch wieder herauswagen müssen, und bis es soweit war, hatte ich das Abendessen wahrscheinlich verpaßt.

Meine Mutter lachte nicht wie üblich, als sie mir die Tür aufmachte.

»Und?« sagte sie.

»Ich war es nicht.«

»Das hast du auch immer gesagt, als du noch klein warst, und es war immer geschwindelt.«

»Ganz ehrlich«, sagte ich. »Ich habe keinen erschossen. Ich wurde bewußtlos geschlagen, und als ich wieder zu mir kam, lag neben mir ein Toter im Flur.«

»Du läßt dich bewußtlos schlagen?« Meine Mutter stieß sich mit dem Handballen an die Stirn. »Meine Tochter! Läuft rum und läßt sich bewußtlos schlagen!«

Grandma Mazur stand erwartungsvoll hinter meiner Mutter. »Weißt du genau, daß du ihn nicht umgelegt hast? Ich kann schweigen wie ein Grab.«

»Ich habe ihn nicht umgelegt!«

»Wie schade. Da bin ich aber schwer enttäuscht«, sagte sie. »Ich hatte mir schon so eine schöne Geschichte für die Mädchen im Schönheitssalon zurechtgelegt.«

Mein Vater saß im Wohnzimmer, vor dem Fernseher verschanzt. »Hm«, grunzte er, ohne einen einzigen Muskel zu rühren.

Ich schnupperte in der Luft. »Braten?«

»Ich habe ein neues Rezept von Betty Szajack ausprobiert«, sagte meine Mutter. »Sie macht ihren Hackbraten mit Olivenscheiben, und sie nimmt eingeweichtes Brot anstelle von Paniermehl.«

Die beste Methode, meine Mutter abzulenken, ist, übers Essen zu reden. Seit dreißig Jahren bringen wir unsere gegenseitige Liebe und Wut in Gesprächen über Soße und Kartoffelbrei zum Ausdruck.

»Bleibst du jetzt zum Abendessen oder nicht?« wollte meine Mutter wissen. »Zum Nachtisch gibt es Gewürzkuchen mit Mokkaschokoladenguß.«

»Na klar«, sagte ich. »Wenn ich darf.«

Während meine Mutter weiter in der Küche rumorte, half ich Grandma Mazur beim Tischdecken. Wir wollten uns gerade hinsetzen, als es an der Haustür klingelte.

»Wahrscheinlich der Zeitungsbote, der uns wieder Geld aus der Tasche ziehen will«, sagte Grandma. »Ich kenne seine Tricks.«

Ich ging an die Tür und schaute in die braunen Augen von Joe Morelli.

Er grinste breit, als er mich sah. »Da staunst du, was?«

»Was willst du denn hier?«

»Die lange Wunschliste oder die kurze?«

»Gar keine.« Ich unternahm einen Versuch, ihm die Tür vor der Nase zuzumachen, aber er drängte sich einfach in die Diele. »Raus hier!« sagte ich. »Du kommst ungelegen.«

Er beachtete mich überhaupt nicht, sondern spazierte ins Eßzimmer. »'n Abend«, sagte er zu meiner Mutter. Er grüßte meinen Vater mit einem Kopfnicken und blinzelte meiner Großmutter zu.

»Es gibt Hackbraten mit Oliven«, sagte Grandma Mazur zu Morelli. »Möchten Sie den probieren? Es ist reichlich da.«

»Ich möchte mich nicht aufdrängen«, sagte Morelli.

Ein Satz, der Augenverdrehen bei mir auslöste.

Meine Mutter rückte einen Stuhl an den Platz neben mich und stellte noch einen Teller auf. »Wir können doch nicht zulassen, daß Sie ohne was im Magen wieder aufbrechen«, sagte sie zu Morelli.

»Ich schon«, sagte ich.

Meine Mutter haute mir mit einem Holzlöffel auf den Kopf. »Sei nicht so vorlaut.«

Morelli schaufelte sich zwei Scheiben Braten, Kartoffelbrei, grüne Bohnen und Apfelsoße auf seinen Teller. Er machte höflich Konversation mit meiner Mutter und Großmutter und unterhielt sich mit meinem Vater über die Sportergebnisse. Oberflächlich betrachtet wirkte Morelli entspannt, und er lachte, aber in unbeobachteten Momenten ertappte ich ihn dabei, wie er mich mit der lässigen Aufmerksamkeit eines Laubfroschs musterte, der ein schmackhaftes Insekt anpeilt.

»Na? Was haben Sie und meine Enkelin denn nun miteinander?« sagte Grandma Mazur. »Da Sie zum Abendessen kommen, muß es sich doch wohl um was Ernstes handeln, nehme ich an.«

»Es wird mit jeder Sekunde ernster«, sagte Morelli.

»Morelli und ich haben eine rein berufliche Beziehung«, sagte ich zu Grandma. »Mehr nicht.«

Morelli lehnte sich bequem zurück. »Du willst doch deine liebe Oma nicht beschwindeln. Du bist doch ganz verrückt nach mir.«

»Nun hör sich einer das an«, sagte Grandma sichtlich entzückt. »Der ist mir ja einer.«

Morelli beugte sich zu mir rüber und senkte seine Stimme. »Wenn schon von Arbeit die Rede ist, ich hätte da etwas, über das ich mich gerne einmal ungestört mit dir unterhalten möchte. Können wir nicht nachher, wenn der Tisch abgeräumt ist, ein bißchen spazierenfahren?«

»Herzlich gerne«, sagte ich. Ich kann mir auch ein Auge mit der Fleischgabel ausstechen.

Ich stellte die Teller zusammen und trug sie in die Küche. Meine Mutter und Grandma Mazur kamen hinterher, um die Nachtischschälchen zu holen.

»Schneid du ruhig den Kuchen an«, sagte ich zu meiner Mutter. »Ich setze schon mal den Kaffee auf.«

Ich paßte einen Moment ab, in dem ich die Küche für mich alleine hatte, und setzte mich umgehend durch den Hinterausgang ab. Ich hatte nicht die Absicht, eine Spazierfahrt zu unternehmen, die in einer Durchsuchung der Körperhöhlen gipfeln würde. Nicht, daß ich in der Durchsuchung von Körperhöhlen keine Erfahrung hatte. Morelli hatte diese Prozedur schon etliche Male an mir vorgenommen, in verschiedenen Lebensaltern und mit unterschiedlichem Erfolg. Diesmal nur bestünde die neue Variante darin, daß die Durchsuchung von einer Gefängnisaufseherin vorgenommen würde – was längst nicht so abstoßend wäre, wie Morelli in die Hände zu fallen.

Ich hatte nur Jeans, Schuhe und ein Baumwollhemd über einem T-Shirt an, und als ich den Garten meiner Eltern durchquert und zwei Straßen weiter bis zu Mary Lou gelaufen war, klapperte ich mit den Zähnen vor Kälte. Mary Lou ist meine engste Freundin, seit ich denken kann. Seit sechs Jahren ist sie mehr oder weniger glücklich verheiratet mit Leonard Stankovic, von Stankovic und Söhne, Sanitär und Heizungsbau. Sie hat zwei Kinder, Schulden auf ihrem Haus und einen Halbtagsjob als Buchhalterin bei einem Oldsmobile-Händler.

Ich hielt mich nicht mit irgendwelchen Formalitäten auf und klopfte nicht an ihre Tür. Ich spazierte einfach ins Haus und stand, von einem Fuß auf den anderen tretend und die Arme um meinen Körper schlingend, in ihrem Wohnzimmer und sagte: »Z-z-z-ziemlich k-k-k-kalt d-d-d-draußen.«

Mary kroch auf allen vieren und sammelte kleine Plastikautos und Figuren ein, die wie Hydranten aussahen. »Wie wär's, wenn du dir mal einen Mantel zulegst?«

»Ich war bei meinen Eltern, und auf einmal kreuzt Morelli auf. Ich mußte mich durch den Hinterausgang davonstehlen.«

»Du glaubst doch nicht, daß ich dir das abnehme«, sagte Mary Lou. »Wenn du von Morelli kämest, würden dir noch ein paar mehr Kleidungsstücke fehlen als nur der Mantel.«

»Ich meine es ernst. Ich habe Angst, daß er mich verhaftet.«

Mary Lous zweijähriger Sohn Mickey kam aus der Küche angewatschelt und klammerte sich wie ein Hündchen an Mary Lous Bein.

Aus gewisser Entfernung fand ich Kinder ganz niedlich, aber

wie sie aus der Nähe rochen, dafür konnte ich mich nicht begeistern. Wenn es die eigenen sind, sieht man das vermutlich anders.

»Dann hör damit auf, Männer zu erschießen«, sagte Mary Lou. »Wenn man so viele Männer erschießt, muß sich ja die Polizei irgendwann gereizt fühlen.«

»Ich habe diesen Mann gestern nicht erschossen. Jedenfalls mußte ich mich aus dem Haus schleichen, und deswegen habe ich meinen Mantel und alles andere dagelassen.«

Lenny und der Vierjährige hockten vor dem Fernseher und sahen sich die Wiederholung irgendeiner Serie an. Lenny war eigentlich ganz in Ordnung, bloß irgendwie schlichten Gemüts. Mary Lou hatte schon immer auf diese Sorte gestanden, Muskelkraft der Geisteskraft vorgezogen. Lenny war nicht zurückgeblieben, das nicht, aber in die Fußstapfen eines Linus Pauling würde er wohl nicht treten.

Mary Lou warf die Hydrantenfiguren in einen Wäschekorb, der schon randvoll mit Spielsachen war, und der Zweijährige ließ zuerst einen Schluchzer hören und fing dann richtig an zu heulen, preßte die Hände dabei zusammen, öffnete sie wieder und streckte sie nach wer weiß was oder wem aus, Mary Lou wahrscheinlich. Vielleicht auch nach seinen Spielsachen, die über Nacht weggeräumt wurden. Er brüllte mit weit aufgerissenem Mund, zugekniffenen Augen, und zwischen den Heulern schrie er: »Nein, nein, nein!«

Mary Lou holte ein Plätzchen aus ihrer Tasche und gab es Mickey.

Mickey stopfte sich das Plätzchen in den Mund und flennte weiter, kaute und fuhr sich mit den feisten Patschhänden durchs Gesicht. Matschige Plätzchenreste vermischten sich mit Tränen, und Rotz gelangte in Haare und Gesicht, bräunlicher Sabber floß die Wangen hinunter und tropfte aufs Hemd.

Mary Lou sah Mickey mit dem vielsagenden ›Ah ja, verstehe‹-Blick an und erklärte: »Mickey ist müde.«

Wie gesagt, aus der Ferne fand ich Kinder ganz niedlich, aber sie sind einfach kein Ersatz für Hamster.

»Ich müßte mal zu Hause anrufen. Darf ich?« sagte ich zu Mary Lou.

Sie wischte die Sauerei mit einem Blusenzipfel ab. »Mach nur.«

Ich ging in die Küche zum Telefonieren. Ich mußte mir alle Mühe geben, bei dem Krach in Mary Lous Wohnzimmer etwas zu verstehen. »Ist Morelli noch da?« fragte ich meine Mutter.

»Er ist gerade gegangen.«

»Bestimmt? Er lungert auch nicht mehr irgendwo draußen herum?«

»Ich habe gehört, wie er mit seinem Wagen weggefahren ist.«

Ich lieh mir ein Sweatshirt von Mary Lou aus und lief zurück zum Haus meiner Eltern. Ich durchquerte den Garten und rannte die Einfahrt hinunter, um einen Blick auf die Straße zu werfen. Die Straße war leer, keine Spur von Morelli. Ich ging denselben Weg zurück und betrat das Haus durch die Küchentür.

»Na?« sagte meine Mutter. »Was ist los?«

»Mir würde nicht im Traum einfallen, so einen Prachtkerl wie Joe Morelli sitzenzulassen«, sagte Grandma. »Ich wüßte mich schon zu vergnügen mit so einem Mann.«

Ich wüßte mich auch zu vergnügen mit ihm, aber wahrscheinlich war es strafbar, Bullen zu kastrieren. »Du hast ihm doch hoffentlich nichts von dem Gewürzkuchen mitgegeben, oder?« fragte ich meine Mutter.

Meine Mutter reckte das Kinn einen Zentimeter vor. »Ich habe ihm das ganze Blech gegeben. Es war das mindeste, was ich tun konnte, nachdem du ihn so schnöde im Stich gelassen hast.«

»Das ganze Blech?« rief ich. »Wie konntest du nur? Ich habe kein einziges Stück abgekriegt!«

»Das kommt davon, wenn man andere einfach sitzenläßt. Woher sollte ich wissen, wo du steckst? Es hätte ja sein können, daß dich jemand entführt hat. Daß dich ein Gehirnschlag getroffen hat und du irgendwo mit Gedächtnisschwund durch die Gegend irrst. Konnte ich ahnen, daß du zurückkommst und Gewürzkuchen haben willst?«

»Ich hatte gute Gründe abzuhauen«, jammerte ich. »Sehr gute Gründe sogar.«

»Was für Gründe?«

»Morelli hätte mich verhaftet – vielleicht.«

Meine Mutter holte tief Luft. »Dich verhaftet?«

»Es besteht die geringe Wahrscheinlichkeit, daß ich unter Mordverdacht stehe.«

Meine Mutter bekreuzigte sich.

Grandma sah nicht annähernd so niedergeschlagen aus. »Neulich, im Fernsehen, war eine Frau in einer Talkshow, die sagte, man hätte sie verhaftet, weil sie Shit geraucht hat. Wenn man verhaftet wird, würde einen die Polizei in eine kleine Zelle sperren und einen dann auf dem Überwachungsbildschirm beobachten und nur darauf warten, daß man das Klo benutzt. Sie sagte, in einer Ecke der Zelle stünde ein Nachtstuhl aus rostfreiem Stahl, der hätte keine Klobrille oder so. Da müßte man sich draufsetzen. Direkt gegenüber von dem Stuhl wäre die Kamera angebracht, damit sie auch alles gut sehen können.«

Mir drehte sich der Magen, und vor meinen Augen tanzten kleine schwarze Sternschnuppen. Ich fragte mich, ob wohl genug Geld für ein Flugticket nach Brasilien auf meinem Bankkonto war.

Grandma bekam plötzlich einen verschlagenen Gesichtsausdruck. »Die Frau im Fernsehen sagte, bevor man verhaftet würde, sollte man bergeweise Bananen essen, die würden gut stopfen, dann könnte unten nichts raus und man könnte es so lange aushalten, bis man auf Kaution freikäme.«

Ich setzte mich auf einen Stuhl und steckte den Kopf zwischen die Knie.

»Das kommt davon, wenn man für den Vetter seines Vaters arbeitet«, sagte meine Mutter. »Du bist doch ein kluges Mädchen. Du hast eine anständige Arbeit verdient. Warum wirst du nicht Lehrerin?«

Ich dachte an Mary Lous Kind, das aufgeweichte Plätzchen im Haar, und war heilfroh, daß ich Kopfgeldjägerin war. Es hätte viel schlimmer kommen können, dachte ich. Ich hätte Lehrerin werden können.

»Ich muß nach Hause«, sagte ich und holte meinen Mantel von der Garderobe in der Diele. »Ich habe viel zu tun morgen. Ich muß früh ins Bett.«

»Da«, sagte meine Mutter und gab mir eine Einkaufstüte. »Etwas Braten. Für ein Sandwich reicht es noch.«

Ich schaute in die Tüte. Braten. Kein Gewürzkuchen.

»Danke«, sagte ich. »Ist auch bestimmt kein Gewürzkuchen mehr übrig?«

»Unter Mordverdacht«, sagte meine Mutter. »Wie ist es bloß möglich?«

Ich wußte es nicht. Ich hatte mich das auch schon gefragt. Ich grübelte sogar den ganzen Heimweg darüber nach. Ich war doch kein schlechter Mensch. Ich schummelte nur ein bißchen bei den Steuern, und ich zahlte die meisten Rechnungen. Ich war nicht gemein zu alten Leuten, nur hinter ihrem Rücken. Ich nahm keine Drogen. Warum bloß hatte ich so ein Pech? Na gut, ich ging nicht so oft in die Kirche, wie ich eigentlich müßte, aber meine Mutter ging regelmäßig. Ich dachte, das sollte reichen.

Ich rollte mit Big Blue auf den Parkplatz. Es war spät. Alle guten Plätze waren schon besetzt. Ich war wieder bei dem Müllcontainer gelandet. Und wenn schon. Wenigstens gewährte er mir Deckung bei den nächsten Schüssen aus einem fahrenden Auto. Ich sollte in Zukunft immer hier parken.

Ich schaute hoch zu meiner Wohnung und sah, daß Licht brannte. Das war merkwürdig, denn ich war mir sicher, daß ich es ausgemacht hatte, als ich nachmittags aus dem Haus gegangen war. Ich stieg aus dem Auto und ging bis zur Mitte des Platzes. Ich schaute wieder hoch zu meiner Wohnung. Das Licht brannte. Was hatte das zu bedeuten? Es konnte bedeuten, daß die Lichter beim Verlassen meiner Wohnung an gewesen waren und daß ich an frühem Schwachsinn litt, mit einer zusätzlichen Portion Verfolgungswahn.

Ein Schatten tauchte kurz an der hinteren Wand meines Wohnzimmers auf, und mein Herz setzte einen Schlag lang aus. Jemand war in meiner Wohnung. Ich war erleichtert, weil ich wenigstens die Schwachsinnsvariante ausschließen konnte, aber das befreite mich nicht von meinen Sorgen. Ich hatte absolut keine Lust, auf eigene Faust nachzuforschen, was los war, und mich ein drittes Mal anschießen zu lassen. Die Alternative wäre gewesen, die Polizei zu rufen. Leider hatte ich nicht genug Bananen dabei, insofern erschien mir diese Alternative nicht sonderlich erstrebenswert.

Wieder tauchte die Schattengestalt auf. Sie zeigte sich lange genug, um jeden Zweifel auszuräumen, daß es sich um einen Mann handelte. Er rückte näher ans Fenster, und ich konnte sein Gesicht erkennen.

Es war Morelli.

Ausgerechnet. Der Kerl hatte Nerven. Wie konnte er es wagen, einfach in meine Wohnung einzubrechen? Aber das war nicht einmal das Schlimmste. Er aß etwas, und ich hatte den Verdacht, daß es Gewürzkuchen war.

»Du Schwein!« schrie ich. »Fiesling!«

Er hörte mich nicht. Wahrscheinlich lief der Fernseher.

Ich suchte den Parkplatz ab und fand Morellis schwarzen Toyota 4+4. Ich trat gegen die hintere Stoßstange, und die Alarmanlage ging los.

In den Fenstern über mir tauchten Gesichter auf, während die Alarmanlage wie wahnsinnig heulte.

Mrs. Karwatt im ersten Stock riß das Fenster auf und lehnte sich hinaus. »Was ist denn los da unten?«

Aus Mr. Weinsteins Fenster schob sich ein Gewehrlauf. »Wessen Alarmanlage ist das? Doch nicht mein Cadillac, oder?«

Das einzige Fenster, in dem sich kein Gesicht zeigte, war meins, wahrscheinlich weil Morelli die Treppe hinunterraste, überlegte ich.

Ich lief mit dem Schlüssel in der Hand zu meinem Wagen.

»Von dem Wagen zurückbleiben, oder ich schieße!« rief Mr. Weinstein.

»Das Auto gehört mir!« rief ich zurück.

»Erzählen Sie mir nichts!« sagte Mr. Weinstein und schielte mich durch seine zentimeterdicken Brillengläser mit drei verschiedenen Stärken an. Peng! Mr. Weinstein schoß und traf die Windschutzscheibe von dem Wagen neben meinem.

Ich hechtete über den begrünten Mittelstreifen auf die Straße und rannte in den Schutz der Häuser auf der anderen Seite. Ich blieb stehen und sah mich um. Morelli duckte sich unter dem hinteren Vordach und rief Mr. Weinstein etwas zu, vermutlich weil er Angst hatte, er würde angeschossen, wenn er sich auf den Parkplatz wagte.

Ich huschte in die schattige Spalte zwischen zwei Häusern, sprang über einen Gartenzaun und kam auf der Elm Street wieder raus. Ich überquerte die Elm Street und wiederholte das Spielchen, was mich zur Hartland brachte.

Ich lief auf der Hartland eine Querstraße weiter, überquerte die Hamilton und drückte mich an die Backsteinwand eines Ladens, der durchgehend geöffnet hatte.

Der alte Besitzer war ein gewisser Joe Echo. Er hatte das Geschäft im November verkauft, und der neue chinesische Besitzer, Sam Pei, hatte den Laden in »The American Store« umbenannt. Ich fand den neuen Namen angebracht. »The American Store« bot eine Auswahl von allen möglichen Dingen, die der Durchschnittsamerikaner brauchte, allerdings zum vierfachen Preis. Eine Schachtel Fig Newtons für $ 7,50, obwohl nur zwölf Stück in einer Schachtel waren. Aber wenn man mitten in der Nacht Heißhunger auf Fig Newtons hatte, war es einem vermutlich scheißegal, was die kosteten.

Ich holte eine Strickmütze aus meiner Manteltasche und zog sie tief ins Gesicht. Die Batterie von meinem Handy war fast leer, ich kramte daher in meiner Umhängetasche nach einer Vierteldollarmünze, fand eine, warf sie in den Telefonapparat und wählte meine Nummer.

Beim vierten Mal ging Morelli dran.

Ich löste die zusammengebissenen Zähne gerade weit genug, um ein paar Worte hineinzupressen. »Was machst du in meiner Wohnung?«

»Auf dich warten«, sagte Morelli.

»Was hast du da gerade gegessen?«

»Gewürzkuchen. Es ist noch etwas übrig, aber nur, wenn du dich beeilst.«

Ich hängte den Hörer wieder auf die Gabel. Scheiße!

Ich kaufte einen Snickers-Riegel bei Mr. Pei und aß ihn im Gehen. Es wurde Zeit, die Lage realistisch einzuschätzen. Morelli hatte mir bei diesem Räuber-und-Gendarme-Spiel einiges voraus. Wenn er mich verhaften wollte, hätte er es längst getan. Und er hätte mich auch längst zum Verhör auf die Polizeiwache gebracht, wenn er es ernst meinte. Die Bananen konnte ich mir also noch sparen.

Warum behelligte mich Morelli dann ständig? Vielleicht, weil er etwas wollte. Was wollte er? Informationen, die ich ihm möglicherweise vorenthielt? Vielleicht dachte er, er könnte mir unter zwangloseren Umständen besser irgendwelche wichtigen Einzelheiten entlocken. Oder er wollte mir ohne Anwesenheit von Zeugen drohen. Oder einfach nur mit mir ausgehen.

Ich bog in die Hartland Street und beschloß, Morelli ein Gesprächsangebot zu machen. Es ging hier nicht mehr bloß um die Auffindung eines Flüchtigen. Mo wurde immer noch vermißt. Ein Mann war getötet worden. Mir hatte man gedroht. Und es gab einige Details, die ich Morelli bei meiner Vernehmung auf der Polizeiwache versäumt hatte mitzuteilen. Von dem Gewürzkuchen mal ganz abgesehen.

Alles war noch wie vorher, als ich auf den Parkplatz kam. In meiner Wohnung brannte Licht. Morellis Wagen stand unberührt da. Eine kleine Traube von Menschen hatte sich um den Chrysler eingefunden, den Mr. Weinstein als Zielscheibe mißbraucht hatte. Mr. Weinstein hantierte gerade mit einem großen Stück Plastik von einem Müllsack und einem Klebeband.

»Eine Sekunde später, und er wäre mit dem Auto losgefahren, das kann ich Ihnen sagen«, verkündete Mr. Weinstein. »Lieber eine kaputte Windschutzscheibe als ein gestohlenes Auto.«

»Wohl wahr«, pflichtete Arty Boyt ihm bei. »Wie praktisch, daß Sie gerade das Gewehr zur Hand hatten.«

Die Umstehenden nickten einvernehmlich. Sehr praktisch, sagten alle.

Ich schlich mich ins Haus und ging zu der Telefonzelle vorne in der kleinen Eingangshalle. Ich warf eine Vierteldollarmünze ein und rief oben bei mir an.

»Ich bin's noch mal«, sagte ich, als Morelli abhob.

»Wo bist du?«

»Weit weg.«

»Du lügst.« Ich hörte das Lachen in seiner Stimme. »Ich habe dich unten über den Parkplatz kommen sehen.«

»Warum stellst du mir nach?«

»Die Polizei stellt nicht nach, die Polizei verfolgt.«

»Na gut. Warum verfolgst du mich?«

»Wir müssen miteinander reden«, sagte Morelli.

»Nur reden?«

»Was hast du denn gedacht?«

»Nichts.«

Wir schwiegen einen Moment, überlegten, an was wir denn gedacht hatten.

»Also«, sagte ich, »worüber willst du mit mir reden?«

»Ich will mit dir über Mo reden, aber nicht am Telefon.«

»Ich habe gehört, daß mich einige Leute am liebsten verhaften würden.«

»Das stimmt«, sagte Morelli. »Aber ich gehöre nicht zu denen.«

»Kannst du mir das versprechen?«

»Ich werde dich heute abend nicht verhaften. Das ist natürlich kein Freibrief für alle Ewigkeit.«

Als ich aus dem Aufzug stieg, wartete er an der geöffneten Wohnungstür auf mich.

»Du siehst durchgefroren und müde aus«, sagte er.

»Herumfliegenden Kugeln auszuweichen ist ganz schön anstrengend. Ich weiß nicht, wie ihr Polizisten das Tag für Tag aushaltet.«

»Du meinst nicht zufällig Mr. Weinstein?«

Ich hängte meine Jacke und meine Tasche an einen Wandhaken. »Ich meine alle möglichen Leute. Dauernd wird auf mich geschossen.« Ich schnitt mir ein happiges Stück Gewürzkuchen ab und erzählte Morelli von Leroy Watkins, der Schlange.

»Wie findest du das?« fragte ich.

»Ich finde, Kopfgeldjäger müßten eine Zulassungsprüfung absolvieren. Und ich finde, dich müßte man glatt durchfallen lassen.«

»Ich bin noch in der Ausbildung.«

»Ja«, sagte Morelli. »Wollen wir hoffen, daß du dabei nicht hopps gehst.«

Normalerweise würde ich so eine Bemerkung als Beleidigung ansehen, aber ich hatte mir selbst auch schon Gedanken in die Richtung gemacht. »Was ist los mit Onkel Mo?«

»Ich weiß es nicht«, sagte Morelli. »Zuerst hatte ich die Befürchtung, daß er tot sein könnte. Jetzt weiß ich überhaupt nicht mehr, was ich glauben soll.«

»Was für Fingerabdrücke habt ihr im Laden gefunden?«

»Deine, Mos und die von Anders am Türgriff vom Hintereingang. Die im Verkaufsraum haben wir gar nicht erst abgenommen. Da hätten wir halb Burg vorladen müssen.«

»Ist den Nachbarn etwas aufgefallen?«

»Nur der Dame von gegenüber, die meldete, die hätte eine Taschenlampe aufleuchten sehen.« Morelli lehnte lässig an meiner Küchenablage, Arme vor der Brust verschränkt. »Sonst noch Fragen?«

»Weißt du, wer Anders ermordet hat?«

»Nein. Du?«

Ich hielt meinen Teller unter den laufenden Wasserhahn und stellte ihn anschließend in die Spülmaschine. »Nein.« Ich sah Morelli an. »Wie ist Anders in den Laden hineingekommen? Ich habe ihn draußen an der Tür rumoren hören. Er hat probiert, den Türknauf zu drehen. Zuerst dachte ich, er hätte einen Schlüssel, aber er kriegte die Tür nicht auf. Deshalb dachte ich, daß er die Tür aufzubrechen versucht hat.«

»Es gibt keinen Hinweis darauf, daß er sich gewaltsam Zutritt verschafft hat.«

»Können wir das mal ganz im Vertrauen durchkauen?«

»Du mußt Gedanken lesen können«, sagte Morelli.

»Ich rede also jetzt nicht mit dem Polizisten, ja?«

»Nein.«

Ich goß mir ein Glas Milch ein. »Ich sage dir jetzt, was ich weiß. Der Hinterausgang zu Mos Laden war abgeschlossen. Ich habe ihn mit einem Schlüssel geöffnet, den ich oben in seiner Wohnung fand. Nachdem ich aufgeschlossen hatte und im Laden stand, habe ich die Tür hinter mir zugezogen. Sie war geschlossen, als Ronald Anders versuchte reinzukommen. Zuerst hörte es sich so an, als hätte er einen Schlüssel dabei, aber die Tür ließ sich nicht öffnen. Er probierte ein paar Minuten lang rum, und dann sprang die Tür plötzlich auf. Habt ihr irgend etwas an ihm gefunden, womit man ein Türschloß knacken könnte?«

»Nein.«

»Einen Schlüssel für den Laden?«

»Nein.«

Ich runzelte die Stirn.

Morelli runzelte die Stirn.

»Entweder brauchte gerade jemand einen Satz Dietriche, oder jemand hat einen Schlüssel aufgehoben, der nicht richtig funktionierte«, sagte ich. »Vielleicht hat auch jemand die Tür mit einem Zweitschlüssel geöffnet, hat Ronald Anders hereingelassen, ist für ein paar Minuten verschwunden und dann wiedergekommen und hat Anders erschossen.«

Morelli und ich seufzten beide. Die einzige Person, die logischerweise einen Zweitschlüssel besäße, wäre Onkel Mo. Der

Gedanke, daß er Anders kannte, wäre auch nicht weit hergeholt, angesichts der Tatsache, daß Mo gelegentlich auf der Stark Street gesehen worden war. Vielleicht hatte das alles mit Drogen zu tun. Vielleicht nahm Mo Drogen. Scheiße, vielleicht handelte er sogar mit Drogen. Nachdem ich in seiner Bettlektüre gestöbert hatte, war ich bereit, ihm alles mögliche zu unterstellen.

»Habt ihr jemanden darauf angesetzt, der sich mal mit den Kindern unterhält, die immer in den Laden gehen?« fragte ich Morelli. »Hast du als Ziviler mal irgendwo aufgeschnappt, daß bei Mo Drogen umgeschlagen werden?«

»Immer nur das Gegenteil«, sagte Morelli. »Mos Laden war drogenfrei. Mo war militanter Drogengegner. Das war allgemein bekannt.«

Mir kam ein anderer Gedanke. »Wie militant?« fragte ich. »Hätte es für einen Mord an einem Dealer gereicht?«

Morelli sah mich mit seiner undurchdringlichen Polizistenmiene an.

»Das wäre zu komisch«, sagte ich. »Liebenswerter, schrulliger Eisverkäufer wird zum Killer. Die Rache des kleinen Geschäftsmannes.«

Anders wurde in den Rücken geschossen. Er hatte eine Waffe bei sich getragen, aber er hatte die Waffe nicht angerührt. Sie war entdeckt worden, als die Polizei die Leiche zur Seite rollte. Die Waffe steckte im Bund von Anders' Rapperhose. Egal, wen sie drankriegten für den Mord, es dürfte ihm wohl kaum gelingen, auf Notwehr zu plädieren.

»War das alles?« fragte ich Morelli.

»Fürs erste.«

Morelli trug Jeans, Springerstiefel und ein langärmliges kariertes Oberhemd, die Ärmel hochgekrempelt. Die Dienstpistole klemmte in seinem Gürtel. Er nahm sich seine Khakijacke von einem der Wandhaken im Flur und zog sie über.

»Ich wäre dir sehr dankbar, wenn du in den nächsten Tagen nicht ins Ausland reisen würdest«, sagte ich.

»Ach! Wo ich doch gerade Urlaub in Monaco machen wollte.«

Er versetzte mir einen Kinnstüber, lachte und ging.

Ich sah einen Moment lang auf die geschlossene Wohnungstür. Ein Kinnstüber? Was sollte das denn? Früher hatte Morelli versucht, mir seine Zunge in den Rachen zu schieben. Wenigstens eine obszöne Anmache versucht. Ein Kinnstüber machte mich mißtrauisch. Und jetzt, wo ich drüber nachdachte, fiel mir auch wieder ein, daß er sich wie der perfekte Gentleman aufgeführt hatte, als er mir die Pizza brachte. Und was war mit gestern abend? Er hatte mir zum Aschied nicht einmal die Hand gereicht.

Ich überprüfte mein Äußeres im Garderobenspiegel. Mein Haar saß noch eingequetscht unter der Strickmütze. Nicht gerade sexy, aber das hatte Morelli noch nie abgehalten. Ich nahm die Mütze ab, und meine Haare plusterten sich auf. Schreck laß nach! Gut, daß ich die Mütze aufgelassen hatte.

Ich ging in die Küche und wählte Rangers Nummer.

»Yo«, meldete sich Ranger.

»Brüstet sich irgend jemand mit dem Mord an Ronald Anders?«

»Hier brüstet sich schon lange keiner mehr. Totenstille auf den Straßen.«

»Ein Bandenkrieg?«

»Ich weiß es nicht. Ein paar Kleindealer werden vermißt. Ein paar Fixer sind tot. Es kursiert irgendein heißes Zeug, das bringt die Leute um.«

»Überdosis?«

»So steht es auf dem Totenschein.«

»Glaubst du, daß es was anderes ist?«

»Es schmeckt mir nicht, Babe.«

Ich legte auf. Eine Minute später klingelte das Telefon.

»Wir haben einen Notfall«, sagte Lula.

»Was für einen Notfall?«

»Einen Anruf von Jackie, aber ich kann mir keinen Reim auf das machen, was sie sagt. Irgend etwas über ihren Alten, er hätte sie wieder hochgenommen oder so.«

»Wo ist sie jetzt?«

»Bei den Steinreich-Apartments. Sie hat Tag und Nacht da rumgehangen, und sie hört sich ziemlich durchgeknallt an. Ich habe ihr gesagt, sie soll warten. Wir kämen, so schnell wir könnten.«

Eine Viertelstunde später fuhr ich auf den RiverEdge-Parkplatz. Der Himmel über den in gleichmäßigen Abständen von Straßenlampen gebildeten Teichen aus Kunstlicht war schwarz verhangen. Jackie hatte ihren Chrysler am Rand eines dieser Lichtteiche abgestellt. Der Fluß war eine Straße weiter, und der Eisnebel wirbelte um die Lampen herum und senkte sich auf die parkenden Autos.

Jackie stand neben ihrem Wagen und gestikulierte mit den Armen. Sie schrie Lula an, und Lula schrie genauso laut zurück.

»Beruhige dich«, sagte Lula. »Beruhige dich!«

»Er ist tot«, brüllte Jackie. »Tot. Tot. Tot. Scheißtot. Tot wie Taubenscheiße!«

Ich sah Lula an, und Lula zuckte ratlos mit den Schultern.

»Ich bin gerade erst gekommen«, sagte sie. »Bis jetzt habe ich nur aus ihr herausgekriegt, daß der Scheißkerl tot ist. Vielleicht ist sie zugekokst. Vielleicht brauchen wir etwas, das sie zur Besinnung bringt.«

»Ich bin nicht zugekokst, du blöde Nutte«, sagte Jackie. »Ich versuche dir zu verklickern, daß er tot ist, aber du hörst mir ja gar nicht zu.«

Ich sah mich auf dem Parkplatz um. »Liegt er hier irgendwo rum?«

Ich erhoffte mir inständig ein Nein auf diese Frage. Mein Quantum an Toten für dieses Jahrtausend war voll.

»Siehst du den großen Strauch da drüben neben dem Müllcontainer?« sagte Jackie.

»Ja.«

»Siehst du auch den dreckigen Fuß aus dem Strauch ragen?«

Oh, Mann. Sie hatte recht. Aus dem Strauch ragte ein Fuß.

»Scheiße, Jackie«, sagte ich. »Du hast doch den Fuß nicht etwa auf dem Gewissen?«

»Nein, ich habe den Fuß nicht auf dem Gewissen. Das versuche ich euch doch die ganze Zeit zu verklickern. Da hat mich einer gelinkt. Ich sitze friedlich hier draußen rum und friere mir den Arsch ab und warte darauf, daß ich dem Mistkerl Cameron Brown eine verpassen kann, und dann kommt mir jemand zuvor. Das ist nicht gerecht!«

Jackie schob ab Richtung Müllcontainer, Lula und ich versuchten mitzuhalten.

»Ich wollte nur mein Auto ein bißchen saubermachen«, sagte Jackie. »Ich trage meine Mülltüte rüber und will sie in den Container werfen, und da sehe ich irgendwas schimmern. Ich gucke genauer hin und sehe, es ist eine Uhr. Und dann sehe ich, daß die an einem Handgelenk sitzt. Und ich denke noch, verdammte Hacke, die Uhr und das Handgelenk kennst du doch irgendwoher. Ich wühle ein bißchen rum, und jetzt seht euch an, was ich gefunden habe. Was ich hier aus dem Müll gezogen habe.«

Sie blieb vor dem Strauch stehen, bückte sich, packte den Fuß und zog die Leiche eines Mannes ins Freie. »Seht euch das an! Er ist tot. Und als wäre das noch nicht schlimm genug, ist er auch noch stocksteif gefroren. Ein einziges Eisbein, der Wichser. Jetzt kann ich ihm nicht mal mehr beim Verwesen zuschauen. Ich hatte mich so drauf gefreut.«

Jackie ließ den Fuß los und versetzte Cameron einen saftigen Tritt in die Seite.

Lula und ich sprangen entsetzt zurück.

»Hör auf«, sagte Lula.

»Das ist erst der Anfang«, sagte Jackie. »Ich habe so lange darauf gewartet, ihn umzulegen. Soll er kriegen, was er verdient hat.«

Jackie knöpfte ihren Mantel auf, zog eine 9 Millimeter Beretta aus ihrer Jogginghose und pumpte ein halbes Magazin Blei in den Körper von Cameron Brown. Cameron hüpfte von dem Aufprall ein bißchen herum, aber ansonsten hatten die Kugeln keine Wirkung, außer daß in diverse Körperteile noch ein paar zusätzliche Löcher geschossen wurden.

»Bist du verrückt?« kreischte Lula. »Der Kerl ist tot! Du schießt auf einen Toten!«

»Kann ich doch nichts für«, sagte Jackie. »Ich wollte ihn erschießen, solange er noch lebte, aber da ist mir jemand zuvorgekommen. Ich hole nur nach, was mir entgangen ist.«

»Du bist ja betrunken«, sagte Lula.

»Verflucht schattig hier. Hätte mich zu Tode gefroren, wenn ich nicht ab und an mal einen Schluck genommen hätte.«

Jackie legte an, als wollte sie erneut ein paar Salven auf die Leiche abfeuern.

»Hör auf«, sagte Lula. »Ich höre Polizeisirenen.«

Wir standen still und lauschten auf das Sirenengeheul.

»Hier lang!« sagte Lula. »Rette sich, wer kann!«

Wir liefen zu unseren Wagen, fuhren gleichzeitig los und wären beinahe alle drei zusammengestoßen, als wir vom Platz fegten.

- 7 -

Jackie, Lula und ich kamen auf dem Parkplatz von Dunkin Donuts wieder zusammen, einige hundert Meter von den RiverEdge Apartments entfernt. Wir stellten die Wagen nebeneinander ab und hielten Kriegsrat.

»Ich brauche einen Doughnut«, sagte Jackie. »Einen von diesen besonders schönen mit den bunten Schokoladenstreuseln oben drauf.«

»Du brauchst was anders als einen Doughnut«, sagte Lula zu ihr. »Du brauchst einen Psychiater. Du tickst doch nicht mehr ganz richtig. Du hast gerade auf einen Toten geschossen. Was hast du dir bloß dabei gedacht?«

Jackie kramte in ihren Taschen nach Kleingeld für Doughnuts. »Ich darf schießen, auf wen ich will.«

»Von wegen«, sagte Lula. »Es gibt Regeln. Der Mann war bereits tot, und du hast damit deine Mißachtung gegenüber einem Verstorbenen bewiesen.«

»Der Verstorbene hatte keine Achtung verdient. Er hat mein Auto geklaut.«

»Jeder Mensch hat Achtung verdient, wenn er tot ist«, sagte Lula. »Das ist die Regel.«

»Wer sagt das?«

»Gott sagt das.«

»Sag bloß? Dann hat Gott keine Ahnung von Regeln. Die Regel taugt nämlich einen Dreck.«

Lula stemmte die Fäuste in die Hüften, und ihre Augen traten wütend hervor. »Red nicht so von Gott, du dumme Nutte! Ich lasse nicht zu, daß du Gott lästerst.«

»Aufhören!« unterbrach ich. »Was ist mit der Polizei?«

»Was soll schon sein?« fragte Jackie.

»Wir müssen die Polizei holen.«

Jackie und Lula sahen mich an, als käme ich vom Mars.

»Cameron Brown wurde ermordet. Bevor Jackie Schweizerkäse aus ihm gemacht hat. Wir können Brown nicht einfach neben dem Müllcontainer liegen lassen«, klärte ich die beiden auf.

»Da mach dir mal keine Sorgen«, sagte Lula. »Wahrscheinlich wimmelt es da längst von Bullen. Die werden Cameron schon finden. Er liegt für alle sichtbar im Freien.«

»Mag ja sein, aber wer auf Tote schießt, macht sich auch strafbar. Wir gelten als Komplizen, wenn wir das nicht melden.«

»Ich gehe nicht zur Polizei«, sagte Jackie. »Auf keinen Fall.«

»Es wäre nur vernünftig«, sagte ich.

»Schön dumm wär's«, sagte Jackie. »Scheiß drauf.«

»Stephanie hat recht«, sagte Lula zu Jackie. »Mit den ganzen Drogen und dem Alkohol im Gehirn weißt du gar nicht mehr, was vernünftig ist. So wie die ganzen Drogen und der Alkohol schuld daran sind, daß du Gott gelästert hast. Du mußt unbedingt was dagegen tun. Du mußt einen Entzug machen.«

»Ich brauche keinen Entzug«, sagte Jackie.

»Doch«, sagte Lula.

»Nein.«

»Doch.«

»Ich kenn dich«, sagte Jackie. »Seit du selbst anständig geworden bist, versuchst du dauernd, mich auf Entzug zu bringen. Du willst mich doch nur reinlegen.«

»Worauf du einen lassen kannst«, sagte Lula. »Entweder machst du einen Entzug, oder wir bringen dich in den Knast.« Lula sah mich an. »Stimmt's?«

»Ja«, sagte ich. »Stimmt genau.« Das hätte das Gericht sowieso veranlaßt. Vielleicht würde die Klinik in der Perry Street das besser erledigen.

Es fing mit einem höflichen Klopfen an der Tür an, und als ich nicht öffnete, wurde aus dem Klopfen ein Hämmern. Ich schaute durch den Türspion und sah Morelli auf und ab gehen und vor sich hin schimpfen. Er wandte sich um und schlug noch mal mit der Faust gegen die Tür.

»Jetzt komm schon, Stephanie«, sagte er. »Werd endlich wach. Steh auf und komm an die Tür.«

Es war halb neun, und ich war seit einer Stunde wach. Ich hatte geduscht, mich angezogen und frühstückte gerade. Ich ging nicht an die Tür, weil ich keine Lust hatte, mit Morelli zu reden. Vermutlich kam er gerade von den RiverEdge Apartments.

Ich hörte ihn am Türschloß rumoren. Das Türschloß sprang auf, dreißig Sekunden später hatte er den Riegel geknackt. Meine Wohnungstür wurde geöffent, aber hing noch an der Vorhängekette fest.

»Ich weiß, daß du da bist«, sagte Morelli. »Ich kann dein Schampoo riechen. Mach auf, oder ich komme mit einem Bolzenschneider wieder.«

Ich legte die Vorhängekette ab und machte die Tür auf. »Und was jetzt?«

»Wir haben Cameron Brown gefunden.«

Ich riß die Augen weit auf, um Überraschung vorzutäuschen. »Nicht möglch!«

»Doch. Steifgeforern. Und ziemlich tot. Ich würde sogar sagen, schon seit einigen Tagen tot. Wir haben ihn neben dem Müllcontainer an der Wohnanlage RiverEdge gefunden.«

»Das muß ich Jackie sagen.«

»Hmhm. Ist irgendwie merkwürdig mit der Leiche. Es sieht so aus, als hätte der Mörder sie anschließend in den Müllcontainer geworfen. Und dann ist gestern abend jemand dagewesen, hat die Leiche aus dem Müll gefischt und ein halbes Magazin reingeballert.«

»Nein!«

»Doch. Und es wird noch merkwürdiger. Zwei Bewohner der RiverEdge Apartments haben ausgesagt, sie hätten spät abends gehört, wie sich unten auf dem Parkplatz einige Frauen gestritten hätten, und dann wären Schüsse gefallen. Sie hätten aus dem Fenster geschaut, und jetzt rate mal, was sie gesehen haben?«

»Was?«

»Drei Autos, die gleichzeitig losgefahren sind. Eins davon wäre ein alter Buick gewesen. Sie meinten, wahrscheinlich taubenblau mit weißem Verdeck.«

»Haben sie sich die Nummer notiert? Haben sie die Frauen gesehen?«

»Nein.«

»Das muß ja eine harte Nuß für euch sein.«

»Ich dachte, du könntest vielleicht ein bißchen Licht in diese Angelegenheit bringen.«

»Dienstlich oder privat?«

»Scheiße«, sagte Morelli. »Das will ich nicht gehört haben.«

»Verstößt es denn gegen das Gesetz, auf jemanden zu schießen, der längst tot ist?«

»Ja, es verstößt gegen das Gesetz.«

Ich verzog leicht genervt das Gesicht. »Das habe ich mir gedacht. Gegen welches Gesetz genau verstößt es eigentlich?«

»Das weiß ich nicht«, sagte Morelli. »Aber es gibt bestimmt eins. Ich nehme mal an, es lagen mildernde Umstände vor, oder?«

»Eine verschmähte Frau…«

»Will die Verschmähte aussagen?«

»Sie will einen Entzug machen.«

»Ich dachte, auf deiner Visitenkarte steht Kopfgeldjäger als Berufsbezeichnung«, sagte Morelli. »Sozialarbeiter ist eine ganz andere Kategorie.«

»Darf ich dir eine Tasse Kaffee anbieten?«

Er schüttelte den Kopf. »Ich muß mich hinter meinen Schreibtisch klemmen. Und danach muß ich zu einer Obduktion.«

Ich sah ihm hinterher, den Flur entlanggehen und im Aufzug verschwinden. Wer glaubte, er könnte mit dem Privatmenschen Morelli reden und dabei den Polizisten Morelli außer acht lassen, der mußte ein Vollidiot sein. Polizisten waren immer im Dienst. Der Job muß die absolute Härte sein.

Die Polizei von Trenton übt mehr Funktionen aus, als man sich vorstellen kann. Polizisten sind gleichzeitig Schiedsrichter, Sozialarbeiter, Friedensstifter, Babysitter und Gesetzeshüter. Der Job ist langweilig, gefährlich, abstoßend, nervenaufreibend und oft völlig sinnlos. Das Gehalt ist miserabel, die Dienstzeit unmenschlich, die Finanzausstattung der Wachen ein Witz, und die Uniformen kneifen im Schritt. Dabei sorgt die Polizei von Trenton Jahr für Jahr dafür, daß die Stadt nicht vor die Hunde geht.

Rex war in seiner Suppendose, streckte mir den Allerwertesten entgegen, der Rest halb vergraben unter den Sägespänen, und hielt zusammengekauert sein morgendliches Nickerchen. Ich knackte eine Walnuß und ließ sie in seinen Käfig fallen. Nach kurzer Zeit bewegten sich die Sägespäne. Rex kroch rückwärts heraus, schnappte sich die Walnuß und beförderte sie in seine Dose. Ich beobachtete ihn noch ein paar Minuten, aber die Vorstellung war zu Ende.

Ich überprüfte den Inhalt meiner Umhängetasche. Hatte ich die wichtigen Dinge des Lebens auch alle dabei? Funkmelder, Papiertaschentücher, Haarspray, Taschenlampe, Handschellen, Lippenstift, Waffe und Munition, Handy mit frischen Batterien, geladene Schreckschußpistole, Haarbürste, Kaugummi, Abwehrspray, Nagelfeile. War ich nun eine richtige Kopfgeldjägerin oder nicht?

Ich griff mir die Schlüssel und zog mir die Jacke über. Als erstes stand heute ein Abstecher ins Büro auf dem Programm. Ich wollte klarstellen, daß Jackie ihren Teil unserer Abmachung einhielt.

Die Wolken hingen tief und bedrohlich über dem Parkplatz, und die Luft war kalt wie eine launische Hexe. Das Türschloß am Buick war eingefroren und die Windschutzscheibe mit einer Frostschicht bedeckt. Ich schlug mit der Faust gegen das Schloß, aber es sprang nicht auf, ich trottete also zurück in die Wohnung und holte ein Enteisungsmittel und einen Plastikschaber. Zehn Minuten später war die Tür offen, die Heizung lief volle Pulle, und ich hatte ein Bullauge in die Frostschicht auf meiner Windschutzscheibe gekratzt.

Ich setzte mich hinters Steuerrad, schaute, ob das Loch für die Sicht reichte, und entschied, daß es langte, wenn ich nicht allzu schnell fuhr. Als ich bei Vinnie ankam, war mir mollig warm, und ich konnte sogar meine ganze Motorhaube erkennen, von der Straße ganz zu schweigen. Jackies Chrysler parkte vor dem Büro, ich schob mich auf den Parkplatz dahinter und huschte hinein.

Jackie lief vor Connies Schreibtisch auf und ab.

»Ich sehe nicht ein, wozu das gut sein soll«, sagte Jackie. »Es ist ja nicht so, daß ich mich nicht beherrschen könnte, daß ich nicht aufhören könnte, wenn ich wollte. Ich ziehe mir nur ab und zu gerne einen rein. Was soll daran schlecht sein? Jeder zieht sich doch ab und zu gerne einen rein.«

»Ich nicht«, sagte Connie.

»Ich auch nicht«, sagte Lula.

»Ich auch nicht«, sagte ich.

Jackie musterte uns nacheinander.

»Du bist besser drauf, wenn du davon loskommst«, sagte Lula.

»Ach nee«, sagte Jackie. »Ich bin gut drauf. Ich bin sogar so gut drauf, daß ich's kaum aushalten kann. Manchmal bin ich so tierisch gut drauf, daß ich Zustände kriegen könnte.«

Connie hatte Mos Akte vor sich auf dem Schreibtisch liegen. »Wir kriegen Mo in den nächsten fünf Tagen nicht zu fassen. Wir werden die Kaution wohl für verfallen erklären müssen«, sagte sie zu mir.

Ich schlug die Akte auf und sah mir noch mal die Kautionsvereinbarung und das Foto an.

Jackie schaute mir dabei über die Schulter. »Mensch«, sagte sie, »das ist ja Schwanznase. Seid ihr hinter dem her? Ich habe ihn gerade gesehen.«

Wir wandten uns alle Jackie zu und glotzten sie an.

»Ja, das ist der Kerl«, sagte sie und tippte mit einem falschen roten Fingernagel auf das Foto. »Er fährt einen blauen Honda. Jetzt fällt mir ein, daß wir ihm manchmal auf der Straße begegnet sind. Ich habe ihn aus einem Haus in der Montgomery Street herauskommen sehen. Neben der Mission.«

Lula und ich sahen uns an. Na?

»War er allein?« fragte ich Jackie.

»Da habe ich nicht so drauf geachtet. Mir ist sonst keiner aufgefallen.«

»Ich bringe Jackie zur Klinik in die Perry Street«, sagte Lula. »Helfe ihr, sich einzuleben.«

Die Klinik in der Perry Street wimmelte von Fixern, folglich wimmelte es draußen auf der Straße von Dealern. Das war das Problem. Die Fixer holten sich ihre Tagesdosis Methadon ab, aber der Hin- und Rückweg war wie ein Gang durch einen riesigen Drogensupermarkt. Der beste Platz, um sich Drogen zu besorgen, ist immer vor der Methadonklinik einer Stadt.

Lula kam nicht mit, um Jackie beim Einleben zu helfen. Lula kam mit, damit sich Jackie nicht den goldenen Schuß verpaßte, bevor sie überhaupt einen Fuß in die Klinik gesetzt hatte.

Lula und Jackie fuhren bis zum Haus meiner Eltern hinter mir her und warteten so lange, bis ich den Buick in die Einfahrt gestellt hatte. Dann stieg ich zu den beiden ein, und sie setzten mich vor der Nissan Werkstatt ab.

»Laß dir keinen Quatsch erzählen wegen dem Truck«, sagte Lula. »Besteh auf einer Probefahrt und sag denen, du würdest ihnen den Truck in den Hintern schieben, wenn sie ihn nicht ordentlich repariert haben.«

»Mach ich«, sagte ich. »Mich legt so schnell keiner rein.«

Ich winkte hinter ihnen her und begab mich auf die Suche nach dem Chef. »Was meinen Sie?« fragte ich ihn. »Ist der Truck fahrtüchtig?«

»Wir haben ihn wieder fit gemacht. Er fährt wie eine Eins.«

»Ausgezeichnet«, sagte ich, erleichtert, daß ich keinem einen Truck in den Hintern schieben mußte.

Jackie hatte Mo aus einem Wohnhaus Montgomery, Ecke Grant Street herauskommen sehen. Es war nicht das, was ich eine heiße Spur nennen würde, aber besser als gar nichts, und ich dachte mir, mal einen Blick drauf zu werfen könne nicht schaden. Montgomery, Ecke Grant lag südöstlich von Burg, in einem Bezirk von Trenton, der sich alle Mühe gab, weiterhin als wohlhabend zu gelten. Das Wohnhaus bildete den Schlußpunkt der Straße, den Rest hatten kleine Geschäfte übernommen. Sal's Café, A&G Haushaltswaren, ein Fischgeschäft, Montgomery Street Freedem Mission und die Montgomery Street Freedom Church.

Ich fuhr einmal um den Häuserblock und hielt Auschau nach dem blauen Honda. Es war keiner zu sehen. Das Wohnhaus besaß eine eigene Tiefgarage, aber um an der Schranke vorbeizukommen, brauchte man einen Kartenschlüssel. Kein Problem. Ich konnte meinen Wagen oben auf der Straße abstellen und die Garage zu Fuß erkunden.

Ich drehte drei Runden um den Block, schließlich fuhr jemand aus einer attraktiven Parklücke am Straßenrand. Ich wollte auf der Montgomery Street stehen, mit Blick auf den Hauseingang und die Garageneinfahrt. Ich hatte vor, mich mal kurz in der Garage umzusehen, einen Blick auf die Briefkästen zu werfen und dann einfach abzuwarten. Vielleicht passierte was Interessantes.

Es gab 72 Briefkästen. Auf keinem stand der Name »Moses Bedemier«. Die Garage war nur zu einem Drittel voll. Ich fand zwei Hondas, aber keinen mit dem richtigen Nummernschild.

Ich ging zurück zu meinem Truck und setzte mich rein. Ich beobachtete die Leute auf der Straße, ich beobachtete die Autos, ich sah niemanden, den ich kannte. Um ein Uhr holte ich mir ein Sandwich aus Sal's Café. Ich zeigte das Foto von Mo herum und fragte, ob jemand ihn kürzlich gesehen hätte.

Die Kellnerin sah sich das Bild an.

»Kann sein«, sagte sie. »Kommt mir irgendwie bekannt vor, aber ich kann es nicht mit Bestimmtheit sagen. Hier gehen so viele Menschen ein und aus. Viele ältere Herrschaften kommen auf einen Kaffee rein, bevor die Mission nebenan zum Frühstück ihre Türen öffnet. Ursprünglich war es nur für Obdachlose gedacht, aber es wird hauptsächlich von Rentnern genutzt, die einsam sind und knapp bei Kasse.«

Um vier Uhr stieg ich wieder aus meinem Pickup aus und postierte mich direkt im Hauseingang, wo ich den Bewohnern Mos Bild zeigen und sie befragen wollte. Um sieben Uhr blieben die Bewohner aus, von Glück ganz zu schweigen, nicht ein einziger hatte Mo auf dem Bild erkannt.

Um acht Uhr gab ich mich geschlagen und räumte meinen Posten. Ich fror, ich hatte Hunger, und in mir zuckte es förmlich vor angestauter Energie. Ich fuhr zurück nach Burg, zu Pinos Pizzeria.

Zwei Straßen vor Pinos Pizzeria hielt ich an einem Stopschild und spürte seismische Aktivitäten unter der Motorhaube. Ich ließ einige kleinere Beben und heftiges Brodeln über mich ergehen, und dann – Krawumm! Der Truck hatte eine Fehlzündung und soff ab. »Mistkarre!« rief ich. »Scheißjapanertruck. Ziegenpißnelke. Scheißautomechaniker. Betrüger. Lügner!«

Ich sackte mit der Stirn einen Augenblick auf das Steuerrad. Ich hörte mich an wie mein Vater. So mußten sich die Passagiere beim Untergang der *Titanic* gefühlt haben.

Ich schaffte es mit sanfter Gewalt bis zu Pinos Parkplatz, kroch hinter dem Steuerrad hervor und ließ mich völlig erledigt an Pinos Tresen nieder. Ich bestellte ein Gezapftes, ein Deluxe Hühnchen-Sandwich, eine kleine Pepperonipizza und Fritten. Niederlagen machten hungrig.

Pino war ein Polizistentreff. Einmal weil die halbe Truppe in Burg wohnte und Pino zentral gelegen war, zum anderen weil Pino zwei Söhne hatte, die bei der Polizei waren, und Polizisten unterstützten sich gegenseitig. Außerdem weil die Pizza einfach vom Feinsten war, mit viel Käse und Fett, etwas Tomatensoße und einem phantastischen Teig. Die Kakerlaken in der Küche waren so groß wie streunende Katzen, aber das störte keinen.

Morelli saß am anderen Ende des Tresens. Er beobachtete mich beim Bestellen, aber wahrte Abstand. Als mein Essen kam, setzte er sich auf den Hocker neben mich.

»Soll ich mal raten?« sagte er, meinen Teller begutachtend. »Du hast einen schlimmen Tag hinter dir.«

Ich machte eine Geste mit der Hand, die ›so leidlich‹ bedeuten sollte.

Seine Bartstopeln waren länger als erlaubt, und sogar in dem schummrigen Kneipenlicht konnte ich das feine Geflecht der Falten erkennen, das sich um seine Augen herum bildete, wenn er abgespannt war. Er stützte sich träge mit einem Ellbogen auf dem Tresen ab und naschte von meinen Fritten.

»Wenn du ein anständiges Liebesleben hättest, bräuchtest du dich nicht mit so was zu befriedigen«, sagte er. Seine Lippen verzogen sich zu einem Grinsen, und seine Zähne leuchteten in dem bärtigen Gesicht weiß auf.

»Mein Liebesleben ist in Ordnung.«

»Ja, ja«, sagte Morelli. »Aber manchmal ist es mit einem Partner doch auch ganz schön.«

Ich schob meinen Teller mit Fritten etwas zur Seite, damit er nicht mehr rankam. »Mal wieder einer spannenden Autopsie beigewohnt in letzter Zeit?«

»Auf morgen verschoben. Der Arzt hofft, daß Cameron Brown bis dahin aufgetaut ist.«

»Kennt man die Todesursache schon? Zum Beispiel, welches Kaliber ihn alle gemacht hat?«

»Kann ich erst morgen sagen. Warum interessiert dich das?«

Ich hatte den Mund voll mit Hühnchen-Sandwich. Ich kaute und schluckte und spülte mit Bier nach. »Reine Neugier.« Neugier, weil das der zweite tote Dealer war, über den ich stolperte, seit ich die Suche nach Mo aufgenommen hatte. Die Verbindung wirkte weit hergeholt, aber ich hatte alle meine Antennen ausgefahren.

Morelli sah mich gequält an. »Du und deine Freundinnen haben ihm nicht die erste Salve verpaßt, oder?«

»Nein!«

Er stand auf und zog mich zum Abschied kurz an den Haaren. »Fahr vorsichtig.«

Er nahm eine braune Bomberjacke aus Leder von einem Wandhaken am anderen Ende des Raums und ging.

Ich starrte hinter ihm her, völlig verdattert. Er hatte mich an den Haaren gezogen. Erst greift er mir unters Kinn, dann zieht er mich an den Haaren. Das war eindeutig ein Korb! Morelli zu brüskieren war eine Schande. Aber mich zu brüskieren war etwas ganz anderes. So hatten wir nicht gewettet.

Um halb zehn trottete ich schmollend und mißmutig von dannen. Ich blieb einen Augenblick vor meinem Truck stehen und betrachtete ihn. Heute blieb mir kein Elend erspart. Ich fand meinen Truck nicht mehr süß. Er sah aus, als hätte er kieferorthopädische Behandlung nötig. Ich hatte ihm neue Kontakte und Kerzen, Kronen und Füllungen besorgt, aber mir fehlte das Geld für die Wurzelbehandlung. Ich glitt hinter das Steuer und steckte den Schlüssel in den Anlasser. Der Truck sprang an und... soff ab.

»Scheiße. Scheiße. Scheiße!«

Meine Eltern wohnten nur drei Straßen weiter. Ich jagte den Motor hoch, fuhr so die ganze Strecke und war erleichtert, die Schrottkarre erst am Straßenrand vor dem Haus meiner Eltern absterben zu lassen.

In der Einfahrt parkte schadenfroh mein Buick. Mein Buick ließ mich nie im Stich.

Das Telefon riß mich aus dem Tiefschlaf. Mein Digitalwecker zeigte zwei Uhr an. Die Stimme am anderen Ende der Leitung klang mädchenhaft.

»Hallöchen«, sagte die Stimme. »Gillian hier!«

Gillian. Ich kannte keine Gillian. »Falsch verbunden«, sagte ich.

»Oh«, sagte sie. »T'schuldigung. Ich wollte Stephanie Plum sprechen.«

Ich stützte mich auf einen Ellbogen auf. »Am Apparat.«

»Ich bin Gillian Wurtzer. Sie haben mir Ihre Karte gegeben. Sie haben gesagt, ich sollte Sie anrufen, wenn ich Onkel Mo sehe.«

Ich war auf einmal hellwach. Gillian, natürlich, das Mädchen aus dem Haus gegenüber.

Gillian kicherte. »Mein Freund war heute abend hier, hat mir bei den Hausaufgaben geholfen. Er ist gerade gegangen. Und als wir uns verabschiedeten, da habe ich gesehen, daß Licht in dem Laden drüben brannte. Es muß das Flurlicht auf der Rückseite gewesen sein. Und ich habe jemanden in dem Haus beobachtet. Ich weiß nicht, ob es Onkel Mo war, aber ich dachte mir, es ist besser, wenn ich Sie trotzdem anrufe.«

»Brennt das Licht noch?«

»Ja.«

»Ich bin in zehn Minuten da. Behalt den Laden im Auge, aber geh nicht vor die Tür. Ich komme sofort.«

Ich trug ein rotes Baumwollnachthemd und dicke weiße Strümpfe. Ich zog eine Jeans darüber, schlüpfte in meine Doc Martens, schnappte mir meine Jacke und Handtasche und wählte Rangers Nummer auf meinem Handy, während ich über den Flur sprintete.

Als ich am Buick angelangt war, hatte ich Ranger die Lage erklärt und das Handy wieder in meiner Tasche verstaut. Nieselregen hatte eingesetzt, und die Temperatur bewegte sich um den Gefrierpunkt, so daß die Autos auf dem Parkplatz alle unter einer Eisdecke schlummerten. Die Szene kam mir irgendwie bekannt vor. Ich benutzte meine Nagelfeile, um das Eis an meinem Türgriff abzukratzen, und in einem hilflosen Versuch, meinen Blutdruck zu senken, zählte ich bis zehn. Als das Blut nicht mehr in meinen Ohren pochte, benutzte ich die Feile, um ein kopfgroßes Loch in die vereiste Windschutzscheibe zu kratzen. Ich sprang in den Wagen, raste los und drückte mir beim Fahren die Nase an der Scheibe platt.

Bitte, bitte sei noch da.

Ich wollte Onkel Mo unbedingt kriegen. Nicht so sehr wegen

des Geldes als vielmehr aus Neugier. Ich wollte wissen, was da vor sich ging. Ich wollte wissen, wer Ronald Anders umgebracht hatte, und ich wollte wissen, warum er umgebracht worden war.

In Burg herrschte Grabesstille zu dieser Nachtzeit. Die Häuser waren dunkel, auf den Straßen kein Verkehr, das Licht der Straßenlampen vom Nieselregen verschwommen. Ich glitt langsam an Mos Laden vorbei. Im Flur hinten brannte Licht, wie Gillian gesagt hatte. Von Ranger war nichts zu sehen. Am Straßenrand parkte kein Honda, nirgendwo rührte sich etwas. Ich fuhr in die King Street und bog in die Gasse, zu der Mos Garage hinausging. Das Garagentor stand offen, das Innere lag im Schatten, aber ich konnte erkennen, daß ein Auto dort abgestellt war. Es war ein Honda.

Ich schaltete die Scheinwerfer aus und stellte den Buick so hin, daß er die Garagenausfahrt blockierte. Ich blieb einen Moment still sitzen, lauschte, beobachtete. Ich schlüpfte leise aus dem Wagen, ging die Gasse hinunter bis zur King Street und weiter bis zur Ferris und überquerte diese. Ich stand im Schatten, versteckt hinter der Eiche vor dem Haus der Wurtzers, und wartete auf Ranger, darauf, daß das Licht im Laden erlosch, daß eine Gestalt auftauchte.

Ich schaute auf meine Uhr. Ich gab Ranger noch drei Minuten. Wenn er in drei Minuten nicht hier war, würde ich die Straße überqueren und den Hintereingang in Schach halten. Meine Pistole steckte in der einen Tasche, in der anderen das Abwehrspray.

Eine Straße weiter auf der King Street flammten Autoscheinwerfer auf. Als das Auto die Kreuzung Ferris Street erreichte, erlosch das Licht im Laden. In dem Moment, als Rangers BMW um die Ecke bog und zum Stehen kam, raste ich los.

Ranger besaß zwei Autos. Das eine war ein schwarzer Bronco, der mit dem allerneuesten Radarsuchsystem ausgestattet war.

Wenn Ranger jemanden verfolgte oder einen Verbrecher zu transportieren hatte, fuhr er den Bronco. Wenn er nicht auf Verfolgungsjagd war, fuhr er einen schwarzen BMW, begrenzte Auflage, 850 Ci. Ich hatte mich mal nach dem Preis erkundigt und war auf eine siebenstellige Zahl gestoßen.

»Das Licht ist gerade ausgegangen«, sagte ich in weithin hörbarem Flüsterton zu ihm. »Sein Auto steht in der Garage. Er kommt gleich durch den Hinterausgang.«

Ranger war ganz in Schwarz gekleidet. Schwarze Jeans, schwarzes Hemd, schwarze kugelsichere Weste mit dem gelben Aufdruck »Flüchtlingsergreifung« auf dem Rücken. Der silberne Ohrring schimmerte vor der dunklen Haut, das Haar war wie üblich hinten zu einem Pferdeschwanz zusammengebunden. Er hielt eine Waffe in der Hand, als er den Fuß auf die Bordsteinkante setzte. Wenn Ranger hinter mir her gewesen wäre, ich hätte mir schon bei seinem Anblick in die Hose gemacht.

»Ich nehme die Rückseite«, sagte er und entfernte sich schon von mir. »Du behältst die Vorderseite im Auge.«

Ich hatte nichts dagegen. Ich war vollauf zufrieden, wenn ich die zweite Geige spielte.

Ich raste hinüber zum Laden und drückte mich neben dem Eingang an die Backsteinwand. Durch das Schaufenster konnte ich das Ladeninnere ganz gut überblicken, mein Posten war bestens geeignet, Onkel Mo zu schnappen, wenn er auf die Ferris Street stürmte.

In der Ferne bellte ein Hund. Es war das einzige Geräusch in dieser verschlafenen Gegend. Ranger mußte längst am Hintereingang sein, aber es gab keine Anzeichen, daß er das Haus betreten und Mo festgenommen hatte. Mir krampfte sich der Magen zusammen vor Anspannung. Ich biß mir auf die Unterlippe. Minuten vergingen. Plötzlich war der Laden mit Licht überflutet. Ich schlich mich ans Schaufenster und sah hinein. Ich konnte Ranger deutlich im hinteren Flur erkennen. Sonst war niemand zu sehen.

Ranger öffnete eine Tür nach der anderen, so wie ich vor ein paar Tagen. Er suchte Mo, und mein Gespür sagte mir, daß er ihn nicht finden würde. Mo war entwischt, und es war meine Schuld. Ich hätte früher reingehen sollen. Ich hätte nicht auf Ranger warten sollen.

Ich vernahm ein schweres Keuchen hinter mir, und als ich mich umdrehte, wäre ich beinahe mit Mo zusammengestoßen. Sein Gesicht war von einem Schatten verdeckt, aber der Schatten verbarg kaum Mos verärgerte Miene.

»Ihr Wagen versperrt meine Ausfahrt«, sagte er. »Und jetzt schnüffeln auch noch Ihre Krieger in meinem Laden herum. Wenn das so weitergeht, machen Sie noch alles kaputt!«

»Sie haben Ihren Gerichtstermin nicht wahrgenommen. Ich weiß nicht, warum Sie davor geflohen sind, aber es schadet Ihnen nur. Es wäre besser, ich brächte Sie zur Polizeiwache, damit Sie einen neuen Termin vereinbaren können.«

»Ich bin noch nicht fertig. Es ist zu früh. Sie müssen sich an meinen Rechtsanwalt wenden.«

»Haben Sie einen Rechtsanwalt?«

»Ja.« Er beäugte Rangers BMW. Die Tür stand offen, und der Schlüssel steckte im Anlasser. »Oh!« sagte er. »Der wäre ein würdiger Ersatz.«

»Bloß nicht. Lassen Sie lieber die Finger davon.«

Seine Mundwinkel verzogen sich zu einem ironischen Lächeln. »Sieht aus wie das Batmobil.«

»Ist es aber nicht. Batman fährt keinen BMW. Ich kann Sie unmöglich damit fahren lassen. Sie müssen schon mit mir kommen.«

Mo hielt eine Plastiktüte in der einen und eine turmhohe

Sprühdose Tränengas in der anderen Hand. Er kniff die Augen zusammen und richtete die Sprühdose auf mich. »Zwingen Sie mich nicht.«

Ich habe Leute mit Tränengas in den Augen erlebt. Es ist kein Vergnügen. »Der mit dem BMW ist James Bond«, klärte ich ihn auf. »Dann gute Fahrt.«

»Natürlich«, sagte er. »Bond.«

Mit diesen Worten stieg er ein und brauste los.

Ranger kam im Spurt um die Ecke gerast und blieb mitten auf dem Gehsteig stehen, um nur noch die Rücklichter seines BMWs in der Nacht verschwinden zu sehen. »Mo?«

Ich nickte und schlug den Kragen hoch.

»Ich hoffe, du hast eine gute Entschuldigung dafür, daß du ihn nicht abgegriffen hast.«

»Seine Tränengasdose war größer als meine.«

Wir standen eine Weile in der Gegend rum, starrten in den Nebel, aber Rangers Auto tauchte nicht wieder auf.

»Ich werde ihn wohl umbringen müssen«, stellte Ranger in sachlichem Tonfall fest.

Erst hielt ich das für einen Witz, aber bei Ranger wußte man nie.

Einmal hatte ich ihn gefragt, wieso er sich so teure Autos leisten könne, und er hatte mir geantwortet, er hätte ein paar günstige Investitionen getätigt. Ich wußte nicht, was er damit meinte. Geschäfte auf dem Geldmarkt kamen mir irgendwie zu popelig für Ranger vor. Wenn ich mal eine gewagte Vermutung über Rangers Anlagegeschäfte anstellten dürfte, würde ich eher auf Schiebereien mit ausländischen Waffenhändlern tippen, die über gute Beziehungen verfügen.

»Bist du auf irgend etwas Ungewöhnliches in dem Laden gestoßen?« fragte ich ihn. »Eine Leiche zum Beispiel?«

»Nichts. Er muß dich auf der Straße gesehen haben. Er hat

sich nicht einmal mehr Zeit genommen, die Hintertür zu verschließen. Ist einfach so mir nichts dir nichts abgehauen.«

Auf dem Weg zu meinem Wagen gab ich Rangers neuesten Stand in Sachen Cameron Brown und RiverEdge Apartments durch. Dann erzählte ich ihm von Jackie, die Mo auf der Montgomery Street gesehen hatte, als er gerade aus einem Haus trat. Und ich sagte ihm noch, ich hätte das ganze Gebäude abgesucht, aber nichts gefunden.

Ranger sah auf mein ungepflegtes Haar und das rote Baumwollnachthemd herab, das unter meiner Jacke hervorschaute. »Was soll das denn darstellen?«

»Ich war in Eile.«

»Wenn du weiter so rumläufst, bringst du uns Kopfgeldjäger noch in Verruf.«

Ich schloß die Beifahrertür für Ranger auf, kletterte hinters Steuerrad und ließ den Motor an. »Wohin?«

»Montgomery Street.«

Das wäre auch meine erste Wahl gewesen. Ich hatte das Motorengeräusch des abfahrenden BMW verfolgt. Mo hatte sich nach Südosten abgesetzt, Richtung Montgomery Street.

»Keiner zu Hause«, sagte Ranger, nachdem er die Tiefgarage abgegangen war.

»Wir könnten solange warten.«

»Meine Liebe, ich weiß nicht, wie ich dir das beibringen soll, aber wir sind nicht gerade unauffällig. Eine Überwachung mit diesem Wagen anzustellen ist wie mit Elefanten auf Mäusejagd gehen.«

Dann eben nicht. Von mir aus. Mir war kalt, ich war naß, und ich war müde. Ich wollte nach Hause und mich in mein warmes, schnuckliges Bett verkriechen und bis zum Sommer durchschlafen.

»Was jetzt?« fragte ich.

»Du kannst mich Twelfth, Ecke Major rauslassen.«

Niemand wußte, wo Ranger eigentlich wohnte. Ich hatte Norma einmal gebeten, seinen Namen in den Computer bei der Zulassungsstelle einzugeben, aber die Adresse war ein leeres Grundstück, wie sich herausstellte.

»Das war doch nicht ernst gemeint, daß du ihn umbringen willst, oder?« fragte ich, während sich der Buick lärmend Twelfth Street näherte.

»Wer einen Achthundertfünfziger Ci klaut, gehört erschossen.«

»Es ist immerhin Onkel Mo.«

»Onkel Mo ist ein Irrer«, sagte Ranger.

»Ja, aber der Irre gehört mir. Ich wäre dir dankbar, wenn du so lange damit wartest, bis ich ihn übergeben und ein paar Dinge geklärt habe.« Zum Beispiel, wer Ronald Anders umgebracht hat.

»Kollegiale Rücksichtnahme.«

»Genau.«

»Hast du irgendwelche Hinweise?«

»Keine.«

»Dann arbeiten wir ab jetzt zusammen«, sagte Ranger. »Ich hole dich morgen um fünf Uhr ab.«

»Fünf Uhr morgens?«

»Was dagegen?«

»Nein. Nichts dagegen.«

Trenton ist unheimlich um drei Uhr nachts, verlassen und vorstädtisch, der Rhythmus der Stadt hinter schwarzem Glas und verätztem Backstein gebannt. Selbst die Nachteulen, die Betrunkenen und die Kinderhorden waren sicher verwahrt und hatten die gelegentlichen Neonlichtpfützen den herumstreunenden Tauben überlassen, die auf dem Gehsteig stolzierten und an Essensresten pickten.

Was für Menschen trieben sich zu dieser nachtschlafenden Zeit in den Straßen herum? Polizisten, Schichtarbeiter, Bösewichte und Kopfgeldjäger.

Ich fuhr mit Schwung auf den Parkplatz vor meinem Haus und stellte den Motor ab. Der große viereckige Kasten vor mir war übersät mit gelben Tupfen. Mrs. Karwatt, Mrs. Bestler, die Wohnung der DeKunes, Mr. Paglionne. Rentner verlieren keine Zeit mit Schlafen. Mr. Walesky von gegenüber saß wahrscheinlich vor dem Fernseher.

Ich wollte gerade zum Haus gehen, als ich hörte, wie hinter mir eine Autotür geöffnet und wieder zugeschlagen wurde. Mein Herz vollführte den reinsten Stepptanz bei dem Geräusch. Ich schaute hinüber zum Hauseingang und sah zwei Gestalten aus dem Schatten hervortreten. Meine Waffe steckte noch in der Tasche. Ich zog sie hervor, drehte mich mit einem Ruck herum und hätte einem kleinen, drahtigen Kerl beinahe das Nasenbein zertrümmert.

Er sprang sofort zurück, die Hände erhoben. »Immer mit der Ruhe«, sagte er.

Ich behielt die beiden anderen in meinem Blickfeld. Sie waren stehengeblieben und erhoben ebenfalls die Hände. Alle drei Männer trugen Skimasken und braune Overalls über der Straßenkleidung.

»Wer sind Sie?« fragte ich. »Was soll das?«

»Wir sind engagierte Bürger dieser Stadt«, sagte der kleine Drahtige. »Wir wollen Ihnen nicht weh tun, aber wenn Sie Mo weiter belästigen, kriegen Sie es mit uns zu tun.« Er faßte in seine Brusttasche und zog einen Briefumschlag hervor. »Sie sind selbstständig. Dafür haben wir Verständnis. Hier also unser Vorschlag. Das Geld in diesem Umschlag entspricht Ihrem Honorar, das Sie von Vinnie bekämen, wenn Sie Mo schnappen würden, dazu eine Prämie in Höhe von zweihundert Dollar. Nehmen Sie das Geld und buchen Sie einen Flug nach Barbados.«

»Erstens: Ich will Ihr Geld nicht. Zweitens: Ich will ein paar Antworten.«

Der drahtige Kerl gab mit der Hand ein Zeichen, und hinter ihm leuchteten Autoscheinwerfer auf. Der Wagen kam langsam angerollt, und eine hintere Tür wurde geöffnet.

»Wenn Sie einsteigen, schieße ich«, sagte ich.

»Ich bin unbewaffnet. Sie wollen doch einem Unbewaffneten nicht in den Rücken schießen.«

Da hatte er recht. Auch wenn es keinen Unterschied gemacht hätte – es war sowieso eine leere Drohung gewesen.

Ich stellte meinen Wecker auf Viertel vor fünf und erschrak mich dermaßen, als er klingelte, daß ich aus dem Bett fiel. Ich hatte mir nicht genug Zeit zum Duschen gegeben, also putzte ich mir lediglich die Zähne, zog mir irgendwelche Klamotten an, die vom Vortag auf dem Boden lagen, und stolperte die Treppe hinunter.

Ranger wartete auf dem Parkplatz auf mich. Er zog einen zweimal gefalteten Zettel aus der Jackentasche und gab ihn mir. »Eine Liste der Hausbewohner in der Montgomery Street«, sagte er. »Fällt dir irgendein Name auf?«

Ich erkundigte mich lieber nicht danach, wie er an die Liste gekommen war. Ich wollte die näheren Einzelheiten von Rangers verschlungenen Wegen gar nicht wissen. Ich vermutete, daß zu seinen Methoden der Beschaffung von Informationen manchmal auch Knochenbrüche und kleinkalibrige Einschußlöcher gehörten.

Ich gab ihm die Liste zurück. »Ich kenne keinen einzigen von denen.«

»Dann gehen wir um neun Uhr Klinkenputzen.«

Ach du Scheiße.

»In der Zwischenzeit nehmen wir uns die Eingangshalle und die Tiefgarage vor.«

Rangers Plan sah vor, daß ich die Eingangshalle und er die Garage übernahm, daß wir jeweils am Aufzugschacht Posten bezogen und die Bewohner befragten, wenn sie das Haus verließen, um zur Arbeit zu gehen. Um neun Uhr, nachdem wir zuerst nichts erreicht hatten, fingen wir damit an, die Stockwerke abzuklappern.

Die ersten drei Stockwerke waren ein Reinfall.

»Ich habe keine große Hoffnung mehr«, sagte ich zu Ranger. »Wir haben schon mit so vielen Leuten geredet, und bis jetzt hat nicht einer angebissen.«

Ranger zuckte mit den Schultern.

»Die Leute sind abgestumpft. Vor allem in so Häusern wie diesen. Es gibt keinen Gemeinschaftssinn mehr. Und außerdem könnte es noch einen anderen Grund geben, warum er niemandem aufgefallen ist.«

»Jackie hat sich vielleicht geirrt.«

»Sie ist nicht gerade die genaueste Beobachterin.«

Wir stiegen die nächste Treppe hoch und gingen den Flur entlang, klopften an Türen, zeigten Mos Foto herum. Drei Türen weiter landete ich einen Treffer.

Die Frau war älter als die meisten anderen in dem Haus, über sechzig, gut gekleidet.

»Ich habe diesen Mann schon mal gesehen«, sagte sie. Sie musterte das Bild. »Ich weiß nur nicht... Vielleicht mit Stanley Larkin. Ja, ich glaube, ich habe ihn mit Stanley Larkin zusammen gesehen.«

»Wohnt Larkin auf dieser Etage?« fragte ich sie.

»Zwei Türen weiter auf dieser Seite. Nummer fünfhundertelf.« Zwei schmale Falten gruben sich in ihre Stirn. »Sie sagten, Sie seien Detektive zur Ergreifung Flüchtiger? Was heißt das?«

Ich gab ihr die kleine Rechtsbelehrung, von wegen nicht vor Gericht erscheinen und so, und sie gab sich zufrieden.

Ranger klopfte an Larkins Tür, und wir beide drückten uns rechts und links an die Wand, so daß Larkin uns nicht durch den Spion erkennen konnte.

Einen Augenblick später machte er die Tür auf. »Ja bitte?«

Ranger zeigte ihm seinen Ausweis. »Kautionsdetektive. Dürften wir reinkommen und Ihnen ein paar Fragen stellen?«

»Ich weiß nicht«, sagte Larkin. »Lieber nicht. Worum geht es denn?«

Larkin war Ende sechzig, knapp einsachtzig groß, rötliche Haut, rotblonde Haare, oben etwas ausgedünnt.

»Es dauert nur einen Moment«, sagte Ranger, legte die Hand auf Larkins Ellbogen und schob ihn mit sanfter Gewalt ein paar Schritte zurück.

Ich nutzte die Gelegenheit, um einzutreten und mich umzusehen. Es war eine kleine Wohnung, vollgestellt mit Möbeln. Avocadogrüner Bodenbelag und goldgelbe Vorhänge, Relikte aus den Siebzigern. Von meinem Platz aus konnte ich auch die Küche sehen, Saftglas und eine Müslischale im Spülbecken, Kaffeetasse und Zeitung auf dem Tisch.

Ranger zeigte Larkin das Foto und fragte nach Mo. Larkin schüttelte den Kopf.

»Nein«, sagte Larkin. »Ich kenne ihn nicht. Mrs. Greer muß da jemanden verwechselt haben. Unter meinen Freunden befinden sich einige ältere Herren. Vielleicht hat einer aus der Entfernung Ähnlichkeit mit dem Mann auf dem Foto.«

Ich trat leise an die Schlafzimmertür. Doppelbett, frisch bezogen, dunkelgrüne Tagesdecke, auf der Frisierkommode ein paar Fotos in verschiedenen Silberrahmen. Nachttisch mit Radiowecker.

Ranger gab Larkin seine Visitenkarte. »Nur für den Fall«, sagte Ranger. »Wir wären Ihnen dankbar, wenn Sie uns Bescheid gäben, falls Sie ihn sehen sollten.«

»Selbstverständlich«, sagte Larkin.

»Was hältst du von ihm?« fragte ich Ranger, als wir draußen auf dem Flur standen.

»Ich glaube, wir können das Haus abschreiben. Wenn sonst keiner Mo mit Larkin in Verbindung bringt, wäre ich geneigt, die Sache auf Eis zu legen. Larkin macht nicht den Eindruck, als hätte er große Geheimnisse.«

- 8 -

Ranger und ich gingen zurück zu Rangers Bronco und sahen zu dem Wohnhaus hinüber.

»Falscher Alarm«, sagte ich. Niemand sonst hatte Mo wiedererkannt.

Ranger schwieg.

»Tut mir leid mit deinem Auto.«

»Ist doch nur ein Auto, Babe. Ich kann mir ein neues besorgen.«

Mir kam der Gedanke, daß es wahrscheinlich seine Bedeutung hatte, wenn Ranger sagte, er könne sich einen neuen BMW besorgen, im Gegensatz zu, er könne sich einen kaufen. Und mir kam noch ein Gedanke, daß es nämlich wahrscheinlich sinnlos war, ihm den Vorschlag zu machen, er könne den Diebstahl doch der Polizei oder der Versicherung melden.

»Sollen wir das Gebäude überwachen?« fragte ich ihn.

Ranger sah die Straße hinab. »Wir können uns ja ein bißchen die Zeit vertreiben.«

Wir flezten uns hin, verschränkten die Arme vor der Brust, rückten die Sitze ein Stück nach hinten, um mehr Platz für die Beine zu haben. Ranger sprach nie, wenn wir in dieser Stellung warteten. Ranger besaß eine Gabe zur Konversation, die nur geringfügig weiter entwickelt war als die von Rex. Ich hatte nichts dagegen, ich hing sowieso meinen eigenen Gedanken nach.

Es beschäftigte mich, daß Mo zurückgekommen war. Und wenn mir der Laden noch so wichtig gewesen wäre, ich glaube nicht, daß ich einen Besuch riskiert hätte. Mo hatte eine Plastiktüte in der Hand gehalten, in der alles mögliche drin gewesen sein konnte, von Unterwäsche bis zu Eistüten. Außerdem hatte er nicht gerade angenehm gerochen. Er roch muffig. Er roch ungewaschen und nach Schweiß. Entweder hatte er schwer im Garten gearbeitet oder er lebte auf der Straße.

Ich spielte noch immer die verschiedenen Möglichkeiten durch, als Ranger uns um zwölf Uhr bei Sal's etwas zu trinken und Sandwiches holte.

Mein Sandwich sah aus wie Vollkornbrot mit Gras. »Was soll das denn sein?« fragte ich.

»Sojasprossen, gemischt mit geraspelten Möhren, Gurken und Rosinen.«

»Rosinen! Gott sei Dank. Ich hatte schon die Befürchtung, Sal hätte seinen Kaninchenstall für mein Sandwich ausgemistet.«

»Bedemier muß doch irgendwo untergekommen sein«, sagte Ranger. »Hast du an die Möglichkeit gedacht, daß er eine Zweitwohnung besitzen könnte?«

»Das habe ich gleich als erstes nachgeprüft. Fehlanzeige.«

»Hast du in den Motels nachgefragt?«

Ich starrte ihn mit offenem Mund und aufgerissenen Augen an. Nein!

»Es vertreibt die Zeit«, sagte Ranger. »Und man fängt sich keinen Ärger ein.«

Rangers Sinn für Humor.

»Vielleicht lebt Mo auf der Straße. Als ich ihn das letztemal sah, roch er wie ein Höhlenbewohner.«

»Ein bißchen schwierig mit Höhlen«, sagte Ranger. »Motels zu überprüfen ist einfacher.«

»Hast du einen Vorschlag, wie wir vorgehen könnten?«

Ranger zog ein Blatt aus den Gelben Seiten aus seiner Tasche. »Die braucht Sal sowieso nicht«, sagte er. Er riß die Seite in der Mitte durch und gab mir die Hälfte. »Du kriegst die erste Hälfte des Alphabets. Zeig das Bild herum. Frag nach dem Auto. Und wenn du Mo findest, unternimm nichts. Ruf mich an.«

»Und wenn nichts dabei herauskommt?«

»Dann erweitern wir den Suchbereich.«

Ich hätte es mir denken können.

Eine halbe Stunde später saß ich hinter dem Steuer des Buick. Ich hatte meine Liste mit Hilfe des Stadtplans neu geordnet, fing mit den Motels an, die am nächsten lagen, und arbeitete mich bis nach Bordentown vor.

Vorher hatte ich noch meinen Vater angerufen und ihn gebeten, meinen Pickup noch mal zu der Nissan-Werkstatt zu bringen. Er hatte etwas von Geldverschwendung gemurmelt, Perlen vor die Säue, daß Kinder nicht mehr auf ihre Eltern hörten, dann hatte er einfach aufgelegt.

Um fünf Uhr hatte ich zwei Tankfüllungen verbraucht und die Buchstaben A bis J abgeklappert. Um fünf Uhr war es außerdem bereits dunkel, und ich hatte keine Lust, nach Hause zu fahren. Unterwegs mit Onkel Sandors Buick war wie eine Fahrt in einem rollenden Privatbunker. Wenn ich mit dem Privatbunker auf meinem Parkplatz angerollt käme, die Tür aufmachte und den

Fuß auf den Boden setzte, wäre ich für den Onkel-Mo-Fan-Club zum Abschuß freigegeben.

Ich wollte nicht auf leeren Magen zum Abschuß freigegeben werden, also machte ich einen Umweg über meine Eltern.

Meine Mutter stand in der Haustür, als ich vorfuhr. »Das ist ja eine schöne Überraschung«, sagte sie. »Bleibst du zum Abendessen? Ich habe Schinken im Ofen, und zum Nachtisch gibt es Buttertoffeepudding.«

»Hast du Ananas und Nelken auf den Schinken getan?« fragte ich. »Gibt es dazu Kartoffelpürree?«

Der Funkmelder an meinem Gürtel piepste. Rangers Nummer leuchtete auf der Anzeige auf.

Meine Großmutter kam dazu und musterte das Gerät.

»Wenn meine nächste Rente kommt, kaufe ich mir auch so einen Schnickschnack.«

Mein Vater drehte von den Tiefen seines Sessels im Wohnzimmer aus den Fernseher noch lauter.

Ich rief Ranger vom Telefon in der Küche aus an.

»Mit wem redest du da?« wollte Grandma Mazur wissen.

»Mit Ranger.«

Grandma bekam große Augen. »Der Kopfgeldjäger! Was will er von dir?«

»Nichts Wichtiges. Einen Lagebericht.«

»Warum lädst du ihn nicht zum Essen ein?«

Ich drückte den Hörer an meine Brust. »Ich finde das keine gute Idee.«

»Sag ihm, es gäbe Schinken«, rief meine Großmutter.

»Er hat bestimmt zu tun.«

Meine Mutter schaute vom Mehlabwiegen auf. »Wer hat zu tun?«

»Stephanies Freund«, sagte meine Großmutter. »Der Kopfgeldjäger. Stephanie spricht gerade mit ihm am Telefon.«

»Und der hat so viel zu tun, daß er nicht mal zum Essen kommen kann?« sagte meine Mutter. Es klang eher entrüstet als fragend. »Nun hör sich einer das an. Der Mensch muß doch was zu beißen kriegen, oder nicht? Richte ihm aus, wir hätten reichlich zu essen. Wir stellen noch einen Teller dazu.«

»Sie stellen noch einen Teller dazu«, sagte ich zu Ranger.

Für einen Moment herrschte Schweigen am anderen Ende der Leitung.

»Du stammst von einem uralten Geschlecht unheimlicher Frauen ab«, stellte Ranger schließlich fest.

Das Kartoffelwasser kochte über und spritzte auf den Herd. In dem Zweilitertopf dünstete Rotkohl vor sich hin, auf der hinteren Herdplatte köchelten Erbsen und Möhren. Die Fensterscheiben in der Küche waren unten reifbesetzt und oben dampfbeschlagen. Von der Wand hinter dem Herd tropfte Kondenswasser.

Meine Mutter piekste in die Kartoffeln. »Die Kartoffeln sind gar«, sagte sie.

»Ich muß Schluß machen«, sagte ich zu Ranger. »Die Kartoffeln sind gar.«

»Und wenn ich nicht aufkreuze? Was passiert dann?« wollte Ranger wissen.

»Frag lieber nicht.«

»Scheiße«, sagte Ranger.

Mein Vater ist ein Scheinheiliger in Sachen Chancengleichheit. Er würde nie einem Menschen seine Grundrechte absprechen, und er hegt gegen niemanden den geringsten Haß. Er weiß nur im Grunde seines Herzens, daß Italiener überlegen sind, daß Stereotypen von Gott erschaffen sind und daß ein Mensch einen Buick fährt, wenn er überhaupt was taugt.

Er starrte Ranger mit dem sprachlosen Entsetzen an, das man

eher von jemandem erwartet hätte, dessen Haus soeben ohne ersichtlichen Grund von einer Brandbombe getroffen worden war.

Ranger trug wieder seine schwarze Kluft. Zwei goldene Stiftschrauben in jedem Ohr. Tailliertes, langärmliges T-Shirt, die Ärmel bis zu den Ellbogen aufgekrempelt, am Arm eine Taucheruhr mit schwarzem Band, schwarze Rapperhosen, die in schwarzen Springerstiefeln steckten, und ausreichend Goldkettchen um den Hals für eine Notkaution bei Mordverdacht.

»Bedienen Sie sich«, sagte meine Großmutter und reichte ihm die Schale mit dem Schinken. »Sind Sie Neger?«

Ranger verzog keine Meine. »Kubaner.«

Großmutter war enttäuscht. »Schade«, sagte sie. »Das wäre doch was gewesen, wenn ich den Mädchen im Schönheitsalon hätte sagen können, ich hätte einen Neger zum Essen dagehabt.«

Ranger lächelte und spießte eine Kartoffel auf.

Ich hatte bereits im frühen Kindesalter entschieden, mich nicht für meine Familie zu schämen. Ein weiterer Vorteil, wenn man in Jersey lebt. In Jersey genießt jeder Mensch das verbriefte Recht, sich selbst zu beschämen, ohne einen Gedanken an seine Mitmenschen zu verschwenden. Gelegentlich wird Selbstbeschämung sogar von dir erwartet.

Ich merkte, daß meine Mutter Geistesgymnastik betrieb, um ein unverfänglicheres Gesprächsthema zu finden. »Ranger ist ein ungewöhnlicher Name«, bekam sie heraus. »Ist das ein Spitzname?«

»So heiße ich auf der Straße«, sagte Ranger. »Ich war Ranger in der Armee.«

»Ich habe mal eine Fernsehsendung über diese Ranger gesehen«, sagte Grandma. »Ich habe gehört, die sollen Hunde schwängern.«

Meinem Vater klappte die Kinnlade herunter, und ein Bissen von dem Schinken fiel heraus.

Meine Mutter erstarrte, die Gabel auf halbem Weg zum Mund.

»Das ist doch nur ein Witz«, sagte ich zu Grandma. »In Wirklichkeit tun sie das gar nicht.«

Ich sah Ranger wie zur Bestätigung an und erntete ein weiteres Lächeln.

»Es ist gar nicht so einfach, Mo aufzutreiben«, sagte ich zu meiner Mutter. »Hast du irgend etwas Neues im Supermarkt gehört?«

Meine Mutter seufzte. »Die Leute reden nicht viel über Mo. Die Leute reden meistens über dich.«

Grandma manschte ihre Erbsen in den Kartoffelbrei. »Elsie Farnsworth hat gesagt, sie hätte Mo am Brathähnchenimbiß gesehen, als er sich gerade ein extrascharfes Schenkelchen bestellte. Und Marvis Rheinhardt hat gesagt, sie hätte Mo in Giovachinnis Laden gehen sehen. Binney Rice hat gesagt, Mo hätte vorgestern abend in ihr Schlafzimmerfenster geningelt. Wenn man bedenkt, daß Binney vor zwei Wochen noch rumerzählte, daß Donald Trump in ihr Fenster geguckt hat...«

Den Buttertoffee schlug Ranger aus, er wollte seinen Blutzuckerspiegel nicht aus dem Gleichgewicht bringen. Ich nahm mir zweimal von dem Buttertoffee, dazu noch Kaffee. Meine Bauchspeicheldrüse, hatte ich entschieden, sollte auf Hochtouren laufen. Wer wagt, gewinnt, lautete meine Devise.

Ich half den Tisch abräumen und brachte Ranger an die Tür, als sein Handy klingelte. Das Gespräch war nur kurz.

»Ich muß kurz rüber in eine Kneipe in der Stark Street«, sagte Ranger. »Hast du Lust, mit in meinen Überflieger zu steigen?«

Eine halbe Stunde später hielten wir mit dem Bronco vor Ed's Place. Ed's war typisch für die Stark Street, nur ein Raum, vorne mit ein paar angeschlagenen Resopaltischen, hinten, an der Rückwand, eine Bar. Die Luft war abgestanden und verraucht, es roch nach schalem Bier, ungewaschenen Haaren und kalten

Pommes. Die Tische waren leer. Am Tresen stand eine Gruppe Männer, die die drei Barhocker verschmähten. Alle Augenpaare richteten sich in dem dämmrigen Licht auf Ranger und mich, als wir zur Tür reinkamen.

Der Kellner nickte kaum wahrnehmbar mit dem Kopf. Er warf einen Blick auf den Verschlag am Ende des Tresens. Auf einem verbeulten Blechschild an der Wand daneben stand »Herren.«

Ranger raunte mir mit gedämpfter Stimme ins Ohr: »Bleib hier und sicher die Tür ab.«

Ich? Die Tür absichern? Sollte das ein Witz sein? Ich winkte den Männern am Tresen mit dem kleinen Finger zu. Niemand winkte zurück. Ich zog meine 38er aus der Handtasche und steckte sie mir vorne in die Jeans.

Auch das löste kein Winken bei ihnen aus.

Ranger verschwand hinter dem Verschlag in einem Korridor. Ich hörte ihn an eine Tür klopfen. Er klopfte noch mal. Lauter. Dann das Geräusch, als drehte jemand an einem Türknauf, nochmaliges Klopfen, und schließlich das unverkennbare Geräusch, als trete jemand mit einem Stiefel eine Tür ein.

Ranger kam aus dem Korridor hervorgestürzt. »Er ist zum Fenster auf die Gasse raus.«

Ich folgte Ranger nach vorne auf die Straße. Wir hielten eine Sekunde inne und horchten auf Schritte, und Ranger rannte wieder los, durch die Seitenstraße, auf die Rückseite der Kneipe. Ich rutschte auf einem vereisten Stück aus, stolperte gegen einen Mülleimer und japste nach Luft. Ich stieß mit dem Zeh gegen ein Holzbrett und fiel auf die Knie. Ich raffte mich wieder auf und hüpfte fluchend auf einem Bein, bis der Schmerz nachließ.

Ranger und ich kamen von der Gasse auf die Querstraße. Eine dunkle Gestalt lief einen halben Häuserblock weiter auf den Eingang eines Reihenhauses zu. Wir nahmen die Verfolgung auf. Ranger stürmte durch die Tür, und ich rannte zwei Häuser weiter eine Gasse hinauf, um den Hinterausgang zu sichern. Schwer keuchend kramte ich in der Tasche nach meinem Abwehrspray und kam gerade rechtzeitig, als die Tür aufflog und Melvin Morley III mit mir zusammenstieß.

Morley war ein Riesenaffe, angeklagt wegen schweren Diebstahls und bewaffneten Raubüberfalls. Er war blau wie ein Veilchen, aber roch leider nicht danach.

Wir fielen mit einem satten Aufprall zu Boden. Er landete unten, ich oben. Reflexartig legten sich meine Finger um seinen Jackenkragen.

»Hallo, großer Junge«, sagte ich. Vielleicht konnte ich ihn ja mit meinem weiblichen Charme ablenken.

Er ließ ein Grunzen hören und wischte mich wie einen Fussel von sich. Ich rollte von ihm herunter und bekam ihn am Hosenbein zu packen.

»Hilfe!« schrie ich. »Hiiiiilfeeee!«

Morley griff unter meine Achseln und hob mich auf Augenhöhe hoch, so daß meine Füße ein paar Zentimeter über dem Boden baumelten. »Blöde weiße Pißnelke«, sagte er und schüttelte mich kräftig durch, wobei mein Kopf nach hinten sackte.

»A-a-a-gentin zur Ergreifung Flüchtiger«, stotterte ich. »Sie-Sie-Sie sind verhaftet.«

»Ein Morley läßt sich nicht verhaften«, sagte er. »Ich bringe jeden um, der das versucht.«

Ich fuchtelte mit den Armen und trat mit den Beinen in die Luft, wobei ein Fuß rätselhafterweise mit Morleys Knie kollidierte.

»Aua!« schrie Morley auf.

Seine Pranken gaben mich frei, und er knickte ein. Ich stolperte erst noch ein paar Schritte nach hinten, bevor ich auf den Hintern fiel und dabei gegen Ranger stieß.

»Hallo, großer Junge«, sagte Ranger.

»Ich dachte, es würde ihn ablenken.«

Morley lag zusammengekrümmt da wie ein Fötus, atmete flach und hielt sich das Knie. »Sie hat mir das Knie gebrochen«, sagte er, als er zwischendurch einmal Luft holen mußte. »Sie hat mir mein Scheißknie gebrochen.«

»Ich glaube, es war vielmehr dein Schuh, der ihn abgelenkt hat«, sagte Ranger.

Ein glücklicher Zufall.

»Wieso hast du mir nicht geholfen, wenn du die ganze Zeit danebengestanden hast?«

»Es sah nicht so aus, als hättest du Hilfe nötig. Willst du nicht schon mal los und das Auto holen, während ich solange bei Morley babysitte? Er kann bestimmt nur in Zeitlupe laufen.«

Es war bereits zehn Uhr, als Ranger mich vor dem Haus meiner Eltern in der High Street absetzte. Poochie, Mrs. Crandles seniler Pudel, saß auf der Veranda des Hauses gegenüber und bereitete sich seelisch auf den letzten Gang zum Pinkeln vor, ehe er heute Feierabend machte. Nebenan, bei Mrs. Ciaks, waren die Lichter schon aus. Mrs. Ciaks war Frühaufsteherin aus Überzeugung. Meine Mutter und meine Großmutter befanden dagegen ein paar zusätzliche Mützen Schlaf offenbar nicht für notwendig, denn sie drückten sich die Nasen platt an der Doppeltür und schielten nach mir.

»Wahrscheinlich stehen sie so da, seit du gegangen bist«, sagte Ranger.

»Dafür ist meine Schwester normal«, sagte ich. »Schon immer gewesen.«

Ranger nickte. »Um so verwirrender, das Ganze.«

Ich winkte Ranger zum Abschied und ging auf die Veranda zu.

»Es ist noch etwas von dem Buttertoffee übrig«, sagte meine Mutter, als sie mir die Tür aufmachte.

»Hast du jemanden erschossen?« wollte Grandma wissen. »Gab es viel zu tun?«

»Es gab nur wenig zu tun«, klärte ich sie auf. »Und wir haben auch keinen erschossen. Wir erschießen fast nie Leute.«

Mein Vater beugte sich in seinem Fernsehsessel im Wohnzimmer vor. »Was höre ich da von einer Schießerei?«

»Stephanie hat heute keinen erschossen«, sagte meine Mutter.

Mein Vater stierte uns alle einen Augenblick an, als erwäge er die Vorteile einer sechsmonatigen Kreuzfahrt auf einem Flugzeugträger, aber dann widmete er sich wieder dem Geschehen auf dem Bildschirm.

»Ich kann nicht bleiben«, sagte ich zu meiner Mutter. »Ich bin nur vorbeigekommen, um euch zu zeigen, daß alles in Ordnung ist.«

»In Ordnung?« schimpfte meine Mutter. »Du brichst mitten in der Nacht auf und machst Jagd auf Verbrecher! Ist das vielleicht in Ordnung? Sieh dich doch mal an! Was ist mit deiner Hose? Deine Hose hat ein Riesenloch!«

»Ich bin hingefallen.«

Meine Mutter preßte die Lippen zusammen. »Willst du jetzt von dem Toffee oder nicht?«

»Natürlich will ich was davon.«

Ich wachte in einem stockfinsteren Zimmer auf, mit dem kribbelnden Gefühl, daß ich nicht allein war. Es gab keinen ersichtlichen Grund für dieses Gefühl. Es war reine Intuition, die mich aus dem Schlaf gerissen hatte, wahrscheinlich durch Kleiderrascheln oder einen Luftzug ausgelöst. Mein Herz schlug wie rasend in meiner Brust, während ich auf eine Bewegung wartete, auf die Wahrnehmung von fremdem Schweißgeruch, auf irgendein Zeichen, daß meine Befürchtung stimmte.

Ich ließ meinen Blick durch das Zimmer schweifen, aber stieß nur auf vertraute Umrisse. Die Digitalanzeige meines Weckers stand auf halb sechs. Bei dem Geräusch einer mit Wucht zugestoßenen Schublade sah ich hinüber zur Frisierkommode, und schließlich konnte ich den Eindringling ausmachen.

Eine Jogginghose flog durch die Luft und traf mich am Kopf.

»Wenn wir zusammenarbeiten wollen, mußt du dich fit halten«, sagte der Eindringling.

»Ranger? Bist du das?«

»Ich habe dir Tee gekocht. Er steht auf deinem Nachttisch.«

Ich knipste das Licht an. Tatsächlich, da stand eine Tasse dampfender Tee. Soviel zu Stephanie Plums Schimäre einer scharfsinnigen Kopfgeldjägerin.

»Ich mag keinen Tee«, sagte ich, an dem Giftgebräu schnuppernd. Ich trank trotzdem einen Schluck. »Ih! Was ist das denn?«

»Ginseng.«

»Komisches Zeug. Schmeckt scheußlich.«

»Ist gut für die Durchblutung«, sagte Ranger. »Es reichert dein Blut mit Sauerstoff an.«

»Was hast du in meinem Schlafzimmer zu suchen?« Normalerweise hätte mich interessiert, wie er sich Zutritt verschafft hatte. Bei Ranger war es sinnlos, danach zu fragen. Ranger fand immer Zutritt.

»Ich versuche, dich aus dem Bett zu kriegen«, sagte Ranger. »Es ist schon spät.«

»Es ist halb sechs!«

»Ich bin im Wohnzimmer zum Aufwärmen.«

Ich sah seinen Rücken in der Schlafzimmertür verschwinden. Sollte das sein Ernst sein? Wofür Aufwärmen? Ich zog mir die Jogginghose an und taperte hinter ihm her. Er machte Liegestütze mit einem Arm.

»Wir fangen mit fünfzig an«, sagte er.

Ich legte mich auf den Boden und versuchte mich an einem Liegestütz. Nach fünf Minuten war Ranger fertig, und ich hatte gerade mal einen einzigen geschafft.

»Gut«, sagte Ranger, auf der Stelle tretend. »Und jetzt geht es runter auf die Straße.«

»Ich will aber erst frühstücken.«

»Erst ein Fünfhundert-Meter-Spurt, danach wird gefrühstückt.«

Ein Fünfhundert-Meter-Spurt? War Ranger übergeschnappt? Es war halb sechs in der Früh. Es war dunkel draußen. Ich sah kurz aus dem Fenster. Scheiße! Es schneite!

»Ist doch gar nichts«, sagte ich. »Ein Kinderspiel.«

Ich warf mir eine Daunenjacke über, stopfte die Taschen voll mit Papiertaschentüchern und Lippenfett, zog mir eine Wollmütze über den Kopf, wickelte mir einen Schal um den Hals, stülpte gefütterte Handschuhe über meine Hände und folgte Ranger die Treppe hinunter.

Ranger rannte mühelos einige Straßen weit. Sein Schritt war rhythmisch und gleichmäßig. Seine Aufmerksamkeit richtete sich nach innen. Ich rackerte mich neben ihm ab, mit triefender Nase und schwerem Atem, und richtete meine Aufmerksamkeit darauf, den nächsten Augenblick zu überleben.

Wir schlüpften durch das Tor zum Sportplatz hinter der High-School und schwenkten auf die Aschenbahn ein. Ich fiel im Gehen zurück und fettete erst mal meine Lippen ein. Ranger überrundete mich schnell, und ich trabte weiter. Ranger überrundete mich noch ein paarmal, dann drängte er mich von der Bahn, durch das Tor, zurück auf die Straße.

Die Sonne war noch nicht zu sehen am Horizont, aber zwischen dem Schnee auf der Erde und den Wolken am Himmel dämmerte es allmählich. Ich sah den Glanz in Rangers Gesicht, den Schweiß, der durch sein Hemd nach außen verdampfte. Er hatte noch immer denselben besinnlichen Ausdruck, und sein Atem ging wieder regelmäßig, nachdem er sein Tempo dem meinen angepaßt hatte.

Wir liefen schweigend zurück zu meiner Wohnung, traten durch die Haustür, liefen durch die Eingangshalle. Er nahm die Treppe, ich den Aufzug.

Als sich die Aufzugtür öffnete, erwartete er mich bereits.

»Ich dachte, du wärst hinter mir«, sagte er.

»War ich auch. Nur zu weit.«

»Alles eine Frage der Einstellung«, sagte Ranger. »Wenn du knallhart sein willst, mußt du gesund leben.«

»Ich will gar nicht knallhart sein. Ich will nur in meiner Arbeit... kompetent sein.«

Ranger streifte sein Sweatshirt ab. »Kompetent heißt, fünfhundert Meter am Stück laufen zu können. Wie sollst du denn die Bösen schnappen, wenn du sie nicht einholen kannst?«

»Connie schiebt dir die Bösen zu, die laufen können. Ich kriege die dicken, unsportlichen Bösen.«

Ranger holte eine Tüte aus meinem Kühlschrank und schüttete den Inhalt der Tüte in meinen Mixer. Er schaltete das Gerät ein, und das Zeug in dem Glaskrug verfärbte sich rosa.

»Was machst du da?« fragte ich ihn.

»Ein Kehlenschmierer.« Er goß die Hälfte des Kehlenschmierers in ein Glas und reichte es mir.

Ich trank einen Schluck. Nicht schlecht. In einem kleineren Glas, neben einem Stapel sirupgetränkter, frischer Pfannkuchen wäre es durchaus trinkbar.

»Es fehlt noch etwas«, sagte ich. »Es fehlt... Schokolade.«

Ranger trank den restlichen Kehlenschmierer. »Ich fahre nach Hause, um zu duschen und ein paar Leute anzurufen. Ich bin in einer Stunde wieder da.«

Zur Feier unserer Partnerschaft kleidete ich mich wie Ranger. Schwarze Springerstiefel, schwarze Jeans, schwarzer Rollkragenpullover, kleine Silberreife im Ohr.

Er musterte mich von oben bis unten, als ich ihm öffnete.

»Echt geil«, sagte er.

Ich schenkte ihm ein, wie ich hoffte, geheimnisvolles Lächeln.

Er trug eine schwarze Lederjacke mit Fransen an beiden Ärmeln, vom Ellbogen an abwärts mit kleinen blauen und schwarzen Perlen besetzt.

Ich hatte keine Fransen an meiner schwarzen Lederjacke, und auch keine Perlen. Dafür waren an meiner Jacke mehr Reißverschlüsse, das schuf einen gewissen Ausgleich. Ich schlüpfte in die Jacke und stülpte mir eine schwarze Metallica-Baseballmütze über die frisch gewaschenen Haare.

»Und jetzt?« fragte ich.

»Jetzt suchen wir Mo.«

Es schneite noch immer, aber in Rangers Bronco war es gemütlich warm. Wir gondelten durch die Straßen, suchten alle Parkplätze und die gediegenen Wohnviertel nach dem Batmobil ab. Auf meinen Vorschlag hin gingen wir auch in einige Fotogeschäfte. Zwei Verkäufer erkannten Mo auf dem Foto wieder, aber sie sagten auch, sie hätten ihn in letzter Zeit nicht mehr gesehen. Es hörte nicht auf zu schneien, und der Verkehr kroch um die Autos herum, die schlappgemacht hatten.

»Mo geht bei so einem Wetter bestimmt nicht raus«, sagte Ranger. »Wir können für heute Feierabend machen.«

Dagegen war nichts zu sagen. Es war Mittag. Ich hatte einen Mordshunger und keine Lust, auf irgendwelchen Sprossen mit Bohnenmark rumzumümmeln.

Ranger setzte mich vor meiner Haustür ab und raste in Vierradmanier davon. Ich nahm zwei Treppenstufen auf einmal, rannte über den Flur und schloß meine Wohnungstür auf. Drinnen war es ruhig und friedlich. Rex schlief. Der Kühlschrank brummte leise. Die Schneeflocken klopften zart an meine Fensterscheiben. Ich schleuderte die Schuhe von mir, streifte die schwarzen Jeans ab und trug jede Menge Essen ins Schlafzimmer. Ich schaltete den Fernseher ein und verkroch mich mit der Fernbedienung ins Bett.

Ich kann mich ganz gut allein amüsieren, wenn ich will.

Um halb sieben war mein Maß an MTV voll, und ich näherte mich einem willenlosen Zustand. Ich versuchte mich zwischen einem Tina-Turner-Klassiker und den Nachrichten zu entscheiden, als sich ein Gedanke in den Vordergrund meines Verstandes drängte.

Mo hatte einen Anwalt.

Seit wann? Aus den Unterlagen, die man mir gegeben hatte, ging hervor, daß er einen Pflichtverteidiger abgelehnt hatte. Der einzige, der mir einfiel, den ich danach fragen konnte, war Morelli.

»Ja?« sagte Morelli in den Hörer.

Nur ›Ja?‹ Kein ›Hallo, wie geht's?‹ »Wohl einen schlechten Tag erwischt.«

»Jedenfalls keinen guten.«

»Weißt du, wen sich Mo als Anwalt genommen hat?«

»Mo hat Rechtsbeistand abgelehnt.«

»Ich bin ihm zufällig begegnet, und er hat gesagt, er hätte einen Anwalt.«

Schweigen am anderen Ende. »Du bist Mo begegnet?«

»Er war in seinem Laden.«

»Und?«

»Er ist entwischt.«

»Ich habe gehört, die suchen noch Leute in der Knopffabrik.«

»Immerhin weiß ich, daß er einen Anwalt hat. Ich weiß also mehr als du.«

»Zugegeben«, sagte Morelli. »Ich rufe morgen beim Gericht an, aber soviel ich weiß, hat man uns nicht über den Rechtsbeistand informiert.«

Eine neue Frage auf meiner Liste. Warum nahm sich Mo einen Anwalt? Mo nahm sich einen Anwalt, weil er vorhatte sich zu stellen. Wahrscheinlich gab es noch andere Gründe, aber mir fielen keine ein.

Ich trat ans Fenster und sah hinaus. Es hatte aufgehört zu schneien, und die Straße sah freigeräumt aus. Ich ging im Schlafzimmer auf und ab. Ich ging im Wohnzimmer auf und ab. Schließlich ließ ich mich am Eßtisch nieder und schrieb »Mo nimmt sich einen Anwalt« auf den Notizblock. Und darunter »Drei Leute glauben, sie hätten Mo in der Montgomery Street gesehen«.

Ich malte einen großen runden Kopf mit vielen Fragezeichen darin. Der sollte meinen Kopf darstellen.

Ich ging wieder auf und ab. Die Montgomery Street ließ mir keine Ruhe. Ach was, dachte ich, fahr doch einfach mal hin. Du hast doch sowieso nichts zu tun.

Ich zog mich an und streunte in meinem Buick durch den Abend. Ich stellte mich mit meinem Wagen in der Montgomery Street an fast genau dieselbe Stelle wie bei früheren Schnüffelaktionen. Ich sah genau dieselben Dinge, das gelbe Wohnhaus, die Mission, die Kirche, den Haushaltswarenladen, mit dem einzigen Unterschied, daß es heute dunkel und damals hell gewesen war. Eigentlich war es die ersten beiden Stunden, die ich hier mit Ranger gesessen hatte, auch dunkel gewesen, aber da war ich wie benommen gewesen, aufgrund von Schlafentzug, das zählte also nicht.

Aus Neugier richtete ich mein Fernglas auf das Wohnhaus, blickte in die erleuchteten, vorhanglosen Fenster. Ich sah keine Nackten, keine Mörder und schon gar keinen Mo. Spannen ist auch nicht mehr das, was es mal war.

In der Mission waren die Lichter schon aus, aber in der Kirche nebenan herrschte noch Betrieb. Die Mission und die Kirche nahmen zwei Gebäude ein, die beide zweigeschossig waren. Früher waren dort einmal Geschäfte drin gewesen. Ein Schreibwarenladen und eine Reinigung. Reverend Bill hatte die Häuser vor fünf Jahren gekauft und war mit seiner Kirche dort eingezogen. Reverend Bill gehörte zu den Hurrapatrioten, die Feuer und Schwefel predigten und die Familienwerte hochhielten. Ab und zu tauchte sein Foto in den Zeitungen auf, wenn er mal wieder den Eingang einer Abtreibungsklinik blockiert oder eine Dame im Pelzmantel mit Tierblut bespritzt hatte.

Die Leute, die in seine Kirche gingen, sahen eigentlich ganz normal aus. Keiner trug irgendein Transparent mit einer Losung vor sich her oder hatte einen Eimer Blut dabei. Es gab ein paar alleinstehende Männer. In einem Zeitraum von einer halben Stunde zählte ich sechsundzwanzig Männer, Frauen und Kinder, und dann mußte die Versammlung oder der Gottesdienst begonnen haben, denn die Eingangstür blieb geschlossen, und es kam auch kein Nachzügler mehr. Es war keine ethnisch gemischte Gruppe, aber das war nicht weiter verwunderlich. Das Viertel war vornehmlich von Weißen bewohnt, Arbeitern. Die Leute suchen sich meistens eine Kirche in ihrer nächsten Umgebung aus.

Der Haushaltswarenladen und Sal's Café machten um neun Uhr zu. Eine halbe Stunde später kamen die sechsundzwanzig Leute wieder aus der Kirche heraus. Ich suchte noch mal die Fenster in dem Wohnhaus mit meinem Fernglas ab. Mein Blick blieb im zweiten Stock hängen, als jemand an das Fenster der Beifahrertür klopfte.

Es war Carl Costanza in Polizeiuniform. Er sah mich durch das Fenster an und schüttelte den Kopf. Ich machte die Tür auf, und Carl setzte sich neben mich.

»Du mußt wirklich dringend unter Leute«, sagte Carl.

»Du hörst dich an wie meine Mutter.«

»Es hat sich jemand bei uns beschwert, über einen Perversen, der in einem Buick sitzt und mit einem Fernglas in die Fenster fremder Leute guckt.«

»Ich überwache nur das Haus, in dem Mo gesehen worden ist.«

Costanza nahm mir das Fernglas aus der Hand und suchte das Haus ab. »Brauchst du noch lange für die Überwachung?«

»Nein. Es reicht. Ich weiß gar nicht, warum ich heute abend überhaupt hergekommen bin. Ich hatte nur so ein Gefühl.«

»In diesem Viertel ziehen sich die Leute aber auch nie aus«, sagte Costanza und suchte noch immer Fenster für Fenster ab. »Hast du schon mit Reverend Bill gesprochen?«

»Noch nicht.«

»Du kannst ja zu ihm gehen, während ich hier weiter das Haus im Auge behalte. Ich habe gerade eine vielversprechende Wohnung im ersten Stock im Visier.«

»Glaubst du, daß Mo sich da aufhält?«

»Nein. Ich glaube, eine nackte Frau hält sich da auf. Na komm schon, Süße«, schmachtete Carl und beobachtete die Frau im Fenster. »Mach doch endlich die Bluse für Onkel Carl auf.«

»Du bist ja abartig.«

»Dienst ist Dienst«, sagte Costanza.

Ich überquerte die Straße und versuchte, hinter den Gardinen vor den beiden Spiegelglasfenstern der Freedom Church etwas zu erkennen. Es brachte nichts, also machte ich die Tür auf und ging rein.

Das gesamte Erdgeschoß war praktisch ein einziger großer Raum, wie ein Vortragssaal möbliert, mit Klappstühlen, die in Reihen aufgestellt waren, und einem etwas erhöhten Podium an der Rückwand. Ein blaues Stoffband war als eine Art Ziersaum an dem Podium befestigt, und in der Mitte stand ein Lesepult. Das mußte die Kanzel sein, überlegte ich.

Am Rand des Podiums stand ein Mann und stapelte Bücher. Er war mittelgroß, mittelschwer und hatte einen Kopf wie ein Kegel. Er trug eine runde Hornbrille, seine Haut war rosa von eifrigem Waschen, und er sah aus wie jemand, der Sätze wie »Hallöchen, Nachbar. Alles Klärchen?« von sich gab. Ich erkannte ihn von den Zeitungsfotos wieder. Es war Reverend Bill.

Er richtete sich auf und lächelte zur Begrüßung. Seine Stimme war weich und angenehm wohlklingend. Man konnte ihn sich gut in einem Priestergewand vorstellen, kaum dagegen als Tierblutverspritzer – aber wer weiß, wozu er fähig war, wenn es ihn überkam.

»Selbstverständlich kenne ich Moses Bedemier«, sagte er leutselig. »Jeder hier kennt Onkel Mo. Seine Eistüten sind mordsmäßig.«

»Einige Leute wollen ihn hier kürzlich auf der Montgomery Street gesehen haben.«

»Sie meinen, seit seinem Verschwinden?«

»Sie wissen davon?«

»Wir haben in unserer Gemeinde viele Mitglieder, die aus Burg kommen. Sie machen sich alle Sorgen um Mo Bedemier. Für einen Mann mit einem so regelmäßigen Lebenswandel ist das schon ein sehr seltsames Verhalten.«

Ich gab Reverend Bill meine Karte. »Ich wäre Ihnen sehr verbunden, wenn Sie mir Bescheid gäben, falls Sie ihn sehen.«

»Selbstverständlich.« Er starrte auf die Karte, in Gedanken verloren, besorgt. »Hoffentlich ist ihm nichts passiert.«

- 9 -

Ich wollte nicht, daß Ranger in aller Herrgottsfrühe wieder in meinem Schlafzimmer auftauchte, also vergewisserte ich mich, daß meine Fenster verschlossen und die Riegel an meiner Wohnungstür vorgeschoben waren. Um ganz sicher zu sein, baute ich noch einen Turm aus Töpfen und Pfannen vor der Tür auf. Für den Fall, daß jemand einbrach, würde der Turm unweigerlich zusammenstürzen und ich davon aufwachen. Ich hatte so etwas schon mal veranstaltet, mit einem Turm aus Gläsern. Es hatte fabelhaft funktioniert, außer daß anschließend reichlich Scherben auf dem ganzen Fußboden verstreut lagen und ich so lange aus Papierbechern trinken mußte, bis das nächste Honorar überwiesen wurde.

Ich las mir noch mal die Notizen auf meinem Block durch, aber die zündende Idee kam mir auch jetzt nicht.

Um fünf Uhr fielen die Töpfe scheppernd zu Boden. Ich lief im Nachthemd in den Flur und sah Ranger dort grinsend stehen.

»Hallo, Babe«, sagte er.

Ich bahnte mir einen Weg durch die Töpfe und inspizierte die Tür. Die beiden Yale-Schlösser waren intakt, der Riegel war vorgeschoben, und die Kette lag ebenfalls vor. Ich kam zu dem Schluß, daß Ranger die Töpfe umgeworfen haben mußte, als er unter dem Türspalt durchgeschlüpft war.

»Es bringt wohl nichts, wenn ich dich frage, wie du reingekommen bist«, sagte ich.

»Wenn mal gerade nicht viel zu tun ist, weihe ich dich in die hohe Kunst des Einbrechens ein.«

»Schon mal von Türklingeln gehört?«

Ranger grinste bloß frech weiter.

Na gut, ich hätte ihm nicht aufgemacht. Ich hätte durch den Spion geguckt, Ranger draußen stehen sehen und mich wieder ins Bett verkrochen.

»Ich gehe nicht joggen«, sagte ich. »Ich war gestern joggen. Ich fand's schrecklich. Ich geh nicht noch mal joggen. Nie wieder. Aus und vorbei.«

»Sport ist gut fürs Liebesleben«, sagte Ranger.

Ich hatte nicht vor, meine intimsten Geheimnisse vor Ranger auszubreiten, aber mein Liebesleben war an einem absoluten Tiefpunkt angelangt. Was nicht existiert, läßt sich auch nicht verbessern.

»Schneit es?« fragte ich.

»Nein.«

»Regnet es?«

»Nein.«

»Du erwartest doch wohl nicht, daß ich wieder einen von deinen Kehlenschmierern trinke, oder?«

Ranger musterte mich von oben bis unten. »Es würde dir nicht schaden. Du siehst aus wie Smokey Bear in deinem Nachthemd.«

»Ich sehe nicht aus wie Smokey Bear! Na gut, ich habe mir ein paar Tage die Beine nicht rasiert, aber deswegen sehe ich noch lange nicht aus wie Smokey Bear. Und so dick wie Smokey Bear bin ich schon gar nicht.«

Ranger grinste unbeirrt weiter.

Ich stapfte wütend ins Schlafzimmer und knallte die Tür hinter mir zu. Ich zog mir lange Unterhosen und den Jogginganzug an, schnürte meine Laufschuhe und marschierte zurück in den Flur, wo Ranger ungerührt wartete, die Arme vor der Brust verschränkt.

»Denk bloß nicht, ich würde das jetzt jeden Tag machen«, zischte ich zwischen zusammengepreßten Zähnen hervor. »Ich mache das nur, damit du deinen Willen kriegst.«

Eine Stunde später schleppte ich mich in meine Wohnung zurück und ließ mich auf das Sofa plumpsen. Mir fiel die Waffe auf meinem Nachttisch ein, und ich überlegte, ob sie wohl geladen war. Ich dachte daran, sie auf Ranger zu richten. Und dann dachte ich daran, sie auf mich zu richten. Beim nächsten Frühsport würde ich sowieso tot zusammenbrechen. Warum es nicht gleich hinter mich bringen.

»Ich suche mir einen Job in der Tamponfabrik«, sagte ich zu Rex, der sich in seiner Suppendose versteckte. »Für die Arbeit braucht man wenigstens nicht fit zu sein. Tampons einpacken kann jeder. Und wenn ich wie ein Hefeteig aufginge und drei Zentner wöge, ich würde immer noch gute Arbeit leisten.« Ich quälte mich aus den Schuhen und schälte die klatschnassen Socken von den Füßen. »Wieso rackere ich mich deswegen bloß so ab? Ich muß mit einem Verrückten zusammenarbeiten, und beide haben wir uns darauf versteift, einen alten Knacker zu suchen, der Eistüten verkauft.«

Rex kroch rückwärts aus seiner Suppendose hervor und sah mich an. Seine Barthaare schwirrten.

»Genau«, sagte ich zu ihm. »Es ist blöd. Einfach saublöd.«

Ich räusperte mich und stand vom Sofa auf. Ich trottete in die Küche und fing an, Kaffee zu kochen. Wenigstens war Ranger nicht wieder mit hochgekommen, um mein Frühstück zu überwachen.

»Er mußte nach Hause. Wegen dem Unfall«, sagte ich zu Rex. »Ehrlich. Ich wollte ihm kein Bein stellen. Ich wollte ihm auch nicht die Hose am Knie aufreißen. Ganz ehrlich. Und wegen der Leistenprellung habe ich ein furchtbar schlechtes Gewissen.«

Rex warf mir einen seiner typischen Blicke zu: Ja, ja, ich weiß Bescheid.

Als kleines Mädchen wollte ich unbedingt ein Rentier sein, aus der Gattung der fliegenden Rentiere, versteht sich. Jahrelang galoppierte ich durch die Gegend, auf der Suche nach Flechten und dem passenden Freund. Dann sah ich eines Tages *Peter Pan*, und meine Rentierphase war vorbei. Das ganze Getue darum, daß man nicht erwachsen werden wollte, verstand ich zwar nicht, weil sich jedes Mädchen in Burg nichts sehnlicher wünschte, als endlich erwachsen zu werden und einen Busen zu kriegen. Aber ich verstand, daß ein fliegender Peter Pan allemal besser war als ein fliegendes Rentier. Mary Lou hatte *Peter Pan* auch gesehen, aber Mary Lous Ehrgeiz richtete sich darauf, so wie Wendy zu werden, und so gaben Mary Lou und ich ein tolles Paar ab. Man sah uns fast nur Hand in Hand, wir liefen durch unser Viertel und trällerten: »Ich kann fliegen! Ich kann fliegen!« Wenn wir älter gewesen wären, hätten sich die Leute wahrscheinlich so ihre Gedanken gemacht.

Die Peter-Pan-Begeisterung war eigentlich auch nur recht kurzlebig, denn ein paar Monate nach Anbruch dieser Phase entdeckte ich Wonder Woman. Wonder Woman konnte nicht fliegen, dafür hatte sie üppige, dralle Brüste, die in einen scharfen Wondersuit gezwängt waren. Barbie war als Rollenbild fest verankert in Burg, aber Wonder Woman hielt sie ganz schön auf Trab. Wonder Woman quoll es nicht nur unter den Körbchen ihres Wonderbras hervor, sie haute auch so ganz ordentlich auf den Putz. Wenn man mich fragen würde, welche Person mich in meinem Leben am meisten beeinflußt hat, ich würde sagen, Wonder Woman.

Als Teenager, noch bis Anfang Zwanzig, wollte ich Rockstar werden. Die Tatsache, daß ich kein einziges Musikinstrument beherrschte, tat meiner Phantasie keinen Abbruch. In meinen wacheren Momenten wollte ich lieber die Freundin von einem Rockstar sein.

Für kurze Zeit, während meiner Tätigkeit als Dessouseinkäuferin bei E. E. Martin, strebte ich nach Höherem, sozusagen.

Meine Phantasien rankten sich um eine elegant gekleidete Jungunternehmerin, die den vor ihr im Staub kriechenden Männern ein paar knappe Befehle hinwarf, während draußen ihr Chauffeur wartete. Die Wirklichkeit bei E. E. Martin sah so aus, daß ich jeden Tag nach Newark zur Arbeit pendeln mußte und ich schon zufrieden war, wenn mir am Bahnhof keiner ans Bein pinkelte.

Zur Zeit will es mir nicht gelingen, ein richtig schönes Leitbild zu entwickeln. Kurzzeitig hatte ich wieder auf Wonder Woman zurückgegriffen, akzeptierte es dann aber als eine üble Laune des Schicksals, daß ich selbst bei größter Anstrengung niemals Wonder Womans Wonderbra würde ausfüllen können.

Ich steckte eine tiefgefrorene Waffel in den Toaster und aß sie trocken, wie sie war. Ich trank zwei Tassen Kaffee und hievte meinen muskelkatergeplagten Leib ins Badezimmer, um zu duschen.

Lange stand ich unter dem heißen Wasserstrahl und ging im Geist noch mal die Liste der Dinge durch, die ich erledigen mußte. Ich mußte die Werkstatt wegen meines Pickups anrufen. Ich mußte Wäsche waschen und einige Rechnungen bezahlen. Ich mußte Mary Lou ihr Sweatshirt zurückbringen, und schließlich und endlich galt es, Onkel Mo zu finden.

Als erstes erkundigte ich mich nach meinem Pickup.

»Es liegt am Vergaser«, erklärte mir der Chef des Blue Teams. »Wir können einen neuen einbauen, oder wir können den alten ausbauen und reparieren. Den alten zu reparieren wäre natürlich erheblich billiger. Allerdings hat man bei einer Reparatur keine Garantie.«

»Was soll das heißen, es liegt am Vergaser. Ich habe gerade erst neue Kontakte und Zündkerzen einbauen lassen.«

»Ja«, sagte er. »Das war auch nötig.«

»Und jetzt erzählen Sie mir, er braucht einen neuen Vergaser.«

»Ja. Ich bin nicht hundertprozentig sicher. Manchmal liegt das Problem am defekten Abgasrückführventil. Es kann aber auch an der mangelhaften Rückführung der Kurbelgehäusedämpfe in das Ansaugsystem liegen oder an der Vordrossel in der Mischkammer. Manchmal ist auch die Benzinpumpe nicht in Ordnung. Aber das glaube ich alles gar nicht. Ich glaube, Sie brauchen einen neuen Vergaser.«

»Na schön. Wunderbar. In Ordnung. Bauen Sie mir einen Vergaser ein. Wie lange dauert das?«

»Das dauert nicht lange. Wir melden uns bei Ihnen.«

Als nächstes stand ein Abstecher ins Büro auf meiner Liste. Mal sehen, ob sich etwas Neues getan hatte. Wenn ich schon mal da war, konnte ich auch gleich zum Spaß die Kreditwürdigkeit von Andrew Larkin überprüfen, dem Mieter in der Montgomery Street, den Ranger und ich befragt hatten.

Ich zog mir ein paar warme Klamotten über, hetzte die Treppe hinunter, kratzte die letzten Frostschichten von der Windschutzscheibe und zockelte mit meinem Buick zum Büro.

Lula und Connie waren schon fleißig bei der Arbeit. Die Tür zu Vinnies Büro war geschlossen.

»Ist er da?« fragte ich.

»Ich habe ihn heute noch nicht zu Gesicht bekommen«, sagte Connie.

»Wer weiß«, ergänzte Lula. »Vielleicht hat ihm jemand gestern nacht einen Pflock ins Herz gerammt, und er kommt überhaupt nicht mehr.«

Das Telefon klingelte, und Connie übergab Lula den Hörer. »Eine gewisse Shirlene ist am Apparat«, sagte Connie.

Ich zog die Augenbrauen hoch und sah Lula fragend an. Etwa die Shirlene? Die Freundin von Leroy Watkins?

»Ja!« bestätigte Lula, als sie den Hörer auflegte. »Es geht wieder rund. Wir haben einen Fisch an der Angel. Shirlene sagte,

Leroy wäre gestern abend spät nach Hause gekommen. Sie hätten sich gestritten, und Leroy hätte irgend etwas auf Shirlenes Kopf zerdeppert und sie dann auf die Straße gesetzt. Shirlene meint, wir könnten den Kerl haben.«

Ich hielt die Autoschlüssel schon bereit, und der Reißverschluß meiner Jacke war hochgezogen. »Na, dann komm.«

»Das wird ein Kinderspiel«, sagte Lula, als wir in die Stark Street bogen. »Wir brauchen uns nur an Leroy ranzuschleichen. Wahrscheinlich denkt er, es wäre Shirlene an der Tür. Hoffentlich hat er bloß sein Gerät nicht wieder dabei, wenn du weißt, was ich meine.«

Ich wußte genau, was sie meinte, aber darüber wollte ich lieber gar nicht nachdenken. Ich hielt vor Leroys Haus an, und wir blieben schweigend sitzen.

»Tja«, sagte Lula. »Ein zweites Mal wird er seine Tür ja wohl nicht zerdeppern. Wahrscheinlich hat ihm der Vermieter längst die Leviten gelesen. Türen fallen schließlich nicht vom Himmel.«

Ich ließ mir das durch den Kopf gehen. »Vielleicht ist er ja auch gar nicht zu Hause«, fügte ich hinzu. »Wann hat Shirlene ihn zuletzt gesehen?«

»Gestern abend.«

Wir blieben immer noch sitzen.

»Wir können ja hier draußen auf ihn warten«, sagte Lula. »Das Haus überwachen.«

»Oder anrufen.«

Lula sah hoch zum Fenster im zweiten Stock. »Anrufen ist vielleicht gar keine so schlechte Idee.«

Wieder vergingen einige Minuten.

Ich holte tief Luft. »Also gut. Bringen wir es hinter uns.«

»Scheiß drauf«, sagte Lula.

Wir blieben im Hausflur stehen und sondierten das Terrain.

Irgendwo plärrte ein Fernseher, ein Kind schrie. Langsam erklommen wir die Treppe zum ersten Stock, lauschten, während wir uns Schritt für Schritt vorwagten. Auf dem Absatz machten wir halt und holten ein paarmal tief Luft.

»Du wirst doch wohl nicht hyperventilieren, oder?« fragte Lula. »Ich möchte auf keinen Fall, daß du vor lauter Hyperventilation auf mich drauf kippst.«

»Keine Sorge, mir geht's gut«, beruhigte ich sie.

»Ja, ja«, sagte sie. »Mir auch.«

Als wir in den zweiten Stock kamen, hielten wir beide die Luft an.

Wir standen da und sahen uns die Tür an, die mit Pappe und zwei Sperrholzbrettern geflickt worden war. Ich bedeutete Lula, zur Seite zu rücken. Sie stand still und drückte sich an die Wand, ich machte das gleiche auf der anderen Seite der Tür.

Ich klopfte an die Tür. »Pizzaservice«, rief ich.

Keine Antwort.

Ich klopfte fester, und die Tür öffnete sich von allein. Lula und ich hielten immer noch die Luft an, und in den Augenhöhlen spürte ich das Blut pochen. Weder Lula noch ich rührten uns eine geschlagene Minute lang. Wir drückten uns bloß an die Wand und gaben keinen Ton von uns.

»Leroy?« rief ich noch mal. »Wir sind's. Lula und Stephanie Plum. Sind Sie da, Leroy?«

Nach einer Weile sagte Lula: »Ich glaube, er ist nicht da.«

»Bleib stehen«, sagte ich. »Ich gehe rein.«

»Nach dir«, sagte Lula. »Ich würde ja als erste reingehen, aber ich will dir nicht die Durchsuchung vermasseln.«

Zentimeterweise rückte ich in die Wohnung vor und sah mich um. Es war alles so wie vorher. Es wirkte verwahrlost. Ich warf einen Blick ins Schlafzimmer. Es war niemand da.

»Und?« rief Lula vom Treppenhaus.

»Sieht leer aus.«

Lula steckte ihren Kopf durch die Tür. »Jammerschade. Ich hatte mich so auf eine Festnahme gefreut. Hätte so gern gezeigt, was ich kann.«

Ich ging auf die geschlossene Badezimmertür zu, mit gezücktem Abwehrspray. Ich stieß die Tür auf und sprang vor Schreck zurück. Die Tür krachte gegen die Wand, und Lula ging hinter dem Sofa in Deckung.

Ich sah erst in das leere Badezimmer, dann hinüber zu Lula.

Lula raffte sich wieder hoch. »Ich wollte nur meine Reaktionsfähigkeit testen«, sagte sie. »Ich probiere gerade eine neue Technik aus.«

»Hmhm.«

»Nicht, daß du denkst, ich hätte Angst«, sagte sie. »Um mir Angst einzujagen, braucht es schon mehr als so einen wie Leroy.«

»Du hattest wohl Angst«, sagte ich.

»Hatte ich nicht.«

»Hmhm.«

»Von wegen hmhm. Soll ich dir sagen, wer hier Angst hat? Ich jedenfalls nicht. Ich kann auch Türen aufmachen.«

Lula stapfte zum Schrank und riß die Tür mit einem Ruck auf. Die Flügel öffneten sich weit, und Lula starrte wie gebannt auf die dicht hängenden, zusammengedrückten Mäntel und Kleider.

Die Kleider teilten sich wie ein Vorhang, und Leroy Watkins, splitterfasernackt und mit einem stolzen Loch mitten in der Stirn, fiel Lula entgegen.

Lula verlor den Halt, und beide stürzten zu Boden; Leroy mit ausgestreckten Armen, steif wie ein Brett, wie Frankenstein Junior obenauf.

»Heiliger Strohsack«, rief ich. »Herrgott noch mal!«

»Iiiiiih!« brüllte Lula, die auf dem Rücken lag und mit Armen und Beinen wedelte, während Leroys ganze Last ihr auf die Brust drückte.

Ich hüpfte aufgeregt auf der Stelle und rief immer nur: »Steh auf! Steh auf!«

Und Lula wälzte sich auf dem Boden herum und brüllte: »Zieh ihn runter! Zieh ihn runter!«

Ich packte Leroy am Arm und zog fest, und Lula war mit einem Satz auf den Beinen und schüttelte sich wie ein regennasser Hund. »Iiiih! Wie eklig!«

Wir sahen von oben auf Leroy herab.

»Tot«, sagte ich. »Mausetot.«

»Na, und wie. Und von keinem Kleinkaliber. Das Loch in seinem Kopf ist ja faustgroß.«

»Er stinkt.«

»Hat sich im Schrank erst noch ausgefurzt«, sagte Lula.

Wir mußten beide würgen, liefen zum Fenster und hielten den Kopf raus, um frische Luft zu tanken. Als das Klingeln in meinen Ohren nachließ, ging ich zum Telefon und wählte Morellis Nummer. »Ich habe hier einen Kunden für dich«, sagte ich zu ihm.

»Noch einen?«

Er hörte sich skeptisch an, ich konnte es ihm nicht verübeln. Es war meine dritte Leiche in dieser Woche.

»Leroy Watkins ist aus einem Schrank gefallen und auf Lula gekippt«, sagte ich. »Der Kerl ist so tot, toter geht's nicht. Den flickt keiner mehr zusammen.«

Ich nannte ihm die Adresse und legte auf, ging zurück in den Flur und wartete ab.

Zuerst kamen zwei Uniformierte, eine halbe Minute später gefolgt von Morelli. Ich erzählte ihm ausführlich, was passiert war. Als er den Tatort besichtigte, wurde ich nervös.

Leroy war nackt und nicht gerade blutüberströmt. Eine Möglichkeit war, daß ihn jemand unter der Dusche überrascht hatte, überlegte ich. Im Badezimmer war kein Blut zu sehen gewesen, allerdings hatte ich auch nicht das Bedürfnis verspürt, hinter den Duschvorhang zu schauen.

Nachdem er einmal die Wohnung abgegangen war und den Tatort gesichert hatte, kam Morelli zurück. Er schob uns aus der Wohnung ins Treppenhaus ein Stockwerk tiefer, weg von dem Geschehen, und wir gingen unsere Geschichte noch einmal in allen Einzelheiten durch.

Zwei weitere Uniformierte trudelten ein. Ich kannte keinen von beiden. Sie sahen Joe an, und er bat sie, draußen vor der Tür zu warten. Ein Fernseher dröhnte unbeirrt weiter. Das gedämpfte Geschrei streitender kleiner Kinder drang bis ins Treppenhaus. Kein Nachbar machte diesmal die Tür auf, um zu erfahren, was die Polizei in seinem Haus trieb. Gesunde Neugier war in diesem Viertel eine ausgeprägte Charaktereigenschaft.

Morelli zog den Reißverschluß an meiner Jacke hoch. »Das war alles. Ich brauche dich nicht mehr – vorerst.«

Ehe ich mich versah, war Lula schon eine halbe Treppe tiefer.

»Ich muß raus hier«, sagte sie. »Meine Akten rufen.«

»Bullen machen sie nervös«, sagte ich zu Morelli.

»Ja«, sagte er. »Das Gefühl kenne ich. Die machen mich auch nervös.«

»Wer, meinst du, hat Leroy alle gemacht?« fragte ich Morelli.

»Hätte jeder machen können. Selbst seine Mutter.«

»Ist das normal, daß drei Dealern innerhalb einer Woche der Abgang gemacht wird?«

»Wenn gerade irgendein Bandenkrieg tobt.«

»Tobt gerade ein Bandenkrieg?«

»Nicht daß ich wüßte.«

Zwei Zivile kamen die Treppe herauf und blieben auf dem Absatz stehen. Morelli streckte den Daumen nach oben, zeigte eine

Treppe höher, die beiden Männer brummten zur Bestätigung und stapften weiter.

»Ich muß nach oben«, sagte Morelli. »Man sieht sich.«

Man sieht sich? Mehr nicht? Na gut, eine Treppe höher lag ein Toter, und in dem Haus wimmelte es von Polizei. Ich konnte zufrieden sein, daß Morelli die Sache so professionell anging. Ich konnte zufrieden sein, daß ich ihn nicht abwimmeln mußte, oder? Trotzdem – »man sieht sich«, das hörte sich an wie »ruf mich nicht an, ich melde mich schon«. Ich wollte nicht unbedingt, daß Morelli sich meldete, ich fragte mich nur, warum er es nicht wollte. Stimmte irgend etwas nicht mit mir? Warum machte er keine Annäherungsversuche?

»Stört dich irgend etwas?« fragte ich Morelli, aber der war bereits verschwunden, untergetaucht in dem Gewusel von Polizisten im zweiten Stock.

Vielleicht muß ich ein bißchen abspecken, dachte ich, während ich die Treppe hinunterstapfte. Mir ein paar rote Strähnen ins Haar machen lassen.

Lula wartete in ihrem Wagen auf mich.

»So schlimm war es nun auch wieder nicht«, sagte sie. »Wenigstens hat man nicht auf uns geschossen.«

»Wie findest du eigentlich meine Haare?« fragte ich sie. »Meinst du, ich sollte mir ein paar rote Strähnen reinmachen lassen?«

Lula wuchtete sich zur Seite und sah mich an. »Rot käm' echt geil.«

Ich setzte Lula vorm Büro ab und fuhr nach Hause, um meinen Anrufbeantworter abzuhören und meine Finanzlage zu überprüfen. Es gab keine Nachrichten auf dem Band, und ich hatte nur noch ein paar Dollar übrig. Meine Rechnungen waren fast alle beglichen, die Miete einen Monat im voraus bezahlt. Wenn ich mich weiter bei meiner Mutter durchfutterte, konnte ich mir Strähnen leisten. Ich betrachtete mich im Spiegel, gab meinen Haaren etwas Fülle und stellte mir dabei eine grelle neue Farbe vor. »Na los, gib dir einen Ruck«, ermunterte ich mich selbst – schon deswegen, weil die Alternative gewesen wäre, mich mit Leroy Watkins zu beschäftigen.

Ich verließ meine Wohnung und fuhr zu dem Friseur im Einkaufszentrum. Es gelang mir, Mr. Alexander dazu zu überreden, mich in seinen Terminplan einzubauen. Eine dreiviertel Stunde später saß ich unter der Trockenhaube, und meine Haare steckten in 52 Röllchen aus Aluminiumfolie. Stephanie Plum, das fremde Wesen aus dem All. Ich blätterte in einer Zeitschrift, aber von der Hitze und den Dämpfen tränten ständig meine Augen. Ich tupfte mir die Augen ab und schaute durch die geöffnete Flügeltür und das Schaufenster in die Einkaufspassage.

Es war Samstag, und es herrschte viel Betrieb. Die Passanten sahen mich an. Ihre Blicke waren ausdruckslos, dumpfe Neugier. Mütter mit ihren Kindern. Jugendliche, die rumgammelten. Stuart Baggett. Wie bitte? Stuart Baggett? Nicht zu fassen! Trieb sich doch glatt diese Niete Stuart Baggett hier rum.

Unsere Blicke trafen sich, und wir beide stutzten einen Moment. Dann erfolgte das Wiedererkennen. Stuart formte mit seinen Lippen meinen Namen und rannte los. Ich stieß die Trockenhaube nach hinten und fuhr wie von der Tarantel gestochen aus meinem Sitz hoch.

Wir befanden uns im Kellergeschoß und bewegten uns auf das Kaufhaus Sears zu. Stuart hatte einen gewaltigen Vorsprung und hechtete die Rolltreppe hoch. Er schubste die Leute beiseite, entschuldigte sich ausgiebigst und sah dabei noch umwerfend süß aus.

Ich war mit einem Satz auf der Rolltreppe, boxte mir meinen Weg durch die Massen, holte allmählich auf. Dabei versperrte mir eine streitsüchtige Frau mit ihren Einkaufstüten den Weg.

»Entschuldigung«, sagte ich. »Darf ich mal durch?«

»Ich habe ein Recht, hier zu stehen«, sagte sie. »Glauben Sie vielleicht, die Rolltreppe gehört Ihnen allein?«

»Ich bin hinter dem Jungen her!«

»Sie spinnen ja. Hilfe!« kreischte sie. »Die Frau ist verrückt. Hier ist eine Verrückte.«

Stuart trat von der Rolltreppe und lief oben durch die Passage wieder zurück. Ich hielt die Luft an, hopste auf der Stelle herum und behielt ihn im Auge. Zwanzig Sekunden später war ich endlich oben angelangt und raste wie eine Irre los, die Folie flatterte mir um den Kopf und der braune Friseurkittel, den ich immer noch umgebunden hatte, um die Beine.

Plötzlich war Stuart wie vom Erdboden verschluckt. Ich verlangsamte mein Tempo, verschaffte mir einen Überblick, schaute in die Läden links und rechts. Ich trabte durch die Abteilungen von Macy's: Tücher, Sportkleidung, Kosmetik, Schuhe. Ich erreichte den Ausgang und warf einen Blick auf den Parkplatz. Keine Spur von Stuart.

Zufällig erwischte ich mich im Spiegel. Ich sah aus wie eine Kreuzung aus Papiertiger und Tiefkühlfee. Sterntalers Auftritt im Einkaufszentrum. Wenn mich ein Bekannter in diesem Aufzug gesehen hätte, ich wäre vor Scham im Boden versunken.

Ich mußte noch mal durch Macy's, um wieder in die Passage zu gelangen, wieder durch die Kosmetikabteilung, wo mir immerhin Joyce Barnhardt über den Weg laufen konnte, die Queen der Rundumverschönerung. Nach Macy's mußte ich mich dann auf die Rolltreppe zurückbegeben und noch einmal die ganze Hauptpassage des Einkaufszentrums durchqueren – nicht gerade das, was ich mir in meinem gegenwärtigen Zustand am sehnlichsten wünschte.

Ich hatte meine Handtasche in dem Schönheitssalon hängen lassen, den Kauf eines Kopftuchs mußte ich mir also abschminken. Ich hätte die kleinen Aluminiumröllchen in meinem Haar herausreißen können, aber schließlich hatte ich 60 Dollar dafür gezahlt, daß sie mir jemand hineingedreht hatte.

Ich betrachtete mich noch mal im Spiegel. Na und, ich ließ mir eben eine neue Frisur machen. Was war schon dagegen einzuwenden.

Ich schob mein Kinn ein paar Zentimeter vor. Kampflustig. Ich hatte meine Mutter und meine Großmutter hunderttausendmal diese Haltung einnehmen sehen. Angriff ist die beste Verteidigung.

Ich durchquerte das ganze Kaufhaus und wandte mich der Rolltreppe zu. Ein paar Leute blieben stehen und glotzten, aber die meisten hielten ihren Blick standhaft abgewendet.

Mr. Alexander schritt unruhig vor dem Ladeneingang auf und ab. Er sah nach links und rechts und murmelte unverständliches Zeug vor sich hin, dann entdeckte er mich und verdrehte die Augen.

Mr. Alexander trug immer Schwarz. Sein langes Haar war hinten zu einem Rattenschwänzchen zusammengeknotet. Seine Füße steckten in Slippern aus schwarzem Lackleder, und an den Ohrläppchen baumelten goldene Kreuzchen. Wenn er die Augen verdrehte, preßte er gleichzeitig die Lippen zusammen.

»Wo waren Sie?« wollte er wissen.

»Hinter einem Kautionsbetrüger her«, sagte ich. »Leider habe ich ihn aus den Augen verloren.«

Mr. Alexander zog mir eines der Aluminiumröllchen vom Kopf. »Leider hätte der Töner längst aus Ihrem Haar herausgespült werden müssen! Ich bin untröstlich.« Er winkte einen seiner Bediensteten herbei. »Miss Plum ist fertig«, sagte er. »Sie muß sofort unter die Spüldusche.« Er zupfte noch ein Aluminiumröllchen heraus und verdrehte die Augen. »Hm«, sagte er despektierlich.

»Was ist?«

»Ich weise jede Verantwortung von mir«, sagte Mr. Alexander.

»Was ist los?«

Mr. Alexander winkte ab. »Es sieht gut aus«, sagte er. »Vielleicht ein bißchen extravaganter als vorgesehen.«

Extravaganter, das gefiel mir. Ich klammerte mich während der Spülung und dem Auskämmen förmlich an diesem Wort fest.

»Es wird Ihnen gefallen, wenn Sie sich erst mal daran gewöhnt haben«, ließ sich Mr. Alexander hinter mir aus einer Wolke von Haarspray vernehmen.

Ich schielte in den Spiegel. Meine Haare waren orange. Keine Panik, sagte ich mir. Wahrscheinlich lag es nur am Licht. »Es sieht orange aus«, sagte ich zu Mr. Alexander.

»Von der Sonne Kaliforniens geküßt«, sagte Mr. Alexander.

Ich stand von dem Stuhl auf und betrachtete mich genauer. »Meine Haare sind orange«, rief ich. »Scheißorange!«

Es war fünf Uhr, als ich das Einkaufszentrum verließ. Heute war Samstag, und meine Mutter erwartete mich um sechs zu Rollbraten mit Kartoffelklößen. Trauerklöße wären angebrachter gewesen: Unverheiratete Tochter, so einsam, daß sie nicht mal an einem Samstagabend mit einem Mann ausgeht, läßt sich von zwei Kilo Schmorfleisch betören.

Ich stellte den Buick vor dem Haus ab und sah mir im Rückspiegel noch mal mein Haar an. In der Dunkelheit war nicht viel zu erkennen. Mr. Alexander hatte mir versichert, es sähe gut aus, und der ganze Frisörsalon hatte eingestimmt, wirklich, es stünde mir gut. Jemand meinte noch, ich sollte doch jetzt, da mein Haar mehr »Farbe« bekommen hätte, auch mehr Make-up auftragen.

Ich interpretiere das so, daß ich im Kontrast zu meinen Neonhaaren blaß wirkte.

Meine Mutter öffnete mir mit einem stummen Blick der Resignation die Tür.

Meine Großmutter stand auf Zehenspitzen hinter meiner Mutter und versuchte, einen Blick zu erhaschen. »Ist ja heiß!« sagte Grandma. »Du hast ja orangenes Haar! Und es sieht aus, als wären noch welche dazugekommen. Wie eine Clownsperücke. Wie ist bloß das ganze Haar so schnell gewachsen?«

Ich tätschelte mich am Kopf. »Ich wollte mir nur ein paar Strähnen reinmachen lassen, aber der Töner ist zu lange dringeblieben, deswegen sind meine Haare jetzt so gekräuselt.« Und orange.

»Das muß ich auch mal ausprobieren«, sagte Grandma. »Ich hätte nichts gegen einen orangenen Haarschopf einzuwenden. Es würde ein bißchen Leben in die Bude bringen.« Grandma steckte den Kopf durch die Haustür und suchte die Gegend ab. »Hast du jemanden mitgebracht? Einen neuen Freund? Der letzte gefiel mir. Der sah Klasse aus.«

»Leider nicht«, sagte ich. »Ich bin heute allein.«

»Wir könnten ihn anrufen«, schlug Grandma vor. »Wir haben extra mehr Kartoffelklöße gemacht. Ein Aufreißer am Tisch kommt immer gut.«

Mein Vater kam in die Diele geschlurft, die Fernsehzeitung in der Hand. »Das ist ja ekelhaft«, sagte er. »Schlimm genug, daß ich mir solche Ausdrücke am Fernsehen anhören muß. Jetzt muß ich mir so was auch noch von einer alten Schlampe in meinem eigenen Haus bieten lassen.«

Grandmas Augen verengten sich zu Schlitzen, und sie sah meinen Vater wutentbrannt an. »Wer ist hier die alte Schlampe?«

»Du!« sagte mein Vater. »Du bist die alte Schlampe. Was sollte ein Aufreißer schon an dir aufreißen?«

»Ich bin alt, aber ich bin noch nicht unter der Erde«, sagte Grandma. »Und ich wüßte sehr wohl, was ich mit einem Aufreißer anfangen würde. Ich sollte mehr ausgehen und mir selbst einen aufreißen.«

Mein Vater schnitt eine Grimasse. »Meine Güte«, sagte er.

»Ich könnte zum Beispiel mal bei einem Kontaktbüro vorsprechen«, sagte Grandma. »Vielleicht heirate ich ja sogar noch mal.«

Mein Vater spitzte die Ohren. Er sagte nichts, aber man konnte seine Gedanken lesen. Grandma Mazur wieder unter der Haube und aus dem Haus. Sollte das die Möglichkeit sein? Es wäre zu schön, um wahr zu sein.

Ich hängte meine Jacke an die Garderobe und folgte meiner Mutter in die Küche. Auf dem Küchentisch stand eine Schale kalter Reispudding, die Kartoffelklöße waren fertig und wurden in einem Topf auf dem Herd warmgehalten.

»Ich habe einen Hinweis erhalten, man hätte Onkel Mo beim Verlassen eines Wohnhauses in der Montgomery Street gesehen.«

Meine Mutter wischte sich die Hände an der Schürze ab. »Meinst du das Haus neben der Freedom Church?«

»Ja. Kennst du jemanden, der da wohnt?«

»Nein. Margaret Laskey hat sich da mal eine Wohnung angesehen. Sie sagte, der Wasserdruck wäre viel zu niedrig.«

»Was ist das eigentlich für eine Kirche? Weißt du irgend etwas darüber?«

»Nur das, was man in den Zeitungen so liest.«

»Ich habe gehört, Reverend Bill wäre auch so ein Früchtchen«, sagte Grandma. »Neulich haben sie sich im Schönheitssalon über ihn unterhalten, und sie haben gesagt, seine Kirche wäre nur zum Schein. Und dann hat Louise Buzick noch gesagt, ihr Sohn Mickey würde jemanden kennen, der mal in die Kirche gegangen wäre, und der hätte gesagt, Reverend Bill wäre ein echter Flötenbläser.«

Ich fand, Flötenbläser war ein guter Spitzname für Reverend Bill.

Ich war die ganze Zeit unruhig während des Essens, und ich mußte immer an Mo denken. Wenn ich ehrlich sein sollte, glaubte ich nicht, daß Andrew Larkin der Kontaktmann war, aber daß Mo in der Montgomery Street gewesen war, glaubte ich schon. Ich hatte viele Männer seines Alters in der Mission ein und aus gehen sehen, und Mo hätte da auch hineingepaßt. Vielleicht hatte Jackie Mo nicht aus dem Wohnhaus kommen sehen, vielleicht hatte sie ihn aus der Mission kommen sehen, vielleicht holte er sich da gelegentlich eine kostenlose warme Mahlzeit ab.

Ich hatte den Reispudding zur Hälfte gegessen, als ich von meiner inneren Unruhe überwältigt wurde. Ich entschuldigte mich, ich müßte meinen Anrufbeantworter abfragen.

Die erste Nachricht war von Morelli. Er hätte mir etwas Interessantes mitzuteilen und würde später vorbeikommen. Das wirkte irgendwie aufbauend.

Die zweite Nachricht klang geheimnisvoll. »Mo ist heute abend in seinem Laden«, lautete sie. Eine Mädchenstimme. Kein Name. Sie hörte sich nicht wie Gillian an, aber es konnte eine ihrer Freundinnen sein. Vielleicht wollte jemand Mo verpfeifen. Ich hatte reichlich Gebrauch von meinen Visitenkarten gemacht.

Ich rief Ranger an und hinterließ eine Nachricht, er möge mich umgehend zurückrufen.

»Ich muß los«, sagte ich zu meiner Mutter.

»Jetzt schon? Du bist doch gerade erst gekommen.«

»Ich muß arbeiten.«

»Was wird das schon für Arbeit sein? Du jagst doch nicht etwa wieder Verbrecher, oder?«

»Ich habe einen Hinweis bekommen, dem ich nachgehen muß.«

»Mitten in der Nacht? Ich mag es nicht, wenn du dich mitten in der Nacht in diesen gefährlichen Vierteln rumtreibst.«

»Ich gehe in kein gefährliches Viertel.«

Meine Mutter wandte sich an meinen Vater. »Geh du mit ihr.«

»Das ist nicht nötig«, sagte ich. »Ich komme schon zurecht.«

»Du kommst nicht zurecht«, sagte meine Mutter. »Du wirst zusammengeschlagen, und die Leute schießen auf dich. Sieh dich doch bloß an. Du mit deinen orangenen Haaren!« Sie legte eine Hand auf die Brust und schloß die Augen. »Du bringst mich noch mal ins Grab.« Sie schlug die Augen wieder auf. »Warte wenigstens noch so lange, bis ich dir ein paar Reste eingepackt habe.«

»Aber nicht zuviel«, sagte ich. »Ich will abnehmen.«

Meine Mutter faßte sich an die Stirn. »Du und abnehmen? Du bist doch nicht ganz gescheit. Essen ist gesund.«

Ich ging unruhig in der Küche auf und ab, sah zu, wie die Restetüte immer praller und praller wurde, Fleischpakete und Kartoffeln, ein Glas mit Soße, ein halber Schmortopf grüne Bohnen, ein Glas Rotkohl und etwa ein Pfund Kuchen. Na gut, würde ich eben erst Montag mit dem Abnehmen anfangen.

»Hier«, sagte meine Mutter und reichte mir die Tüte. »Bist du fertig, Frank? Stephanie will gehen.«

Mein Vater erschien in der Küchentür. »Was ist?«

Meine Mutter setzte ihre übliche Leidensmiene auf. »Du hörst mir nie zu!«

»Ich höre dir immer zu. Wovon redest du überhaupt?«

»Stephanie geht wieder auf Verbrecherjagd. Geh besser mit ihr.«

Ich nahm die Restetüte, schnappte mir im Flur meine Jacke von der Garderobe und flitzte zur Haustür. »Ich verspreche, daß ich nichts Gefährliches tue«, sagte ich. »Es wird mir schon nichts passieren.«

Bevor ich mich hinter das Steuerrad klemmte, sah ich mich noch einmal um. Meine Mutter und meine Großmutter standen in der Haustür, die Hände vor dem Schoß übereinandergelegt, mit strengen Gesichtern, keineswegs davon überzeugt, daß mir schon nichts passierte. Mein Vater stand hinter ihnen, über den Kopf meiner Großmutter hinwegschauend.

»Der Wagen sieht ja noch gut aus«, sagte er. »Wie fährt er sich denn? Bist du ihn schon mal ausgefahren? Hörst du manchmal so ein Klingeln?«

»Kein Klingeln!« rief ich zurück.

Und dann war ich auch schon verschwunden. Unterwegs zu Mos Laden. Redete mir ein, daß ich diesmal klüger sein würde als das letzte Mal. Diesmal wollte ich mich nicht K.O. schlagen lassen, und diesmal wollte ich mich auch nicht anschmieren lassen. Diesmal sollte Mo mit seinem Tränengas nicht schneller sein. Sobald ich ihn zu Gesicht bekäme, wollte ich ihm eine saftige Ladung von dem Zeug verpassen. Ohne großes Federlesen.

Ich stellte meinen Wagen gegenüber von Mos Laden ab und sah in das schwarze Spiegelglasfenster. Kein Licht, es rührte sich nichts, auch in der Wohnung im ersten Stock brannte kein Licht. Ich fuhr aus meiner Parklücke, kreiste um ein paar Häuserblocks in der unmittelbaren Umgebung und hielt dabei Ausschau nach Rangers BMW. Ich bog in die Gasse hinter dem Laden und schaute in die Garage. Kein Auto da. Ich kehrte zur Ferris Street zurück. Immer noch kein Lebenszeichen in dem Laden.

Ich stellte meinen Wagen eine Straße weiter in der King Street ab. Ich könnte Ranger noch mal anrufen. Ich tastete nach meiner Handtasche, aber da war keine. Ich schloß ungläubig die Augen. In meiner Eile, von meinem Vater loszukommen, hatte ich die Umhängetasche vergessen. Nicht weiter schlimm. Ich konnte zurückfahren und sie holen.

Ich legte den Gang ein und schwenkte auf die Ferris Street. Im Vorbeifahren warf ich noch einen letzten Blick ins Schaufenster. Ich sah einen Schatten an der hinteren Wand des Ladens.

Scheiße!

Zwei Häuser weiter fuhr ich an den Straßenrand und sprang aus dem Wagen. Ich hätte zu gerne die ganze Palette der Kopfgeldjägerausrüstung dabei gehabt, Tränengas, Handschellen und was es sonst noch alles so gab. Andererseits wollte ich mir die Gelegenheit nicht entgehen lassen. Eigentlich wollte ich Mo doch sowieso nicht mit Tränengas besprühen. Ich wollte mit ihm reden. Ich wollte mich mit ihm auseinandersetzen. Ich wollte ihm einige Fragen stellen. Ich wollte ihn wieder in die Gesellschaft eingliedern und ihn der Justiz zuführen, ohne ihn dabei zu verletzen.

Stephanie Plum, Meisterin im Selbstbetrug. Glaubt alles, was ihr gerade in den Kram paßt.

Ich lief zu einer Stelle gegenüber des Ladens, der im Dunklen lag, und wartete darauf, daß sich etwas tat. Mein Herz machte einen Quantensprung, als kurz ein Licht aufflammte. Jemand hatte eine Taschenlampe angemacht und sie sogleich wieder ausgeknipst. Die Nachricht auf meinem Anrufbeantworter stimmte also. Mo war in seinem Laden.

- 10 -

Ich sprintete über die Straße und suchte im Schatten der Hauswand Deckung. Ich drückte mich an die Backsteinmauer und schob mich zum Hinterausgang. Vielleicht konnte ich die Tür versperren, dachte ich. Wenn Mo nur eine Fluchtmöglichkeit hatte, standen meine Chancen, ihn zu kriegen, nicht so schlecht.

Ich holte tief Luft und lugte um die Ecke. Der Hinterausgang stand sperrangelweit offen. Kein gutes Zeichen. Mo hätte die Tür niemals offenstehen lassen, solange er im Laden war. Ich befürchtete schon, die Geschichte würde sich wiederholen und Mo hätte sich aus dem Staub gemacht.

Ich rückte zentimeterweise zur Tür vor, blieb stehen und lauschte. Es war gar nicht so einfach, mein Herzpochen zu überhören, aber ich konnte keine Schritte in der Nachbarschaft wahrnehmen, kein Wagen wurde angelassen, keine Türen knallten.

Ich holte noch einmal tief Luft, steckte meinen Kopf durch die weit offene Tür und blinzelte in den finsteren Flur, der nach vorne zum Verkaufsraum führte.

Ich hörte Füßescharren und wäre von dem Adrenalinschub beinahe in Ohnmacht gefallen. Mein erster Gedanke war wegzurennen. Mein zweiter, um Hilfe zu rufen. Ich konnte beide nicht in die Tat umsetzen, weil mir der kalte Lauf einer Pistole an die Schläfe gesetzt wurde.

»Machen Sie keine Dummheiten, und seien Sie ganz ruhig. Gehen Sie in den Laden.«

Es war der kleine drahtige Kerl, der mir auf dem Parkplatz das Geld angeboten hatte. Ich konnte ihn nicht sehen, aber ich erkannte seine Stimme wieder. Tief und rauh. Die Stimme eines

Rauchers. Jersey-Dialekt. Nord-Jersey. Newark, Jersey City, Elizabeth.

»Nein«, sagte ich. »Ich gehe nicht in den Laden.«

»Ich brauche mal jemanden hier«, sagte der Mann mit der Pistole. »Wir müssen Miss Plum davon überzeugen, daß es besser ist, mit uns zusammenzuarbeiten.«

Eine Sekunde später trat ein Mann aus der Dunkelheit hervor. Er trug die unvermeidliche Skimaske und einen Overall. Er war größer und dicker als die anderen. Er schüttelte eine Dose Tränengas, um mir zu demonstrieren, daß er Bescheid wußte, wie man das Zeug aktivierte.

Ich riß den Mund auf, um loszuschreien, und im selben Moment traf mich eine Wolke des Gases. Ich spürte, wie es von meiner Kehle aufgesaugt wurde, wie es brannte, wie mein Hals sich verschloß. Ich ging in die Knie und würgte, unfähig, etwas zu erkennen, die Augen fest zugekniffen vor dem stechenden Schmerz.

Hände packten mich, wühlten sich in meine Jacke, zogen mich über die Türstufe in die Diele. Ich wurde auf den Linoleumfußboden im hinteren Teil des Ladens geschleudert, der Tränenschleier wie eine Wand, war immer noch unfähig zu atmen.

Wieder griffen Hände nach mir, zogen mir die Jacke über die Schultern hinunter, banden die Ärmel hinten zu einer behelfsmäßigen Zwangsjacke zusammen und zerrissen mir dabei das Hemd. Ich schnappte nach Luft, versuchte, meine Angst zu überwinden, die Mißhandlung zu ignorieren und kämpfte gegen das Tränengas an. Es geht vorbei, sagte ich mir. Du weißt, wie Tränengas bei Menschen wirkt. Es geht vorbei. Keine Panik.

Die Männer ließen von mir ab und warteten darauf, daß ich zu mir kam. Ich versuchte die Augen zu öffnen, um etwas zu erkennen. Drei große Gestalten in der Dunkelheit. Die Männer mit den Skimasken und den Overalls, reimte ich mir zusammen.

Einer leuchtet mir mit einer Taschenlampe in die Augen. »Jetzt sind wir wohl nicht mehr so tapfer, was?« sagte er.

Ich zog mir die Jacke wieder ordentlich an und versuchte mich aufzurichten, kam aber nur auf alle viere. Meine Nase lief, der Rotz tropfte auf den Boden, vermischt mit Sabber und Tränen. Meine Atmung ging flach, aber die Panik war vorüber.

»Was müssen wir denn noch veranstalten?« fragte mich Jersey City. »Wir haben versucht, Sie zu warnen. Wir haben versucht, Sie zu entschädigen. Hat alles nicht funktioniert. Bei Ihnen funktioniert gar nichts. Wir vollbringen hier ein gutes Werk, und Sie fallen uns in den Rücken.«

»Ich tue nur meine Arbeit«, sagte ich.

»Ja, ja. Tun Sie das woanders.«

Ein Streichholz flammte in der Dunkelheit auf. Jersey City zündete sich eine Zigarette an. Er sog den Rauch tief in seine Lungen ein und blies ihn aus der Nase wieder aus. Ich hockte immer noch auf allen vieren, und der Mann stieß plötzlich auf mich nieder und hielt die glimmende Zigarette an meinen Handrücken. Ich schrie auf und zuckte zurück.

»Das ist erst der Anfang«, sagte Jersey City. »Wir werden Ihnen Verbrennungen an Körperstellen zufügen, die sehr viel schmerzhafter sind als die an Ihrem Handrücken. Und wenn wir damit fertig sind, werden Sie niemandem davon erzählen wollen. Und Sie wollen auch nicht mehr hinter Mo herjagen. Und wenn doch... dann kriegen wir Sie und fügen Ihnen wieder Verbrennungen zu. Vielleicht haben wir es uns bis dahin auch anders überlegt, und wir bringen Sie um.«

Irgendwo in der Ferne wurde eine Tür zugeschlagen, und man hörte draußen auf dem Plattenweg Schritte. Es herrschte einen Moment Schweigen, während wir alle lauschten. Dann wurde die Hintertür weit aufgerissen, und eine schrille Stimme rief in die Dunkelheit: »Was geht hier vor?«

Es war Mrs. Steeger. Bei jeder anderen Gelegenheit hätte sie die Polizei geholt, heute hatte sie beschlossen, auf eigene Faust zu ermitteln, nach dem Motto, wollen doch mal sehen …

»Los!« rief ich Mrs. Steeger zu. »Holen Sie die Polizei!«

»Stephanie Plum!« sagte Mrs. Steeger. »Hätte ich mir denken können. Kommen Sie sofort da raus.«

Ein Lichtstrahl zuckte durch Mos Hinterhof. »Wer ist da?« rief eine andere Stimme. »Mrs. Steeger? Sind Sie das da in Mos Hof?«

Dorothy Rostowski.

Ein Wagen hielt am Straßenrand. Scheinwerfer wurden ausgeschaltet, die Fahrertür wurde geöffnet, und ein Mann trat auf den Gehsteig.

»Scheiße«, sagte Jersey City. »Weg hier.« Er kniete sich neben mich hin und kam dicht an mein Ohr. »Sehen Sie sich vor«, sagte er. »Das nächste Mal sorgen wir dafür, daß Sie keiner rettet.«

James Bond hätte seine Geringschätzung in einer geistreichen Erwiderung zum Ausdruck gebracht. Indiana Jones hätte bloß höhnisch gegrinst und eine spöttische Bemerkung gemacht. Stephanie Plum brachte es nur zu einem: »Ach nee.«

An der Tür kam es zu einer Rangelei, ängstliches Geschrei von Dorothy und Mrs. Steeger war zu hören.

Ich richtete mich mit Mühe auf und lehnte mich an einen Tisch. Ich schwitzte, und ich zitterte, und meine Nase lief immer noch. Ich wischte sie am Ärmel ab, und ich merkte, daß mein Hemd offen war und der Reißverschluß an meiner Levis ebenfalls. Ich atmete in tiefen Zügen ein und aus und biß die Zähne zusammen. »Scheiße.«

Noch mal tief durchatmen. Nun komm schon, Stephanie, raff

dich auf. Zieh dich an, geh raus und guck nach, ob Dorothy und Mrs. Steeger etwas passiert ist.

Ich zog meine Hose hoch, versuchte, mit zitternden Händen den Reißverschluß zuzumachen. Meine Augen tränten immer noch, in meinem Mund sammelte sich der Rotz, und der Reißverschluß ließ sich einfach nicht bewegen. Ich fing an zu heulen und wischte mir die Nase noch mal kräftig am Ärmel ab.

Ich steckte mir mit einer Hand das Hemd in die Hose und schlurfte zur Hintertür. Dorothy stand da, die Arme vor der Brust verschränkt. Reiner Selbstschutz. Mrs. Steeger saß auf der Erde. Ein Mann hockte vor ihr, redete mit ihr. Er half ihr auf die Beine und drehte sich gerade um, als ich in der Tür auftauchte. Morelli. Wer sonst.

Morelli zog fragend die Augenbrauen hoch.

»Bitte. Nicht jetzt«, sagte ich.

Ich machte ein paar Schritte rückwärts und wich auf die Toilette aus. Ich knipste das Licht an und schloß die Tür ab. Ich betrachtete mich in dem stockfleckigen Spiegel über dem Waschbecken. Es brauchte eine halbe Klopapierrolle, bis ich mir die Nase geputzt hatte. Ich spritzte mir Wasser ins Gesicht, hielt meine Hand unter den Strahl und knöpfte mir mein Hemd zu. Zwei Knöpfe fehlten, aber die waren nicht entscheidend für die Wahrung des Anstands.

Ich atmete tief durch, versuchte mich zu beruhigen. Ich schneuzte mir noch ein paarmal die Nase und betrachtete mich noch mal im Spiegel. Nicht schlecht, außer daß meine Augen wie zwei Tomaten aussahen und die Verbrennung von der Zigarette sich in eine wunderschöne Brandblase verwandelte.

Morelli hatte inzwischen dreimal an die Tür geklopft und gefragt, ob alles in Ordnung sei. Ich hatte jedesmal gereizt »Ja. Hau ab!« geantwortet.

Als ich schließlich die Tür aufmachte, brannten alle Lichter in dem Laden, und Morelli stand hinter der Theke. Ich glitt auf einen Hocker davor, stützte die Ellbogen auf und faltete die Hände.

Morelli stellte mir einen Eisbecher mit heißer Vanillesoße hin und tat einen ordentlichen Schlag Sahne drauf. Er reichte mir einen Löffel und sagte: »Ich dachte, das tut dir vielleicht ganz gut.«

»Schaden kann es nicht«, erwiderte ich, kaute auf meinen Lippen und gab mir redlich Mühe, nicht wieder loszuheulen. »Wie geht es Mrs. Steeger?«

»Ganz gut, so weit. Sie ist auf den Hintern gefallen. Man hat sie einfach beiseite gestoßen.«

»Schade, das wollte ich immer schon mal machen.«

Er musterte mich. »Dein Haar gefällt mir«, sagte er. »Wolltest du mal was Neues ausprobieren?«

Ich schleuderte ihm mit dem Löffel eine Ladung Schlagsahne entgegen, aber verfehlte mein Ziel, und die Sahne klatschte an die Wand und glitschte an ihr herunter auf den hinteren Ladentisch.

Morelli machte sich selber einen Eisbecher und ließ sich auf den Hocker neben mir nieder. Wir aßen schweigend, und als wir fertig waren, blieben wir sitzen.

»Also«, brachte Morelli schließlich hervor. »Schieß los!«

Ich erzählte ihm von dem Anruf, von dem Übergriff und der versuchten Bestechung.

»Was weißt du noch über diese Männer?« sagte Morelli.

»Sie tragen immer Skimasken und Overalls. Es war immer dunkel, deswegen habe ich sie mir nie genau ansehen können. Das Unheimliche daran ist, daß es ganz normale Leute sind, glaube ich. Als kämen sie hier aus dem Viertel und versuchten, Mo zu beschützen, sind dabei aber gewalttätig geworden. Wie der letzte Lynchmob.« Ich sah auf meine Hand. »Sie haben mir mit einer Zigarette die Hand verbrannt.«

In Morellis Kinnpartie zuckte ein Muskel. »Sonst noch etwas?«

»Unter den Overalls sehen sie wie respektable Bürger aus. Eheringe am Finger, gute Schuhe an den Füßen. Der kleine Drahtige scheint der Anführer zu sein.«

»Wie groß ist er?«

»Etwas über einssiebzig. Er hat eine Raucherstimme. Ich habe ihn Jersey City getauft, weil er den Dialekt aus Jersey City spricht. Die beiden anderen sind größer und kräftiger.«

Morelli legte seine Hände über meine, und wir blieben noch eine Weile sitzen.

»Woher hast du gewußt, daß ich hier bin?« fragte ich ihn.

»Ich habe deinen Anrufbeantworter abgehört«, sagte Morelli.

»Kennst du meine Codenummer?«

»Muß ich wohl.«

»Machst du das öfter? Meine Nachrichten abhören?«

»Keine Sorge«, sagte Morelli. »So interessant sind deine Nachrichten nun auch wieder nicht.«

»Du bist der letzte Dreck.«

»Ich weiß«, sagte er. »Das hast du mir schon mal gesagt.«

Ich kratzte an einem Rest Vanillesoße, der im Eisbecher übriggeblieben war. »Weswegen wolltest du dich eigentlich mit mir treffen?«

»Wir haben das ballistische Gutachten im Fall Leroy Watkins da. Leroy Watkins scheint mit derselben Waffe getötet worden zu sein wie Cameron Brown und Ronald Anders.«

Ich hörte auf, an den Vanilleresten zu kratzen, und sah Morelli ungläubig an.

»Junge, Junge«, sagte ich.

Morelli nickte. »Das habe ich mir auch gesagt.«

Ich rutschte auf meinem Hocker herum. »Schwitze ich von allein, oder ist es hier drin so warm?«

»Es ist warm hier drin«, sagte Morelli. »Mo hat anscheinend die Heizung angestellt, als er zu Besuch herkam.«

»Und es riecht auch irgendwie komisch.«

»Ich wollte es ja nicht sagen. Ich dachte, vielleicht bist du das.«

Ich schnupperte an mir. »Ich glaube nicht, daß ich das bin.« Ich schnupperte an Morelli. »Du auch nicht.«

Morelli stand von seinem Hocker auf und ging durch den Raum, weiter bis zum Flur, und blieb stehen. »Hier im Flur ist der Geruch stärker.« Er machte die Kellertür auf. »Puh!«

Jetzt stand ich von meinem Hocker auf. »Was heißt das? Puh!«

»Ich glaube, ich kenne diesen Geruch«, sagte Morelli.

»Scheiße?«

»Ja«, sagte Morelli. »Scheiße … unter anderem.« Er knipste den Lichtschalter oben an der Kellertreppe an.

Ich stand hinter Morelli, ganz froh darüber, daß meine Nase noch etwas verstopft war. »Man sollte runtergehen und den Keller untersuchen.«

Morelli hielt seine Pistole in der Hand. »Bleib hier oben«, sagte er. Die beste Gewähr, daß ich ihm folgen würde.

Wir schlichen zusammen die Treppenstufen hinunter, und wir merkten sofort, daß keine unmittelbare Gefahr bestand. In den Ecken lauerten keine Bösewichte, keine Gift und Galle spuckenden Ungeheuer mit haarigen Klauen warteten auf uns.

»Lehmboden«, sagte ich.

Morelli steckte seine Pistole in den Halfter. »Die meisten Keller hier haben Lehmboden.«

An einigen Zapfen, die aus der Wand ragten, hingen Wintermäntel. Unten auf der Erde, neben den Mänteln, standen aufgereiht Tüten mit Steinsalz, Schneeschaufeln, Hacken und schwere, langstielige Spaten. Der Kessel der Zentralheizung brummte. Ein großer Teil des Raums wurde von einem Haufen leerer Pappkartons eingenommen. Der Geruch vermodernder Pappe mischte sich mit einem noch übleren Gestank.

Morelli warf ein paar Kartons zur Seite. Der Boden darunter war erst kürzlich aufgewühlt worden. Morelli ging jetzt systematischer vor, stieß die Kartons mit dem Fuß weg, bis er ein Stück Boden freigelegt hatte, aus dem die Zipfel eines schwarzen Müllsacks ragten.

»Manche Leute werden im Alter wunderlich«, sagte ich. »Wollen nicht mehr für die Müllabfuhr bezahlen.«

Morelli zog ein Klappmesser aus der Tasche und legte noch mehr von dem Plastikbeutel frei. Er schlitzte den Beutel auf und stöhnte angewidert.

»Was ist das?« fragte ich. Als hätte ich es mir nicht denken können.

»Jedenfalls keine Süßigkeiten.« Er drehte mich mit sanfter Gewalt um und schob mich in Richtung Treppe. »Es reicht. Ich habe genug gesehen. Sollen die Experten sich damit beschäftigen. Wir wollen den Tatort nicht noch mehr verschandeln als ohnehin schon.«

Wir setzten uns in seinen Wagen, und er rief die Polizeiwache an.

»Du willst heute nacht nicht zufällig zu Hause bei deinen Eltern bleiben, oder?« fragte er.

»Zufällig nicht.«

»Mir wäre es lieber, wenn du heute nicht allein zurück in deine Wohnung gehen würdest.«

Mir auch. »Ich komme schon zurecht«, sagte ich.

Ein Streifenwagen hielt hinter Morellis 4+4 am Straßenrand. Eddie Gazarra stieg aus und kam auf uns zu. Er blieb auf der Straße neben uns stehen, und wir sahen alle hinüber zu Mos Laden.

»Hol schon mal das Absperrband heraus«, sagte Morelli.

»Scheiße«, sagte Gazarra. »So was gefällt mir überhaupt nicht.«

Keinem gefiel so etwas. Es zeugte nicht von Anstand, seine Leichen im Keller eines Süßwarenladens zu vergraben. Und es würde besonders unappetitlich werden, ausgerechnet Mo der Totengräberei zu beschuldigen.

Noch ein Streifenwagen fuhr vor, noch mehr Polizei vom Morddezernat fand sich am Tatort ein. Die Spurensicherung kam mit Instrumentenkoffer und Kamera. Nachbarn tauchten in Hauseingängen auf, Arme vor der Brust verschränkt, beobachteten den Verkehrsstau auf ihrer Straße. Die Zuschauermenge schwoll an, ein Reporter stand, die Hände in den Taschen vergraben, hinter dem Absperrband.

Zwei Stunden später, ich saß noch immer in Morellis Wagen, trugen sie den ersten Leichensack hinaus. Die Medien waren mit einer Kamera sowie einem halben Dutzend Reportern und Fotografen vertreten. Drei weitere Leichensäcke wurden aus dem Keller geborgen. Die Fotografen beeilten sich, ihre Aufnahmen zu schießen. Immer mehr Nachbarn verließen ihre gemütlichen Wohnzimmer und traten auf die Veranda.

Ich machte mich an Morelli heran. »Sind das alle?«

»Das sind alle«, sagte Morelli. »Vier Leichen.«

»Und?«

»Mehr kann ich dir auch nicht sagen.«

»Kugeln vom Kaliber fünfundvierzig in den Knochen?«

Morelli starrte mich an. Es reichte als Antwort.

»Irgend etwas, das auf Mo hinweist?« fragte ich.

Wieder ein Starren als Antwort.

Morelli richtete seine Augen auf eine Stelle hinter meiner linken Schulter. Ich folgte seinem Blick und sah Ranger wenige Zentimeter hinter mir stehen.

»Yo«, sagte er. »Was geht denn hier ab?«

Morelli sah hinüber zum Laden. »Jemand hat vier Leichen in Mos Keller vergraben. Die letzte lag nur knapp unter dem Boden.«

Und war vermutlich erst kürzlich dort verscharrt worden, dachte ich. Vielleicht in der Nacht, als Mo Rangers Auto geklaut hatte und er nach Schweiß und Dreck und noch viel schlimmeren Sachen gestunken hatte.

»Ich muß los«, sagte Morelli. »Meinen Bericht schreiben.«

Ich mußte auch los. Ich hatte das Gefühl, als hätte jemand mit einer Nadel in mich hineingestochen, und nun war alle Luft raus. Ich holte Autoschlüssel und Papierhandtücher aus meiner Tasche, schneuzte mir noch einmal die Nase und tankte wieder Luft für den Gang zu meinem Wagen.

»Wie geht es dir?« fragte ich Ranger.

»Prima.«

»Willst du morgen joggen?«

Er hob die Augenbrauen, aber stellte keine Fragen. »Bis morgen um sechs dann.«

»Sechs paßt mir gut«, sagte ich.

Ich hatte schon die Hälfte des Heimwegs zurückgelegt, als mir die Scheinwerfer in meinem Rückspiegel auffielen. Als ich in die Hamilton bog, sah ich noch mal in den Spiegel. Die Scheinwerfer gehörten zu einem schwarzen Toyota 4+4. Drei Antennen. Morellis Wagen. Er begleitete mich nach Hause, damit mir auch nichts passierte.

Ich winkte Morelli zu, und er hupte kurz. Manchmal war er wirklich ganz in Ordnung.

Ich fuhr zwei Querstraßen weiter auf der St. James und stieß auf die Dunworth. Ich steuerte meinen Parkplatz an und fand in der Mitte eine Lücke. Morelli stellte sich neben mich.

»Vielen Dank«, sagte ich, schloß mein Auto ab und jonglierte dabei die Tüte mit den Essensresten auf dem Arm.

Morelli stieg aus seinem Wagen und sah sich die Tüte an. »Ich würde ja gern mit hochkommen.«

»Die Sorte kenne ich«, sagte ich. »Du willst doch immer nur das eine, Morelli.«

»Meine Nummer hast du doch, oder?«

»Ja. Aber von meinem Essen kriegst du nichts, das kannst du dir abschminken.«

Morelli hakte sich mit einem Finger in meinen Jackenkragen ein und zog mich an sich. »Du hättest nicht die geringste Chance, wenn ich scharf auf deine Reste wäre, meine Süße.«

»Schämst du dich nicht?«

Morelli grinste, seine Zähne schimmerten weiß in dem dunklen Gesicht mit dem Dreitagebart. »Ich bringe dich noch zur Tür.«

Ich machte auf dem Absatz kehrt. »Danke. Ich kann schon auf mich allein aufpassen.« Ganz die Eingeschnappte. Mir schwoll der Kamm, denn Morelli hatte wahrscheinlich recht, was die Reste betraf.

Er beobachtete mich immer noch, als ich das Gebäude betrat und sich die Glastür hinter mir schloß. Ich winkte ihm zum Abschied, er winkte zurück und ging.

Mrs. Bestler war im Aufzug, als ich ihn betrat. »Aufwärts«, sagte sie. »Zweiter Stock, Damenunterwäsche und Handtaschen.«

Manchmal spielte sie Aufzugführerin, um der Langeweile entgegenzuwirken.

»Ich will in den ersten Stock«, sagte ich zu ihr.

»Ach so«, sagte sie. »Eine gute Wahl. Designerkleidung und italienische Schuhe.«

Ich trat aus dem Aufzug, schlurfte den Gang entlang, schloß meine Tür auf und wäre beinahe in die Wohnung gestolpert. Ich war hundemüde. Ich spazierte kurz durch alle Zimmer, überprüfte, ob Fenster und Türen auch verschlossen waren, sah in Schränke und in dunkle Ecken.

Ich warf meine Klamotten auf einen Haufen auf den Boden, klebte ein Heftpflaster auf meine Brandwunde und ging unter die Dusche. Als meine Haut knallrot und sauber war, kroch ich ins Bett und tat so, als wäre ich in Disney World. Stephanie Plum, Meisterin der Selbstverleugnung. Warum sich mit der traumatischen Erfahrung abgeben, daß man beinahe gefoltert worden wäre, wenn es sich auf unbestimmte Zeit verschieben ließ? Irgendwann, wenn die Erinnerung anfing, an den Rändern auszufransen, würde ich sie ausgraben und sie mir genauer ansehen. Stephanie Plums Faustregel für geistige Gesundheit: Unangenehmes immer hinauszögern. Morgen konnte ja schon alles vorbei sein. Ich konnte von einem Lastwagen überfahren werden und bräuchte mich dann mit dem Überfall gar nicht mehr auseinanderzusetzen.

Um halb sechs weckte mich das Telefon.

»Yo«, sagte Ranger. »Immer noch Lust zu joggen?«

»Ja. Ich bin um sechs unten. Warte auf mich.« Ich wollte mich nicht noch mal von diesen blöden Versagertypen ausstechen lassen. Muskelkraft vermochte gegen Tränengas nicht viel auszurichten, aber sie würde meiner inneren Einstellung guttun. Geistig hellwach, körperlich fit – so lautete mein neues Motto.

Ich zog mir lange Unterhosen und den Trainingsanzug an und schnürte meine Joggingschuhe. Ich gab Rex frisches Wasser und füllte seinen kleinen Tonteller mit Hamsterkuchen und Rosinen auf. Ich machte eine Viertelstunde lang Dehnübungen und ging dann nach unten.

Ranger trippelte schon auf der Stelle, als ich auf den Parkplatz kam. Ich spürte, wie sein Blick über meinen Haarschopf huschte.

»Erspar dir deinen Kommentar«, warnte ich ihn.

Ranger hob abwehrend die Hände. »Geht mich sowieso nichts an.«

Seine Mundwinkel zuckten.

Ich stemmte die Hände in die Hüften. »Mach dich nicht über mich lustig!«

»Du siehst aus wie Ronald McDonald.«

»So schlimm ist es nun auch wieder nicht!«

»Soll ich deinem Friseur mal aufs Dach steigen?«

»Nein! Es war nicht seine Schuld.«

Wir liefen die übliche Strecke in Schweigen. Auf dem Rückweg drehten wir bei gleichem Tempo eine zusätzliche Runde. Für Ranger ein leichtes, für mich nicht. Als wir den Hintereingang zu meinem Haus erreichten, knickte ich in der Taille ein, um nach Luft zu schnappen. Ich war zufrieden mit dem Lauf und noch zufriedener darüber, daß ich ihn hinter mich gebracht hatte.

Ein Auto kam die Straße entlanggerast und schwenkte auf den Parkplatz. Ranger stellte sich vor mich hin, mit gezogener Waffe. Das Auto bremste scharf ab, und Lula steckte den Kopf durchs Fenster.

»Ich habe ihn gesehen!« rief sie. »Ich habe ihn gesehen! Ich habe ihn gesehen!«

»Wen?«

»Die alte Schwanznase! Ich habe Schwanznase gesehen! Ich hätte ihn mir schnappen können, aber du sagst mir ja immer, tu dies nicht, tu das nicht, weil ich keine Befugnis hätte. Ich habe versucht dich anzurufen, aber du warst nicht zu Hause. Deswegen bin ich hergefahren. Wo hast du bloß gesteckt um sechs Uhr früh?«

»Wer ist Schwanznase?« wollte Ranger wissen.

»Mo«, sagte ich. »Lula findet, seine Nase sieht aus wie ein Penis.«

Ranger lächelte. »Wo hast du ihn gesehen?«

»In der Sixth Street, gegenüber von dem Haus, in dem ich wohne. Normalerweise bin ich so früh noch nicht auf, aber ich hatte Verdauungsprobleme. Das müssen die Burritos zum Abendessen gewesen sein. Jedenfalls war ich gerade auf dem Klo, und ich gucke aus dem Fenster und sehe Mo das Haus gegenüber betreten.«

»Bist du ganz sicher, daß es Mo war?«

»Ich konnte ihn gut erkennen«, sagte Lula. »An dem Haus brennt Tag und Nacht eine Lampe. Die müssen Aktien beim Stromkonzern besitzen.«

Ranger schaltete mit einem Signalgeber das Sicherheitssystem von seinem Bronco ab. »Nichts wie hin!«

»Ich will auch mit!« rief Lula, parkte rückwärts in eine Lücke ein und stellte den Motor ab. »Wartet auf mich.«

Wir zwängten uns zu dritt in Rangers Bronco, und Ranger fuhr los zur Sixth Street.

»Ich wette, die alte Schwanznase legt gerade wieder einen um«, sagte Lula. »Hat sich bestimmt wieder einen vorgeknöpft.«

Ich erzählte Lula von den vier Leichen in Mos Keller.

»Ein Kerl, der mit einer Nase wie ein Schwanz rumläuft, ist zu allem fähig«, stellte Lula fest. »So was kann aus einem ansonsten stinknormalen Menschen ohne weiteres einen Serienmörder machen.«

Ich fand es durchaus wahrscheinlich, daß Mo an den Morden an den vier Männern in seinem Keller beteiligt war. Ich fand nicht, daß seine Nase etwas damit zu tun hatte. Ich dachte an Cameron Brown und Leroy Watkins und Ronald Anders. Allesamt Drogendealer. Allesamt tot. Dann fragte ich mich, ob die vier Verscharrten in Mos Keller vielleicht auch Dealer waren. »Vielleicht gehört Mo einer Bürgerwehr an«, sagte ich. Es war eher laut gedacht. Mein nächster Gedanke war, daß Mo dann auch nicht allein handelte. Vielleicht gab es eine regelrechte Selbstschutzorganisation, aufgebrachte Leute, die in Skimasken und Overalls herumliefen und damit drohten, alle zu töten, die ihrer Meinung nach eine Gefahr für die Gesellschaft darstellten.

Lula wiederholte das Wort. »Bürgerwehr.«

»Leute, die das Gesetz in die eigene Hand nehmen«, sagte ich.

»Hnh. Ich weiß schon, was das bedeutet. Du meinst damit, Mo ist so einer wie Zorro oder Robin Hood. Nur ritzt die alte Schwanznase kein großes Z in das Hemd seines Opfers. Schwanznase verstreut in seinem Kampf für die gerechte Sache lieber ein bißchen Gehirnmasse.« Sie unterbrach sich kurz und spann den Gedanken dann weiter. »Sicher hat Zorro auch ein paar Köpfe zu Brei geschossen. Aber im Film kann man ja nicht alles zeigen. Wahrscheinlich hat er einem erst das Hemd zerrissen und dann die Klöten abgeschnitten. Oder einem ein Z in den Bauch geritzt, so daß die Eingeweide herausflutschten. Ich habe mal gehört, daß man einem Menschen den Bauch aufschneiden und sein Gedärm herausholen kann und daß er so trotzdem noch stundenlang lebt.«

Ich spielte die aufmerksame Beifahrerin neben Ranger. Ich schielte in seine Richtung, aber Ranger ruhte ganz in sich, beschleunigte auf hundertzwanzig zwischen den Querstraßen, latschte auf die Bremse, hielt ruckartig an, unterzog das Allradbremssystem einem Härtetest, sah nach links und rechts, trat das Gaspedal durch bis zum Anschlag.

»Was meinst du?« fragte Lula. »Glaubst du, daß Zorro auf so was stand? Den Leuten ihr eigenes Gedärm vorzuführen?«

Mein Mund öffnete sich, aber es kamen keine Worte heraus.

Ranger bog in die Main, dann in die Sixth Street ein. Das Viertel bestand aus Pensionen und schindelverkleideten Reihenhäusern mit Vorbauten, die als Veranden dienten, die Gehsteige wurden als Vorgarten genutzt. Die Häuser waren schmal und finster, düstere Flickwerke aus Beige, Braun und Schwarz.

Ursprünglich errichtet für eingewanderte Fabrikarbeiter, wurden sie jetzt von sozialen Randgruppen bewohnt. Die meisten Häuser waren in Billigunterkünfte und Einzimmerwohnungen umgewandelt worden.

»Wer wohnt in dem Haus gegenüber von dir?« fragte Ranger Lula.

»Ein ganzer Haufen Leute«, sagte Lula. »Es herrscht ein ständiges Kommen und Gehen. Im Erdgeschoß wohnt Vanessa Long, und man weiß nie, welches ihrer Kinder gerade sonst noch bei ihr wohnen muß. Fast immer ihre Tochter Tootie und Tooties drei Kinder. Manchmal wohnt auch Harold da. Die alte Mrs. Clayton wohnt auf dem gleichen Flur gegenüber. Im ersten Stock sind drei Zimmer. Ich weiß nicht genau, wer da wohnt. Die werden von Woche zu Woche vermietet. Früher wohnte da mal Earl Bean, aber den habe ich schon lange nicht mehr gesehen.«

Ranger hielt zwei Häuser weiter an. »Und im zweiten Stock?«

»Da ist nur das Dachzimmer. Da wohnt der verrückte Jim Katts. Ich vermute, daß Mo zu jemandem im ersten Stock wollte. Das ist kein Crackhaus oder so da drüben, aber wenn man wöchentlich vermietet, weiß man nie, wen man sich ins Haus holt. Am besten wendet ihr euch an Vanessa. Sie treibt die Miete ein. Sie weiß genau, was in dem Haus vor sich geht. Ihre Wohnung liegt hinter dem Hauseingang gleich links.«

Ranger suchte mit den Augen die Straße ab. »Ist Mo mit einem Auto gekommen?«

»Meinst du das Auto, das er dir gestohlen hat? Nein. Ich habe nachgeschaut, aber ich habe es nicht gesehen. Ich habe keinen fremden Wagen gesehen. Die einzigen Autos, die ich gesehen habe, gehören den Leuten hier.«

»Du bleibst im Wagen«, sagte Ranger zu Lula. Mir nickte er mit einer knappen Kopfbewegung zu. »Du kommst mit.«

Er trug schwarze Trainingshosen und ein schwarzes Kapuzenshirt. Soweit ich mich erinnere, hatte er während unseres Laufs keinen Tropfen Schweiß vergossen, wohingegen ich schon nach den ersten paar hundert Metern ins Schwitzen kam. Meine Klamotten waren schweißnaß, meine Haare hingen mir in Löckchen ins Gesicht, und meine Beine fühlten sich an wie Pudding. Ich stieg aus dem Wagen und hüpfte auf dem Gehsteig auf und ab, damit mir nicht kalt wurde.

»Wir gehen zuerst zu Vanessa«, sagte Ranger. »Dann schauen wir uns mal um. Hast du irgend etwas bei dir?«

Ich schüttelte den Kopf.

»Keine Waffe?«

»Keine Waffe. Es steckt alles in meiner Tasche, und die habe ich bei meinen Eltern liegengelassen.«

Ranger sah mich grimmig an. »Ist die Waffe geladen?«

»Das weiß ich nicht genau.«

»Deine Oma veranstaltet bestimmt gerade Übungsschießen damit, zielt auf die Augen in den Kartoffeln.«

Der Hauseingang war unverschlossen. Das Licht über der Tür brannte noch. Der kleine Hausflur lag dagegen im Dunkeln. Zwei Türen führten zu den Wohnungen im Erdgeschoß. Ranger klopfte an die Tür gleich links hinter dem Eingang.

Ich sah auf die Uhr. Viertel vor acht. »Es ist noch früh«, sagte ich.

»Heute ist Sonntag«, sagte Ranger. »Sie macht sich fertig für die Kirche. Frauen brauchen immer ewig lang, um sich die Haare zu machen.«

Die Tür öffnete sich so weit, wie die Vorlegekette reichte, und ein schmaler Streifen Gesicht präsentierte sich uns.

»Ja?«

»Vanessa?« fragte Ranger.

»Richtig geraten«, sagte sie. »Was wollen Sie? Wenn Sie ein Zimmer mieten wollen, wir sind ausgebucht.«

Ranger zeigte ihr seinen Ausweis. »Kautionsdetektiv«, sagte er. Er sprach freundlich, mit weicher Stimme, höflich. »Ich suche einen Mann namens Moses Bedemier. Er soll heute morgen dieses Haus betreten haben.«

»Ich kenne keinen mit diesem Namen.«

»Ein Weißer«, sagte Ranger. »Über Sechzig. Stirnglatze. Trägt einen grauen Mantel. Ist vermutlich hergekommen, um Drogen zu verkaufen.«

Die Tür schloß sich, und die Kette wurde ausgehängt. »Ich habe hier keinen Junkie reingehen sehen, und wenn, dann hätte ich seinen mehlweißen Arsch schon vor die Tür gesetzt. In diesem Haus wohnen Kinder. Ich will nicht, daß solche Leute hier in unserem Haus rumstreunen. Ich will überhaupt nichts mit Drogen zu tun haben.«

»Hätten Sie was dagegen, wenn wir uns die Wohnungen oben mal ansähen?« fragte Ranger.

»Was dagegen? Im Gegenteil! Ich bestehe darauf«, sagte Vanessa, verschwand in ihrem Wohnzimmer und kehrte mit einem Schlüsselbund zurück.

Sie war so breit wie Lula, trug einen rotgelben, blümchengemusterten Hausmantel und Lockenwickler im Haar. Sie hatte eine erwachsene Tochter und Enkel, aber sie sah nicht viel älter als dreißig aus, vielleicht fünfunddreißig. Wütend klopfte sie an die erste Tür.

Die Tür wurde geöffnet, und ein schlanker junger Mann blinzelte uns an. »Hä?«

»Ist jemand bei Ihnen?« fragte Vanessa, steckte den Kopf durch den Türspalt und sah gleich selbst nach. »Sie machen hier drin doch nichts Verbotenes, oder etwa doch?«

»Nein, Mam. Ich doch nicht.« Er schüttelte heftig den Kopf.

»Hm«, sagte Vanessa und ging zu Tür Nummer Zwei.

Die Tür wurde von einem dicken Mann in kurzen Unterhosen und Unterhemd ruckartig aufgerissen. »Himmelherrgottnochmal«, brüllte er. »Kommt man denn hier nie zum Schlafen?« Er sah Vanessa und tat einen Schritt zurück. »Oh, Entschuldigung«, sagte er. »Ich wußte nicht, daß Sie es sind.«

»Ich suche einen weißen Mann«, sagte Vanessa, Arme verschränkt, das Kinn vor ehrlicher Empörung eingeklemmt. »Ist der Widerling bei Ihnen?«

»Ich bin allein.«

Wir standen da und starrten auf Tür Nummer Drei.

- 11 -

Ranger bedeutete Vanessa, sich neben die Tür zu stellen, klopfte an und wartete auf Antwort. Nach einer Weile klopfte er noch mal.

»Hier wohnt eine Frau«, sagte Vanessa. »Sie ist erst vergangene Woche eingezogen. Sie heißt Gail.« Sie schob sich an Ranger vorbei. »Gail? Hier ist Vanessa von unten, meine Liebe. Machen Sie die Tür auf.«

Der Riegel wurde zur Seite geschoben, und eine junge Frau guckte uns an. Sie war krankhaft dünn, hatte einen verschlafenen Blick und eine eitrige Entzündung in einem Mundwinkel.

»Hatten Sie heute morgen einen Besucher?« fragte Vanessa.

Die Frau zögerte einen Moment lang, überlegte wahrscheinlich, was sie sagen sollte und welchen Ärger sie sich möglicherweise einhandelte.

Vanessa sah an Gail vorbei ins Zimmer. »Es ist doch außer Ihnen niemand da, oder?«

Gail schüttelte übertrieben heftig den Kopf. »Oh, nein. Nein, nein. Und ich habe auch niemanden eingeladen. Er ist aus eigenem Antrieb gekommen. Ehrlich. Irgendein verrückter Weißer, der meinen Alten gesucht hat.«

Vanessa hob mißbilligend die Augenbrauen. »Ich war im Glauben, Sie leben allein.«

»Mein Alter hat sich von mir getrennt. Ich kam aus der Rehaklinik, und er hat sich abgesetzt. Er sagte, er würde sich Sorgen wegen einiger Dinge machen, die passiert sind.« Sie hielt Daumen und Zeigefinger so, daß es wie eine Waffe aussah. »Und jetzt ist er weg. Verschwunden. Hat sich in Luft aufgelöst.«

Ranger ließ sich nicht aus der Fassung bringen. »Name?« fragte er Gail.

Gail sah erst Vanessa, dann Ranger, dann mich an. Erneute Unentschiedenheit.

»Also?« fragte Vanessa scharf und so laut, daß Gail ein Stück zurückwich.

»Elliot Harp«, sagte Gail. Die Worte purzelten ihr förmlich aus dem Mund. »Wird allgemein nur Harpoon genannt. Aber ich bin nicht mehr seine Freundin. Ich schwöre.« Sie fuhr mit der Zunge über die entzündete Stelle an der Lippe. »Sonst noch was?« fragte sie.

»Nein«, sagte Ranger. »Tut mir leid, daß wir Sie so früh am Morgen stören mußten.«

Gail nickte kurz und schloß leise die Tür. Klick. Weg war sie.

Ranger bedankte sich bei Vanessa. Er sagte ihr, daß er ihre Hilfe zu schätzen wisse. Jederzeit, erwiderte Vanessa. Und wenn er mal ein Zimmer brauche, wenn er überhaupt irgend etwas brauche, egal was, dann sollte er an sie denken. Ranger versicherte ihr, sie sei unvergeßlich, und mit dieser Bemerkung verließen wir das Haus.

»Meine Güte«, sagte ich, als wir auf die Straße traten. »Der große Charmeur.«

»Und das bloß im Trainingsanzug«, sagte Ranger. »Du solltest meine Künste erst mal in Lederkluft erleben.«

»Wo ist er?« wollte Lula wissen, als wir uns wieder in Rangers Bronco eingefunden hatten. »Wo ist die alte Schwanznase?«

»Ich weiß nicht«, sagte ich. »Er wollte zu Elliot Harp, aber Elliot war nicht zu Hause.«

»Elliot Harp?« sagte Lula. »Das hört sich gar nicht gut an. Gemeiner Typ. Mittlere Führungsebene, würde ich sagen. Der hat bestimmt zehn Kids, die für ihn unterwegs sind.«

»Was ist das für eine Marke, die du vorgezeigt hast?« fragte ich Ranger.

Er fuhr los und sah mich von der Seite an. »Willst du eine haben?«

»Wäre vielleicht ganz praktisch.«

Ranger warf Lula einen Blick durch den Rückspiegel zu.

»Weißt du, wo Elliot wohnt?«

»In der Stark Street, soweit ich weiß. Er hat eine Freundin da. Ein Junkie, die anschaffen geht.«

»Gail?«

»Ja, Gail.«

»Wir haben gerade mit Gail gesprochen. Sie sagte, Harp hätte sich von ihr getrennt. Sie wüßte nicht, wo er steckt.«

»Kann sein«, sagte Lula. »So was kommt vor.«

»Wo würde Mo als nächstes nach Elliot suchen, wenn er ihn wirklich finden wollte?« fragte ich.

Ranger bog in die Gainsborough Street ein und fuhr zurück nach Burg. »Auf der Straße. Er würde an der Straßenecke auf Elliot warten. Elliot hätte natürlich einen Heidenschiß, aber er muß schließlich Umsatz machen.«

»Elliot ist jetzt bestimmt nicht auf der Straße«, sagte Lula. »Erst gegen elf. Nach der Messe herrscht an der Ecke immer reger Betrieb. Nach der Messe nimmt man sich eine Nutte und zieht einen durch.«

Ich fuhr zurück zu meiner Wohnung, um zu frühstücken und mich umzuziehen. Lula wollte sich unterwegs etwas besorgen, um ihren Hunger zu stillen. Und Ranger fuhr nach Hause in seine Höhle, um sich von Tofu und Baumrinde zu ernähren. Unser Plan sah vor, daß wir uns um elf Uhr wieder trafen.

Das Telefon klingelte, als ich zur Tür hereinkam, und die Anzeige auf meinem Anrufbeantworter blinkte. Vier neue Anrufe.

Ich riß den Hörer hoch. »Wo warst du so früh am Morgen?« wollte meine Mutter wissen. »Ich habe vor einer Stunde angerufen, aber es war keiner da.«

»Ich war joggen.«

»Hast du schon die Zeitung gelesen?«

»Nein.«

»Stell dir vor, man hat Leichen in Mos Keller gefunden. Vier Stück.«

»Ich muß los«, sagte ich. »Ich muß mir eine Zeitung kaufen. Ich rufe später noch mal an.«

»Du hast deine Tasche hier liegengelassen.«

»Ich weiß. Paß auf, daß Grandma nicht die Pistole in die Finger kriegt.«

»Deine Großmutter ist in der Kirche. Sie müßte mehr unter Menschen, behauptet sie. Sie will sich einen Mann suchen.«

Ich legte auf und spielte das Band mit den Anrufen ab. Meine Mutter, Mary Lou, Connie, Sue Ann Grebek. Alle erzählten mir von dem Zeitungsartikel. Ich rief meine Nachbarin Mrs. Karwatt an und fragte, ob sie eine Zeitung hätte. Ja, sagte sie, sie hätte eine, und ob ich schon von den vier Leichen in Mos Keller gehört hätte.

Drei Minuten später war ich zurück in meiner Küche, Mrs.

Karwatts Zeitung unterm Arm, als das Telefon schon wieder klingelte. Lula war am Apparat.

»Schon gelesen?« brüllte sie mir ins Ohr. »Schwanznase macht Schlagzeilen! Es heißt, er wäre wegen verdeckten Mitführens einer Waffe verhaftet worden und dann untergetaucht und stünde jetzt unter Verdacht. Die Zeitung schreibt, sie hätte aus sicherer Quelle die Information, die Leichen in Mos Keller stünden in Verbindung mit Drogengeschäften. Hah!« sagte Lula. »Darauf kannst du einen lassen.«

Ich las den Artikel, setzte Kaffee auf, duschte und zog nach drei weiteren Anrufen den Telefonstecker heraus. Für Burg war es das dickste Ding, seit Tony der Nachtwächter tot in seiner Mansarde aufgefunden worden war, an einem Dachbalken baumelnd, mit heruntergelassenen Hosen, die Hand um einen rekordverdächtigen Ständer gelegt. Wer weiß, vielleicht war Mo sogar ein dickeres Ding als Tonys Schwengel.

Und das schönste war, daß ich nicht mehr der Bösewicht war. Von wegen, Mo würde sich nie etwas zuschulden kommen lassen und so. Der Kerl betrieb eine Madenzucht in seinem Keller.

»Sieht gut aus für mich«, sagte ich zu Rex.

Ich band mir die Schuhe zu, wickelte mir einen Schal um den Hals und schlüpfte in meine schwarze Lederjacke. Ich bestieg meinen Buick und fuhr rüber zu meinen Eltern. Grandma Mazur zog sich in der Diele gerade ihren Mantel aus, als ich kam.

»Hast du schon das mit den Leichen gehört?« fragte sie.

»Morelli und ich haben sie entdeckt«, sagte ich.

Grandma bekam große Augen. »Nicht möglich! Du warst dabei, als sie die Leichen ausgruben? Kommst du jetzt ins Fernsehen?«

Ich holte meine Umhängetasche aus dem Garderobenschrank und überprüfte flüchtig den Inhalt. »Ich glaube nicht, daß ich ins Fernsehen komme.«

»Junge, Junge«, sagte Grandma. »Ich wäre wirklich gern dabeigewesen.«

»Wie war es in der Kirche?« fragte ich.

»Langweilig«, sagte sie. »Reine Zeitverschwendung. Lauter Nieten in unserer Gemeinde. Keiner, der was hermacht. Heute abend versuch ich's mal in der Bingohalle. Ich habe gehört, da liefen ein paar Klasse Kerle rum.«

Ranger stand schon da, als ich auf den öffentlichen Parkplatz in der Woodley Street fuhr. Er trug einen alten Arbeitsanzug von der Armee und eine beige Bomberjacke.

»Was gibt's?« begrüßte ich ihn.

»Ich habe was von einem meiner NVGler gehört. Earl Forster. Er hat einen Getränkeladen überfallen und dem Verkäufer in den Fuß geschossen. Ist vor einer Dreihunderttausend-Dollar-Kaution davongerannt. Ich habe gerade einen Anruf bekommen, Forster würde seine Freundin in New Brunswick besuchen. Ich habe jemanden vor Ort, aber für die Festnahme muß ich selbst hin. Kommst du mit der Suche nach Harp auch allein zurecht?«

»Kein Problem. Lula weiß, wie er aussieht. Sie kennt die Straßenecken, wo er mit Vorliebe aufkreuzt.«

»Komm ihm nicht zu nahe«, sagte Ranger. »Benutz ihn nur, um an Mo ranzukommen. Wenn Mo und Harp zusammen weggehen, dann warte ab, bis Mo Harp aus dem Weg geräumt hat, ehe du einschreitest. Wir vermuten nur, daß Mo Drogenhändler umbringt. Aber daß Harp jeden umbringen würde, auch Kopfgeldjägerinnen, wissen wir genau.«

Ranger konnte einen so richtig aufbauen.

»Wenn du den Eindruck hast, du kannst eine Festnahme vornehmen, aber brauchst noch Hilfe, dann ruf mich an oder melde dich über den Funkmelder«, sagte Ranger.

»Sei vorsichtig«, sagte ich. Ich sagte es zu dem Heck seines Wagens, als Ranger losfuhr. Nicht nötig, es Ranger direkt ins Gesicht zu sagen.

Lula trudelte zehn Minuten später ein. »Entschuldige, daß ich zu spät bin«, sagte sie. »Ich habe immer noch Probleme mit der Verdauung.« Sie sah sich um. »Wo ist Ranger?«

»Hat noch woanders zu tun. Wir sind auf uns allein gestellt.«

Wenn ich zusammen mit einem Kollegen jemanden wirklich ernsthaft überwachen wollte, würde ich zwei Autos dazu nehmen, oder ich würde den anderen zu Fuß losschicken und hätte ein zweites Auto in Reserve. Das hier würde wohl mehr auf eine Spazierfahrt hinauslaufen, vermutete ich, auf die Suche nach einem Mann, der sich nicht blicken ließ. Und weil ich keine Ahnung hatte, wie Harp aussah, entschloß ich mich, mit Lula in der Gegend herumzugondeln.

Es war wieder ein grauer Tag, und leichter Regen setzte ein. Es war um die fünf Grad, also wenigstens kein Frost. Lula fuhr mit dem Firebird vom Parkplatz runter Richtung Stark Street. Wir hielten Ausschau nach Rangers Batmobile, nach Elliot Harp und nach Bösewichtern ganz allgemein. Wir bahnten uns unseren Weg die Stark Street hinunter, erreichten das Ende des Geschäftsviertels, drehten um und fuhren die gleiche Straße zurück. Lula schlängelte sich durch die Wohnsiedlungen, einmal quer durch das Stadtzentrum und bis zur King Street. Als sie auf die Ferris Street stieß, bog sie ab und fuhr bei Mo vorbei. An der Tür hing ein Vorhängeschloß, und der ganze Laden war mit einem Absperrband behördlich als Tatort markiert. Wir drehten die Runde noch zweimal. Es regnete. Es waren nicht viele Leute auf der Straße.

»Ich brauche unbedingt was zu essen«, sagte Lula. »Ich habe Mordshunger auf einen Burger und auf Fritten.«

Ich sah die Leuchtreklame für ein Drive-In rot und gelb durch den Regenschleier schimmern, und ich spürte förmlich, wie uns sein Magnetfeld zum Bestellschalter hinzog.

»Ich hätte gern einen Doppeldecker«, schrie Lula in das Mikrofon. »Mit Schinken und Käse und Spezialsoße. Dazu eine große Portion Fritten und jede Menge Ketchup. Und noch einen großen Schokoladenshake.« Sie wandte sich an mich. »Möchtest du auch etwas?«

»Das gleiche.«

»Noch mal das gleiche«, rief Lula. »Und vergessen Sie nicht den Ketchup.«

Wir nahmen die Tüten mit dem Essen entgegen und stellten uns mit unserem Wagen in die Stark Street, von wo aus wir jede Bewegung beobachten konnten. Das Problem war nur, daß sich so gut wie gar nichts bewegte.

»Machst du dir nicht auch manchmal so deine Gedanken über ihn?« fragte Lula.

»Über wen?«

»Ranger.«

»Was soll ich mir für Gedanken machen?«

»Ich wette, du weißt absolut nichts über ihn«, sagte Lula. »Keiner weiß irgend etwas über ihn. Wahrscheinlich weißt du nicht mal, wo er wohnt.«

»Ich kenne seine Adresse.«

»Ha. Ein leeres Grundstück.«

Ich schlürfte meinen Milchshake, und Lula aß ihre Fritten auf.

»Wir sollten mal hinter Ranger herspionieren«, sagte Lula. »Eines Tages werden wir Ranger mal nachfahren.«

»Hm«, sagte ich nur, nicht gerade überzeugt davon, daß ich die Geeignete war, Ranger nachzuspionieren.

»Ich könnte ihm gleich morgen früh nachspionieren. Gehst du jeden Morgen mit ihm joggen?«

»Wenn es eben geht, nicht.«

»Ruf mich an, wenn du morgen mit ihm joggst. Ich könnte ein bißchen Sport vertragen.«

Nach einer Stunde Rumsitzen hatte ich keine Lust mehr. »Das bringt doch nichts«, sagte ich zu Lula. »Wir können ja mal rüber zur Montgomery, nur so zum Spaß.«

Lula fuhr die gesamte Stark Street ab, drehte eine letzte Schleife durch die Wohnsiedlungen und wieder quer durch die Innenstadt. Wir fuhren die Montgomery rauf und runter und hielten zwei Häuser vor Sal's Café an.

»Hier gibts doch bestimmt Doughnuts«, sagte Lula.

»Ich dachte, du hättest Verdauungsstörungen. Willst du nicht lieber erst mal abwarten, wie du den Burger und die Fritten verträgst?«

»Da könntest du recht haben. Trotzdem hätte ich jetzt wahnsinnig gern ein paar Doughnuts.«

Ich mußte zugeben, Doughnuts kamen an so einem verregneten Tag ziemlich gut an.

»Natürlich haben Verdauungsstörungen auch ihre Vorteile«, sagte Lula. »Ich könnte die Doughnuts sowieso nicht lange genug halten, um Fett anzusetzen.«

»So eine Gelegenheit muß man nutzen.«

Lula hielt ihr Portemonnaie schon in der Hand. »Genau das habe ich auch gerade gedacht.«

Ich blieb im Wagen sitzen und schaute durchs Fenster zu, wie Lula ein Dutzend Doughnuts auswählte.

Sie übergab mir die Schachtel mit den Doughnuts und den Kaffeebechern und nahm wieder Platz hinterm Steuer. Ich nahm mir einen mit Rahmfüllung, biß hinein und mampfte. Lula tat das gleiche und schob sofort einen zweiten hinterher.

»Hast du Jackie mal wiedergesehen?« fragte ich sie. »Macht sie noch die Entzugstherapie?«

»Sie geht regelmäßig zur Klinik. Das Problem ist nur – man

kann jemanden zur Therapie schicken, aber man kann ihn nicht zwingen, sie auch ernst zu nehmen. Jackie hat nicht genug Selbstvertrauen, um die Therapie ernst zu nehmen.«

»Vielleicht ändert sich das ja noch.«

»Das hoffe ich sehr. Ich hatte Glück, weil ich von Geburt an mit einer positiven Persönlichkeit ausgestattet bin. Ich lasse mich nicht unterkriegen, auch wenn die Dinge mal nicht so rosig sind. Ich setze immer gleich Himmel und Hölle in Bewegung. Dann entfalte ich so eine Hektik um mich herum und rede so viel Scheiße zusammen, daß ich gar keine Zeit mehr fürs Ängstlichsein habe. Jackie ist nicht mit dieser positiven Persönlichkeit auf die Welt gekommen. Jackie ist eher negativ eingestellt. Sie frißt alles in sich rein.«

»Nicht immer«, sagte ich. »Als sie zum Beispiel Cameron Crown Löcher in den Bauch schoß, war sie ziemlich außer sich.«

Lula schaute in die Doughnutschachtel und visierte bereits ihren dritten an. »Ja. Das hat ihr Spaß gemacht. Ich weiß, daß es nicht richtig war, was sie dem Toten angetan hat, aber ich muß gestehen, es hat mir gefallen, wie sie Cameron zum Tanzen gebracht hat. Sie muß lernen, ihr Leben in die eigene Hand zu nehmen.

Jackie und ich, wir beide haben ziemlich viel Prügel im Leben bezogen. So ist das nun mal, wenn man keinen Daddy hat und deine Mutter sich die Birne mit Crack zudröhnt. Ständig kommen und gehen irgendwelche Onkel und nehmen ihr Zeug und werden high. Und wenn sie high sind, schlagen sie zu.

Das Ärgerliche ist nur, daß Jackie sich immer noch von anderen Leuten herumschubsen läßt. Sie kapiert nicht, daß sie das verhindern kann. Ich versuche ihr das beizubringen. Ich sage ihr immer, sie soll mich angucken. Ich habe Selbstvertrauen. Ich will etwas aus meinem Leben machen. Ich gehe vielleicht eines Tages sogar noch aufs College.«

»Warum nicht? Viele Leute drücken noch mal die Schulbank.«

»Genau«, sagte Lula.

Ich trank meinen Kaffee und sah aus dem regenverschleierten Fenster. Autos fuhren vorbei – abstrakte Bewegungen, verschwommene Bilder und verschmiertes Rot vom Aufleuchten der Hecklampen.

Aus der Tiefgarage gegenüber kam ein Auto. Es war eine beige Limousine, auf dessen Dach ein langes, dunkles Bündel festgezurrt war. Ich kurbelte mein Fenster herunter, um besser sehen zu können. Ein Teppich, dachte ich. Aufgerollt und in eine Plastikplane gewickelt.

Der Fahrer streckte eine Hand nach oben, um zu prüfen, ob seine Fracht auch gesichert war. Die Tür ging auf, und der Fahrer stieg aus, um sie besser zu befestigen.

Plötzlich rutschte ich auf meinem Sitz nach vorn. »Sieh mal das Auto da drüben mit dem Teppich auf dem Dach!« schrie ich und packte Lula dabei am Ärmel.

»Meinst du das Auto vor der Tiefgarage?« Sie schaltete die Scheibenwischer ein und beugte sich vor, um besser sehen zu können. »Ach du liebe Scheiße! Schwanznase persönlich!«

Lula sprang aus dem Wagen und rannte über die Straße, zu Mo hinüber. Sie hielt einen angebissenen Doughnut »Bostoner Creme« in der Hand, der Regen pladderte auf sie hernieder, und sie brüllte: »Stehenbleiben! Im Namen des Gesetzes, stehenbleiben!«

Mo fiel die Kinnlade herunter. Eine Mischung aus Unglauben und Schrecken zeichnete sich auf seinem Gesicht ab. Er klappte den Mund zu, sprang in seinen Wagen und raste mit quietschenden Reifen davon.

»Komm her!« rief ich Lula zu. »Er haut ab!«

Lula gab die Verfolgung auf und kam zurück zum Firebird.

»Hast du das gesehen? Er hat einfach nicht auf mich gehört! Ich hätte gleich auf ihn schießen sollen! Ich hätte dem alten Trottel eine Kugel verpassen sollen.«

Gar nicht so leicht, wenn man gleichzeitig einen Doughnut verdrückt.

Sie warf den Gang ein, trat das Gaspedal durch und schoß wie eine Rakete hinter Mo her – bei Rot über die Ampel.

»Ich kann ihn sehen!« rief sie und schlug dabei mit dem Handballen aufs Steuerrad. »Das Ding auf seinem Dach ist ja wohl kein Teppich. Das ist irgendwas Klumpiges, das er in Müllbeutel gewickelt hat. Ich will lieber nicht laut sagen, was der da auf seinem Dach spazierenfährt.«

Ich hatte den gleichen Gedanken, und die Wahrscheinlichkeit, daß Elliot Harp seine letzte Reise antrat, weckte in mir den Wunsch, in die entgegengesetzte Richtung zu fahren. Ich hatte keinen Bock mehr auf Tote. Mein seelisches Gleichgewicht näherte sich dem Siedepunkt. Es war mir mit viel Mühe gelungen, den Überfall in dem Süßwarenladen zu verdrängen, bei den Bildern der Ermordeten, die vor meinem inneren Auge immer wieder auftauchten, hatte ich weniger Erfolg.

An der Slater Street bog Mo ab. Lula schnitt die Kurve und streifte mit zwei Reifen die Bordsteinkante.

Ich stemmte einen Fuß gegen das Armaturenbrett. »Fahr langsamer! Du bringst uns noch um!«

»Keine Sorge«, sagte Lula. »Ich weiß genau, was ich tue. Ich reagiere blitzschnell, wie eine Katze.«

Mo näherte sich der Wells Avenue, und ich ahnte, wohin er wollte. Er steuerte die Route 1 an. Soll er, dachte ich. Was immer er auf dem Dach hatte, damit würde er uns nie und nimmer entkommen, obwohl ihm seine Fracht mittlerweile höchstwahrscheinlich völlig egal war.

Lula folgte Mo auf die Auffahrt und blieb eine Zeitlang zurück, während er sich in den fließenden Verkehr einfädelte. Wir holten schnell wieder auf und hefteten uns an seine Fersen.

Die dunkelgrüne Plastikplane flatterte wie wild im Wind. Mo hatte das Paket auf dem Autodach befestigt, indem er eine Schnur, die aussah wie eine Wäscheleine, durch die Fenster gezogen hatte. Er wechselte die Spur, und die lange, klumpige Fracht schwang unter dem gespannten Seil hin und her.

»Wenn er nicht aufpaßt, rutscht ihm der Scheißkerl noch vom Dach runter«, sagte Lula. Sie drückte auf die Hupe. »Fahr an den Rand, Piepmatz!« Sie gab ein bißchen Gas und stieß mit dem Firebird gegen seine Stoßstange.

Ich klammerte mich an dem Armaturenbrett fest und schickte Stoßgebete gen Himmel: Heilige Maria, Mutter Gottes, mach, daß ich nicht auf der Route 1 sterbe – mit diesen Haaren auf dem Kopf.

Lula rammte noch mal Mos Stoßstange. Durch den Aufprall sackte mein Kopf nach hinten, und Mos Wagen geriet außer Kontrolle. Er schlingerte vor uns hin und her, eine Schnur löste sich, eine Mülltüte fegte davon und flatterte über unser Auto hinweg.

Lula holte noch einmal Anlauf, aber bevor sie die Stange ein drittes Mal berührte, riß die zweite Schnur, noch eine Mülltüte flatterte davon, und eine Leiche schoß von Mos Dach herunter und landete mit einem lauten Rumms! auf der Motorhaube von Lulas Firebird.

»Iiiihhh!« kreischten Lula und ich gemeinsam los.

Die Leiche prallte von der Motorhaube ab, klatschte gegen die Windschutzscheibe und blieb dort wie eine zerquetschte Fliege kleben. Sie starrte uns mit offenem Mund und weit aufgerissenen, blinden Augen an.

»An meiner Windschutzscheibe klebt eine Leiche!« schrie Lula. »Ich kann so nicht weiterfahren! Das schaffen die Scheibenwischer nicht! Wie soll ich mit einem Toten auf meinen Scheibenwischern weiterfahren?«

Der Wagen hüpfte von einer Spur zur anderen, die Leiche bäumte sich auf, vollführte einen halben Überschlag und landete bäuchlings am Straßenrand. Lula latschte in die Bremse und kam nach einer Rutschpartie auf dem Seitenstreifen zum Stehen. Wir blieben eine Weile still sitzen, die Hand aufs Herz gelegt, unfähig, ein Wort zu sagen. Wir drehten uns um und schauten aus dem Rückfenster.

»Verdammte Scheiße«, sagte Lula.

Das brachte es auf den Punkt.

Wir sahen uns an und verzogen beide das Gesicht. Lula legte den Rückwärtsgang ein und rollte dicht am Straßenrand zentimeterweise zurück. Sie bremste und blieb einen Meter vor der Leiche stehen. Wir stiegen aus und traten vorsichtig heran.

»Wenigstens ist er nicht nackt«, sagte Lula.

»Ist das Harp?«

»Das nehme ich doch an. Schwer zu sagen bei dem großen Loch, wo früher seine Nase war.«

Der Nieselregen war in einen Platzregen übergegangen. Ich strich mir das nasse Haar aus dem Gesicht und zwinkerte mir die Tropfen aus den Augen. »Besser, wir rufen die Polizei.«

»Ja«, sagte Lula. »Gute Idee. Du rufst die Polizei, und ich lege was über die Leiche. In meinem Kofferraum ist eine Decke.«

Ich lief zum Wagen zurück und holte meine Tasche. Ich kramte darin herum, nahm mein Handy heraus, klappte es auf und schaltete es ein. Ein schwaches Blinklicht zeigte mir an, daß die Batterie alle war, dann erlosch das Licht ganz.

»Kein Saft«, sagte ich zu Lula. »Wahrscheinlich habe ich es die Nacht über angelassen. Wir müssen ein Auto anhalten.«

Mehrere Autos rasten an uns vorbei und spritzten uns voll.

»Plan Zwei?« fragte Lula.

»Wir fahren zur nächsten Ausfahrt und rufen die Polizei.«

»Willst du die Leiche einfach so allein hier liegenlassen?«

»Einer von uns beiden müßte hierbleiben.«

»Das wärst dann ja wohl du.«

Ein Zwanzigtonner donnerte an uns vorbei und hätte uns beinahe zur Seite gefegt.

»Und zwar im Graben«, sagte ich zu ihr.

Lula wendete sich wieder Harp zu. »Wir könnten ihn auch mitnehmen, ihn in den Kofferraum packen und am nächsten Beerdigungsinstitut abladen. Ihn einfach da abliefern.«

»Dann würden wir den Tatort verändern.«

»Scheiß auf Veränderung. Das Arschloch ist aus heiterem Himmel auf meinen Wagen gefallen! Und außerdem, wenn er länger hier liegenbleibt, wird er am Ende noch überfahren.«

Das war ein schlagendes Argument. Elliot Harp war sozusagen Transportgut gewesen, als er von dem Firebird purzelte. Und mit Reifenspuren auf der Brust würde er nicht besonders gut aussehen.

»Na schön«, sagte ich. »Wir nehmen ihn mit.«

Wir sahen auf Elliot herab, und wir mußten beide schwer schlucken.

»Am besten schaffst du ihn in den Kofferraum«, sagte Lula.

»Ich?«

»Du erwartest doch wohl nicht, daß ich das mache. Ich rühre keinen Toten an. Ich krieg heute noch eine Gänsehaut, wenn ich nur an Leroy Watkins denke.«

»Er ist zu schwer für mich. Ich kriege ihn nicht allein in den Kofferraum.«

»Ich glaube, ich krieg Durchfall«, sagte Lula. »Wir tun einfach, als wäre das Ganze überhaupt nicht passiert, und machen, daß wir wegkommen.«

»So schlimm ist es nun auch wieder nicht«, sagte ich, mir selber Mut zusprechend. »Wie wäre es mit der Decke? Wir könnten ihn doch in die Decke wickeln. So könnten wir ihn aufheben, ohne ihn zu berühren.«

»Keine schlechte Idee«, sagte Lula. »Wir können es ja wenigstens versuchen.«

Ich breitete die Decke auf dem Boden neben Elliot Harp aus, holte tief Luft, klemmte meine Finger unter seinen Gürtel und hievte ihn auf die Decke. Ich sprang zurück, kniff die Augen fest zu und atmete aus. Und mochte ich noch so viele gewaltsame Tode sehen, ich würde mich nie daran gewöhnen.

»Ich kriege echt Durchfall«, sagte Lula. »Ich spüre es schon ganz deutlich.«

»Hör auf mit deinem Durchfall und hilf mir lieber mit der Leiche.«

Lula packte das Kopfende der Decke, ich das Fußende. Der Körper befand sich bereits in Leichenstarre und ließ sich nicht biegen. Wir schoben Harp daher mit dem Kopf zuerst in den Kofferraum und ließen die Beine herausragen. Wir schlossen vorsichtig die Klappe über Harps Kniegelenken und banden sie mit einer Schnur fest, die Lula im Kofferraum fand.

»Moment noch«, sagte Lula, zog ein rotes Halstuch aus ihrer Manteltasche und band es wie einen Wimpel um Harps Füße. »Man will sich ja kein Strafmandat einhandeln. Die Polizei soll ziemlich streng sein, wenn etwas aus dem Kofferraum herausschaut.«

Besonders wenn es sich um einen Toten handelte.

Wir reihten uns in den Verkehr ein und hatten gerade ein paar hundert Meter zurückgelegt, um einen Platz zum Wenden zu suchen, als ich ins Grübeln kam. Ich konnte nicht einschätzen, wie die Trentoner Polizei reagieren würde, wenn wir mit einem toten Drogendealer im Kofferraum vor der Wache vorfuhren. Vielleicht konnten sie den schwierigen Entscheidungsfindungsprozeß gar nicht nachvollziehen, der uns bewogen hatte, die Leiche von der Straße aufzulesen.

Lula fuhr an der nächsten Ausfahrt von der Route 1 runter und mußte an einer Ampel halten. »Wo fahren wir eigentlich hin?« wollte sie wissen.

»Nach Burg. Ich muß zuerst zu Eddie Gazarra.«

Gazarra war in erster Linie ein Freund, erst in zweiter Polizist. Gazarra vertraute ich am meisten, mir einen ehrlichen Rat zu geben, wie man am besten eine Leiche übergab.

Ein Wagen schloß hinter uns an der Ampel auf. Der Fahrer machte umgehend kehrt und raste mit hoher Geschwindigkeit davon. Lula und ich hörten auf, in den Rückspiegel zu schauen und wechselten vielsagende Blicke.

»Vielleicht hätten wir die Decke doch etwas strammer um Elliots Füße wickeln sollen«, sagte Lula.

Die Ampel sprang auf Grün, und Lula fuhr auf der Route 1 Richtung Süden zurück. An der Masters Street drehte sie ab, weil sie lieber einen längeren Umweg in Kauf nehmen wollte, als mit Elliot hinten im Kofferraum durch die Innenstadt zu gondeln. Als wir die Hamilton Avenue erreichten, war es dunkel und wolkenverhangen, und die Straßenlampen waren eingeschaltet.

Eddie Gazarra wohnte in einem Bungalow am Rand von Burg. Das Haus war in den 60er Jahren erbaut worden, roter Backstein und weiße Aluminiumverkleidung, handtuchschmaler Garten, Jägerzaun. Bugs, das Kaninchen, hatte man aus dem Haus verbannt; nachdem es das Fernsehkabel angenagt hatte, fristete das Tierchen sein Dasein draußen in einer Holzhütte.

Lula blieb vor dem Haus stehen, und wir sahen schweigend hinüber zu den dunklen Fenstern.

»Sieht nicht so aus, als wäre jemand da«, stellte Lula fest.

Ich pflichtete ihr bei, aber ich ging trotzdem zur Tür. Ich klingelte und wartete eine Weile. Ich stiefelte durch die Azaleen und schaute unter vorgehaltener Hand durchs Wohnzimmerfenster. Es war keiner da.

Gus Balog, Eddies Nachbar, steckte den Kopf durch die Haustür. »Was machen Sie da? Sind Sie das, Stephanie Plum?«

»Ja. Ich suche Eddie.«

»Der ist nicht da. Der hat seine Familie zum Essen in die neue Hähnchenbraterei eingeladen. Ist das Ihr Auto, das rote?«

»Es gehört einer Kollegin.«

»Was ragt denn da aus dem Kofferraum heraus? Sieht aus wie Beine.«

»Ist nur eine Kleiderpuppe. So eine aus dem Kaufhaus.«

»Sieht mir gar nicht nach einer Puppe aus«, sagte Gus. »Sieht aus wie ein Toter. Ich habe gehört, Sie sind hinter Mo her. Das sind doch nicht Mos Beine, oder?«

Ich kam aus den Azaleenbüschen hervor und trat den Rückzug zum Wagen an. »Nein, nein. Das sind nicht Mos Beine.« Ich sprang in den Wagen und knallte die Tür zu. »Wird Zeit, daß wir die Biege machen«, sagte ich zu Lula.

Lula fuhr ziellos durch die Gegend. »Was jetzt?« fragte sie.

»Ich denke gerade scharf darüber nach.« Mir fiel nur eine andere Person ein, die mir aus meinem Dilemma helfen konnte. Joe Morelli. Nicht gerade jemand, dem ich in meinem gegenwärtigen ungepflegten Zustand vor die Augen treten wollte. Auch nicht jemand, dem ich schon wieder einen Gefallen schuldig sein wollte. Und schon gar nicht jemand, dem ich zutraute, daß er meine Person den Kollegen von der Trentoner Polizei vorzog.

»Ich friere. Ich bin naß bis auf die Knochen. Und meinen Durchfall kann ich auch nicht länger halten«, sagte Lula. »Jetzt entscheide dich mal, sonst gibt's einen Riesenstunk hier im Auto.«

Morelli war vor kurzem aus seiner Wohnung in ein Reihenhaus in der Slater Street gezogen. Ich kannte die Umstände nicht genauer, aber der Umzug schien mir untypisch für Morelli. Seine alte Wohnung war spärlich möbliert gewesen, gemütlich, aber zweckmäßig. Sie verlangte minimale Pflege. Ein ganzes Haus wirkte irgendwie zu bürgerlich für Morelli. Wer würde es sauber halten? Und was war mit den Gardinen? Wer würde die Gardinen aussuchen?

»Fahr in die Chambers und bieg an der Slater links ab«, sagte ich.

Die Slater Street lag etwas über einen halben Kilometer außerhalb der Stadtgrenze von Burg. Es war ein ethnisch gemischtes Viertel, mit bescheidenen Häuschen und Leuten, die sich abrackerten, um ihren Lebensstandard zu halten.

Mir fiel die Nummer nicht mehr ein, aber ich würde das Haus auf jeden Fall wiedererkennen. Vor vier Wochen war ich meiner brennenden Neugier nachgegangen und vorbeigefahren, um es mir einmal anzusehen. Das Haus stand in der Mitte der Reihe und war mit braunen Schindeln verkleidet, es war zweigeschossig und hatte vorne eine kleine Veranda aus Beton. Das Heim eines Bastlers.

Wir fuhren auf der Slater noch zwei Straßen weiter, bis ich ein Stück vor uns, am Straßenrand, Morellis Wagen parken sah. Mein Magen zuckte nervös, und ich ging noch einmal hektisch alle Alternativen durch.

»Was soll dieses komische Winseln?« fragte Lula.

»Ich gehe noch mal die Alternativen durch.«

»Und?«

»Wir haben keine.«

Lula ließ den Wagen im Leerlauf ausrollen und stieß sanft an Morellis Stoßstange. »Sieht aus wie ein Bullenauto, riecht wie ein Bullenauto...«

»Joe Morelli.«

»Wohnt der hier?«

»Ja«, sagte ich. »Nun halt schon an. Es dauert nur eine Minute.«

Ich sah Lichter im Erdgeschoß, nach hinten raus, wahrscheinlich von der Küche. Ich klopfte an die Tür und wartete. Ich fragte mich, was für ein Empfang mir wohl bevorstand und betete, Morelli möge allein sein. Wenn eine Frau bei ihm war, konnte ich meine Koffer packen.

Ich hörte Schritte auf der anderen Seite, und die Tür wurde geöffnet. Morelli trug dicke Wollsocken und Jeans, ein schwarzes T-Shirt und ein offenes Baumwollhemd, die Ärmel bis zu den Ellbogen hochgekrempelt. Er zog erstaunt die Augenbrauen hoch. Er sah mein nasses Haar und meine vor Dreck starrende Jeans. Sein Blick flog über mich hinweg zu dem roten Firebird, den Lula unter eine Straßenlaterne gestellt hatte. Er schüttelte den Kopf.

»Jetzt sag bloß noch, aus deinem Kofferraum ragen Beine heraus.«

»Tj, ähem, das ist so ...«

»Herrgottnochmal, Stephanie. Das ist die vierte. Vier Leichen in einer Woche. Sogar acht, wenn man die aus dem Keller mitrechnet.«

»Ist das vielleicht meine Schuld?« Ich stemmte die Fäuste in die Hüften. »Glaubst du vielleicht, es macht mir Spaß, Leichen aufzustöbern? Ist nicht gerade das reinste Vergnügen, kann ich dir sagen.«

»Wer ist das?«

»Ich glaube, es ist Elliot Harp. Es läßt sich allerdings nicht mit letzter Sicherheit sagen, mitten in seinem Gesicht klafft nämlich ein Riesenloch.«

Ich erzählte ihm die ganze Geschichte, wie wir Mo entdeckt

und ihn auf der Route 1 verfolgt hätten, und wie es dazu gekommen war, daß Elliot Harp auf Lulas Motorhaube gelandet war.

»Und?« sagte Morelli.

»Und dann habe ich ihn hierher gebracht. Ich habe mir gedacht, du würdest ihn vielleicht gern als erster in Augenschein nehmen.« Und würdest vielleicht einen wohlwollenden Bericht schreiben, in dem ich nicht der Leichenfledderei bezichtigt werde. Und wenn ich dich mit hineinzöge, wäre ich vielleicht nicht allein den blöden Bullenwitzen ausgesetzt. Man konnte sich doch vorstellen, wie sie sich die Schenkel klopften: Stephanie Plum, Leichen- und Gefahrenguttransporte. Haha.

Ich warf einen hastigen Blick in Morellis Haus, sah einen Parkettfußboden in der kleinen Diele und ein altmodisches Geländer aus Holz an der Treppe, die nach oben führte.

Morelli bedeutete Lula mit einem Handzeichen, sie solle sich noch einen Moment gedulden, zog mich ins Haus und schloß die Tür. »Du hättest die Leiche auf der Straße liegenlassen sollen. Du hättest jemanden aus dem Verkehr winken sollen, dann ein Telefon suchen und die Polizei rufen sollen.«

»Sag mal«, fragte ich ihn, »hast du mir überhaupt zugehört? Das habe ich dir doch gerade alles erklärt. Es hat keiner angehalten, und ich fand es zu gefährlich, am Straßenrand stehenzubleiben.«

Morelli öffnete die Haustür einen Spalt und sah hinaus zu dem Firebird. Er schloß die Tür und schüttelte wieder den Kopf. Er sah hinunter auf seine Füße und versuchte, ein Lachen zu unterdrücken.

»Findest du das vielleicht komisch?« sagte ich.

»Wer hatte die Idee mit dem Wimpel?«

»Das war Lulas Idee. Sie wollte sich kein Strafmandat einhandeln.«

Das Lachen wurde breiter. »Dafür hat sie einen Kuß verdient.«

»Was soll ich jetzt mit dem Kerl anstellen?«

»Ich rufe den Gerichtsmediziner an und sage jemandem Bescheid, der uns an der Wache empfängt. Du bist jetzt schon so weit mit Harp spazierengefahren, da kommt es auf die paar Kilometer auch nicht mehr an.«

»Ich habe doch nichts Verbotenes gemacht, oder?«

Morelli verzog sich in den hinteren Teil des Hauses. »Du erwartest doch wohl keine Antwort auf so eine Frage.«

Ich folgte ihm durch die Diele nach hinten in die Küche und erhaschte unterwegs einen flüchtigen Blick in Wohnzimmer und Eßzimmer. Die Räume waren klein, aber hatten hohe Decken mit Stuckverzierungen. In allen Räumen warteten noch Kartons darauf, ausgepackt zu werden, an einer Wand im Eßzimmer lag ein zusammengerollter Teppich.

Morelli holte ein Paar Laufschuhe unterm Küchentisch hervor und nahm Platz, um sie sich anzuziehen.

»Schöne Küche«, sagte ich. »Sieht aus wie zu Hause bei meinen Eltern.« Was war mit Auslegpapier für die Regale? Ich konnte mir Morelli nicht beim Aussuchen von Auslegpapier für Regale vorstellen.

Morelli schaute sich um, als sähe er die Küche zum ersten Mal. »Sie muß noch hergerichtet werden.«

»Warum hast du dich entschlossen, ein Haus zu kaufen?«

»Ich habe es nicht gekauft. Ich habe es geerbt. Meine Tante Rose hat es mir hinterlassen. Sie und mein Onkel Sallie haben es zu ihrer Hochzeit gekauft. Sallie ist vor zehn Jahren gestorben, und Tante Rose ist hier wohnen geblieben. Sie ist im Oktober gestorben, mit dreiundachtzig. Die beiden hatten keine Kinder, und ich war ihr Lieblingsneffe. Deswegen habe ich das Haus gekriegt. Meine Schwester Mary hat die Möbel gekriegt.« Morelli stand am Tisch und schnappte sich seine Jacke, die über einer Stuhllehne hing.

»Du könntest es doch verkaufen.«

Er zuckte mit den Schultern und schlüpfte in die Jacke. »Das habe ich mir auch überlegt, aber ich will erst mal ausprobieren, wie es sich hier drin lebt.«

Draußen ertönte eine Hupe.

»Das ist Lula«, sagte ich. »Sie hat Durchfall.«

- 12 -

Ich geleitete Lula zur Rückseite der Wache, wo wir Elliot so unauffällig wie möglich abladen konnten. Wir fuhren bis zur Ladezone und schalteten den Motor aus. Morelli stellte sich an den Rand des Parkplatzes. Die Ladezone ist videoüberwacht, ich konnte mir also ausrechnen, wann die ersten neugierigen Gesichter in der Sicherheitstür auftauchten.

Lula und ich standen vor dem Firebird, wir wollten nicht näher an Elliot herantreten als absolut notwendig. Ich war bis auf die Haut durchnäßt, und ohne die Wärme der Autoheizung im Rücken fror ich mich fast zu Tode.

»Komisch, wie das Leben so spielt«, sagte Lula. »Das ist doch alles nur passiert, weil ich einen verdorbenen Burrito gegessen habe. Als hätte Gott gewußt, was er tat, als er mich mit Durchfall schlug.«

Ich schlang die Arme um meinen Körper und biß die Zähne zusammen, damit sie nicht anfingen zu klappern. »Die Wege des Herrn sind unergründlich.«

»Das habe ich auch gerade gedacht. Jetzt wissen wir wenigstens, daß Jackie die alte Schwanznase wirklich in der Montgomery gesehen hat. Und Elliot haben wir sogar noch einen Gefallen getan. Er hat ihn zwar nicht verdient, aber wenn wir nicht gewesen wären, hätte Mo seine Leiche längst in den Fluß geworfen.«

Die Hintertür des Gebäudes öffnete sich, und zwei Uniformierte kamen heraus. Ich wußte ihre Namen nicht, aber ich kannte sie vom Sehen. Morelli erklärte ihnen, er werde die Ladezone für ein paar Minuten sperren, und er wäre ihnen sehr dankbar, wenn sie den Durchgangsverkehr etwas aufhalten könnten.

Der Pickup des Gerichtsmediziners fuhr vor und stellte sich mit der Ladefläche dicht an den Kofferraum des Firebird. Es war ein dunkelblauer Ford Ranger mit einem weißen Aufsatz, der in kleine Kabinen unterteilt war, die wie Hundehütten aussahen.

Der Spurensicherungsexperte wechselte ein paar Worte mit Morelli und machte sich dann an die Arbeit.

Arnie Rupp, Leiter der Abteilung Gewaltverbrechen, trat heraus und verfolgte, die Hände in den Taschen vergraben, das Geschehen. Neben ihm stand ein Mann in Jeans, schwarzer Baseballmütze mit dem Emblem der Trentoner Polizei und schwarzroter Wolljacke. Rupp fragte ihn, ob er den Papierkram in der Angelegenheit Runion schon erledigt hätte. Der Mann sagte nein, noch nicht, er würde es gleich morgen früh als erstes machen.

Ich starrte den Mann an, und kleine Alarmglocken schrillten in meinem Kopf.

Der Mann starrte mich ebenfalls an. Nichtssagend. Ein Polizistengesicht. Undurchdringlich.

Morelli kam in mein Blickfeld. »Ich habe jemandem Bescheid gesagt, er soll Lula und dich nach Hause bringen. Ihr beide seid ja völlig durchgeweicht, und das hier dauert sicher noch eine Weile.«

»Das ist wirklich nett«, sagte Lula, »ich habe nämlich Verdauungsstörungen.«

Morelli hob mit einem Zeigefinger mein Kinn einen halben Zentimeter an und musterte mich. »Kommst du allein zurecht?«

»Klar. Mir geht's g-g-g-g-gut.«

»Du siehst nicht gut aus. Ich würde sogar sagen, du siehst schwer mitgenommen aus.«

»Wer ist der Kerl neben Arnie Rupp? Der in Jeans und Baseballmütze und der schwarzroten Wolljacke?«

»Mickey Maglio. Zuständig für Schwerverbrechen. Raubdezernat.«

»Ich habe dir doch von den Männern mit den Skimasken und Overalls erzählt, die mich überfallen haben. Der Anführer, der meine Hand verbrannt und mir Geld angeboten hat, hatte eine Raucherstimme. Jersey-City-Dialekt. Es gefällt dir sicher nicht, was ich dir jetzt sage, aber ich schwöre dir, Maglio hört sich genauso an. Er hat auch die passende Größe und Statur.«

»Du hast sein Gesicht nie gesehen, oder?«

Ich schüttelte den Kopf. »Nein.«

»Maglio ist ein guter Polizist«, sagte Morelli. »Er hat drei Kinder, und seine Frau ist schwanger.«

»Ich weiß nicht«, sagte ich. »Ich kann mich irren. Ich f-f-friere. Vielleicht kann ich nicht mehr richtig denken.«

Morelli legte seinen Arm um mich und schob mich sanft zu dem wartenden Streifenwagen. »Ich prüfe es mal nach. Bis dahin behalten wir es lieber für uns.«

Lula wurde aufgrund ihres drängenden Bedürfnisses als erste abgesetzt. Ich verharrte den Rest der Fahrt über schweigend auf dem Rücksitz, unfähig, meine Gedanken zu ordnen, voll Angst, in Tränen auszubrechen und mich vor meinem Chauffeur lächerlich zu machen.

Ich dankte dem Beamten, als er vor meiner Tür hielt, kletterte aus dem Wagen, lief ins Haus und rannte die Treppe hoch. Der erste Stock war menschenleer, aber erfüllt von Gerüchen – Bratfisch bei Mrs. Karwatts, Eintopf bei Mr. Walesky.

Ich klapperte nicht mehr mit den Zähnen, dafür zitterten

meine Hände, und ich mußte den Schlüssel mit beiden Fäusten umklammern, um ihn ins Schlüsselloch zu bugsieren. Ich trat die Tür auf, schaltete das Licht ein, schloß die Tür wieder, legte die Riegel vor und überprüfte schnell zur Sicherheit alle Räume.

Rex kam rückwärts aus seiner Suppendose gekrochen und musterte mich von oben bis unten. Er nahm mit Bestürzung meine Erscheinung zur Kenntnis, ich mußte ihm also alles erklären. Als ich an die Stelle kam, wo wir mit Elliot in Lulas Kofferraum durch die halbe Stadt kutschierten, platzte ich los vor Lachen. Meine Güte, was hatte ich mir bloß dabei gedacht! Es war vollkommen absurd. Ich lachte so lange, bis ich weinte, und erst dann merkte ich, daß ich gar nicht mehr lachte. Tränen rollten mir über die Wangen, und ich schluchzte. Nach kurzer Zeit lief meine Nase, und mein Mund stand offen, aber die Schluchzer waren tonlos.

»Scheiße«, sagte ich zu Rex. »Ist das anstrengend.«

Ich putzte mir die Nase, schleppte mich ins Badezimmer, zog mich aus und stellte mich unter die Dusche, bis meine Haut verbrüht war und mein Kopf leer. Ich zog mir meinen Jogginganzug und Wollsocken an und frisierte mir meine roten Haare mit dem Fön in eine Struwwelpeterfrisur. Ich sah aus, als stünde ich unter Strom, aber das kümmerte mich einen feuchten Kehricht. Ich fiel ins Bett und war umgehend eingeschlafen.

Ich erwachte nur langsam wieder zum Leben, die Augen tränenverquollen, mein Kopf benommen. Die Uhr auf dem Nachttisch zeigte halb zehn. Jemand klopfte an die Tür. Ich schlurfte durch die Diele und machte sie ohne große Vorsichtsmaßnahme auf.

Es war Morelli, Pizzakarton in der einen, Sixpack in der anderen Hand.

»Immer erst nachschauen, wer da ist, bevor du die Tür aufmachst«, sagte er.

»Habe ich doch.«

»Schon wieder gelogen.«

Er hatte recht. Ich hatte nicht nachgeschaut. Und ich mußte vorsichtiger sein, auch in dem Punkt hatte er recht.

Ich heftete meinen Blick auf den Pizzakarton. »Du weißt aber wirklich, wie man sich interessant macht, was?«

Morelli lachte. »Hast du Hunger?«

»Willst du nicht reinkommen?«

Morelli stellte die Pizza und das Bier auf den Sofatisch und zog sich die Jacke aus. »Ich würde gern noch mal die Ereignisse des Tages mit dir durchgehen.«

Ich brachte Teller und Papierservietten und ließ mich neben Morelli auf dem Sofa nieder. Ich schlang ein Stück Pizza hinunter und erzählte ihm alles.

Als ich geendet hatte, war Morelli bei seinem zweiten Bier angelangt. »Fällt dir sonst noch irgend etwas ein?«

»Nur, daß Gail uns wahrscheinlich angelogen hat, damit sie keinen Ärger mit ihrer Vermieterin kriegt. Elliots Körper war bereits in Leichenstarre übergegangen, als wir ihn fanden, er muß also schon eine Zeitlang tot gewesen sein. Ich vermute, daß entweder Gail Mo gesagt hat, wo Elliot sich aufhält, oder Elliot war in Gails Zimmer, als Mo auftauchte.«

Morelli nickte zustimmend. »Du siehst die richtigen Fernsehserien«, sagte er. »Wir haben das Nummernschild von dem beigefarbenen Wagen überprüft. Der Wagen gehörte Elliot Harp.«

»Habt ihr was über Mos Kontaktmann in der Montgomery Street herausgefunden?«

»Noch nicht, aber wir haben unsere Leute im Viertel. Die Garage wird von vielen Personen benutzt. Man kann sich für einen Monat einen Kartenschlüssel kaufen. Der Ausweis ist dafür nicht erforderlich. Die Mitglieder der Freedom Church nutzen die Garage, und Geschäftsleute aus der Gegend.«

Ich aß noch ein Stück Pizza. Ich wollte das Thema Mickey Maglio anschneiden, aber ich war mir nicht sicher, was meinen Verdacht betraf. Außerdem hatte ich es Morelli gegenüber schon einmal erwähnt, und um die Sache einfach schleifen zu lassen oder gar zu vergessen, dafür war Morelli viel zu gut als Bulle.

»Also? Was jetzt?« fragte ich. »Willst du fernsehen?«

Morelli schaute auf die Uhr. »Danke für das Angebot, aber ich will lieber nach Hause.« Er stand auf und reckte sich. »Es war ein anstrengender Tag.«

Ich ging ihm bis zur Wohnungstür nach. »Vielen Dank, daß du mir geholfen hast, Elliot loszuwerden.«

»Was hast du denn gedacht?« sagte Morelli und boxte mir sanft auf den Arm. »Wozu hat man schließlich Freunde?«

Ich zwinkerte ihm zu. Freunde? Morelli und ich? »Jetzt sag schon. Was ist los?«

»Nichts ist los.«

Er hatte ja so recht. Kein Flirten. Kein Gegrabsche. Sexistische Bemerkungen auf ein Minimum reduziert. Meine Augen verengten sich zu Sehschlitzen, während ich ihm auf seinem Weg zum Aufzug nachschaute. Es gab nur eine Erklärung. Morelli hatte eine Freundin. Morelli war in eine andere verliebt, und ich war weg vom Fenster.

Er verschwand hinter der Aufzugtür, und ich ging zurück in meine Wohnung.

Hurrah, jubelte ich. Aber eigentlich war mir gar nicht danach zumute. Ich kam mir vor wie jemand, der eine Party gegeben, aber nicht auf der Gästeliste gestanden hatte. Ich rätselte herum und versuchte, die Ursache für mein Unbehagen auszumachen. Es gab natürlich einen naheliegenden Grund, ich war eifersüchtig. Der naheliegende Grund gefiel mir nicht, und so legte ich mir probeweise einen anderen zurecht. Schließlich gab ich mich geschlagen. In Wahrheit gab es zwischen Morelli und mir noch etwas Unerledigtes. Vor ein paar Monaten war es zu einem Buick interruptus gekommen, und sosehr es mir auch gegen den Strich ging, seitdem hatte ich mich vor Leidenschaft verzehrt.

Und jetzt dieser Umzug in das Haus, der Morelli, dem Junggesellen, überhaupt nicht ähnlich sah. Angenommen, Morelli plante, mit jemandem zusammenzuleben. Angenommen, er plante, jemanden zu heiraten. Nicht auszudenken.

Der Gedanke, daß Morelli heiraten könnte, gefiel mir überhaupt nicht. Es würde mir meine heimlichen Phantasien zerstören, und es würde mich ernorm unter Druck setzen. Meine Mutter würde andauernd zu mir sagen: Siehst du! Sogar Joe Morelli ist jetzt verheiratet!

Ich sank aufs Sofa und stellte den Fernseher an, aber es gab nichts Gescheites zu sehen. Ich räumte die Biergläser und Pizzateller vom Tisch, stöpselte das Telefon wieder ein und schaltete den Anrufbeantworter an. Dann versuchte ich es noch mal mit dem Fernseher.

Ich machte mein drittes Bier auf, und als ich es getrunken hatte, war ich ein bißchen beschwipst. Blödmann, dieser Morelli, dachte ich. Der hat vielleicht Nerven, sich mit einer anderen Frau einzulassen.

Je mehr ich mir darüber den Kopf zerbrach, desto ärgerlicher wurde ich. Was bildete sich diese Frau bloß ein. Wer war sie überhaupt?

Ich rief Sue Ann Grebek an und erkundigte mich dezent, wen Morelli denn diesmal vernaschte, aber Sue Ann wußte von nichts. Ich rief Mary Lou und meine Kusine Jeanine an, aber die wußten es auch nicht.

Das war es dann wohl, entschied ich. Ich finde es schon selber heraus. Immerhin war ich so etwas wie eine Privatdetektivin. Ich brauchte mich nur auf die Lauer zu legen.

Die Ereignisse der letzten Tage hatten mich allerdings ziemlich aus der Fassung gebracht. Ich hatte keine Angst vor der Dunkelheit, aber ich war auch kein besonderer Freund von ihr. Na gut, ich hatte Angst vor der Dunkelheit. Ich rief also noch mal bei Mary Lou an und fragte sie, ob sie Lust hätte, Morelli nachzuspionieren.

»Klar«, sagte sie. »Das letzte Mal, als wir Morelli nachspionierten, waren wir zwölf. Es wird allmählich wieder Zeit.«

Ich stieg in meine Joggingschuhe, zog mir ein Kapuzenhemd über das Sweatshirt, das ich bereits anhatte, und versteckte mein Haar unter einer schwarzen Strickmütze. Ich marschierte über den Flur, die Treppe hinunter und lief in der Eingangshalle Dillon Ruddick in die Arme. Dillon war der Hausmeister und ein absolut netter Kerl.

»Sie kriegen fünf Dollar von mir, wenn Sie mich zu meinem Wagen begleiten«, sagte ich zu ihm.

»Für Sie mach ich's umsonst«, sagte Dillon. »Ich wollte sowieso gerade den Müll rausbringen.«

Noch ein Vorteil, neben dem Müllcontainer zu parken.

Dillon blieb vor dem Buick stehen. »Das ist ein Klasse Auto«, stellte er fest.

Was sollte man dazu sagen?

Mary Lou stand schon am Straßenrand, als ich vor ihrem Haus hielt. Sie trug enge schwarze Jeans, die schwarze Lederjacke einer Motorradkluft, schwarze, hochhackige Halbstiefel und große goldene Ringe an den Ohren. Die Abendgarderobe der gutgekleideten Burger Schnüfflerin.

»Wehe, du erzählst irgend jemandem, daß ich hierbei mitmache. Ich streite es rundweg ab, und dann engagiere ich mir Manny Russo, der schießt dir ins Knie«, sagte Mary Lou.

»Ich will nur gucken, ob eine Frau bei ihm ist.«

»Warum?«

Ich sah sie von der Seite an.

»Na gut«, sagte sie. »Schon verstanden.«

Morellis Wagen stand vor der Haustür. Das Wohnzimmer war dunkel, dafür brannte in der Küche Licht, wie wenige Stunden zuvor auch.

Eine Gestalt taperte durchs Haus, die Treppe hoch. Ein Licht ging in einem der oberen Zimmer an, dann kehrte die Gestalt zurück in die Küche.

Mary Lou fing an zu gickeln, und dann mußte ich auch gickeln. Wir krabbelten ein bißchen, damit wir aufhörten zu gickeln.

»Ich bin eine erwachsene Frau und Mutter«, sagte Mary Lou. »Ich bin viel zu alt für solche Albernheiten.«

»Wir Frauen dürfen uns auch im Alter lächerlich machen. Das ist der Vorteil der Gleichberechtigung.«

»Angenommen, wir erwischen ihn dabei, wie er sich einen Strumpf über den Schwanz streift.«

»Aber nur in deinen Träumen.«

Erneutes Gickeln.

Ich bog um die Ecke in die befestigte kleine Seitenstraße, die den Häuserblock in zwei Hälften teilte. Ich glitt langsam die Fahrspur entlang und blieb an Morellis Garten auf der Rückseite stehen. Morellis Gestalt tauchte in einem Fenster auf. Wenigstens war er zu Hause. Er war von mir nicht zu irgendeiner Braut aufgebrochen. Ich fuhr bis zum Ende der Seitenstraße und stellte den Buick um die Ecke, in der Arlington Avenue ab.

»Komm«, sagte ich zu Mary Lou. »Ich will mir das einmal näher ansehen.«

Wir schlichen zurück zu Morellis Garten und blieben vor dem verwitterten Lattenzaun stehen. Jetzt hielt er einen Telefonhörer in der Hand, und er lachte.

»Sieh sich das einer an!« sagte Mary Lou. »Er lacht. Bestimmt spricht er gerade mit ihr!«

Wir schlüpften durch das Zauntor und gingen auf Zehenspitzen bis zum Haus. Ich drückte mich flach an die Seitenwand und hielt den Atem an. Ich konnte ihn reden hören, aber ich konnte kein Wort verstehen. Blabla, blabla, blabla.

Zwei Häuser weiter ging eine Tür auf, und ein riesiger schwarzer Hund sprang hinaus in den Garten. Er hielt inne und horchte mit gespitzten Ohren in unsere Richtung.

»Wuff!« bellte er.

»Du lieber Gott«, flüsterte Mary Lou. »Ich werd verrückt.«

Mary Lou war keine Tierfreundin.

»Wuff!«

Plötzlich fand ich meine Idee gar nicht mehr gut. Die Aussicht, von Höllenhunden in Stücke gerissen zu werden, erschien mir alles andere als erstrebenswert, wenn auch nicht ganz so schlimm wie von Morelli auf frischer Tat ertappt zu werden. Mary Lou und ich traten wie aufgeschreckte Krebse den Rückzug zum Gartentor an und warteten hinter Morellis Zaun erst einmal ab. Der Hund des Nachbarn bewegte sich langsam auf die Grundstücksgrenze zu. Er blieb nicht stehen. Sein Grundstück war nicht eingezäunt. Er stand jetzt auf der kleinen Straße, und er sah uns direkt in die Augen.

Ein schöner Hund, dachte ich, will sicher nur spielen. Aber es war klüger, sich zurück zum Auto zu begeben, nur für den Fall. Ich wich ein paar Schritte zurück, und der Hund stürmte los. Kreisch!

Wir hatten zwei Häuserlängen Vorsprung vor Rover, und wir rannten auf Teufel komm raus los. Wir waren nur noch zehn Meter von der Arlington Avenue entfernt, als mir die Hundepfoten in den Rücken stießen und mich zu Boden warfen. Ich stürzte, traf mit den Händen zuerst auf, dann mit den Knien, landete schließlich bäuchlings auf der Erde und spürte, wie mir die Luft aus der Lunge gedrückt wurde.

Ich machte mich auf den tödlichen Biß gefaßt, aber der Hund stand einfach nur über mir, mit heraushängender Zunge und wedelndem Schwanz.

»Braver Hund«, sagte ich.

Er leckte mir das Gesicht ab.

Ich rollte mich auf den Rücken und nahm den Schaden in Augenschein. Zerrissenes Sweatshirt, Hände und Knie aufgeschlagen, Verlust der Selbstachtung. Ich richtete mich vom Boden auf, verscheuchte den Hund und humpelte zum Auto. Mary Lou wartete bereits auf mich.

»Du hast mich im Stich gelassen«, sagte ich zu Mary Lou.

»Es sah so aus, als bahnte sich da irgendwie etwas Sexuelles zwischen euch an. Da wollte ich nicht stören.«

Eine Viertelstunde später war ich wieder in meiner Wohnung, hatte mein Nachthemd angezogen und trug Wundsalbe auf mein verletztes Knie auf. Ich fühlte mich deutlich wohler. Es geht nichts über einen anständigen Kinderstreich, um die Welt wieder in die richtige Perspektive zu rücken.

Ich hatte gerade aufgehört, die Salbe zu verschmieren, als das Telefon klingelte. Bloß nicht Morelli, flehte ich. Ich wollte nicht aus seinem Mund hören, daß er mich dabei gesehen hatte, wie ich aus seinem Garten geflüchtet war.

Ich meldete mich mit einem zaghaften »Hallo«.

Schweigen am anderen Ende.

»Hallo«, wiederholte ich.

»Ich hoffe, Sie haben sich unser Gespräch vom letzten Mal zu Herzen genommen«, sagte der Mann. »Wenn sich herausstellt, daß Sie den Mund aufgemacht haben, kriege ich Sie, und das wird sicher kein Vergnügen für Sie.«

»Maglio?«

Der Anrufer legte auf.

Ich überprüfte alle Schlösser, legte die Batterie von meinem Handy in das Ladegerät, versicherte mich, daß meine Pistole geladen war und zusammen mit dem Tränengas neben dem Bett lag. Die Möglichkeit, daß Maglio in der Sache mit drin hing, erschreckte mich. Es war nie gut, einen Polizisten zum Feind zu haben. Polizisten können äußerst gefährlich werden.

Wieder klingelte das Telefon. Diesmal ließ ich den Anrufbeantworter das Gespräch entgegennehmen. Es war Ranger. Er wolle sich nur zurückmelden, wie er sagte. Jogging morgen um sieben.

Ich rief wie versprochen bei Lula an und trug sie für den Frühsport ein.

Um sieben Uhr war ich unten, aber ich war nicht in Höchstform. Ich hatte nicht gut geschlafen, und ich fühlte mich ausgelaugt.

»Wie ist es gestern gelaufen?« fragte Ranger.

Er bekam die ungekürzte Fassung zu hören, mein übermütiger Auftritt in Morellis Garten ausgenommen.

Rangers Mundwinkel zuckten. »Das hast du doch gerade erfunden, oder nicht?«

»Falsch geraten. Genauso ist es gewesen. Du wolltest wissen, wie es gelaufen ist, und so ist es gelaufen.«

»Also gut. Nur damit ich dich nicht mißverstehe: Elliot Harp ist von Mos Autodach runtergeflogen, auf den Firebird geprallt und auf der Route 1 gelandet. Und dann habt ihr ihn aufgehoben, in den Kofferraum gepackt und zur Polizeiwache gebracht.«

»Ungefähr so.«

Ranger lachte schallend. »Das ist bestimmt toll angekommen bei unseren Freunden und Helfern.«

En Taxi fuhr auf den Parkplatz, nicht weit von uns entfernt, und Lula stieg aus. Sie trug einen Jogginganzug aus rosa Fleece, dazu rosa pelzbesetzte Ohrenschützer. Sie sah aus wie ein Osterhase auf Hormonkur.

»Lula läuft heute mit«, sagte ich zu Ranger. »Sie will sich in Form bringen.«

Ranger musterte Lula von oben bis unten. »Den letzen beißen die Hunde.«

»Kannst du laut sagen«, erwiderte Lula.

Wir legten ein ziemlich flottes Tempo vor. Ich glaube, Ranger wollte Lula nur auf die Probe stellen. Sie geriet schwer ins Keuchen, aber sie blieb dicht hinter ihm. Sie schaffte es bis zum Sportplatz, dort setzte sie sich auf eine Bank am Rand.

»Ich laufe nicht im Kreis«, sagte sie.

Ich setzte mich neben sie. »Ist mir recht.«

Ranger drehte eine Runde und zog an uns vorbei, ohne uns eines Blickes zu würdigen.

»Warum bist du wirklich hergekommen?« fragte ich Lula.

Lula ließ Ranger keine Sekunde aus den Augen. »Ich bin hier, weil er sich für den Größten hält.«

»Welchen Größten?«

»Den Größten eben. Den King. Den Obercoolen.«

»Gibt es sonst noch jemanden, der sich für den Größten hält?«

»John Travolta. Der hält sich auch für den Größten.«

Wir beobachteten Ranger, und ich verstand auf einmal, warum sie meinte, er hielt sich für den Größten.

»Mal angenommen«, sagte Lula, »es gäbe wirklich Superhelden.«

»So wie Batman?«

»Genau. Es wäre jemand, der sich für den Größten hält.«

»Glaubst du etwa, Ranger ist ein Superheld?«

»Überleg doch mal. Wir wissen nicht, wo er wohnt. Wir wissen überhaupt nichts über ihn.«

»Superhelden sind Phantasiegestalten.«

»Ach nee«, sagte Lula. »Und was ist mit Gott?«

»Hm.«

Ranger drehte noch einige Runden und verließ dann die Bahn.

Lula und ich sprangen von der Bank auf und folgten ihm auf dem Fuß. Dreitausend Meter weiter, vor meinem Haus, brachen wir zusammen.

»Ich wette, du könntest immer so weiterlaufen«, sagte Lula zu Ranger. »Deine Muskeln müssen sich hart wie Eisen anfühlen.«

»Ich bin der Mann aus Stahl«, sagte Ranger.

»Es hat Spaß gemacht, Leute«, sagte ich. »Aber jetzt muß ich euch allein lassen.«

»Kannst du mich mitnehmen?« sagte Lula zu Ranger. »Mein Auto ist noch bei der Polizei. Vielleicht kannst du mich auf deinem Heimweg irgendwo absetzen. Natürlich nur, wenn es keine Umstände macht. Du brauchst nicht extra wegen mir einen Umweg zu fahren.« Sie hielt einen Moment inne. »Wo wohnst du eigentlich?« fragte sie Ranger.

Ranger betätigte die ferngesteuerte Sicherheitsverriegelung, und die Türen an seinem Bronco klickten. Er gab Lula ein Zeichen. »Steig ein.«

Ricardo Carlos Manoso. Meister der zweisilbigen Sätze. Von Beruf Superheld.

Ich hakte mich bei Lula unter, bevor sie sich davonmachte. »Wie sehen deine Pläne für heute aus?«

»Wie jeden Tag.«

»Wenn sich die Gelegenheit ergibt, überprüf doch bitte ein paar Restaurants für mich. Du sollst nicht den ganzen Tag drin verbringen, aber wenn du zu Mittag oder zur Kaffeezeit mal rausgehst, dann halte die Augen auf nach Stuart Baggett. Er muß hier irgendwo in der Gegend arbeiten, und ich vermute, daß er sich die Sorte Arbeit aussucht, die er kennt.«

Eine Stunde später war ich unterwegs, klapperte Imbißstände ab, das übliche eben. Ich dachte mir, daß Lula wahrscheinlich die Restaurants in der Nähe des Büros absuchen würde, also nahm ich mir Hamilton Township vor. Ich fuhr gerade auf der Route 33, als mein Handy zirpte.

»Ich habe ihn gefunden!« brüllte Lula mir ins Ohr. »Ich mußte früh Mittag machen, und ich war in mehreren Buden, weil jeder im Büro was anderes wollte, und dabei habe ich ihn gefunden! Unser süßes kleines Schoßhündchen serviert jetzt Hähnchen.«

»Wo?«

»Im Cluck in a Bucket auf der Hamilton.«

»Bist du noch da?«

»Klar doch«, sagte Lula. »Und ich habe dafür gesorgt, daß er mich noch nicht entdeckt hat. Ich stecke in einer Telefonzelle.«

»Rühr dich nicht vom Fleck!«

Ich mache viele Fehler. Ich gebe mir alle Mühe, den gleichen Fehler nicht mehr als drei-, viermal zu machen. Diesmal wollte ich Stuart Baggett dressiert wie eine Weihnachtsgans vor seiner Arrestzelle abliefern.

Ich trat das Gaspedal bis zum Anschlag durch und bretterte zur Hamilton Avenue. Das Honorar für Baggetts Festnahme war auf meiner Motivationshitliste mittlerweile weit nach unten gerutscht. Baggett hatte mich zu einer lächerlichen Figur gemacht. Ich wollte keine Rache nehmen. Rachegelüste sind unproduktiv. Ich wollte einfach nur Erfolg haben, meinen beruflichen Stolz wiedererlangen. Wenn die berufliche Ehre erst einmal wiederhergestellt war, würde ich natürlich auch gerne die Fangprämie einstreichen.

Cluck in a Bucket war ein paar Straßen von Vinnies Büro entfernt. Es war eine ganz neue Niederlassung einer kleinen Imbißkette und befand sich noch in der Eröffnungsphase. Ich war schon einmal daran vorbeigefahren und hatte das große Neonhühnchen angestaunt, aber mir noch keine Hähnchenschenkel genehmigt.

Das Restaurant leuchtete einem schon von weitem entgegen. Der einstöckige kleine Würfelbau war innen und außen gelb angestrichen. Abends waren die großen Schaufenster in strahlendes Licht getaucht, und ein Scheinwerfer war auf das zwei Meter hohe Plastikhühnchen gerichtet, das auf einem rotierenden Pfahl auf dem Parkplatz hockte.

Ich stellte meinen Wagen am Rand des Parkplatzes auf der Rückseite von Cluck in a Bucket ab und deckte mich mit den Utensilien der Kopfgeldjäger ein, Handschellen in die eine Jackentasche, Abwehrspray in die andere, Schreckschußpistole in den Hosenbund. Meine Smith & Wesson hatte ich in der Eile auf meinem Nachttisch vergessen.

Lula wartete am Vordereingang auf mich. »Da ist er«, sagte sie. »Er verteilt Papiertütchen, die aussehen wie Hühnchen, an die Kinder.«

Es war tatsächlich Stuart Baggett, als dickes, fettes Hühnchen verkleidet, mit einem Hut auf dem Kopf. Er führte gerade einen kleinen Tanz für eine Familie auf, flatterte mit den Armen, wedelte mit seinem buschigen Hühnerarsch, gab gackernde Geräusche von sich und reichte jedem Kind einen gelbroten Papierhut, der einem Hühnerkopf nachgebildet war.

»Du mußt zugeben, er gibt ein echt süßes Hühnchen ab«, sagte Lula, die Stuart dabei zuschaute, wie er mit großen gelben Hühnerfüßen herumstolzierte. »Kann einem fast leid tun, daß wir ihn hochnehmen müssen.«

Sie hatte leicht reden, ihr Haar war nicht orange. Ich stieß die

Eingangstür auf und durchquerte den Raum. Ich hatte mich Stuart auf knapp zwei Meter genähert, als er sich plötzlich umdrehte und sich unsere Blicke trafen.

»Hallo, Stuart«, sagte ich.

Neben Stuart stand eine junge Frau. Sie trug eine gelbrote Cluck-in-a-Bucket-Uniform und hielt einen Stapel Werbehütchen in der Hand. Ihre angestrengte Miene besagte »Wir wollen doch keine Spielverderberin sein«, und mit erhobenem Zeigefinger ermahnte sie mich: »Sein Name ist nicht Stuart. Heute heißt er Mister Cluck.«

»Ach nee?« sagte Lula. »Mister Cluck wird seinen entzückenden Hühnerpopo jetzt leider Richtung Kittchen bewegen müssen. Dabei wollen wir ihm ein bißchen behilflich sein. Was sagen Sie dazu?«

»Die beiden sind verrückt«, sagte Stuart zu der Frau in der Cluck-in-a-Bucket-Uniform. »Die beiden sind auf der Pirsch. Sie lassen mich nicht in Ruhe. Ich habe schon den letzten Job verloren, weil sie mich andauernd belästigt haben.«

»Lauter gequirlte Hühnerscheiße«, sagte Lula. »Wenn wir Pirschjagd machen würden, dann jedenfalls nicht auf einen Hühnchendarsteller, der für weniger als den Mindestlohn arbeitet.«

»Entschuldigen Sie bitte«, sagte ich, drängte Lula beiseite, von Stuart weg, und wandte mich mit der einnehmenden Macht meines professionellsten Lächelns der jungen Frau mit den Hüten zu. »Mr. Baggett hat leider eine Kautionsvereinbarung verletzt und muß sich neu mit dem Gericht absprechen.«

»Harry«, rief die junge Frau und winkte einem Mann hinter der Theke zu. »Ruf die Polizei.«

»Verdammt« sagte Lula. »Ich mag es nicht, wenn die Leute die Polizei rufen.«

»Sie machen alles kaputt«, sagte Stuart zu mir. »Warum lassen Sie mich nicht in Ruhe? Wer soll denn jetzt Mr. Cluck spielen, wenn Sie mich verhaften?«

Ich zog die Handschellen aus der Tasche. »Machen Sie es mir nicht schwer, Stuart.«

»Sie können Mr. Cluck doch keine Handschellen anlegen!« sagte Stuart. »Was sollen denn die Kinder denken?«

»Ich würde mich keinen großen Hoffnungen hingeben, daß sie Ihnen eine Träne nachweinen«, sagte Lula. »Sie sind nicht der Nikolaus. In Wahrheit sind Sie ein Jammerlappen, der ein billiges Kostüm trägt.«

»Das Ganze ist doch nicht weiter wild«, sagte ich so ruhig wie möglich zu Stuart. »Ich werde Ihnen Handschellen anlegen und Sie abführen, und wenn wir das schnell und ruhig hinter uns bringen, dann wird es keinem auffallen.«

Ich machte Anstalten, Stuart die Handschellen anzulegen, aber er stieß mich mit seinen Hühnerflügeln beiseite. »Lassen Sie mich in Ruhe«, sagte er und schlug mir die Handschellen aus der Hand, so daß sie in hohem Bogen durch den Raum flogen. »Ich gehe nicht ins Gefängnis!« Er holte die Plastikflaschen mit Senf und Spezialsoße vom Gewürzregal und rief: »Keinen Schritt näher!«

Ich hatte mein Tränengas und die Schreckschußpistole dabei, aber es schien mir ein unangemessenes Aufgebot gegen ein mit Spezialsoße bewaffnetes Hühnchen.

»Ich habe nicht den ganzen Tag Zeit«, sagte Lula zu Stuart. »Ich wollte eigentlich nur ein Brathähnchen holen und dann zurück zur Arbeit, aber Sie halten mich auf. Nehmen Sie diese albernen Spritzflaschen weg.«

»Unterschätzen Sie die Spritzflaschen nicht«, sagte Stuart. »Damit läßt sich eine Menge Schaden anrichten.« Er hielt die rote Flasche hoch. »Sehen Sie die hier? Das ist nicht einfach bloß irgendeine Spezialsoße. Die hier ist extra scharf.«

»Ach herrje«, sagte Lula. »Ich glaube, der Junge hat zu viel Aerosol geschnüffelt.«

Lula trat einen Schritt auf Stuart zu, und – Klatsch! – spritzte er einen Schuß Senf auf ihre Brust ab.

Lula blieb abrupt stehen. »Was bilden Sie sich…«

Platsch! Ein Spritzer Spezialsoße obendrein.

»Hast du das gesehen?« sagte Lula, wobei ihre Stimme so schrill wie die von Minnimaus klang. »Er hat mich mit Spezialsoße bespritzt! Die Jacke kann ich in die Reinigung geben.«

»Selbst Schuld, Dickerchen«, sagte Stuart. »Sie haben es so gewollt.«

»Jetzt reicht's«, sagte Lula. »Platz da! Ich bringe ihn um.« Sie stürzte sich auf Stuart, die Hände nach dem Hühnerhals ausgestreckt, rutschte auf einem Flatschen Senf aus, der aus der Flasche getropft war, und landete auf ihrem Hintern.

Stuart rannte los, boxte sich zwischen Tischen und Gästen einen Weg frei. Ich rannte hinter ihm her und fing ihn mit einem Hechtsprung ein. Wir beide gingen in einer Wolke aus Hühnerfedern zu Boden, Stuart seine Soßenflaschen ausquetschend, ich fluchend und mit den Armen fuchtelnd. Wir wälzten uns eine Ewigkeit auf dem Boden, bis ich schließlich etwas zu fassen bekam, das mal kein Körperteil von einem künstlichen Hühnchen war.

Ich lag bäuchlings auf Mr. Cluck und verdrehte ihm nach dem Vorbild von Max und Moritz die Nase, als ich plötzlich starke Hände spürte, die mich hochhoben und mich zwangen, den Nasengriff zu lösen.

Das eine Paar Hände gehörte Carl Costanza, das andere einem Polizisten, den ich vom Sehen her kannte, aber dessen Namen ich nicht wußte. Beide Polizisten lachten, wippten auf den Fußballen, die Daumen im Pistolengurt eingehakt.

»Ich habe ja schon viel von deinem Vetter Vinnie und den Kunststückchen gehört, die er mit Enten veranstaltet«, sagte

Carl zu mir. »Trotzdem bin ich doch erstaunt, dich hier auf einem Hühnchen reiten zu sehen. Ich dachte immer, du kämst mehr nach der Mazur-Seite der Familie.«

Ich wischte mir die klebrige Masse aus dem Gesicht. Ich war über und über mit Senf bekleckert, und ich hatte Spezialsoße im Haar. »Sehr witzig. Der Kerl ist ein NVGler.«

»Hast du die Papiere dabei?« fragte Carl.

Ich kramte in meiner Umhängetasche und holte die Kautionsvereinbarung und den Vertrag für die Aufnahme der Verfolgung, den Vinnie ausgestellt hatte, hervor.

»Das reicht«, sagte Carl. »Meinen Glückwunsch. Du hast dir ein Hühnchen eingefangen.«

Ich sah, daß der andere Polizist krampfhaft versuchte, ein Lachen zu unterdrücken.

»Irgendwelche Probleme?« fragte ich ihn gereizt, weil ich den Verdacht nicht los wurde, daß er über mich lachte.

Er hielt abwehrend beide Hände hoch. »Nein, nein. Keineswegs. Alles bestens. Gar nicht so leicht, sich ein Hühnchen zu fangen.«

Ich verdrehte die Augen und sah Costanza an, aber Costanza verstand sich auch nicht gerade gut darauf, seine Belustigung zu verbergen.

»Gut, daß wir vor den Tierschützern hier waren«, sagte Costanza zu mir. »Die hätten sicher nicht so viel Verständnis gezeigt wie wir.«

Ich las meine Handschellen am anderen Ende des Raums auf und legte sie um Baggetts Handgelenke. Lula hatte mal wieder das Weite gesucht, natürlich. Man konnte von ihr schließlich nicht erwarten, daß sie sich die Atemluft mit Bullen teilte. Mit der Tatsache mußte ich mich abfinden.

»Kann ich dir irgendwie behilflich sein?« wollte Costanza wissen.

Ich schüttelte den Kopf. »Danke. Ich komme schon zurecht.«

Eine halbe Stunde später verließ ich die Wache mit meiner Bestätigung der Festnahme, glücklich und zufrieden, den Sticheleien, ich würde wie ein Würstchengrill riechen, entkommen zu sein. Von der Schande, als Tierquälerin beschimpft zu werden, ganz zu schweigen.

Bullenhumor ist nur in kleinen Portionen genießbar.

Rex schnüffelte an seinem Futternapf herum, als ich nach Hause kam. Ich gab ihm eine Traube und erzählte ihm von Stuart Baggett. Daß er ein Hühnchenkostüm getragen hätte, daß ich mich ihm tapfer genähert und ihn gefangengenommen und ihn der Justiz übergeben hätte. Rex hörte zu, während er in Ruhe seine Traube aß, und ich glaube, er lachte sogar, als ich an die Stelle kam, wo ich Mr. Cluck am Gefieder packte, aber das läßt sich bei einem Hamster schwerlich feststellen.

Ich habe Rex wirklich sehr gern, und er hat viele versöhnliche Eigenschaften an sich, er braucht nur billiges Futter und eine kleine Hütte, aber in Wahrheit tue ich manchmal so, als wäre er ein Golden Retriever. Das würde ich Rex natürlich nie ins Gesicht sagen, Rex ist ziemlich sensibel. Trotzdem sehne ich mich manchmal nach einem großen Hund mit Schlappohren.

Ich schlief auf dem Sofa ein, noch während ich Rex in seinem Laufrad zuschaute. Das Telefon weckte mich wieder auf.

»Ich habe einen Anruf wegen meines Wagens erhalten«, sagte Ranger.» Willst du mitkommen?«

»Klar.«

Es herrschte einen Moment Schweigen. »Warst du gerade am Schlafen?« fragte er.

»Ich doch nicht«, sagte ich. »Ich wollte gerade zur Tür raus, Mo suchen.« Na gut, das war geflunkert. Immerhin besser, als einen Ruf als Faulpelz zu riskieren, besser jedenfalls, als die Wahrheit einzugestehen, denn die Wahrheit lautete, daß ich allmählich unter emotionalen Störungen litt. Ich war nicht mehr in der Lage, bei Dunkelheit einzuschlafen, und wenn ich dennoch einnickte, dann nur, um zu dösen und nach schlechten Träumen wieder aufzuwachen. Deswegen hatte ich angefangen, tagsüber zu schlafen, wenn sich die Gelegenheit bot.

Mein Motiv, weiter nach Mo zu suchen, hatte sich in den letzten paar Tagen verändert. Ich wollte ihn finden, damit das Morden ein Ende hatte. Noch eine zerfetzte Leiche hätte ich nicht ausgehalten.

Ich rutschte vom Sofa und stellte mich unter die Dusche, wo mir auffiel, daß ich münzgroße Blasen an den Fersen hatte. Gott sei Dank, endlich eine triftige Entschuldigung, mit dem Joggen aufzuhören. Acht Minuten später stand ich gestiefelt und gespornt im Hausflur, die Wohnung hinter mir verschlossen.

Kaum war ich in den Bronco eingestiegen, da war mir klar, daß es diesmal zur Sache ging, denn Ranger trug seinen Arbeitsanzug von der Army und goldene Ohrstecker in der Form kleiner Pfähle. Das Tränengasgewehr und die Rauchbomben auf dem Rücksitz waren auch ein Hinweis.

»Was liegt an?« fragte ich.

»Ganz einfach. Moses Bedemier hat mich angerufen. Er hat sich dafür entschuldigt, daß er sich mein Auto ausgeliehen hat. Er hätte den Wagen in seiner Garage abgestellt, und die Nachbarin, Mrs. Steeger, hätte die Schlüssel.«

Mich schauderte bei der Erwähnung ihres Namens.

»Was soll das denn heißen?« fragte Ranger.

»Mrs. Steeger ist der Antichrist.«

»Scheiße«, sagte Ranger. »Ich habe mein Antichrist-Gewehr zu Hause vergessen.«

»Aber sonst hast du alles dabei, wie mir scheint.«

»Man weiß nie, ob man nicht doch mal irgendwann Tränengas braucht.«

»Wenn wir Mrs. Steeger mit Tränengas einnebeln, kann ich meine Bewerbung für die Miß-Burg-Wahl zurückziehen.«

Ranger bog von der King Street in die Gasse und hielt vor Mos Garage. Er stieg aus und versuchte, das Garagentor zu öffnen. Es war verschlossen. Er ging zu dem Fenster an der Seite und schaute hinein.

»Und?« fragte ich.

»Es steht da.«

Im Haus wurde ein schwarzer Vorhang zur Seite geschoben, und Mrs. Steeger sandte uns böse Blicke zu.

»Ist sie das?« wollte Ranger wissen.

»Ja.«

»Einer von uns beiden sollte rübergehen und mit ihr reden.«

»Das überlasse ich dir«, sagte ich.

»Okay, Tex. Ich glaube zwar nicht, daß Mo hier irgendwo steckt, aber behalte die Rückseite im Auge. Ich unterhalte mich solange mit Mrs. Steeger.«

Nach zehn Minuten trat ich von einem Bein aufs andere, um mich warm zu halten, und fing an, mir Sorgen um Ranger zu machen. Ich hatte allerdings keine Schüsse gehört, das war ein gutes Zeichen, auch keine Schreie, keine Polizeisirenen, kein splitterndes Glas.

Ranger tauchte lachend in dem Hintereingang auf. Er durchquerte den Garten und kam auf mich zu. »Hast du als Kind wirklich so viel geschwindelt?«

»Nur wenn es um Leben und Tod ging.«

»Ich bin stolz auf dich, Baby.«

»Hat sie die Schlüssel?«

»Ja. Sie holt nur noch ihren Mantel. Sie nimmt diesen Schlüsseldienst wirklich ernst. Sie meinte, es wäre das mindeste, was sie für Mo tun könnte.«

»Das mindeste?«

»Hast du heute noch keine Zeitung gelesen?«

Ich schüttelte den Kopf. »Nein.«

»Es hat sich gezeigt, daß die Morde ziemliche Wirkung haben. Der Drogenverkauf geht rapide zurück. Unsere Pharmavertreter buchen Flüge zu irgendwelchen exotischen Städten im Süden.«

»Wird Mo etwa als Held verehrt?«

»Sagen wir, man straft ihn nicht gerade mit Verachtung.«

Mrs. Steeger erschien in Hut und Mantel in der Hintertür. Sie kam die Verandatreppe heruntergeschnauft, durch den Hof. »Hm«, meinte sie zu mir, »immer noch am Rumschnüffeln, wie ich sehe.«

Mein linkes Auge fing an zu zucken. Ich hielt das Augenlid mit einem Finger fest und klemmte die Unterlippe zwischen die Zähne.

Ranger grinste.

Der Superheld hatte keine Angst vor dem Antichristen. Der Superheld fand Augenzucken lustig.

Mrs. Steeger schloß das Garagentor auf und trat zurück, die Arme vor der Brust verschränkt. »Ich schließe wieder ab, wenn Sie Ihr Auto rausgeholt haben«, sagte sie zu Ranger.

Wahrscheinlich hatte sie Angst, wir würden die paar Kanister mit altem Motoröl klauen.

Ranger gab mir die Schlüssel für den Bronco. »Ich fahre den BMW, du kommst hinterher.«

Normalerweise würde man sein Auto nach Hause bringen. Da Ranger nicht normal war, wußte ich nicht, wohin er fahren wollte.

Es gelang mir, ihm im Stadtzentrum auf den Fersen zu bleiben.

Es herrschte reger Verkehr, und die Leute gingen wegen der Windböen mit gesenktem Kopf auf dem Gehsteig. Ranger bog von der State in die Cameron Street und fuhr auf einen kleinen, bewachten Parkplatz. Wir befanden uns hinter dem Rathaus, zwei Straßen von der Stark entfernt, in einer Art Behördenviertel, jedenfalls keiner Wohngegend.

Ranger stieg aus dem Auto aus und redete mit dem Platzwächter. Der Platzwächer lachte und nickte. Freundlich. Die beiden kannten sich.

Ich stellte mich hinter den BMW und ging zu Ranger. »Sollen wir die Autos hier stehenlassen?«

»Benny paßt auf sie auf. Ich hole solange meine Post.«

Ich sah mich um. »Wohnst du hier?«

»Mein Büro«, sagte Ranger, auf ein dreistöckiges Gebäude neben dem Parkplatz deutend.

»Was, du hast ein Büro?«

»Nichts Besonderes. Es ist ganz nützlich fürs Geschäft. Macht einen ehrlichen Eindruck.«

Ich folgte Ranger durch die Doppelglastür in die Vorhalle. Linker Hand befanden sich zwei Aufzüge, daneben hing eine Tafel mit den Namen der Mieter. Ich überflog die Tafel, aber konnte Rangers Namen nicht darauf erkennen.

»Du stehst gar nicht drauf«, sagte ich.

Ranger ging an den Aufzügen vorbei auf die Treppe zu. »Nicht nötig.«

Ich trottete hinter ihm her. »Um was für Geschäfte handelt es sich denn bei dir?«

»Meistens geht es um Sicherheit. Leibwächter, Trümmerbeseitigung, Sicherheitsberatung und natürlich Festnahme von Kautionsflüchtlingen.«

Wir querten den Absatz und schritten die Stufen zum ersten Stock hoch. »Was heißt denn Trümmerbeseitigung?«

»Manchmal möchte ein Vermieter Ordnung in seinem Haus schaffen. Dafür stelle ich dann ein Team zusammen.«

»Zum Beispiel, um Crackdealer aus dem Fenster zu werfen?«

Ranger ließ den ersten Stock hinter sich und ging weiter. Er schüttelte den Kopf. »Das kommt nur in den unteren Etagen vor. Es macht zu viel Schweinerei auf dem Gehsteig, wenn man sie von weiter oben aus dem Fenster wirft.«

Er öffnete die Feuerschutztür zum zweiten Stock, und ich folgte ihm den Gang entlang bis zur Tür 211. Er steckte einen Kartenschlüssel in den Magnetschlitz, stieß die Tür auf und machte das Licht an.

Es war ein Einraum-Büro mit zwei Fenstern und einer kleinen Toilette. Beigefarbener Teppich, cremefarbene Wände, Jalousien mit schmalen Blenden vor den Fenstern. Die Möblierung bestand aus einem großen Kirschholzschreibtisch, einem schwarzen Chefsessel aus Leder dahinter und zwei Stühlen für Klienten davor. Keine Gefechtstürme an den Fenstern, keine Raketengeschosse in den Ecken. Auf dem Schreibtisch stand ein Mac-Laptop, daran angeschlossen ein Bernouille-Treiber. Das Modem war mit der Telefonleitung verbunden. Außerdem gab es noch ein Telefon mit mehreren Anschlüssen und einen Anrufbeantworter. Alles war ordentlich. Nirgendwo Staub. Keine leeren Coladosen. Keine leeren Pizzakartons. Und zum Glück keine Leichen.

Ranger bückte sich, um die Post aufzuheben, die durch den Briefkastenschlitz gesteckt worden war. Er kam mit einer Handvoll Umschläge und losen Werbesendungen wieder hoch. Er teilte die Post in zwei Stapel, den einen für den Papierkorb, den anderen hob er sich für später auf. Der erste landete gleich da, wo er hingehörte, den anderen legte er beiseite. Dringende Briefe gab es bei Ranger anscheinend nicht.

Das rote Blinklicht auf seinem Anrufbeantworter spielte verrückt. Ranger hob die Klappe hoch und drückte das Band mit den eingegangenen Nachrichten heraus. Er steckte es in die Brusttasche und tauschte es gegen ein neues aus der obersten Schreibtischschublade aus. Dringende Nachrichten gab es also auch nicht.

Ich warf einen Blick in die Toilette. Sehr sauber. Seife. Papierhandtücher. Eine Rolle Klopapier. Nichts Persönliches. »Hältst du dich oft hier auf?« fragte ich ihn.

»Nicht länger als eben nötig.«

Ich wartete auf weitere Ausführungen, aber es folgten keine. Ich fragte mich, ob Ranger überhaupt noch interessiert daran war, Mo zu suchen, jetzt, wo er seinen BMW wieder hatte.

»Hast du Rachegelüste?« fragte ich ihn. »Soll der Gerechtigkeit ein Dienst erwiesen werden?«

»Er ist dein Kandidat, wenn du das meinst.« Er schaltete das Licht aus und machte die Tür auf.

»Hat Mrs. Steeger irgend etwas gesagt, das uns weiterhelfen könnte?«

»Sie sagte, Mo wäre gegen neun Uhr vorbeigekommen. Er hätte ihr nur mitgeteilt, daß er sich jemandes Auto ausgeliehen hätte und daß er es zur Unterbringung in seine Garage gestellt hätte, bis der Besitzer es abholen würde. Und dann hat er ihr den Schlüssel gegeben.«

»Das war alles?«

»Das war alles.«

»Vielleicht sollte ich mal ein Wörtchen mit Mrs. Steeger reden.« Es war nur eine vage Vermutung, aber vielleicht würde ja Mo wegen des Schlüssels noch mal bei ihr vorbeikommen oder wenigstens anrufen und fragen, wie es gelaufen wäre. Ich hatte keine allzu große Lust auf ein Stelldichein mit Mrs. Steeger, aber wenn ich sie dazu bewegen konnte, ein Treffen oder einen Anruf zwischen mir und Mo zu arrangieren, hätte sich mein Besuch gelohnt.

Ranger überprüfte die Tür, um auch ganz sicherzugehen, daß sie verschlossen war. »Um ihr zu sagen, daß Mos Verbrecherlaufbahn den Bach runtergeht und daß sie ihm deine Privatnummer geben soll, die ihm sicheres Geleit und Unterbringung auf Staatskosten garantiert?«

»Probieren geht über Studieren.«

»Ganz meiner Meinung«, sagte Ranger. »Mit mir wollte er nicht reden, aber vielleicht hast du mehr Glück. Willst du morgen wieder joggen?«

»Liebend gerne, aber ich habe Blasen an den Fersen.«

Ranger wirkte erleichtert.

- 13 -

Ich dachte mir, es könnte nicht schaden, geschäftsmäßig auszusehen, wenn ich zu Mrs. Steeger ging. Ich zog mir ein maßgeschneidertes schwarzes Kostüm an, weiße Seidenbluse, Seidenschal mit Leopardenmuster, Nylonstrümpfe und hochhackige Schuhe. Ich war vielleicht keine geistige Leuchte, aber rein äußerlich konnte ich es mit allen aufnehmen.

Ich hatte Mrs. Steeger vorher Bescheid gegeben, daß ich vorbeikommen würde. Danach hatte ich mir selbst eine Standpauke gehalten, was meine Einstellung betraf. Ich war erwachsen, ich war ein Profi, und ich sah umwerfend gut aus in meinem schwarzen Kostüm. Sich von Mrs. Steeger einschüchtern zu lassen, wäre unannehmbar. Als entscheidende Maßnahme gegen meine Unsicherheit achtete ich extra darauf, daß meine Waffe auch geladen war und in der Umhängetasche steckte. Nichts verleiht einer jungen Frau einen beschwingteren Schritt als eine Waffe.

Ich stellte meinen Wagen in der Ferris Street ab, stieg aus und tänzelte über den Gehsteig zu Mrs. Steegers Veranda. Ich klopfte ein paarmal gebieterisch an die Haustür und trat zurück.

Mrs. Steeger machte auf und musterte mich. »Haben Sie eine Waffe dabei? Wenn Sie eine Waffe dabei haben, lasse ich Sie nicht in meine Wohnung.«

»Ich habe keine Waffe dabei«, sagte ich. Lüge Nummer Eins. Ich redete mir ein, es sei schon in Ordnung, sie anzulügen, Mrs. Steeger erwartete es nicht anders. Wahrscheinlich wäre sie sogar enttäuscht, wenn ich ihr die Wahrheit sagte, und Mrs. Steeger enttäuschen wollte ich auf gar keinen Fall.

Sie ging voraus ins Wohnzimmer, ließ sich in einem Polstersessel nieder und bedeutete mir, im Polstersessel auf der anderen Seite des Sofatisches Platz zu nehmen.

In dem Zimmer herrschte eine zwanghafte Ordnung, und mir kam der Gedanke, daß Mrs. Steeger in Rente gegangen sein mußte, als sie noch sehr rüstig gewesen war, und jetzt nichts Besseres zu tun hatte, als jedem Stäubchen hinterherzuputzen. Die Fenster waren mit weißen Häkelgardinen und schweren Blumenvorhängen dekoriert, die Möbel klobig, Stoffe und Teppich bewußt in Braun- und Beigetönen gehalten, die Ecktischchen waren aus Mahagoni, der Schaukelstuhl aus Kirschbaum. Auf den Beistelltischchen standen zwei Nußschalen, weiße Porzellanschwäne, friedlich nebeneinander. Nußschalen ohne Nüsse. Ich hatte den Verdacht, daß Mrs. Steeger nicht viel Gesellschaft hatte.

Sie saß einen Moment da, am äußersten Rand des Sitzpolsters, unentschieden, ob die Burgers Anstandsregeln von ihr verlangten, daß sie mir etwas anbot oder nicht. Ich erlöste sie aus diesem Dilemma, indem ich gleich meinen Sermon abspulte. Ich hob die Tatsache hervor, daß Mo in Gefahr schwebte. Er hätte ein Loch in den Pharmaumsatz gerissen, und das würde nicht überall auf Zustimmung stoßen. Die Familienangehörigen der

Toten wären unzufrieden, das Pharmamanagement wäre auch unzufrieden, und Verbraucher und Abhängige wären erst recht unzufrieden.

»Außerdem taugt Mo für diese Arbeit nicht«, sagte ich. »Er ist kein Profikiller.« Noch während ich das sagte, flüsterte mir eine innere Stimme zu: Acht Leichen. Wie viele Leichen sind nötig, um von einem Profikiller zu sprechen?

Ich stand auf und gab Mrs. Steeger meine Karte, bevor sie mich die Landeshauptstädte abfragen oder mich bitten konnte, für die nächste Stunde eine Buchzusammenfassung von »John Quincy Adams, Biographie eines Staatsmannes« zu schreiben.

Mrs. Steeger hielt meine Karte zwischen zwei Fingern, so als hätte sie Angst, sie könnte sich die Krätze holen. »Was wollen Sie eigentlich von mir?«

»Ich möchte gern mit Mo sprechen. Herausfinden, ob sich nicht etwas arrangieren ließe. Ihn wieder in die Gesellschaft eingliedern, bevor er verletzt wird.«

»Sie möchten also, daß er Sie anruft.«

»Ja.«

»Ich werde es ihm ausrichten, wenn ich wieder von ihm höre.«

Ich streckte ihr meine Hand entgegen. »Vielen Dank.«

Ende des Besuchs.

Keiner von uns beiden hatte den Zwischenfall in dem Laden erwähnt, dieses Thema lag jenseits unserer beidseitigen Verständigungsbereitschaft. Mrs. Steeger hatte nicht herausgefunden, daß ich gelogen hatte, was die Pistole anging, und mir nicht gedroht, mich zur Strafe zur Schuldirektorin zu schicken. Insofern betrachtete ich die ganze Aktion als einen durchschlagenden Erfolg.

Ich dachte mir, es könnte nicht schaden, auch einigen der Nachbarn noch einen Besuch abzustatten. Jetzt, da man Leichen in Mos Keller gefunden hatte, zeigte man sich vielleicht entgegenkommender.

Das Haus von Dorothy Rostowski schien mir ein guter Anfang zu sein. Ich klopfte an ihre Tür und wartete, während drinnen die Kinder brüllten.

Dorothy öffnete mit einem Löffel in der Hand. »Ich koche gerade Abendessen«, sagte sie. »Willst du reinkommen?«

»Danke, aber ich habe nur wenig Zeit. Ich wollte dir nur mitteilen, daß ich immer noch nach Mo Bedemier suche.«

Ich spürte, wie die Stimmung umschlug, und Dorothys Mann tauchte plötzlich an ihrer Seite auf.

»Viele Leute hier im Viertel hätten nichts dagegen, wenn man Mo nicht finden würde«, sagte Rostowski.

Mir krampfte sich der Magen zusammen, und eine Schrecksekunde lang dachte ich, Rostowski würde gleich eine Waffe ziehen oder ein Messer oder sich eine Zigarette anzünden und mich damit bedrohen. Die Gedanken überschlugen sich, und mir fiel sofort der Telefonanruf ein, der mich in den Laden gelockt hatte. Hätte ich Dorothys Stimme am Telefon wiedererkannt? Hätte ich Mrs. Molinowskys Nichte, Joyce, oder Loretta Beeber oder gar meine Kusine Marjorie wiedererkannt? Und wer waren die Männer, die bereit gewesen waren, mir Brandwunden zuzufügen, mich vielleicht sogar umzubringen? Väter von Kindern, so wie Rostowski? Nachbarn? Ehemalige Schulkameraden? Vielleicht war Dorothys Mann einer von ihnen gewesen.

»Wir wollen bloß, daß das alles ein Ende hat, damit Mo zurückkommen und seinen Laden wiedereröffnen kann«, sagte Dorothy. »Er fehlt den Kindern sehr.«

Ich konnte mein Erstaunen kaum verbergen. »Mo steht unter Verdacht, acht Menschen ermordet zu haben!«

»Drogenhändler«, sagte Dorothy.

»Das rechtfertigt es nicht.«

»Das rechtfertigt alles. Mo hätte einen Orden verdient.«

»Man darf Menschen nicht töten.«

Dorothy sah zu Boden, musterte einen Fleck direkt vor ihrem Fuß. Ihre Stimme wurde leiser. »Theoretisch weiß ich auch, daß man das nicht tut. Aber die ganzen Drogen und die Gewalt stehen mir bis hier oben! Und wenn Mo die Sache in die eigene Hand nimmt, dann bin ich die Letzte, die ihm an den Karren fährt.«

»Ich kann also davon ausgehen, daß du mir nicht Bescheid gibst, wenn sich Mo mal hier im Viertel blicken läßt.«

»Davon kannst du ausgehen«, sagte Dorothy, noch immer meinem Blick ausweichend.

Ich überquerte die Straße und klingelte bei Mrs. Bartle.

Sie öffnete prompt und baute sich mit verschränkten Armen vor mir auf. Keine angenehme Körpersprache, dachte ich, und trat im Geist einen Schritt zurück.

»Kommen Sie wegen Mo?« fragte sie. »Dann will ich Ihnen gleich sagen, daß ich ihm sofort meine Stimme geben würde, wenn er für das Präsidentenamt kandidieren würde. Es wird langsam Zeit, daß mal jemand etwas gegen das Drogenproblem in diesem Land unternimmt.«

»Er wird verdächtigt, acht Menschen ermordet zu haben!«

»Schade, daß es nicht mehr sind. Von mir aus können sie alle Drogenhändler ausrotten.«

Auf meinem Heimweg ging ich kurz bei Connie und Lula vorbei. Connie saß am Schreibtisch, Lula lümmelte völlig erledigt auf dem Sofa.

»Sie hat sich heute morgen ein bißchen überanstrengt«, sagte ich zu Connie. »Sie war mit Ranger und mir joggen, und dann ist sie auch noch von einem Hühnchen mit Spezialsoße bespritzt worden.«

»Schon gehört.«

Lula klappte ein Auge auf. »Hmhm.« Sie klappte auch das andere Auge auf und musterte mich in meinem Kostüm. »Wofür hast du dich denn so schick gemacht?«

»Ich war geschäftlich unterwegs. Reine Tarnung.«

»Was macht die Jagd auf Mo?« wollte Connie wissen.

»Wir holen auf. Ranger hat seinen Wagen wieder.«

Das brachte Lula auf die Beine. »Sag bloß?«

Ich erzählte ihnen von den beiden Besuchen bei Mrs. Steeger und dann von dem Abstecher in Rangers Büro.

»Siehst du«, sagte Lula. »Genau wie Bruce Wayne. Bruce Wayne hatte auch ein Büro.«

Connie sah Lula mit ihrem typischen Blick an, der besagen sollte, was redest du da für einen Unsinn zusammen, worauf Lula sich genötigt sah, ihre Theorie zu erläutern, bei Ranger handele es sich um einen Superhelden.

»Zunächst einmal«, erwiderte Connie, »ist Bruce Wayne eigentlich Batman, und Batman ist kein Superheld. Batman ist bloß ein neurotischer Typ in einem Gummianzug. Man muß entweder eine Strahlendosis abbekommen haben oder von einem anderen Planeten abstammen, um als echter Superheld zu gelten.«

»Über Batman gibt es sogar einen Comic«, sagte Lula.

Connie beeindruckte diese Logik herzlich wenig. »Über Donald Duck gibt es Hunderte von Comics. Glaubst du etwa, Donald Duck ist ein Superheld?«

»Wie sieht das Büro aus?« fragte Lula. »Hat er eine Sekretärin?«

»Er hat keine Sekretärin«, sagte ich. »Es ist ein Büro für eine Person, mit einem Schreibtisch und ein paar Stühlen.«

»Wir sollten mal hinfahren und rumschnüffeln«, sagte Lula. »Mal sehen, was sich so findet.«

Jeder, der in Rangers Privatsphäre eindringen wollte, mußte lebensmüde sein. »Halte ich für keine gute Idee«, sagte ich zu Lula. »Er würde uns nicht nur umbringen, ich fände es auch so nicht gerade nett. Ranger ist nicht unser Feind.«

Lula wirkte wenig überzeugt. »Das mag ja alles stimmen, aber ich würde trotzdem gerne herumschnüffeln.«

»Du glaubst doch nicht im Ernst, daß er ein Superheld ist«, sagte Connie zu Lula. »Du findest bloß, daß er eine heiße Nummer ist.«

»Daß man sich glatt die Finger verbrennen könnte«, gestand Lula. »Aber das besagt nicht, daß er nicht doch etwas verbirgt. Ich sage euch, der Mann hat Geheimnisse.«

Connie beugte sich vor. »Geheimnisse? Das kann alles mögliche bedeuten. Es könnte zum Beispiel sein, daß er in zwölf Bundesstaaten wegen Mordes gesucht wird und sich eine neue Identität zugelegt hat. Oder noch besser, daß er schwul ist.«

»Daran will ich lieber gar nicht denken«, sagte Lula. »Heute sind doch die knackigen Kerle alle schwul, und die verschwitzten, schlaksigen Typen alle Normalos. Wenn sich herausstellt, daß Ranger schwul ist, gehe ich in die nächste Vorstellung von Tom und Jerry. Auf die beiden ist wenigstens noch Verlaß.«

Connie und ich nickten mitfühlend. Früher machte ich mir Sorgen, ich könnte meinen Freund an Joyce Barnhardt verlieren, heute mußte ich mir Sorgen machen, daß ich ihn an ihren Bruder Kevin verlor.

Ich war neugierig, was Ranger anbelangte, aber nicht halb so neugierig wie Lula. Ich hatte Besseres zu tun. Ich mußte Mo ausfindig machen. Ich mußte meinen Pickup abholen. Ich mußte Joe Morellis plötzlichem Desinteresse an mir auf die Spur kommen. In dem Fall war ich mir ziemlich sicher, daß es nicht an einem akuten Mangel an Y-Chromosomen lag.

Ich fuhr denselben Weg zurück zum Haus meiner Eltern,

lockte meinen Vater in den Buick, damit er ihn später wieder mit nach Hause nahm, und steuerte die Werkstatt an.

Mein Vater war recht schweigsam während der Fahrt, aber seine Gedanken entluden sich geradezu über seinem Kopf.

»Ich weiß«, sagte ich versuchsweise. »Wenn ich einen Buick gekauft hätte, hätte ich mir diesen ganzen Ärger ersparen können.«

Der Nissan stand auf einem numerierten Parkplatz im Hof der Werkstatt. Mein Vater und ich beäugten ihn mißtrauisch.

»Soll ich solange warten?« fragte mein Vater.

»Nicht nötig.«

Mein Vater fuhr davon. Wir hatten diese Routine schon mal durchlaufen.

Ernie, der Geschäftsführer, war in dem kleinen Büro neben dem Schuppen. Er erkannte mich sofort wieder und trat hinter der Theke hervor, nahm meine Autoschlüssel von einem Wandhaken und stellte die Rechnung aus. »Haben Sie mit Slick wegen des Vergasers gesprochen?«

»Ja.«

Ernie lächelte. »Wir wollen, daß unsere Kunden zufrieden sind. Nicht, daß sie ohne Erklärung wieder nach Hause geschickt werden.«

Ich war rundum zufrieden. Ich hätte mich umbringen können vor Zufriedenheit. Noch einmal meine Zeit mit Slick vergeuden, und ich hätte mir die Kehle aufgeschlitzt.

»Ich habe es eilig«, sagte ich und händigte ihm meine Kreditkarte aus. Noch eine Lüge. Ich hatte alle Zeit der Welt. Ich war aufgedonnert wie sonst was, aber ich mußte nirgendwo hin.

Eine Meisterdetektivin hätte sich jetzt mit einem Kleinbus in der Nähe des Süßwarenladens postiert und hätte das Haus von Mrs. Steeger beobachtet. Leider war ich keine Meisterdetektivin, und ich besaß auch keinen Kleinbus. Ich konnte mir keinen leisten. Ich konnte mir nicht mal einen Leihwagen leisten. Aber mit einem Kleinbus hätte es wahrscheinlich sowieso nicht funktioniert, dazu waren die Bewohner von Burg viel zu neugierig.

Ich fuhr bei Morelli vorbei, nur so aus Spaß, um den Pickup mal probezufahren. Morellis Auto stand am Straßenrand, und im Haus brannte Licht. Ich stellte mich hinter den 4+4 und schaltete den Motor aus. Ich überprüfte mein Äußeres im Rückspiegel. Orangenes Haar kommt erst im Dunkeln so richtig zur Geltung.

»Was soll's«, sagte ich mir, »ist doch egal.«

Als ich an Morellis Haustür klopfte, flatterten mir Schmetterlinge im Bauch.

Morelli machte die Tür auf und verzog das Gesicht. »Wenn du wieder einen Toten in deinem Kofferraum hast, will ich davon nichts wissen.«

»Ich bin rein privat hier.«

»Noch schlimmer.«

Die Schmetterlinge hörten auf zu flattern. »Was soll denn der Empfang?«

»Entschuldige. Es war nicht so gemeint. Du siehst ja halb erfroren aus. Wo ist dein Mantel?«

Ich trat in die Diele. »Ich habe keinen Mantel dabei. Als ich heute nachmittag aus dem Haus ging, war es wärmer.«

Ich folgte Morelli nach hinten in die Küche und sah zu, wie er ein großzügiges Glas mit einer bernsteinfarbenen Flüssigkeit füllte.

»Da«, sagte er und reichte mir das Glas. »Die schnellste Art, die Kälte zu vertreiben.«

Ich roch an dem Glas. »Was ist das?«

»Schnaps. Hat mein Onkel Leo in seinem Keller selbst gebrannt.«

Ich probierte einen winzigen Schluck, und meine Zunge wurde taub. »Ich weiß nicht…«

Morelli zog erstaunt die Augenbrauen hoch. »Feige?«

»Du trinkst das Zeug ja auch nicht.«

Morelli nahm mir das Glas aus der Hand und kippte den Inhalt die Kehle hinunter. Er füllte das Glas wieder auf und reichte es mir. »Jetzt bist du an der Reihe, Pilzköpfchen.«

»Auf den Papst«, sagte ich und leerte das Glas in einem Zug.

»Na?« fragte Morelli. »Wie schmeckt er dir?«

Ich hustete und keuchte schwer mit offenem Mund, flüssiges Feuer wühlte meinen Magen auf und verteilte sich rasch in alle Gliedmaßen. Schweißperlen traten mir auf die Stirn, und meine Vagina bekam Zuckungen. »Ziemlich gut«, sagte ich schließlich zu Morelli.

»Willst du noch einen?«

Ich wedelte abwehrend mit einem Finger. »Vielleicht später.«

»Was soll das Kostüm?«

Ich erzählte ihm das mit Rangers Auto und von meinem zweiten Anlauf, mit Mrs. Steeger ins Gespräch zu kommen. Ich erzählte ihm auch von Dorothy Rostowski und Mrs. Bartle.

»Die Leute sind doch verrückt«, sagte Morelli. »Völlig übergeschnappt.«

»Jetzt sag mal – warum darf ich nicht mehr privat herkommen?«

»Es war nicht so gemeint.«

»Wegen dem Haar, stimmt's?«

»Es ist nicht wegen dem Haar.«

»Du hast heimlich geheiratet.«

»Ich habe keine Geheimnisse.«

»Also gut. Weswegen dann?«

»Wegen dir. Du bist ein wandelndes Ungeheuer. Man muß doch der reinste Masochist sein, um sich für dich zu interessieren.«

»Ach so«, sagte ich. »Kannst du mir doch noch einen Schnaps geben?«

Er schenkte zwei Gläser ein, und wir kippten sie runter. Diesmal war es leichter. Weniger Feuer. Mehr Glut.

»Ich bin kein wandelndes Ungeheuer«, sagte ich. »Ich weiß nicht, wie du auf so etwas kommst.«

»Jedesmal, wenn es privat wird mit dir, stehe ich zum Schluß allein da, splitternackt, mitten auf der Straße.«

Ich verdrehte die Augen an die Decke. »Das war nur ein einziges Mal so, und du warst auch nicht splitternackt. Du hattest Strümpfe an und ein Hemd.«

»Ich meinte es im übertragenen Sinn. Wenn ich mich präziser ausdrücken soll, bitte. Was ist mit damals, als du mich zusammen mit drei Leichen in einen Kühlwagen gesperrt hast? Oder als du mich mit dem Buick überfahren hast?«

Ich rang verzweifelt die Hände. »Das mit dem Buick mußte natürlich kommen.«

Er schüttelte den Kopf, angewidert. »Du benimmst dich unmöglich. Es lohnt nicht die Mühe.«

Ich krallte meine Finger vorne in sein T-Shirt und zog ihn näher zu mir heran. »Du kannst dir nicht mal im Traum vorstellen, wie unmöglich ich sein kann.«

»Darauf trinken wir einen«, sagte Morelli.

Der dritte Schnaps ging runter wie Butter. Ich gab Morelli das Glas zurück und leckte mir die Lippen.

Morelli beobachtete mich dabei, seine Augen verdunkelten sich, und seine Atmung geriet ins Stocken.

Aha, dachte ich. Das war also nach seinem Geschmack. Der alte Lippentrick funktionierte immer noch.

»Scheiße«, sagte Morelli.

»Das hast du extra gemacht.«

Ich lachte. Dann lachte er.

Mir kam es wie sein »Jetzt hab ich dich!«-Lachen vor. Wie die Katze, die gerade einen Kanarienvogel gefangen hatte.

Er rückte noch näher heran, nahm mein Gesicht zwischen seine Hände und küßte mich.

Die Küsse wurden heißer, mir wurde heißer, Morelli wurde heißer. Bald war uns so heiß, daß wir ein paar Kleidungsstücke ablegen mußten.

Wir hatten sie zur Hälfte abgelegt, als Morelli vorschlug, doch nach oben zu gehen.

»Hmmm«, sagte ich mit gesenkten Augenlidern. »Für was hältst du mich denn?«

Morelli raunte mir seine Gedanken zu diesem Thema ins Ohr und löste meinen Büstenhalter. Seine Hände umschlangen meine nackten Brüste, und seine Finger spielten mit den Brustwarzen. »Gefällt dir das?« fragte er und rieb die Brustwarzen sanft zwischen Daumen und Zeigefinger.

Ich preßte die Lippen aufeinander, damit ich meine Zähne nicht in seine Schulter schlug.

Er variierte das Brustwarzenspiel. »Wir wär's damit?« sagte er.

Gut. Sehr gut.

Morelli küßte mich noch mal, und als nächstes lagen wir auf dem Fußboden und fummelten an Reißverschluß und Strumpfhose herum.

Er zog mit einem Finger winzige Kreise auf meinem Seidenspitzenhöschen, direkt über dem Bodennullpunkt. Mein Vestand schaltete aus, und mein Körper sagte JA!

Morelli rutschte tiefer und vollführte das gleiche Manöver mit seiner Zungenspitze, fand wieder mit absoluter Treffsicherheit genau die richtige Stelle, und das ohne jede Schatzkarte oder detaillierte Anweisungen.

Das war der wahre Superheld.

Ich wollte gerade das große Hallelujah anstimmen, als irgend etwas draußen vor dem Küchenfenster zu Bruch ging. Morelli hob den Kopf und lauschte. Man hörte irgendein Geraufe, und Morelli war sofort auf den Beinen und stieg in seine Jeans. Mit gezückter Waffe öffnete er die hintere Tür.

Ich stand direkt hinter ihm, mein Hemd wurde nur von einem einzigen Knopf zusammengehalten, meine Strumpfhose hing über der Lehne eines Küchenstuhls, meine Waffe hatte ich in der Hand. »Was war das?« fragte ich.

Er schüttelte den Kopf.

»Ich kann nichts erkennen.«

»Katzen?«

»Vielleicht. Der Mülleimer ist umgefallen. Vielleicht war es Nachbars Hund.«

Ich stützte mich mit einer Hand an der Wand ab. »Puh«, sagte ich.

»Wieso Puh?«

»Ich weiß nicht, wie ich dir das beibringen soll, aber der Fußboden schwankt. Entweder haben wir ein Erdbeben, oder ich bin betrunken.«

»Du hast doch nur drei Schnäpse getrunken.«

»Ich bin nicht gerade trinkfest, und ich habe nicht zu Abend gegessen.«

Meine Stimme klang, als käme sie aus einer Konservenbüchse, ganz weit weg.

»Junge, Junge«, sagte Morelli. »Wie betrunken bist du denn?«

Ich blinzelte und versuchte ihn zu fixieren. Er hatte plötzlich vier Augen. Ein Scheißgefühl. »Du hast ja vier Augen«, sagte ich.

»Kein gutes Zeichen.«

»Ich glaube, ich gehe jetzt besser nach Hause«, sagte ich. Dann kotzte ich ab.

Ich wachte mit rasenden Kopfschmerzen auf, und meine Zunge klebte am Gaumen. Ich trug ein Baumwollnachthemd; ich erinnerte mich nur schwach daran, es angezogen zu haben. Ich war mir ziemlich sicher, zu diesem Zeitpunkt allein gewesen zu sein, obwohl mir vom dritten Schnaps an der Abend nur schemenhaft in Erinnerung geblieben war.

Sehr genau im Gedächtnis geblieben war mir allerdings die Tatsache, daß mir ein von Morelli ausgelöster Orgasmus wieder einmal entgangen war, und ich vermutete stark, daß Morelli ebenfalls leer ausgegangen war.

Er hatte das einzig Vernünftige getan und darauf bestanden, daß ich erst wieder nüchtern wurde, bevor ich nach Hause ging. Zuerst waren wir ein paar Kilometer in der kalten Luft herumgetrabt, dann hatte er mich mit Kaffee abgefüllt und mit Rührei und Toast vollgestopft, und danach hatte er mich nach Hause gefahren. Er brachte mich bis vor die Tür, und ich glaube, ich hatte ihm noch gute Nacht gesagt, bevor ich in mein Bett kroch.

Ich schlurfte in die Küche, setzte Kaffee auf und spülte damit ein Aspirin hinunter. Ich duschte, trank ein Glas Orangensaft und putzte mir dreimal hintereinander die Zähne. Ich warf einen hastigen Blick in den Spiegel und stöhnte. Schwarze Ringe unter blutunterlaufenen Augen, bläßliches, verkatertes Gesicht. Kein erhebender Anblick. »Stephanie«, sagte ich zu mir, »du bist nicht trinkfest.«

Die Kopfschmerzen ließen im Laufe des Vormittags nach. Mittags fühlte ich mich schon wieder wie ein Mensch. Ich schleppte mich in die Küche und stand vor dem Kühlschrank, sah in das Gemüsefach und dachte gerade über die Erschaffung des Universums nach, als das Telefon klingelte.

Mein erster Gedanke war: Morelli. Mein zweiter, daß ich nicht die geringste Lust hatte, mit ihm zu sprechen. Soll der Beantworter seinen Anruf entgegennehmen, entschied ich.

»Ich weiß, daß du da bist«, sagte Morelli. »Du kannst ruhig drangehen. Früher oder später mußt du sowieso mit mir reden.«

Später war mir lieber.

»Ich habe Neuigkeiten für dich. Ich weiß, wer Mos Anwalt ist.«

Ich riß den Hörer hoch. »Hallo?«

»Das wird dir bestimmt gefallen«, sagte Morelli.

Ich schloß die Augen. Ich hatte eine böse Vorahnung, um wen es sich bei dem Anwalt handelte. »Sag es mir lieber nicht.«

Ich spürte, wie Morelli am anderen Ende der Leitung grinste. »Dickie Orr.«

Dickie Orr. Mein geschiedener Mann. Dummschwätzer hoch drei. Das war ein Schlag ins Kontor, an einem Tag, den ich ohnehin als Verlust abschreiben konnte.

Dickie hatte am juristischen Seminar in Newark seinen Abschluß gemacht. Er war Sozius bei Kreiner und Kreiner, deren Kanzlei sich in dem alten Shuman-Haus befand. Mangelnde Begabung machte Dickie durch kreative Buchführung wett. Er war dabei, sich einen Ruf als »Staranwalt« zu erwerben. Ich war überzeugt, daß dieser Umstand seinen überzogenen Honorarforderungen und nicht seinen erfolgreichen Prozeßabschlüssen zuzuschreiben war. Die Klienten glaubten eben gern, daß sie etwas für ihr Geld bekamen.

»Seit wann weißt du das?«

»Seit zehn Minuten.«

»Will Mo sich der Polizei stellen?«

»Er überlegt es sich noch. Vermutlich sucht er einfach nur einen guten Verhandlungsführer.«

»Er wird verdächtigt, acht Menschen umgebracht zu haben. Worum will er da verhandeln? Jeden Freitag Hummer zum Mittagessen, solange er in der Todeszelle sitzt?«

Ich nahm eine Packung Frosties vom Küchenregal und stopfte mir den Mund damit voll.

»Was ißt du da?« wollte Moralli wissen.

»Frosties.«

»Das ist für Kinder.«

»Was will Mo denn nun?«

»Ich weiß es nicht. Ich will gleich mal zu Dickie rüber und mit ihm reden. Hast du nicht Lust mitzukommen?«

Ich warf mir noch eine Handvoll Frosties ein. »Aber das hat doch bestimmt seinen Preis?«

»Alles hat seinen Preis. Wir treffen uns in einer halben Stunde in der Cafeteria im Shuman-Haus.«

Mir fiel ein, in welchem Zustand sich mein Haar befand. »Es wird vielleicht ein paar Minuten später.«

»Ich warte solange«, sagte Morelli.

Wenn alle Ampeln auf Grün standen, konnte ich es in zehn Minuten zum Shuman-Haus schaffen. Frisur und Make-up würden mindestens zwanzig Minuten in Anspruch nehmen. Mit einer Mütze auf dem Kopf konnte ich auf das Frisieren verzichten, das würde die Hälfte der Zeit einsparen. Ich beschloß, daß eine Mütze die beste Lösung war.

Ich lief im Eiltempo zum Hinterausgang und hatte nur noch wenige Minuten Zeit. Ich hatte braungrauen Eyeliner aufgetragen, rostrotes Rouge, natürliches Lip-Gloss und jede Menge schwarze Wimperntusche. Das Geheimnis eines gelungenen Kater-Make-ups ist Abdeckstift für die Tränensäcke, und darüber eine gute flüssige Grundierung. Ich trug meine Rangers-Baseballmütze, und eine knatschorange Krause rahmte mein Gesicht ein. Wie Rotkäppchen, zum Dahinschmelzen.

An der Ampel Hamilton, Ecke Twelfth mußte ich stehenbleiben, und ich merkte, daß der Nissan im Leerlauf ziemlich stotterte. Zwei Straßen weiter gab es eine Fehlzündung, und der Motor soff mir ab. Mit Geduld und Spucke schaffte ich es ins Stadtzentrum. Ffft, ffft, ffft, Krawumms! Ffft, ffft, ffft, Krawumms!

An einer Ampel schob sich ein Bus neben mich. Der Bus war voller Schulkinder. Ein Bengel steckte seinen Kopf durch ein Fenster.

»He, Sie da«, sagte er. »Ihr Auto hat die Furzeritis.«

Ich zeigte ihm den italienischen Freundschaftsgruß und zog die Baseballmütze in die Stirn. Als ich einen Parkplatz vor dem Shuman-Haus gefunden hatte, jagte ich den Motor hoch, ließ die Kupplung los und schoß mit abartiger Geschwindigkeit rückwärts in die Lücke. Der Nissan hüpfte über den Bordstein und rammte eine Parkuhr. Ich knirschte mit den Zähnen. Stephanie Plum, die Tollwütige. Ich stieg aus und betrachtete den Schaden. Die Parkuhr war heil geblieben, dafür hatte der Wagen eine dicke Beule in der Stoßstange. Na wunderbar. Jetzt paßte die Rückseite wenigstens zur Vorderseite. Der Truck sah aus, als hätte ihn jemand mit einer riesigen Pinzette hochgehoben.

Ich stürmte in die Cafeteria, entdeckte Morelli und eilte auf ihn zu. Ich muß immer noch wie eine Tollwütige ausgesehen haben, denn Morelli versteifte sich plötzlich, als er mich sah, und machte eine der typischen Gesten, die Bullen häufig unbewußt vollführen, als überprüften sie zur Sicherheit heimlich, ob ihre Pistole noch da war.

Ich warf meine Umhängetasche auf den Boden und ließ mich auf den Stuhl ihm gegenüber fallen.

»Ich schwöre dir, es war nicht meine Absicht, dich betrunken zu machen«, sagte Morelli.

Ich kniff die Augen zu. »Hm.«

»Also gut, war es doch«, gestand er. »Aber so betrunken auch wieder nicht.«

»Themawechsel.«

Er lachte. »Gibt es sonst noch Ärger?«

»Mein Auto ist vom Satan besessen.«

»Ich kann dir meinen Mechaniker empfehlen.«

»Kennst du einen guten?«

»Den besten. Bucky Seidler. Kannst du dich noch von der High-School an ihn erinnern?«

»Ist der nicht von der Schule geflogen, weil er in der Mädchen-Umkleidekabine Ratten ausgesetzt hat?«

»Genau. Das war Bucky.«

»Hat er sich in der Zwischenzeit etwas beruhigt?«

»Kaum. Aber er ist ein toller Mechaniker.«

»Ich werde es mir überlegen.«

Morelli blätterte in einem Stapel Visitenkarten, die er in seinem Portemonnaie aufbewahrte. »Da«, sagte er und reichte mir eine. »Mr. Fix It. Du kannst die Karte behalten.«

»Inhaber Bucky Seidler«, las ich.

»Ja«, sagte Morelli. »Verrückter und Autofanatiker in einem.«

Ich bestellte Cola und Fritten, Morelli bestellte Cola und Cheeseburger.

Als die Kellnerin gegangen war, legte ich meine Arme auf den Tisch. »Glaubst du, daß Mo dem Gericht tatsächlich etwas anzubieten hat?«

»Es geht das Gerücht, Mo würde behaupten, er hätte keinen Menschen ermordet.«

»Komplizenschaft bei Mord ist in Jersey das gleiche wie Mord.«

»Wenn er zur Zusammenarbeit bereit ist und uns wirklich etwas Entscheidendes zu bieten hat...« Morelli signalisierte ein »Wer weiß?« mit seinen erhobenen Händen.

Die Kellnerin setzte die Teller auf dem Resopaltisch ab und kehrte noch mal wegen der Getränke zurück.

Morelli klaute sich eine von meinen Fritten. »Was hast du bloß je an Dickie Orr gefunden?«

Die Frage hatte ich mir selbst oft genug gestellt und nie eine zufriedenstellende Antwort darauf geben können. »Er hatte ein schönes Auto«, sagte ich.

Morelli zog die Mundwinkel nach unten. »Eine gute Basis für eine Ehe.«

Ich goß Ketchup über die Fritten und fing an, mich durch den Berg hindurchzuessen. »Schon mal daran gedacht zu heiraten?«

»Klar.«

»Und?«

»Ich habe die traurige Beobachtung gemacht, daß Polizisten keine guten Ehemänner abgeben. Bei allem, was recht ist, aber ich müßte eine Frau heiraten, die ich nicht besonders mag, damit ich kein schlechtes Gewissen haben muß, wenn ich ihr Leben kaputtmache.«

»Du müßtest also so jemanden heiraten wie mich.«

Morellis Gesicht verzog sich zu einem breiten Grinsen. »Ich gestehe es nicht gern, aber eigentlich mag ich dich. Du bist also aus dem Schneider.«

»Uff«, sagte ich. »Da bin ich aber erleichtert.«

»Was kannst du mir über Dickie sagen?«

Ich trank meine Cola zur Hälfte. »Ist das der Preis?«

Er nickte. »Ich habe Orr ein paarmal im Gericht erlebt, aber ich kenne ihn nicht persönlich.«

»Und was hältst du von ihm?«

»Er hat einen guten Friseur. Schlechten Geschmack, was seine Krawatten angeht. Ansonsten: Großes Ego, kleiner Schwanz.«

»Du irrst, was den Schwanz betrifft.«

Ich erntete ein neuerliches Lachen.

»Er betrügt alle nach Strich und Faden, Finanzamt, Mandanten, Freundinnen«, sagte ich zu Morelli.

»Sonst noch was?«

»Zahlt wahrscheinlich grundsätzlich keine Strafmandate. Hat

früher zur Entspannung gelegentlich schon mal Koks genommen. Ich weiß nicht, ob er immer noch darauf abfährt. Hat es mit Mallorys Frau getrieben.«

Mallory war ein Polizeibeamter, der berüchtigt war für die überdurchschnittlich vielen Unfälle und Verletzungen, die im Zuge seiner Verhaftungen passierten. Festgenommene, die sich unkooperativ verhielten, hatten die Angewohnheit, ganze Treppenfluchten hinunterzustürzen, wenn sie sich in Mallorys Obhut befanden.

»Weißt du das genau mit Mallorys Frau?« fragte Morelli.

»Ich habe es von Mary Lou gehört, und die hat es im Schönheitssalon aufgeschnappt.«

»Dann muß es ja stimmen.«

»So etwas in die Richtung wolltest du doch hören, oder nicht?«

»Es reicht jedenfalls.«

Morelli aß seinen Cheesburger auf, trank seine Cola aus und legte zehn Dollar auf den Tisch. »Bestell dir noch ein Stück Kuchen. Ich komme wieder, wenn ich mit Dickie fertig bin.«

Ich sprang von meinem Sitz auf. »Du hast gesagt, du würdest mich mitnehmen.«

»Ich habe dich angelogen.«

»Miststück.«

»Wie du mir ...«

- 14 -

Meine Entrüstung darüber, daß Morelli mich in der Cafeteria einfach hatte sitzenlassen, war reine Schau gewesen. Ich hatte nicht vorgehabt, ihm wie ein Schoßhündchen zu folgen, wenn er zu Dickie ging. Dickie hätte in meiner Gegenwart sowieso nicht den Mund aufgemacht.

Ich bestellte eine Kokosmakrone und Schonkaffee. Der Raum hatte sich nach der Mittagspause wieder geleert. Ich hielt mich zwanzig Minuten an Kaffee und Kuchen fest und bezahlte dann. Von Morelli war nichts zu sehen, und ich konnte mir nicht vorstellen, daß die Auseinandersetzung mit Dickie sich derart in die Länge zog. Ich dachte, Morelli hätte mich versetzt, es wäre nicht das erste Mal gewesen. Ich schlüpfte in meine Jacke, hängte mir die Handtasche über die Schulter und wollte gerade zur Tür hinaus, als Morelli um die Ecke kam.

»Ich dachte schon, du hättest mich verstoßen«, sagte ich zu Morelli.

»Ich mußte warten, bis Dickie seine Telefonkonferenz beendet hatte.«

Wind fegte durch die Straßen, und wir beide zogen schutzsuchend die Köpfe ein.

»Irgend etwas erfahren?«

»Nicht viel. Keine Adresse oder Telefonnummer von Mo. Er sagt, Mo würde sich bei uns melden.«

»Hast du herausgefunden, was Mo anzubieten hat?«

»Informationen.«

Ich sah ihn neugierig an.

»Mehr kann ich dir nicht sagen«, meinte Morelli.

Morelli hatte mich schon wieder angeschmiert. »Ich weiß zwar nicht wofür, aber vielen Dank auch.«

»Ich tue mein Bestes«, sagte Morelli.

»Dein Bestes ist nicht gut genug.«

»Kommt darauf an.« Seine Augen wurden dunkler. Der Schlafzimmerblick. »Gestern abend fandest du mich ziemlich scharf.«

»Gestern abend war ich betrunken.«

Morelli griff meinen Jackenkragen und zog mich zu sich heran. »Du wolltest mich unbedingt rumkriegen.«

»Ein Tiefpunkt in meinen Leben.«

Seine Lippen glitten flüchtig über meine Lippen. »Was ist jetzt? Bist du jetzt auch an einem Tiefpunkt?«

»So tief falle ich nicht noch mal«, sagte ich hochmütig.

Morelli küßte mich auf die Lippen, als wolle er es wissen, und ließ meinen Kragen los. »Ich muß wieder an die Arbeit«, sagte er. Er überquerte die Straße, stieg in seinen 4+4 und brauste davon, ohne sich noch einmal umzusehen.

Nach einer Weile erst merkte ich, daß ich mit offenem Mund dastand. Ich machte den Mund zu, holte mein Handy hervor und rief Connie an. Ich erzählte ihr die Sache mit Mo und Dickie und bat sie, mir Lula zu geben.

»Hallo, meine Freundin«, sagte Lula.

»Ebenfalls. Wie läuft's?«

»Ich habe Arbeit für dich.«

»Oh. Jetzt geht's rund.«

»Keine Sorge. Ganz harmlos. Kannst du zum Eingang vom Shuman-Haus kommen? Ich warte da auf dich.«

»Jetzt gleich?«

»Jetzt gleich.«

Zwanzig Minuten später betraten wir beide den Aufzug.

»Was ist los?« wollte Lula wissen. »Was willst du hier?«

Ich drückte den Knopf für die zweite Etage. »Mo hat sich einen Anwalt genommen. Der Anwalt heißt Dickie Orr, und wir gehen jetzt zu ihm, um ihn zur Rede zu stellen.«

»Gut. Und was soll ich dabei? Ist der Kerl gefährlich?«

»Nein. Dickie Orr ist nicht gefährlich. Ich bin diejenige, von der die Gefahr ausgeht. Dickie Orr ist mein Ex-Mann, und du sollst dafür sorgen, daß ich ihm nicht an die Gurgel springe.«

Lula piff leise durch die Zähne. »Da hat der Tag ja doch noch was zu bieten.«

Das Büro von Kreiner und Kreiner befand sich am Ende des Gangs. An der Tür standen vier Namen in Goldlettern: Harvey Kreiner, Harvey Kreiner Jr., Steven Owen, Richard Orr.

»Und warum hast du dich von diesem Dickie Orr getrennt?« fragte Lula.

»Weil er ein Blödmann ist.«

»Soll mir recht sein«, sagte Lula. »Er ist mir jetzt schon zuwider.«

Dickie arbeitete für den Bezirksstaatsanwalt, als ich noch mit ihm verheiratet war. Seine Karriere bei der Staatsanwaltschaft währte nur wenig länger als unser gemeinsames Eheleben. Ich glaube, aus beiden war nicht genug Geld herauszuholen. Und als ich ihn zusammen mit Joyce Barnhardt auf dem Eßtisch erwischte, schlug ich genügend Krach, um ihm jegliche politischen Ambitionen, die er vielleicht gehabt hatte, auszutreiben. Unsere Scheidung war eine Scheidung mit allen Schikanen, voller Greuel, voller Vorwürfe. Die Ehe hatte nicht mal ein Jahr gedauert, aber die Scheidung lebte in Burg als Legende fort. Nach einer Weile, als die Leute in meiner Gegenwart wieder den Mund aufmachten, erfuhr ich, daß Dickies außerehelicher Geschlechtsverkehr sich nicht auf Joyce Barnhardt beschränkt hatte. Während der kurzen Dauer unserer Ehe war es ihm gelungen, die Hälfte meiner Schulklasse ins Bett zu kriegen.

Die Tür mit den Namensschildern führte zu einem Vorzimmer mit zwei Sofas, einem Sofatisch und einem modernen Empfangsschalter, alles in Pastelltönen gehalten. Kalifornien meets Trenton. Die Frau am Empfangsschalter war übertrieben zuvorkommend. Aalglatt. Dezentes Kostüm. Von Kopf bis Fuß Ann Taylor.

»Ja bitte?« sagte sie. »Was kann ich für Sie tun?«

»Ich hätte gerne Richard Orr gesprochen.« Für den Fall, daß sich die Kanzlei zu fein für einen Mann namens Dickie war. »Sagen Sie ihm, Stephanie sei hier.«

Die Frau richtete es aus und führte uns zu Dickies Büro. Die Tür wurde geöffnet, und Dickie stand an seinem Schreibtisch, als Lula und ich über die Schwelle traten.

Dickies Gesicht drückte gelinde Überraschung aus, Gesichtsausdruck Nummer sieben, wie ich wußte. Dickie pflegte seine Mimik früher vor dem Spiegel zu üben. Wie ist der Gesichtsausdruck? fragte er mich dann. Sehe ich jetzt aufrichtig aus? Entsetzt? Überrascht?

Das Büro hatte eine stattliche Größe und zwei Fenster. Ein Makler hätte von einer »gehobenen Ausstattung« gesprochen. Es besagte, daß Dickie das Protzige bevorzugte und kein Fan von *L. A. Law* war. Auf dem Boden lag ein roter Orientteppich, der Schreibtisch war ein schweres Mahagoni-Stilmöbel, die beiden Stühle für die Mandanten burgunderrote Ledersesselchen mit Messingbeschlägen. Megamännlich. Fehlte nur noch der Wolfshund und ein paar Jagdtrophäen an der Wand. Das richtige Büro für einen Kerl mit dummdickem Dödel.

»Das ist Lula«, stellte ich vor und ging auf seinen Schreibtisch zu. »Lula und ich arbeiten zusammen.«

Dickie neigte den Kopf. »Lula.«

»Hnh«, ließ sich Lula vernehmen.

»Ich habe ein paar Fragen zu Mo«, sagte ich zu Dickie. »Zum Beispiel, wann er sich stellen will.«

»Das wurde noch nicht festgelegt.«

»Ich möchte davon in Kenntnis gesetzt werden, wenn es festgelegt worden ist. Ich arbeite jetzt für Vinnie, und Mo hat seine Kautionsvereinbarung gebrochen.«

»Selbstverständlich«, sagte Dickie. Was soviel hieß wie, du kannst warten, bis du schwarz wirst.

Ich setzte mich in einen der Klientensesselchen und lehnte mich zurück. »Soviel ich weiß, hat Mo Kontakt mit der Polizei aufgenommen. Ich würde gerne wissen, was er anzubieten hat.«

»Das sind vertrauliche Informationen«, sagte Dickie.

Aus den Augenwinkeln konnte ich sehen, wie sich Lula in Rhino Woman, die Rhinozerosfrau, verwandelte.

»Ich hasse Geheimnistuerei«, sagte Lula.

Dickie sah hinüber zu Lula, dann sah er mich an. »Soll das ein Witz sein?«

Ich lachte. »Zu dem Geschäft, das Mo anzubieten hat...«

»Ich rede nicht darüber. Ihr müßt mich entschuldigen. Ich habe in fünf Minuten einen Termin, und ich muß mich noch vorbereiten.«

»Soll ich ihn erschießen?« sagte Lula. »Wetten, daß er uns alles erzählt, wenn ich ihm eine Kugel in den Fuß jage?«

»Nicht hier«, sagte ich. »Hier sind zu viele Leute.«

Lula schob die Unterlippe schmollend vor. »Und ihm anständig den Hintern versohlen darf ich dann bestimmt auch nicht, oder?«

»Später vielleicht.«

Lula stützte sich mit einer Hand auf Dickies Schreibtisch ab. »Ich kann Männern Sachen antun, da würden Sie das Kotzen kriegen, wenn ich nur davon erzähle.«

Dickie schreckte regelrecht vor Lula zurück. »Das soll wohl ein Witz sein, was?« Er wandte sich an mich. »Von welcher Schlägertruppe hast du dir die denn ausgeliehen?«

»Schlägertruppe?« sagte Lula mit weit aufgerissenen Augen. »Entschuldigen Sie bitte, aber ich bin eine Kopfgeldjägerin in der Ausbildung, Sie Haufen Hundescheiße. Ich komme von keiner Schlägertruppe. Und das soll auch kein Witz sein. Sie sind hier die Witzfigur. Sie kennen doch sicher die Redewendung

›fick dich ins Knie‹. Ich könnte das für Sie wahrmachen, wenn Sie unbedingt wollen.«

Ich war aufgestanden, und ich lachte, weil Dickie unter seiner Sonnenstudiobräune ganz weiß geworden war. »Ich glaube, wir gehen jetzt besser«, sagte ich. »Das ist kein geeigneter Ort, um Geschäftliches zu besprechen. Vielleicht kommen wir an anderer Stelle noch mal zusammen, um uns auszutauschen«, sagte ich zu Dickie.

Dickies Miene war starr. Die gehörte nicht in sein Repertoire. »Soll das eine Drohung sein?«

»Aber nicht doch«, sagte Lula. »Sehen wir wie Frauen aus, die einen Mann bedrohen würden? Ich finde nicht. Ich finde nicht, daß ich wie eine Frau aussehe, die so ein Arschloch wie Sie bedrohen würde.«

Ich weiß nicht, was ich mir von dem Besuch bei Dickie versprochen hatte, aber ich fand, es war die Mühe wert gewesen.

Als wir beide allein im Aufzug standen, sagte ich zu Lula: »Ich glaube, das ist ganz gut gelaufen.«

»Mir hat es auch gutgetan«, sagte sie. »Machen wir noch einen Besuch heute?«

»Nein.«

»Sehr schön. Ich habe nämlich für den restlichen Nachmittag etwas vor.«

Ich kramte meine Autoschlüssel aus der Tasche. »Viel Spaß. Und danke, daß du so schnell hergekommen bist.«

»Bis nachher«, sagte sie.

Ich fuhr eine Straße weiter und hielt an der nächsten Ampel an. Der Nissan fiel in seine alte Gewohnheit zurück, Fehlzündung, gefolgt von Absaufen. Ganz ruhig bleiben, sagte ich mir. Erhöhter Blutdruck kann einen Schlaganfall zur Folge haben. Meine Tante Eleanor hatte einen Schlaganfall gehabt, das war kein Zuckerschlecken. Danach redete sie alle Leute mit Tootsie an und färbte ihre Haare mit Lippenstift.

Ich startete den Wagen erneut und jagte den Motor hoch. Als die Ampel auf Grün sprang, machte der Pickup gleichzeitig mit einer Fehlzündung einen Satz nach vorn. Krawumms! Ich zog die Karte hervor, die Morelli mir gegeben hatte, und las die Adresse. Mr. Fix It. Eighteenth Street, das war gleich hinter der Knopffabrik.

»Ich gebe dir noch eine letzte Chance«, sagte ich zu dem Pickup. »Entweder kommst du jetzt auf Trab, oder ich bringe dich zu Bucky Seidler.«

Ein paar Meter weiter soff der Wagen wieder ab. Ich nahm es als Zeichen und machte kehrt. Morelli belog mich regelmäßig, nie jedoch, wenn es um Automechaniker ging. Morelli nahm alles ernst, was mit Mechanik zusammenhing. Ich würde es einmal mit Bucky probieren. Wenn es nicht klappte, würde ich die Karre von der nächsten Brücke ins Wasser kippen, da konnte sie wenigstens richtig absaufen.

Eine Viertelstunde später tuckerte ich die Eighteenth Street entlang, durch ein Gewerbegebiet von Trenton, das seine Blütezeit hinter sich hatte. Buckys Werkstatt war eine kastenförmige Hütte aus Schlackesteinen, die wie eine Insel in einem Meer aus Autos schwebte. Neuen Autos, alten Autos, verbeulten Autos, verrosteten Autos, die für das Organspendeprogramm vorgesehen waren. Die Werkstatttore standen offen, ein Mann in Jeans und Thermounterhemd stand unter einem Auto, das auf einer der Hebebühnen schwebte. Er sah zu mir herüber, als ich mit meinem Wagen stotternd auf dem kleinen Schotterplatz zum Stehen kam. Er wischte sich die Hände an einem Lappen ab und kam auf mich zu. Er hatte einen Meckischnitt mit ausrasiertem Nacken, und an seinem Gürtel baumelte ein Bierkrug. Ich hatte Bucky lange nicht gesehen, aber ich war mir ziemlich sicher, daß er es war. Er sah jedenfalls aus wie jemand, der Ratten auf eine Gruppe Mädels loslassen könnte.

Er spähte durchs Fenster und lächelte. »Stephanie Plum«, stellte er fest, »dich habe ich ja seit der Schule nicht mehr gesehen.«

»Ich staune, daß du mich überhaupt wiedererkennst.«

»Das orange Haar hat mich einen Moment stutzig gemacht, aber dann fiel mir dein Bild in der Zeitung wieder ein, als du damals das Beerdigungsinstitut abgefackelt hast.«

»Ich habe das Beerdigungsinstitut nicht abgefackelt. Das war ein Druckfehler.«

»Schade«, sagte Bucky. »Ich fand das ziemlich cool. Du hast Probleme mit deinem Auto, wie man hört.«

»Es säuft andauernd ab. Ich komme auf Empfehlung von Joe Morelli. Er sagte, du wärst ein guter Mechaniker.«

»Er hat dich auch mal empfohlen. Sogar schriftlich. Ich habe seine Empfehlung vor zehn Jahren auf dem Klo von Marios Sub Shop gelesen, und ich kann sie immer noch auswendig.«

»Vorsicht. Ich habe Mace-Tränengas in meiner Tasche.«

»Eine MasterCard wäre mir lieber.«

Ich seufzte. »Die habe ich auch.«

»Tja, dann«, sagte Bucky, »kommen wir ins Geschäft.«

Ich gab ihm den medizinischen Befund von dem Nissan.

Bucky bat mich, mal Gas zu geben, während er unter die Motorhaube guckte.

»Gut«, sagte er. »Problem erkannt, Problem gebannt.«

»Kannst du das reparieren?«

»Klar.«

»Wie lange dauert's? Wie teuer wird's?«

»Hängt von den Ersatzteilen ab.«

Das hatte ich schon mal gehört.

Er deutete mit dem Daumen hinter sich auf einige Schrottkarren, die an einem Maschendrahtzaun aufgereiht standen. »Du kannst dir einen von denen solange als Leihwagen borgen, wenn du willst. Es ist ein Oldtimer dabei, ein Buick, Baujahr dreiundfünfzig. Eine Schönheit.«

»Bloß nicht!«

Rex rannte wie verrückt in seinem Laufrad, als ich zur Tür hereinkam. Ich war noch im Supermarkt vorbeigefahren und hatte lauter gesunde Sachen für Rex und mich eingekauft. Obst, Magerquark, Kartoffeln und einen Beutel gewaschene und bereits geschälte daumengroße Möhren. Ich sagte Rex Hallo und gab ihm eine Traube zu fressen. Die Anzeige auf meinem Anrufbeantworter blinkte, ich drückte den Abspielknopf und hörte zu, während ich die Lebensmittel einräumte.

Ranger hatte angerufen, um mir zu sagen, er hätte das mit Mo und dem Rechtsanwalt gehört, aber das würde nichts an meinem Auftrag ändern. Ganz einfach, sagte Ranger, man wird dafür bezahlt, einen bestimmten Menschen zu suchen, und daran hält man sich.

Nachricht Nummer Zwei war von Bucky Seidler. »Ich habe das Ersatzteil, das ich brauche, kriegen können«, hatte Bucky mir aufs Band gesprochen. »Ich baue es gleich morgen früh ein. Du kannst deinen Wagen ab zehn Uhr abholen.«

Ich biß mir auf die Unterlippe. Liebe Güte, dachte ich, hoffentlich nicht schon wieder ein neuer Vergaser.

Die letzte Nachricht fing mit viel Lärm im Hintergrund an, der Geräuschkulisse, wie man sie normalerweise aus Einkaufsstraßen kennt. Dann meldete sich ein Mann in der Leitung. »Ich beobachte Sie, Stephanie«, sagte er. »Ich habe Sie beobachtet, als Sie mit Ihrem Polizistenfreund zu Mittag aßen. Ich habe Sie auch gestern abend beobachtet, als Sie auf dem Küchenfußboden rumgevögelt haben. Gut, daß Sie sich dazu durchgerungen haben, mal was anderes zu tun, als anständige Bürger zu belästigen. Wenn Sie sich weiterhin darauf beschränken, sich von Morelli vögeln zu lassen, werden Sie ja vielleicht doch noch ein stattliches Alter erreichen.«

Ich starrte die Maschine an. Meine Brust war wie verschnürt, und in meinen Ohren klingelte es. Ich bekam keine Luft mehr, lehnte mich an den Kühlschrank und schloß die Augen. Stell dir vor, du stehst am Meer, dachte ich. Du stehst am Meer und hörst die Brandung. Atme mit der Brandung, Stephanie, atme.

Als ich meinen Herzrhythmus wieder unter Kontrolle hatte, spulte ich das Band zurück und nahm es aus dem Anrufbeantworter heraus. Ich holte ein leeres aus einer Kramschublade neben dem Kühlschrank und legte es ein. Es war kurz nach fünf. Ich rief Morelli an, um sicherzugehen, daß er auch zu Hause war.

»Ja?« sagte Morelli.

»Bist du noch eine Weile da?«

»Ja. Ich bin gerade erst nach Hause gekommen.«

»Geh nicht wieder weg. Ich habe etwas, das mußt du dir anhören. Ich komme sofort.«

Ich warf die Kassette in meine Umhängetasche, schnappte mir meine Jacke und schloß hinter mir ab. Ich ging runter ins Erdgeschoß und blieb wie angewurzelt vor der Haustür stehen. Was ist, wenn sie draußen auf mich warteten? Mir nachspionierten? Ich hielt die Luft an. Ich trat ein paar Schritte zurück und atmete aus. Das geht so nicht weiter, dachte ich. Man kann Angst haben, aber sie darf den Alltag nicht beeinträchtigen. Ich entfernte mich ein Stück von den Glasfenstern und überprüfte den Inhalt meiner Tasche. Ich hatte die 38er dabei, und sie war geladen. Mein Handy hatte eine frische Batterie, und meine Schreckschußpistole war ebenfalls geladen. Ich holte das Abwehrspray aus der Umhängetasche und steckte es in die Jackentasche, noch besser, ich nahm es aus der Jackentasche und hielt es in der linken Hand, die Autoschlüssel in der rechten.

Ich ging ein bißchen in der Eingangshalle auf und ab, um das Angstgefühl los zu werden. Als ich mich stark genug fühlte, drehte ich mich um, ging durch die Tür, über den Parkplatz, zu meinem Auto. Ich ging schnurstracks, sah nicht nach links, nicht nach rechts, aber lauschte gespannt. Meine Nerven lagen blank, und ich war bereit loszuschlagen, wenn nötig.

Ich hatte mich für einen grünen Mazda als Leihwagen entschieden. Er war verrostet, verbeult und stank nach Zigarettenrauch, aber an seiner Fahrtüchttigkeit war nichts auszusetzen. Ich überprüfte kurz das Wageninnere, steckte den Schlüssel ins Schloß, machte die Tür auf und glitt auf den Fahrersitz. Ich verriegelte die Tür, ließ sofort den Motor an und fuhr vom Parkplatz auf die Straße.

Es folgte mir niemand, soweit ich das erkennen konnte, und als ich in die St. James bog, gab es zu viele Scheinwerfer, um einen Verfolger unterscheiden zu können. Meine Tasche lag auf dem Beifahrersitz neben mir, das Tränengas auf meinem Schoß. Um mir Mut zu machen, sang ich die ganze Fahrt über ununterbrochen: »Wer hat Angst vorm schwarzen Mann.« Ich stellte den Wagen am Straßenrand ab und sah mich erst um, ehe ich ausstieg. Keine Autos. Kein Fußgänger. Ich schloß den Mazda ab, marschierte auf Morellis Haus zu und klopfte. Ich glaube, ich war immer noch sehr aufgeregt, denn aus dem Klopfen wurde ein Hämmern.

»Zuviel Kraftfutter gegessen?« sagte Morelli, als er mir aufmachte.

Ich schob mich schnell an ihm vorbei. »Schließt du deine Türen immer ab?«

»Manchmal.«

»Sind sie jetzt abgeschlossen?«

Morelli faßte hinter sich und schob den Riegel vor. »Ja.«

Ich ging zum Wohnzimmerfenster und zog die Vorhänge zu. »Zieh die Vorhänge im Eßzimmer und in der Küche zu.«

»Was ist los?«

»Tu, was ich dir sage.«

Ich ging ihm in die Küche nach und wartete so lange, bis er die Jalousie heruntergelassen hatte. Als er fertig war, holte ich das Band aus meiner Umhängetasche. »Hast du einen Kassettenrecorder?«

Auf dem Küchentisch lag ein Aktenkoffer. Morelli klappte ihn auf und holte einen Recorder heraus. Er legte die Kassette ein und drückte die Abspieltaste.

Zuerst kam Ranger.

»Kein guter Vorschlag«, sagte Morelli.

»Das sollst du dir nicht anhören.«

Jetzt kam der Lärm und danach die männliche Stimme. Morelli verzog keine Miene, während er der Nachricht zuhörte. Bullengesicht, dachte ich. Er ließ das Band ein zweites Mal laufen, bevor er den Recorder ausschaltete.

»Jedenfalls nicht Mickey Maglio«, sagte er.

»Nein.« Ein Polizist würde sich hüten, auf Band zu sprechen.

»Gab es irgendwelche Anzeichen, daß man dich verfolgt hat?«

Ich schüttelte den Kopf. »Nein.«

»War dir heute abend jemand auf den Fersen?«

»Nein.

»Gegenüber vom Shuman-Haus ist ein Plattenladen für Grunge-Fans. Da laufen immer Videofilme. Jugendliche treiben sich da gerne rum. Der Anruf stammt wahrscheinlich von da. Ich schicke jemanden vorbei, der sich mal umhören soll.«

»Der Krach und das Geraufe neulich abends kam vermutlich doch nicht von Nachbars Hund.«

»Wer auch immer da draußen war, er muß die Mülltonne umgeworfen haben, als er versucht hat draufzuklettern, um besser sehen zu können.«

»Das regt dich anscheinend nicht besonders auf.«

In einem Abtropfsieb über der Spüle stand Geschirr zum Trocknen. Ein Teller, eine Müslischale, ein paar Gläser. Morelli riß den Teller aus dem Gestell und warf ihn mit voller Wucht an die Wand, so daß er in tausend Stücke zersprang.

»Na gut«, sagte ich. »Habe mich eben getäuscht.«

»Willst du zum Abendessen bleiben?«

»Das wäre keine gute Idee.«

Ich hatte die Hand schon am Türgriff, als ich noch mal innehielt. »Kannst du mir nicht ein bißchen mehr über dein Gespräch mit Dickie erzählen?«

»Kein bißchen mehr«, sagte Morelli.

Dann eben nicht.

»Und komm mir nicht bis nach Hause nach«, sagte ich. »Ich brauche keinen Leibwächter.«

»Wer hat gesagt, ich würde dir bis nach Hause nachfahren?«

»Du hast die Autoschlüssel in der Hand, und ich kenne deine Körpersprache. Du bist genau wie meine Mutter. Also erzähl mir nichts.«

Morellis Grinsen wurde breiter. »Willst du auch bestimmt keine Begleitung bis nach Hause?«

»Bestimmt nicht.« Schlimm genug, sich vor Angst in die Hose zu machen, schlimmer noch, es vor Morelli zu tun.

Morelli machte die Tür auf und sah sich den Mazda an. »Sieht aus wie einer von Buckys Leihwagen.«

»Bucky konnte sich noch von der Schule her an mich erinnern. Er sagte, du hättest mir bei Mario auf dem Herrenklo ein Bombenzeugnis ausgestellt.«

»Das war in meiner unbekümmerten Jugendzeit«, sagte Morelli. »Heute bin ich die Verschwiegenheit in Person.«

Es war noch früh, und der Gedanke an zu Hause und Abendessen mit mir allein war nicht besonders erhebend. Ich konnte wählen zwischen Cluck in a Bucket und meinen Eltern. Bei Cluck in a Bucket würde man mich sicher wiedererkennen, also entschied ich mich für meine Familie, wo ich immer ein warmes Essen schnorren konnte.

Meine Mutter war ziemlich aufgelöst, als sie mir die Tür öffnete. »Wem gehört das Auto?« fragte sie gleich.

»Es ist ein Leihwagen von einer Werkstatt. Mein Auto ist schon wieder kaputt.«

»Ha!« ließ sich mein Vater aus dem Eßzimmer vernehmen.

»Wir wollten uns gerade hinsetzen«, sagte meine Mutter. »Es gibt gebratene Lammkeule mit Kartoffelbrei und Spargel.«

»Ist Stephanie da?« rief Grandma Mazur vom Tisch herüber. »Hast du deine Pistole dabei? Ich will damit angeben.«

»Ich habe meine Pistole dabei, aber ich zeige sie dir nicht«, sagte ich.

Neben Grandma Mazur saß ein Mann.

»Das ist Fred«, sagte Grandma. »Mein Freund.«

Fred nickte mir zu. »Hallöchen.«

Fred mußte über zweihundert Jahre alt sein. Die Schwerkraft hatte ihm die Haut vom Kopf bis hinunter zum Hals gezogen, und Fred hatte sie unter den Hemdkragen gesteckt.

Ich setzte mich Grandma gegenüber und sah ordentlich neben Freds Gabel ein Gebiß liegen.

»Das sind meine Hauerchen«, sagte Fred. »Die habe ich umsonst von der Veteranenvereinigung bekommen, aber sie passen nicht. Ich kann mit den Dingern im Mund nicht essen.«

»Ich mußte seine Lammkeule durch den Fleischwolf drehen«, sagte Grandma. »Das ist der graue Haufen auf seinem Teller.«

»Und?« sagte mein Vater zu Fred. »Haben Sie ein gutes Auskommen?«

»Man schlägt sich so durch. Ich beziehe eine Invalidenrente von der Armee.« Er tippte sich an das rechte Auge. »Aus Glas«, sagte er. »Zweiter Weltkrieg.«

»Waren Sie im Ausland stationiert?« fragte mein Vater.

»Nein. Ich habe das Auge in Camp Kilmer verloren. Ich wollte gerade mein Bajonett reinigen, und ehe ich mich versah, hatte ich's mir schon ausgestochen.«

»Die Tatsache, daß er nur ein Auge hat, beeinträchtigt ihn kein bißchen«, sagte Grandma. »Ich habe gesehen, wie er mit zehn Bingokarten hantiert und trotzdem keinen Aufruf verpaßt. Und er ist außerdem ein Künstler. Er knüpft Teppiche. Ihr solltet mal die wunderschönen Teppiche sehen, die er macht. Auf einem ist ein Tiger drauf.«

»Dann haben Sie wohl ein eigenes Haus?« fragte mein Vater.

Fred stopfte sich etwas von der grauen Masse in den Mund. »Nein. Ich habe nur ein Zimmer in einem Altersheim. Aber ich hätte natürlich gern ein ganzes Haus, so ist es nicht. Ich würde gerne so jemanden wie Sweetie hier neben mir heiraten, und ich würde sofort bei ihr einziehen. Ich würde auch keinen Krach machen. Es würde gar nicht auffallen, daß ich da bin.«

»Nur über meine Leiche«, sagte mein Vater. »Nehmen Sie Ihr Gebiß und machen Sie, daß Sie wegkommen. Sie wollen sich doch nur ins gemachte Nest setzen.«

Fred riß entsetzt die Augen auf. »Ich kann nicht weg. Ich hatte noch keinen Nachtisch. Sweetie hat mir versprochen, ich würde auch einen Nachtisch kriegen. Außerdem weiß ich nicht, wie ich ohne Auto ins Altersheim zurückkommen soll.«

»Ruf ihm ein Taxi«, befahl mein Vater. »Stephanie. Ruf ihm ein Taxi. Ellen, pack ihm den Nachtisch ein.«

Zehn Minuten später war Fred aus dem Haus.

Grandma Mazur nahm sich noch ein Plätzchen und schenkte sich eine zweite Tasse Kaffee ein. »Es gibt noch jede Menge solcher Leute in dem Heim, aus dem er kommt«, sagte sie. »Um ehrlich zu sein, fand ich ihn sowieso ein bißchen zu alt für mich. Und mit seinem Glasauge hat er mir jedesmal einen Schrecken eingejagt, besonders, wenn er mit dem Finger daran tippte. Es war ja in Ordnung, daß er sein Gebiß herausgenommen hat, aber wenn er sein Glasauge auch noch neben dem Suppenlöffel herumkullern würde – das ginge mir denn doch zu weit.«

Abends spielten die Rangers gegen Montreal. Ich blieb also bei meinen Eltern, um mir das Spiel anzusehen. Zu solchen Spielen im Fernsehen gehört unweigerlich Knabberfraß dazu, da mein Vater noch abhängiger von dem Zeug ist als ich. Als der dritte Spielabschnitt begann, hatten wir ein Glas Cocktailwürstchen, eine Tüte Käsechips und eine Dose Cashewkerne verputzt und machten uns gerade über eine Kilo-Tüte *m+ms* her.

Als ich mich am späten Abend verabschiedete, überlegte ich mir, ob ich nicht magersüchtig werden sollte.

Die positive Kehrseite mangelnder Selbstbeherrschung war die Tatsache, daß die Drohung, maskierte Männer könnten mir auflauern, gegenüber der Sorge, die Käsechips könnten sich in meinen Schenkeln absetzen, verblaßte. Als mir einfiel, daß ich doch eigentlich Angst haben müßte, war ich schon dabei, die Wohnungstür aufzuschließen.

In meiner Wohnung fühlte ich mich einigermaßen sicher. Es gab nur eine Nachricht auf dem Band, und in meinem Küchenregal lockten keine Knackwürstchen. Ich drückte den Abspielknopf.

Der Anruf war von Ranger. »Ruf mich an.«

Ich wählte seine Privatnummer und bekam nur ein einziges Wort als Antwort. »Los.«

»Ist das eine Nachricht?« fragte ich. »Spreche ich mit einer Maschine?«

»Es ist komisch, Babe, aber ich könnte schwören, daß deine Freundin Lula mich verfolgt.«

»Sie glaubt, du wärst ein Superheld.«

»Das glauben viele Leute.«

»Du gibst doch allen dieses leere Grundstück als Adresse an. Sie findet das ein bißchen sonderbar. Sie will herausfinden, wo du wohnst. Übrigens, wo wohnst du eigentlich wirklich?«

Ich wartete auf eine Antwort, aber ich hörte nur, daß die Leitung unterbrochen wurde.

Ich wachte voller Schuldgefühle wegen der Knabberfreßorgie auf, also machte ich zur Buße den Hamsterkäfig sauber, räumte die Gläser im Kühlschrank um und putzte die Toilette. Ich hätte auch noch gebügelt, aber es war nichts da. Wenn etwas gebügelt werden soll, kommt es bei mir in den Bügelkorb. Ist das Teil nach einem Jahr immer noch in dem Korb, wird es weggeworfen. Ein gutes System, weil ich am Ende nur Kleidungsstücke habe, die bügelfrei sind.

Bucky hatte gesagt, mein Auto wäre um zehn Uhr fertig. Nicht, daß ich Morelli oder Bucky mißtraute, aber für Autowerkstätten hatte ich mittlerweile den gleichen Zynismus übrig wie für Elvis-Wiedergeburten.

Ich stellte den grünen Mazda an dem Maschendrahtzaun ab und sah, daß mein Pickup schon vor einer der beiden Garagen auf mich wartete. Er war gewaschen und blitzte vor Sauberkeit. Er sah wirklich flott aus, wenn nicht vorne in der Motorhaube eine große Beule und hinten an der Stoßstange eine Delle gewesen wären.

Bucky kam aus dem anderen Eingang hervorgeschlendert.

Ich musterte den Pickup sorgenvoll. »Ist er wieder heil?«

»Das Abgasventil brauchte ein neues Dingsbums«, sagte Bucky. »Macht zweihundertdreißig Dollar.«

»Für ein neues Dingsbums?«

»Das ist der technische Fachausdruck«, sagte Bucky.

»Zweihundertdreißig Dollar scheint mir ziemlich viel für ein Dingsbums.«

»Mr. Fix It ist nicht billig.«

Auf der Rückfahrt gab es keine Probleme, keine Fehlzündung, kein Absaufen. Ich hatte aber trotzdem kein Vertrauen, daß es so bleiben würde. Die Flitterwochen, dachte ich skeptisch.

Ich fuhr nach Hause und stellte den Wagen wie gewohnt auf meinem Platz neben den Müllcontainern ab. Ich stieg vorsichtig aus und sah mich nach potentiellen Mördern um. Es waren keine da. Ich überquerte rasch den Parkplatz und ging beschwingt durch die Glastür in die Eingangshalle.

Mr. Wexler stand in der Halle und wartete auf den Minibus der Seniorenvereinigung. »Schon das von Mo Bedemier gehört?« fragte Mr. Wexler. »Ich sage Ihnen, der Mann ist Gold wert. Es wird langsam Zeit, daß mal jemand was gegen das Drogenproblem unternimmt.«

»Er wird verdächtigt, eine ganze Horde Männer getötet zu haben.«

»Sag ich ja. Der Junge hat eine Glückssträhne.«

Die Aufzugtüren öffneten sich, und ich stieg ein, aber ich hatte keine Lust mehr auf meine Wohnung. Ich hatte große Lust, jemandem die Fresse zu polieren.

Ich stieg wieder aus dem Aufzug und stellte Mr. Wexler zur Rede. »Man darf nicht töten«, sagte ich zu ihm.

»Na und? Hühner töten wir doch auch«, sagte Mr. Wexler. »Wir töten Kühe. Wir töten Bäume. Warum sollten wir nicht auch Drogenhändler töten?«

Es war schwer, gegen so eine Logik anzukommen, weil ich Kühe und Hühner und Bäume viel lieber mochte als Drogenhändler.

Ich stieg wieder in den Aufzug und fuhr zum ersten Stock. Ich blieb ein paar Minuten stehen, versuchte mich zu einem faulen Nachmittag des süßen Nichtstuns zu überreden, aber irgendwie konnte ich mich mit der Idee nicht anfreunden. Ich ging wieder hinunter in die Eingangshalle, stapfte zurück zu meinem Wagen und klemmte mich hinters Steuerrad. Solange meine Übellaunigkeit anhielt, sinnierte ich, konnte ich auch gleich Dickie, dem kleinen Hosenscheißer, noch mal einen Besuch abstatten. Ich wollte herausfinden, was er Morelli erzählt hatte.

Ich stellte meinen Wagen auf einem Parkplatz eine Straße von Dickies Büro entfernt ab, rauschte durch das Foyer und setzte für die Empfangsdame mein stärkstes Lächeln auf.

»Ich muß nur mal kurz mit Dickie sprechen«, sagte ich. Bevor sie etwas erwidern konnte, wandte ich mich von ihr ab und stolzierte auf Dickies Bürotür zu.

- 15 -

Dickie war nicht erfreut über meinen Besuch, Dickie war sogar ziemlich stinkig. Er saß an seinem Schreibtisch, den Kopf zwischen den Händen, das Haar zerzaust. Es mußte sich um eine sehr ernste Angelegenheit handeln, weil Dickies Frisur sonst immer tadellos war. Dickie wachte morgens auf, und seine Haare lagen perfekt. Er hatte offenbar einen schlimmen Tag, aber das tat meiner Stimmung keinen Abbruch.

Er sprang von seinem Sitz hoch, als er mich erblickte. »Bist du verrückt geworden? Bist du völlig übergeschnappt?« Er schüttelte den Kopf. »Jetzt reicht's. Diesmal bist du zu weit gegangen.«

»Wovon redest du überhaupt?«

»Du weißt genau, wovon ich rede. Davon, was du dir alles eingehandelt hast: Eine Unterlassungsklage. Den Vorwurf der

Belästigung. Versuchte Nötigung eines Anwalts. Davon rede ich.«

»Tust du immer noch dieses komische weiße Pulver in deinen Kaffee?«

»Na gut, ich habe einige Dummheiten gemacht während unserer Ehe. Unsere Scheidung lief nicht so glatt ab wie gewünscht, und ich weiß, daß du mir nur Verachtung entgegenbringst. Geschenkt.« Er fuhr sich unbewußt mit der Hand durch die Haare, so daß sie ihm zu Berge standen. »Das ist noch lange kein Grund, gleich den Terminator zu spielen. Meine Güte, du brauchst wirklich professionelle Hilfe. Hast du schon mal daran gedacht, eine Therapie zu machen?«

»Ich kriege langsam das Gefühl, daß du mir irgend etwas mitteilen willst.«

»Heute morgen auf meinem Parkplatz hat mich dein Schläger angegriffen! Das will ich dir mitteilen?«

»Lula hat dich angegriffen?«

»Lula nicht. Der andere.«

»Ich habe sonst keinen.«

»Der große Kerl«, sagte Dickie. »Mit Skimaske und Overall.«

»Halt mal die Luft an. Allmählich wird mir was klar. Das war nicht mein Schläger. Und es gibt nicht nur den einen. Sie treten sonst immer im Rudel auf, und mich haben sie auch schon bedroht. Was genau hat er zu dir gesagt?«

»Er hat gesagt, Mo brauche keinen Anwalt und der Fall sei mir entzogen. Ich sagte, das müßte Mo mir schon persönlich mitteilen. Darauf bedrohte mich der Kerl mit einer Knarre und meinte, für einen Anwalt sei ich aber ganz schön schwer von Begriff. Ich sagte ihm, ich würde mit jeder Sekunde mehr begreifen, worauf er die Knarre wegsteckte und verschwand.«

»Mit dem Auto? Hast du seine Nummer?«

Dickie wurde rot. »Ich glaube nicht.«

»Mo hat einen Fan-Club«, sagte ich. »Eine Bürgerwehr.«

»Das ist doch völlig abwegig.«

»Wie sieht die Abmachung mit Mo aus? Welchen Anteil hast du daran?«

»Du vergeudest deine Zeit. Ich werde nicht mir dir darüber reden.«

»Ich weiß eine ganze Menge über dich. Es wäre sicher nicht in deinem Sinne, wenn das in der Welt herumposaunt würde. Zum Beispiel deine Vorliebe für Koks.«

»Das ist doch alles Schnee von gestern.«

»Ich kenne die Geschichte mit Mallorys Frau.«

Dickie kam hinter seinem Schreibtisch hervor. »Dann warst du das also, die sie Morelli weitererzählt hat!«

»Dieser Mallory ist eine ganz üble Type. Nicht auszudenken, wozu er fähig wäre, wenn er herausfindet, daß sich jemand mit seiner Frau vergnügt. Er könnte zum Beispiel Drogen in deinen Wagen schmuggeln. Dann würdest du verhaftet, Dickie, und du kannst dir vorstellen, was für ein Vergnügen das ist... die Leibesvisitation, die Schläge, die du abkriegst, wenn du dich der Verhaftung widersetzt.«

Dickies Augen schrumpften zu kleinen, harten, funkelnden Murmeln. Vermutlich machte seine Geschlechtsdrüse die gleiche Verwandlung durch.

»Wer sagt mir, daß du nicht trotzdem zu Mallory läufst, wenn ich dir mehr über Mo erzähle?« wollte Dickie wissen.

»Und meinen Vorteil verspiele? Vielleicht will ich dich ja noch mal erpressen.«

»Scheiße«, sagte Dickie. Er ging hin und her und kehrte dann wieder an seinen Schreibtisch zurück. »Das Vertrauen meines Mandanten steht auf dem Spiel.«

»Als ob dich das Vertrauen deiner Mandanten je etwas gekümmert hätte.« Ich sah auf die Uhr. »Ich habe nicht mehr viel Zeit. Ich habe noch einige Dinge zu erledigen. Ich muß den Dienststellenleiter erwischen, bevor Mallory Feierabend macht.«

»Miststück«, sagte Dickie.

»Saftsack.«

Seine Augen wurden zu schmalen Schlitzen. »Schlampe.«

»Arschloch.«

»Blöde Kuh.«

»Das brauche ich mir nicht bieten zu lassen«, sagte ich. »Wir sind geschieden.«

»Du mußt mir versprechen, deinen Mund zu halten, wenn ich dir mehr über Mo sagen soll.«

»Ich bin verschwiegen wie ein Grab.«

Er stützte die Ellbogen auf den Tisch auf, faltete die Hände und beugte sich vor. Bei einem Schreibtisch von normaler Größe hätten wir uns Auge in Auge gegenübergesessen. Zum Glück hatte der Schreibtisch Übergröße, so daß noch etwas Platz zwischen uns blieb.

»Zunächst einmal hat Mo keinen der Morde selbst begangen. Er hat sich mit einigen schlimmen Typen eingelassen...«

»Was für schlimme Typen? Könntest du dich bitte etwas klarer ausdrücken?«

»Kann ich nicht, ich weiß auch nicht mehr. Ich fungiere nur als eine Art Mittler. Im Moment knüpfe ich lediglich einen Gesprächsfaden.«

»Dann haben also die schlimmen Typen die Morde begangen.«

»Mo mochte nicht länger mit ansehen, wie die Drogen um sich griffen und die Banden immer näher an seinen Laden rückten. Und er fand, die Polizei tat nicht genug. Der Polizei sind seiner Ansicht nach durch Gesetze und das Aushandeln von Strafminderung bei Schuldgeständnis die Hände gebunden.

Mo hat den Kindern zugehört und dabei viel erfahren. Er kannte die Namen der Dealer. Er wußte, wer sich auf den Verkauf an Schulkinder spezialisiert hat. Dann fing er an, sein eigenes Ding zu drehen. Er ist zu dem Dealer gegangen und hat ihm eine Geschäftspartnerschaft angeboten.«

»Der Dealer sollte von Mos Laden aus agieren.«

»Ja. Er arrangierte ein Treffen, meistens im Laden selbst, aber auch woanders, wenn der Dealer nervös wurde. Die Information über das Treffen gab er dann einem Freund weiter. Mo verschwand von der Bildfläche, und um den Dealer kümmerte sich jetzt Mos Freund. Anfangs wußte Mo nicht, daß die Dealer umgebracht wurden. Vermutlich hat er geglaubt, sie würden nur ordentlich zurechtgestaucht oder bedroht, und das wäre alles. Als er schließlich dahinterkam, was tatsächlich vor sich ging, hing er selbst zu tief mit drin.«

»Warum hat Mo die Kaution sausen lassen?«

»Mo ist durchgedreht. Die Waffe, die er dabei hatte, als Gaspick ihn anhielt, war eine Mordwaffe. Ein Dealer, der später ans Ufer gespült wurde, war damit getötet worden. Ich glaube, zu dem Zeitpunkt hat Mo angefangen zu begreifen, was eigentlich ablief. Er kam in Konflikt mit der Frage, ob Selbstjustiz gerechtfertigt ist oder nicht. Mo behauptet, er hätte die Waffe nie benutzt. Sie war nicht einmal geladen, als Gaspick ihn überprüfte. Wahrscheinlich hat er sich einfach wie John Wayne gefühlt, wenn er damit herumlief. Wir dürfen nicht vergessen, daß es sich bei ihm um einen schüchternen, vertrottelten Typen handelt, der sein Leben lang hinter der Theke eines Süßwarenladens gestanden hat.«

Es traf mich wie ein Schlag. Diese Information hatte Morelli mir vorenthalten. Er hatte mir nie etwas von dem Zusammenhang zwischen der Waffe und der Wasserleiche erzählt. Jetzt ergab alles einen Sinn. Jetzt wurde mir klar, warum Morelli von

Anfang an so großes Interesse an Mo hatte und warum Mo die Kaution hatte sausen lassen.

»Warum hat Mo sich plötzlich entschieden, sich zu stellen?«

»Er hat vermutlich einfach Vernunft angenommen«, sagte Dickie. »Er hat eingesehen, daß er immer tiefer mit hineingezogen wurde, und hat es mit der Angst zu tun gekriegt.«

»Wie lautet nun die Abmachung? Soll Mo seine Freunde verraten und dafür eine mildere Strafe bekommen?«

»Darauf läuft es vermutlich hinaus, aber so weit sind wir noch gar nicht. Wie gesagt, ich knüpfe bloß erst mal den Gesprächsfaden. Und ich berate Mo, was seine Rechte und die Konsequenzen seiner Mitwirkung betrifft.«

»Die Typen mit den Skimasken beschützen Mo also vielleicht gar nicht mehr. Vielleicht ist die Liebe erkaltet, und sie versuchen jetzt nur noch, Mo zu finden, bevor ich ihn gefunden habe. Wirklich edel von dir, noch als Berater zu fungieren, nachdem man dich bedroht hat.«

»Scheiß auf edel«, sagte Dickie. »Ich steige aus dem Job aus.«

Ich pfefferte Dickie meine Visitenkarte auf den Tisch. »Ruf mich an, wenn du was hörst.«

Im Aufzug ertappte ich mich bei einem Lächeln, hervorgerufen durch den tröstlichen Umstand, daß Dickie bedroht und bedrängt worden war. Ich beschloß, zur Feier des Tages Mr. Alexander einen weiteren Besuch abzustatten. Wenn Mr. Alexander mein Haar orange färben konnte, dann konnte er es bestimmt auch wieder braun färben.

»Ausgeschlossen!« sagte Mr. Alexander. »Ich bin total ausgebucht. Ich würde Ihnen ja furchtbar gerne helfen, meine Liebe, wirklich, aber sehen Sie sich doch nur meinen Terminplan an. Ich habe nicht eine Minute Zeit.«

Ich hielt eine orangefarbene Locke zwischen Daumen und

Zeigefinger. »Ich kann damit nicht weiterleben. Gibt es denn niemanden hier, der mir helfen kann?«

»Morgen vielleicht.«

»Ich habe eine Pistole in meiner Tasche. Ich habe Tränengas dabei, und ich habe ein elektrisches Gerät, das Sie in Null Komma nichts in eine Leselampe verwandelt. Ich bin eine gefährliche Frau, und mein orangenes Haar macht mich verrückt. Ich drehe noch durch, wenn mein Haar nicht in Ordnung gebracht wird.«

Die Empfangsdame blätterte aufgeregt in dem Tagesplaner. »Bei Cleo ist um zwei Uhr ein Termin abgesagt worden. Es war nur ein Haarschnitt, aber vielleicht läßt sich noch eine Tönung unterbringen.«

»Cleo kann wahre Wunder vollbringen«, sagte Mr. Alexander. »Wenn Ihnen einer helfen kann, dann Cleo.«

Drei Stunden später war ich wieder zu Hause, und mein Haar war immer noch orange. Cleo hatte ihr bestes versucht, aber das Orange hatte sich gegen jede Behandlungsmethode gewehrt. Es war eine Idee dunkler und vielleicht nicht mehr ganz so grell, aber die Grundtönung war immer noch orange.

Was soll's. Scheiß drauf. Hatte ich eben orangefarbenes Haar. Na und? Es gab Schlimmeres. Den Ebola-Virus zum Beispiel. Denguefieber. Orangefarbenes Haar war nicht für die Ewigkeit. Das Haar würde nachwachsen. Es war nicht so, daß ich mein Leben ruiniert hätte.

Ich war allein in der Eingangshalle. Die Aufzugtüren öffneten sich, ich trat ein, und meine Gedanken richteten sich auf Mo. Apropos Leben ruinieren. Wenn man Dickie glauben wollte, dann war Mo ein Mensch, der sein Leben lang nur Süßigkeiten an Kinder verkauft hatte und bei dem durch seinen Frust plötzlich irgend etwas ausgesetzt hatte, was zu schlimmen Entscheidungen führte.

Ich dachte an mich selbst und an die Entscheidungen, die ich in meinem Leben getroffen hatte. Bis vor kurzem waren diese Entscheidungen relativ sicher und vorhersehbar gewesen. College, Ehe, Scheidung, Arbeit. Und dann, ohne meine Schuld, hatte ich keine Arbeit mehr. Auf einmal war ich Kopfgeldjägerin, und ich hatte einen Menschen getötet. Es war Notwehr gewesen, aber es war dennoch eine bedauerliche Tatsache, die mir manchmal nachts den Schlaf raubte. Ich hatte Dinge über mich und über die menschliche Natur in Erfahrung gebracht, die anständige Mädchen aus Burg eigentlich nicht wissen durften.

Ich schritt den Hausflur entlang, holte meinen Schlüssel hervor und schloß die Wohnungstür auf. Ich trat ein, erleichtert, endlich in den eigenen vier Wänden zu sein. Bevor ich mich umdrehen und die Tür zumachen konnte, wurde ich mit einem schweren Stoß von hinten zu Boden gestreckt.

Sie waren zu zweit, beide mit Masken und in Overalls, beide zu groß für Maglio. Einer bedrohte mich mit einer Waffe. Der andere hielt einen Brotbeutel in der Hand, eine von den Isoliertaschen aus weichem Material, die Büroangestellte gerne benutzen. Sie reichten gerade für ein Butterbrot, einen Apfel und etwas zu trinken.

»Einen Ton, und ich schieße«, sagte der Kerl mit der Waffe. Er machte die Tür zu und schloß ab. »Ich erschieße Sie nicht gern, aber ich würde abdrücken, wenn ich müßte.«

»Das hat doch keinen Zweck«, erwiderte ich. »Mo verhandelt bereits mit der Polizei. Er wird denen alles über Sie erzählen, und er wird Namen nennen.«

»Mo hätte bei seinen Süßigkeiten bleiben sollen. Den lassen Sie mal unsere Sorge sein. Was wir tun, ist gut für das Allgemeinwohl. Gut für unser Land. Wir werden uns nicht von unserer Aufgabe abbringen lassen, nur weil ein alter Mann den Moralischen kriegt.«

»Menschen zu töten soll gut sein für Amerika?«

»Den ganzen Drogenabschaum zu beseitigen.«

Mit Stumpf und Stiel natürlich.

Der Mann mit dem Brotbeutel riß mich vom Boden hoch auf die Beine und schubste mich ins Wohnzimmer. Ich überlegte, ob ich schreien oder einfach weglaufen sollte, aber ich wußte nicht, wie diese Idioten reagieren würden. Der eine schien sich ganz wohl zu fühlen mit seiner Waffe. Möglich, daß er schon mal einen Menschen getötet hatte, und ich glaube, mit dem Töten ist es wie mit anderen Dingen – je öfter man es macht, desto leichter fällt es einem.

Ich hatte noch meine Jacke an, die Handtasche hing noch über meiner Schulter, aber auch die Warnung vor Vergeltung klang mir noch in den Ohren. Ich hatte immer noch die Blase von meinem letzten Zusammentreffen mit Mos Bürgerwehr, und bei dem Gedanken an neuerliche Brandwunden wurde mir flau im Magen. »Ich gebe Ihnen Gelegenheit abzuhauen, bevor Sie irgendeine Dummheit machen«, sagte ich, die panische Angst in meiner Stimme unterdrückend.

Der Mann stellte seinen Brotbeutel auf dem Sofatisch ab. »Sie sind hier die Dumme. Wir haben immer wieder versucht, Sie zu überzeugen, und wir haben Sie gewarnt, aber Sie wollen ja nicht hören. Sie stecken Ihre Nase in Angelegenheiten, die Sie nichts angehen, Sie und dieser Anwalt, den Sie ständig aufsuchen. Wer nicht hören will, muß fühlen. Deshalb haben wir uns gedacht, daß wir Ihnen die Bedrohung einmal hautnah demonstrieren.« Er holte ein Pergamentbriefchen aus dem Brotbeutel und hielt es mir unter die Nase. »Reiner, hochwertiger Boy.« Als nächstes wurde eine Flasche Quellwasser aus dem Beutel hervorgeholt und dann ein Flaschendeckel, der mit einem drangebastelten Stiel versehen war. »Drehverschlüsse eignen sich am besten als Kocher. Sie sind schön tief. Die Drogies nehmen das lieber als Löffel oder Kronkorken. Wissen Sie, was Boy ist?«

Boy war Heroin, Kokain war Girl. »Ja, das weiß ich.«

Der Mann füllte den Deckel mit Wasser und mischte etwas Pulver aus dem Briefchen dazu. Er zog ein Feuerzeug aus der Tasche und hielt die Flamme unter den Deckel. Danach holte er eine Spritze aus dem Brotbeutel und saugte die Flüssigkeit in den Zylinder.

Ich hatte immer noch meine Handtasche um die Schulter. Ich fuhr mit zitternder Hand außen entlang, tastete nach meiner 38er.

Der Mann mit der Waffe trat vor und riß mir die Tasche von der Schulter. »Lassen Sie das!«

Rex war in seinem Käfig auf dem Sofatisch. Er vergnügte sich in seinem Laufrad, als wir das Zimmer betraten. Das Licht ging an, und Rex hatte innegehalten, die Barthaare flirrten, die Augen in der Hoffnung auf Essen und Zuwendung weit aufgerissen. Nach ein paar Minuten hatte er die Lauferei wieder aufgenommen.

Der Mann mit der Spritze klappte den Deckel von Rex' Käfig auf, faßte mit der freien Hand hinein und hob Rex hoch. »Wir beginnen jetzt mit der Vorführung.«

Mein Herz krampfte sich zusammen. »Tun Sie ihn zurück«, sagte ich. »Er mag keine Fremden.«

»Wir wissen viel über Sie«, sagte der Mann. »Wir wissen, daß Sie diesen Hamster gern haben. Wir haben uns gedacht, daß er wie eine Familie für Sie ist. Und jetzt stellen Sie sich vor, dieser Hamster wäre Ihr Kind. Und stellen Sie sich weiter vor, Sie hätten alles richtig gemacht, hätten Ihrem Kind nur Gutes zu essen gegeben, hätten ihm bei den Schulaufgaben geholfen und hätten es in einem Viertel mit einer guten Schule großgezogen. Und dann, auf einmal, trotz allem, was Sie getan haben, hätte das Kind angefangen, Erfahrungen mit Drogen zu sammeln. Was wäre da wohl in Ihnen vorgegangen? Wären Sie dann nicht auf die Leute losgegangen, die ihm die Drogen besorgt haben? Und stellen Sie sich vor, man hätte Ihrem Kind unreines Zeug verkauft. Und Ihr Kind wäre an einer Überdosis gestorben. Wären Sie da nicht auf die Straße gegangen und hätten den Drogendealer umgebracht, der Ihr Kind umgebracht hat?«

»Ich hätte ihn angezeigt.«

»Angezeigt? Unsinn! Sie hätten ihn umgebracht.«

»Sprechen Sie aus persönlicher Erfahrung?«

Der Mann mit der Spritze hielt inne und starrte mich an. Ich konnte seine Augen hinter der Skimaske erkennen, und ich glaube, meine Frage hatte ins Schwarze getroffen.

»Tut mir leid«, sagte ich.

»Dann verstehen Sie, warum wir das tun müssen. Das Entscheidende ist, daß unsere Arbeit nicht gefährdet wird und daß Sie unser Engagement verstehen. Wir würden es vorziehen, Sie nicht zu töten. Wir sind gerechte, vernünftige Menschen. Wir haben auch unsere Moral. Also, passen Sie auf. Das ist die letzte Warnung. Diesmal töten wir den Hamster. Das nächste Mal sind Sie dran.«

Ich spürte, wie sich Tränen in meinen Augen sammelten. »Wie können Sie es rechtfertigen, ein unschuldiges Tier zu töten?«

»Es soll Ihnen eine Lehre sein. Haben Sie schon jemanden an einer Überdosis sterben sehen? Das ist kein schöner Abgang. Und wenn Sie sich nicht endlich mal Urlaub von Ihrer Umtriebigkeit gönnen, wird es Ihnen auch so ergehen.«

Rex' Augen waren schwarz und glänzten, die Barthaare ein einziges Beben, die Füße strampelten in der Luft, sein Körper krümmte sich.

»Verabschieden Sie sich von ihm«, sagte der Mann mit der Spritze. »Ich spritze ihm das Zeug direkt ins Herz.«

Es gibt Grenzen, wie weit eine Frau sich schikanieren läßt.

Man hat mich mit Tränengas eingenebelt, man hat mich überfallen, Maskierte haben mich verfolgt, Morelli hat mich belogen, mein Automechaniker mich betrogen – und immer habe ich brav mein Maul gehalten. Die Bedrohung meines Hamsters förderte ganz neue Seiten an mir zutage. Sie verwandelte mich in Godzilla. Ich hatte nicht die Absicht, mich von meinem Hamster zu verabschieden.

Ich blinzelte die sich anbahnenden Tränen weg, wischte mir die Nase am Ärmel ab und kniff die Augen zusammen. »Jetzt hören Sie mir mal gut zu, Sie Schleimbeutel«, schrie ich die beiden an. »Ich bin nicht gerade in bester Laune. Mein Auto säuft andauernd ab. Vorgestern habe ich Morelli in den Schoß gekotzt. Von meinem Ex-Mann muß ich mich als blöde Kuh beschimpfen lassen. Und als ob das noch nicht genug wäre, ist mein Haar auch noch orange. Scheißorange! Und dann besitzen Sie die Frechheit, in meine Wohnung einzudringen und meinen Hamster zu bedrohen. Das geht zu weit!«

Ich brüllte regelrecht, fuchtelte mit den Armen, ich war außer mir. Gleichzeitig behielt ich Rex im Auge, denn ich wußte, was passieren würde, wenn man ihn lange eingequetscht in der Hand hielt. Und wenn es passierte, würde ich in Aktion treten.

»Wenn Sie hier jemandem Angst einjagen wollen, dann haben Sie die Falsche erwischt«, kreischte ich. »Und glauben Sie ja nicht, ich würde es zulassen, daß Sie meinem Hamster auch nur ein Barthaar krümmen!«

Endlich tat Rex das einzig Richtige, was jeder genervte Hamster in so einer Situation tun würde. Er schlug seine Zähnchen in den Daumen seines Peinigers.

Der Mann jaulte auf und öffnete die Faust. Rex fiel mit einem Plumps auf den Boden und raste unter das Sofa. Der andere Kerl richtete seine Pistole auf Rex und das Sofa und gab reflexartig ein paar Salven ab.

Ich nutzte den Überraschungsmoment aus, schnappte mir mit der rechten Hand die Tischlampe und haute damit auf den Kopf des Schützen. Der Mann sackte wie ein Sandsack zusammen, und ich hechtete nach der Tür.

Ich war schon mit einem Fuß im Hausflur, als ich von hinten gepackt und von dem spritzenschwingenden Mann zurück in die Wohnung gezogen wurde. Ich trat nach ihm, zerrte an ihm, ein Ringkampf auf Leben und Tod. Mein Fuß landete irgendwann zwischen seinen Beinen, und es folgte eine Schrecksekunde des absoluten Stillstands, während der seine Augen sich vor Schmerz weiteten, und ich dachte, jetzt würde er mich erschießen, würde mich mit der Nadel stechen oder mich schlagen. Doch dann klappte er wie ein Taschenmesser zusammen, rang nach Luft und torkelte unvorsichtigerweise durch die Wohnungstür nach draußen in den Hausflur.

Die Aufzugtür öffnete sich, und heraus trat Mrs. Bestler mit ihrem Krückstock. Tock, tock, tock. Mit Lichtgeschwindigkeit stapfte sie über den Flur und rammte den Kerl so, daß er auf die Knie fiel.

Die Tür von Mrs. Karwatts Wohnung wurde aufgerissen, und Mrs. Karwatt zielte mit ihrer 45er auf den Mann am Boden. »Was ist hier los? Ich hoffe, ich habe nichts verpaßt.«

Mr. Kleinschmidt kam mit einer M-16 im Arm den Gang entlanggeschlurft. »Ich habe einen Schuß gehört.«

Mrs. Delgado folgte Mr. Kleinschmidt auf dem Fuß. Mrs. Delgado hatte ein Hackbeil und eine stahlblaue Glock mit Gummigriffschalen.

Mrs. Karwatt sah sich Mrs. Delgados Waffe an. »Loretta«, sagte sie, »du hast ja eine neue Pistole.«

»Zum Geburtstag geschenkt gekriegt«, sagte Mrs. Delgado stolz. »Von meiner Tochter Jean Ann. Kaliber vierzig, wie die Polizei. Steckt mehr Schlagkraft dahinter.«

»Ich überlege gerade, ob ich mir auch eine neue Waffe kaufen soll«, sagte Mrs. Karwatt. »Wie ist der Rückstoß bei der Glock?«

Ich nahm Rex die Nacht über mit ins Schlafzimmer. Er schien sich nach dem abendlichen Trauma schnell erholt zu haben, was man von mir nicht behaupten konnte. Die Polizei war gekommen und hatte den beiden Männern die Skimasken abgenommen. Den Mann mit der Spritze kannte ich nicht, der mit der Pistole war ein ehemaliger Mitschüler. Er war mittlerweile verheiratet und hatte zwei Kinder. Vor ein paar Wochen hatte ich ihn beim Einkaufen getroffen, und wir hatten uns kurz begrüßt.

Ich verschlief fast den ganzen Morgen und fühlte mich einigermaßen wiederhergestellt, als ich endlich aufstand. Ich bin vielleicht nicht die geduldigste Frau der Welt, nicht die schillerndste und auch nicht die sportlichste, dafür habe ich eine unverwüstliche Natur wie keine zweite.

Ich goß mir gerade eine Tasse Kaffee ein, als das Telefon klingelte.

Es war Sue Ann Grebek. »Stephanie!« rief sie mir ins Ohr. »Ich habe das Allerneueste für dich!«

»Über Mo?«

»Ja. Ein astreines Gerücht, direkt aus zweiter Hand. Es könnte sogar was dran sein.«

»Nun erzähl schon!«

»Ich war eben bei Fiorellos, und wen treffe ich da? Myra Barlog. Kannst du dich noch an Myra erinnern? Sie ist während der ganzen Schulzeit mit dieser Pfeife Larry Skolnik gegangen. Ich habe nie kapiert, was die an dem fand. Der machte immer so ulkige Geräusche mit seiner Nase und schrieb Geheimbotschaften auf seine Hände, zum Beispiel S.D.O.B.G., und wollte dann keinem sagen, was das bedeutete.

Jedenfalls habe ich mich mit Myra unterhalten, und wir

kamen von Hölzchen auf Stöckchen, und irgendwann fiel der Name Mo. Myra sagte, Larry hätte ihr mal eine ganz abwegige Geschichte über Mo erzählt. Larry hätte geschworen, daß sie stimmt. Auch wenn man nicht weiß, was man davon halten soll, weil Larry wahrscheinlich auch glaubt, er sei schon mal von Außerirdischen entführt worden.«

»Wie geht denn nun die Geschichte?«

Nach dem Gespräch mit Sue Ann blieb ich ein paar Minuten sitzen und starrte das Telefon an. Mir gefiel ihre Geschichte nicht, aber irgendwie ergab sie einen Sinn. Mir fiel wieder ein, auf was ich in Mos Wohnung gestoßen war, und Teile des Puzzles fügten sich zusammen.

Ich mußte jetzt sofort Larry Skolnik aufsuchen. Ich ging im Eiltempo hinunter zum Parkplatz, steckte den Schlüssel in den Anlasser und hielt den Atem an. Der Motor sprang an und lief ruhig im Leerlauf. Ich atmete erleichtert auf, mein Zynismus machte vorsichtigem Optimismus Platz.

Larry Skolnik arbeitete in der chemischen Reinigung seines Vaters in der Hamilton Avenue. Er stand hinter der Theke, als ich das Geschäft betrat. Er hatte einige Zentner zugelegt seit der Schule, aber so schlimm war es nun auch wieder nicht, wenigstens standen keine Geheimbotschaften auf seiner Hand. Eigentlich war er ein ganz normaler Mensch, aber ich vermute mal, daß er sich selbst der liebste Gesprächspartner war.

Er lächelte, als er mich sah. »Hallo.«

»Hallo«, erwiderte ich.

»Willst du Wäsche abholen?«

»Nein. Ich bin deinetwegen gekommen. Ich wollte dich nach Onkel Mo fragen.«

»Moses Bedemier?« Eine leichte Röte stieg ihm ins Gesicht. »Was ist mit ihm?«

Larry und ich waren allein im Geschäft. Außer ihm stand sonst keiner hinter der Theke. Außer mir keiner davor. Es gab nur mich und Larry und dreihundert Hemden.

Ich wiederholte die Geschichte, die Sue Ann mir erzählt hatte.

Larry kramte in einer Schachtel abgegangener Hemdknöpfe, die neben der Kasse stand. »Ich habe es einigen Leuten erzählt, aber es wollte mir keiner glauben.«

»Stimmt es?«

Er kramte weiter, entschied sich für einen weißen Perlmuttknopf und betrachtete ihn genauer. Er rotzte laut, und die Röte in seinem Gesicht vertiefte sich.

»Entschuldigung«, sagte er. »Ich wollte nicht rotzen.«

»Nichts dagegen. Ein bißchen Streß abrotzen hat noch keinem geschadet.«

»Ja, also, ich hab's getan. Die Geschichte stimmt«, sagte Larry. »Und ich bin stolz darauf. So ist es.«

Wenn er jetzt blabla, blabla gesagt hätte, hätte ich ihm einen gepfeffert.

»Ich bin damals oft in den Laden gegangen«, sagte Larry, wobei er mit gesenktem Kopf in die Schachtel schaute, mit den Fingern die Knöpfe antippte und Kanäle in das Knopfmeer pflügte. »Und als ich siebzehn war, hat mir Mo einen Job angeboten. Ich habe den Boden gewischt und die Glasvitrine geputzt. Es war toll. Ich durfte für Mo arbeiten. Die Jungs haben sich um einen Job bei Mo gerissen.

Es war so, daß wir dann irgendwann wie Freunde waren. Und dann hat er mich eines Tages gefragt, ob ich ... Hm, na, du weißt schon. Ich hatte so was noch nie gemacht, aber ich dachte mir, was soll's.«

Er hörte auf zu reden und starrte verloren auf die Knöpfe. Ich wartete darauf, daß noch etwas folgte, aber Larry sah bloß weiter still die Knöpfe an. Mir kam der Gedanke, daß Larry vielleicht nicht nur seltsam war, vielleicht war er auch nicht der Allerhellste.

»Es ist mir sehr wichtig«, sagte ich schließlich. »Ich muß Mo unbedingt finden. Ich dachte, vielleicht weißt du, wo er sich aufhält. Vielleicht habt ihr beide noch Kontakt.«

»Glaubst du wirklich, daß er die Leute umgebracht hat?«

»Das kann ich nicht sagen. Ich glaube schon, daß er daran beteiligt war.«

»Das glaube ich auch«, sagte Larry. »Und ich habe eine Theorie. Ich habe sie nicht bis ins kleinste ausgefeilt, aber vielleicht kannst du etwas damit anfangen.« Er ließ von den Knöpfen ab und beugte sich über die Theke. »Einmal war ich mit einem gewissen Desmond eingeteilt, und wir kamen ins Gespräch, von Profi zu Profi sozusagen. Und Desmond hat mir gesagt, wie Mo an ihn herangekommen ist.

Das ist nämlich wichtig, daß Mo immer an junge Kerle herankommt. Denn Mo steht auf so was.«

Ich hätte beinahe einen Freudensprung gemacht, als Larry zum Ende seiner theoretischen Ausführungen gekommen war. Ich war auf eine völlig abwegige Verbindung zwischen Mo und den Drogendealern gestoßen, und der Verdacht, Mo könnte noch einen zweiten Wohnsitz haben, hatte neue Nahrung erhalten. Mo war nämlich mit Larry zu einem Haus im Wald gefahren, als er Larry seinen speziellen Wunsch angetragen hatte.

Es gab natürlich keine Garantie, daß Mo dieses Haus noch nutzte, aber man hatte wenigstens etwas, nach dem man suchen konnte. Leider war Larry immer nur in den Abendstunden zu dem Haus gefahren, und selbst an guten Tagen war sein Gedächtnis nicht das allerbeste. Er erinnerte sich nur daran, daß es zuerst Richtung Süden ging und dann in eine ländliche Gegend.

Ich dankte Larry für seine Hilfe und versprach, das nächste

Mal meine Wäsche zur Reinigung mitzubringen. Ich sprang in meinen Wagen und ließ den Motor an. Ich hätte gern mit Vinnie geredet, aber Vinnie war so früh nicht in seinem Büro anzutreffen. Das machte nichts. Während ich auf Vinnie wartete, würde ich mir noch mal das schwache Glied in Mos Kette vorknöpfen.

Ich stellte meinen Wagen gegenüber von Lulas Wohnung ab. Die Reihenhäuser sahen alle gleich aus, aber das, in dem Gail wohnte, war leicht auszumachen. Es war das einzige mit brennendem Licht über der Haustür.

Ich ging gleich hoch in den ersten Stock und klopfte an Gails Tür. Sie öffnete erst nach einer zweiten Runde. Sie blickte mich aus schläfrigen Augen an, eine Fixerin.

»Jaa?« sagte sie.

Ich stellte mich vor und fragte, ob ich eintreten dürfe.

»Klar«, sagte sie, als wäre es doch sowieso egal.

Sie setzte sich auf die Bettkante, legte die Hände gefaltet in den Schoß, nur gelegentlich rissen sich die Finger einer Hand los und zupften am Rock. Das Zimmer war spärlich möbliert. Kleidung lag in Haufen auf dem Boden. Auf einem kleinen Holztisch lagerten einige Lebensmittelvorräte. Ein Karton Cornflakes, ein halbes Brot, Erdnußbutter, ein Sixpack Pepsi, in dem zwei Dosen fehlten. Am Tisch stand ein Stuhl mit hoher Lehne.

Ich nahm mir den Stuhl und rückte damit näher an Gail heran, damit wir uns besser verständigen konnten. »Ich muß mit Ihnen über Harp reden.«

Gail krallte eine Hand in den Rock. »Ich weiß nichts.«

»Ich bin nicht von der Polizei. Ich mache Ihnen bestimmt keinen Ärger. Ich muß nur ein paar Dinge wissen.«

»Ich habe Ihnen schon alles gesagt.«

Es hatte keinen Sinn, Gail mürbe zu machen. Das Leben hatte sie schon genug zermürbt. Und als ob das noch nicht reichte, war sie heute morgen offensichtlich früh aufgestanden und hatte ihre pharmazeutischen Experimente an sich vorgenommen.

»Was für eine Abmachung hatte Mo und Elliot? Sie haben zusammen Geschäfte gemacht, oder?«

»Aber ich hatte nichts damit zu tun. Ich war daran nicht beteiligt.«

Es war fast Mittag, als ich ins Büro kam.

Lula wedelte Connie mit einem Hähnchenschenkel vor der Nase herum. »Ich sage dir, ihr habt doch keine Ahnung von Brathähnchen. Ihr Italiener habt nicht die richtigen Gene. Ihr Italiener kennt euch nur mit Sachen aus, wo oben Tomatensoße draufkommt.«

»Weißt du was?« fragte Connie, kramte in dem Eimer mit Brathähnchen, den Lula mitgebracht hatte, und entschied sich für ein Bruststück. »Du bist eine rassistische Betschwester.«

Lula biß ein Stück Schenkelfleisch ab. »Das ist mein gutes Recht. Ich gehöre einer Minderheit an.«

»Na und? Sind Italiener etwa keine Minderheit?«

»Nicht mehr. Italiener waren letztes Jahr die Minderheit. Wird Zeit, daß du dich umstellst, Baby.«

Ich nahm mir eine Serviette und irgendein undefinierbares Teil aus dem Eimer. »Ist Vinnie da?«

»Hallo, Vinnie«, rief Connie. »Bist du da? Stephanie ist hier.«

Vinnie stand umgehend in der Tür. »Wehe, du bringst keine guten Neuigkeiten.«

»Ich wollte dich noch mal nach Mos Freund fragen, den du damals in New Hope gesehen hast.«

»Was soll mit dem sein?«

»Woher weißt du, daß die beiden was miteinander hatten? Haben sie sich geküßt? Haben sie Händchen gehalten?«

»Nein. Sie waren erregt. Ich meine nicht, daß sie mit einem Ständer rumliefen, aber sie waren wie aufgeladen. Sie zeigten sich gegenseitig Fotos von sich selbst, und der andere war schwul, daß es krachte.«

»Hast du die Bilder gesehen?«

»Nein. Ich war gegenüber, am anderen Ende des Raums.«

»Woher weißt du, daß die Bilder von Mo und seinem Freund waren?«

»Ich konnte es nicht wirklich sehen, aber ich weiß, daß es schmutzige Bilder waren.«

»Muß Gedankenübertragung gewesen sein«, meinte Lula. »Wie bei diesen Geistheilern.«

»Ich kann schmutzige Bilder auch von hinten erkennen«, sagte Vinnie.

Das wollte niemand bezweifeln.

»Hast du mal irgendeinen Namen in Erfahrung bringen können?« fragte ich.

»Nein«, sagte Vinnie. »Keiner weiß irgend etwas über Mo. Bei ihm läuft alles verdeckt ab.«

»Ich muß unter vier Augen mit dir reden«, sagte ich zu Vinnie, deutete mit einem Kopfnicken auf sein Büro und schloß die Tür hinter uns. »Ich habe da eine neue Verbindung aufgetan, und ich wollte dich bitten, mal deine Beziehungen in diese Richtung spielen zu lassen.«

Vinnie konnte sich kaum halten vor Begeisterung, als ich ihm sagte, wo er nachforschen sollte.

»Dieser Mo!« sagte er. »Wer hätte das gedacht?«

Ich überließ Vinnie seiner neuen Aufgabe, lieh mir Connies Telefon aus und rief Morelli an.

»Was weißt du über die beiden, die mich angegriffen haben?« fragte ich Morelli.

Es folgte eine vielsagende Pause. »Wir haben aus den beiden

nichts rausgekriegt. Sie haben einen Anwalt, und wir mußten sie laufen lassen.«

Ich spürte, daß mehr dahintersteckte. »Aber?«

»Aber wir haben mal ihr Umfeld überprüft und sind auf eine interessante Verbindung gestoßen. Wenn ich dir was verraten soll, mußt du mir versprechen, nichts auf eigene Faust zu unternehmen.«

»Klar. Schon versprochen.«

»Das glaube ich dir nicht.«

»Dann muß es wirklich erstklassige Information sein.«

»Ich will nicht am Telefon darüber reden«, sagte Morelli. »Wir treffen uns in dem Restaurant gegenüber von St. Francis.«

Morelli bestellte an der Theke einen Kaffee und ein Sandwich und brachte beides an den Tisch. »Wartest du schon lange?«

»Ein paar Minuten.«

Morelli biß in sein Sandwich. »Wenn ich dir diese Information gebe, mußt du mir versprechen, nicht gleich loszurennen. Wir haben ein paar Leute vor Ort. Du würdest alles kaputtmachen, wenn du da reinplatzt.«

»Ich halte mich fern, aber nur wenn du mir versprichst, mich vorzulassen, wenn Mo aufkreuzt.«

»Gut.«

Wir sahen uns fest in die Augen. Wir wußten beide, daß er log. Es war ein Versprechen, das ein Polizist unmöglich halten konnte.

»Wenn ich bei Mos Verhaftung nicht anwesend bin, gibt es keine Garantie, daß Vinnie seine Kaution zurückerhält.«

»Ich werde mir alle Mühe geben«, sagte Morelli. »Ich schwöre dir, ich tue, was ich kann.«

»Nur damit kein Mißverständnis aufkommt – ich weiß, daß man nichts geschenkt kriegt. Du würdest mir das nicht erzählen, wenn nicht längst Aussicht bestünde, daß ich die Information auch aus anderer Quelle erfahren könnte.« Zum Beispiel von Eddie Gazarra oder der Lokalzeitung.

»Du willst mich also nicht zum Nachtisch einladen?«

»Was hast du denn nun für mich?«

»Beide Männer gehörten der Montgomery Street Freedom Church an.«

Meine spontane Reaktion war erstauntes Schweigen. Dann mußte ich brüllen vor Lachen. Ich klatschte in die Hände. »Die Montgomery Street Freedom Church! Das ist wirklich gelungen!«

Morelli aß den Rest des Sandwiches. »Ich wußte, daß dich das umhauen würde.«

»Da haben sich ja die Richtigen gefunden. Mo will die Drogenhändler loswerden, also wendet er sich an den Fanatiker Reverend Bill, und beide üben Selbstjustiz, auf hohem Niveau sozusagen. Dann beschließt Mo aber aus irgendeinem unerfindlichen Grund, die Kaution sausen zu lassen und sich abzusetzen und alles dem armen Reverend zur Last zu legen.«

Morelli trank seinen Kaffee aus und wischte sich den Mund an der Serviette ab. »Das ist alles reine Spekulation.«

Ich konnte noch weiter spekulieren. Ich konnte spekulieren, daß es dabei nicht nur um Drogenhändler ging.

»Also«, sagte ich, »es war mir ein Vergnügen, aber ich muß jetzt los. Termine, Termine.«

Morelli packte mich am Handgelenk und drückte meine Hand auf die Tischplatte. Er zog mich zu sich heran, so daß sich unsere Nasenspitzen fast berührten. »Wolltest du mir nicht noch etwas sagen?«

»Ich habe gehört, Biggie Zaremba hätte sich den Samenleiter durchtrennen lassen.«

»Ich meine es ernst, Stephanie. Ich will nicht, daß du die Sache versaust.«

»Meine Güte, Joe, mußt du immer und ewig den Bullen spielen?«

»Es hat überhaupt nichts damit zu tun, ob ich Bulle bin oder nicht.«

Ich runzelte wie neugierig die Stirn. »Ach?«

Erneutes Seufzen, als würde er sich vor sich selbst ekeln. »Ich weiß nicht, warum ich mir Sorgen um dich mache. Du kannst weiß Gott selbst auf dich aufpassen.«

»Das kommt, weil du Italiener bist. Das liegt an den Chromosomen.«

»Daran habe ich nicht den geringsten Zweifel«, sagte Morelli, mein Handgelenk loslassend. »Sei vorsichtig. Ruf mich an, wenn du Hilfe brauchst.«

»Ich gehe jetzt nach Hause und wasche mir die Haare.« Ich hob die rechte Hand. »Ich schwöre. Bei meiner Pfadfinderehre. Vielleicht gehe ich vorher noch einkaufen.«

Morelli stand auf. »Du bist ein hoffnungsloser Fall. Du warst schon als Kind so.«

»Was soll das denn heißen?«

»Du warst verrückt. Du hast alles mögliche gemacht. Du bist von der Garage deines Vaters gesprungen und hast versucht zu fliegen.«

»Wolltest du früher nie fliegen?«

»Nein. Nie. Ich wußte, daß ich nicht fliegen kann.«

»Das kommt, weil du vom Tag deiner Geburt an immer nur mit einer einzigen Sache beschäftigt warst.«

Morelli grinste. »Das stimmt. Meine Interessen waren ziemlich einseitig.«

»Du denkst doch immer nur an das eine. Du hast schon früher kleine unschuldige Mädchen in die Garage deines Vaters gelockt, um ihnen unter den Rock zu gucken.«

»Damals war alles viel einfacher. Jetzt muß ich sie erst betrunken machen. Und wenn wir ehrlich sind – dich brauchte ich nicht zu locken. Du hast mich doch praktisch mit Gewalt genötigt, dich mit in die Garage zu nehmen.«

»Weil du mir versprochen hast, mir zu zeigen, wie man Puff-Puff spielt.«

Das Grinsen wurde breiter. »Ich habe mein Versprechen gehalten.«

Die Tür zu dem Restaurant öffnete sich, und Vinnie tänzelte herein. Unsere Blicke trafen sich, Vinnie lachte sein knappes, gemeines Lachen, und ich wußte, daß er gute Neuigkeiten für mich hatte.

- 16 -

Ich ließ Morelli sitzen und trat mit Vinnie nach draußen, vor das Restaurant, damit er uns nicht hören konnte.

»Ich habe eine Adresse«, sagte Vinnie, noch immer lächelnd. Seine Kaution stand vor der Auszahlung, und es bereitete ihm ein perverses Vergnügen, einen anderen Perversling hochgehen zu lassen.

Eine heftige Erregung packte mich vom Scheitel bis zur Sohle. »Jetzt sag schon!«

»Mein erster Anruf hat gleich ins Schwarze getroffen. Du hattest recht. Moses Bedemier, der liebe, gute Onkel Mo, produziert schmutzige Filme. Nicht die übliche Ware, die man in jedem Videoladen kriegen kann. Nein! Die richtigen, echten, harten Dinger. Hochwertige Underground-Pornofilme.

Sein Pseudonym ist M.Bed, und seine Spezialität sind Bestrafungsrituale. Der echte Spankingfan, behauptet mein Informant, kauft nur M.Bed-Filme.« Vinnie schüttelte den Kopf und grinste dabei über beide Ohren. »Ich sage dir, der Mann ist berühmt in seiner Branche. Er hat schon eine ganze Serie über Initiationsriten in Studentenverbindungen gedreht. Echte Sammlerstücke. Da geht's zur Sache, mit viel Großaufnahmen, und es ist alles echt, nichts gestellt. Das ist der Unterschied zwischen dem kommerziellen Kram und den Undergroundfilmen. Bei den Undergroundpornos ist nichts gestellt.«

»Mach halblang, Vinnie«, sagte ich. »Die Leute gucken ja schon.«

Vinnie achtete nicht auf seine Umgebung. Er gestikulierte mit den Händen, und in den Mundwinkeln sammelte sich Speichel. »Der Kerl ist ein Genie. Sein Meisterwerk ist *Der unartige Bobby und die Schulmeisterin*. Ein Historienfilm mit Kostümen aus der Zeit. Ein Klassiker. Die beste Züchtigungsszene mit einem Lineal, die die Filmgeschichte aufzuweisen hat.

Ich stellte mir Larry Skolnik vor, mit heruntergelassenem Schlüpfer und Narrenkappe, und wäre beinahe ohnmächtig geworden.

»Nachdem du mich auf die richtige Fährte gesetzt hast, war es ein leichtes«, sagte Vinnie. »Ich habe einen Freund in der Branche. Er macht mit Hunden rum. Er hat eine dänische Dogge, die bestückt ist wie ein Zuchtbulle. Er hat den Hund so abgerichtet, daß er ...«

Ich hielt mir die Ohren zu. »Iih! Ist ja widerlich!«

»Jedenfalls«, sagte Vinnie, »habe ich herausgefunden, wo Mo seine Filme herstellt. Der Freund von mir arbeitet zum Teil mit denselben Schauspielern und Schauspielerinnen wie Mo. Er hat mir die Adresse von einer Frau gegeben. Bebe LaTouch. Sie soll die Lieblingsmätresse der Dogge sein.«

Ich zog unwillkürlich die Oberlippe hoch und spürte, wie sich mein Schließmuskel spannte.

Vinnie gab mir einen Zettel mit einer Wegbeschreibung. »Ich habe sie angerufen, und wie Bebe behauptet, besitzt Mo südlich von hier ein Haus im Wald. Sie kennt die genaue Adresse nicht, aber sie weiß, wie man hinkommt.«

Das entsprach der Information, die ich von Gail und Larry bekommen hatte. Gail hatte mir gesagt, Harp hätte sich mit Mo für Geschäftliches an einem anderen Ort als dem Laden getroffen. Sie erinnerte sich an das Haus, weil sie einmal mitgefahren wäre, als Harp eine »jungfräuliche Schauspielerin« dort hingebracht hatte.

Ich nahm die Wegbeschreibung und sah hinüber zu Morelli, der mit seinen Kartoffelchips spielte und mich durch die Glastür beobachtete. Ich winkte ihm zum Abschied mit dem Zeigefinger und stieg in den Pickup ein. Ich stellte den Motor an und ließ ihn leer laufen. Schön gleichmäßig. Keine peinlichen Fehlzündungen, kein Absaufen.

»Vielen Dank, Bucky«, sagte ich. Wie gut, daß es Dingsbums gab.

Ich fuhr einige Kilometer auf der 206 in südliche Richtung, bog in White Horse ab, auf die Straße, die nach Yardville führt, und von da aus wieder Richtung Süden nach Crosswicks. Ab Crosswicks folgte ich einer kurvenreichen, zweispurigen Straße bis zu einer nicht näher markierten Kreuzung, an der ich anhielt und auf die Straßenkarte schaute. Ich schien dort richtig zu sein, fuhr also weiter und kam nach fünf Minuten nach Doyne. Ich bog in Doyne rechts ab und achtete auf meinen Kilometerzähler. Ich legte drei Kilometer zurück und fing dann an, nach einem schwarzen, verrosteten Briefkasten Ausschau zu halten, der sich am Ende einer unbefestigten Einfahrt befinden sollte. Ich war nach dem Abbiegen erst an einem Haus vorbeigefahren, aber jetzt war nichts zu sehen. Auf beiden Seiten standen hohe Bäume. Wenn Mo hier irgendwo sein Häuschen hatte, dann lag es gut versteckt.

Nach weiteren vier Kilometern sah ich den Briefkasten. Ich

hielt an, spähte zwischen die kahlen Bäume, suchte nach einem schindelverkleideten Bungalow am Ende der Einfahrt. Im Sommer war das Haus von der Straße aus nicht sichtbar. Jetzt hatten wir Winter, und das Haus und der Stellplatz für das Auto waren deutlich zu erkennen. Auf dem Carport stand ein Auto, aber ich konnte beim besten Willen nicht sehen, ob er Mo gehörte oder nicht.

Ich ließ den Pickup ein paar hundert Meter weiterrollen und wählte Rangers Handynummer.

Beim vierten Klingelzeichen ging Ranger ran. »Yo.«

»Auch Yo«, sagte ich. »Ich glaube, ich bin Mo auf die Schliche gekomemn. Ich habe einen Bungalow südlich von Yardville im Visier. Ich brauche Rückendeckung für meine Aktion.«

»Sag mir, wie ich hinkomme.«

Ich beschrieb ihm den Weg, klappte mein Handy zu und band den kleinen Matchbeutel auf, der auf dem Beifahrersitz lag. Ich trug Jeans und Rollkragenpullover, darüber eine schwarze Lederjacke. Ich zog die Jacke aus, schlüpfte in eine kugelsichere Weste und zog darüber wieder die Lederjacke an. Als nächstes holte ich einen Pistolengürtel aus schwarzem Nylongewebe aus dem Matchbeutel, an dem zahlreiche Schlaufen für Reizgas und Totschläger aufgenäht waren, nicht zu vergessen die Tasche für meine Smith & Wesson. Ich stieg aus dem Wagen und schnallte den Gürtel um, steckte meine Utensilien in die Schlaufen und hängte die Pistolentasche ein. Ich zog den Riemen stramm, mit dem meine 38er am Bein festgebunden war, steckte Handschellen hinten in den Gürtel und stopfte zusätzlich zwei Nylon-Handschellen in meine Jackentaschen.

Da ich jetzt wußte, was für eine Art Geschäft Mo betrieb, hätte ich am liebsten auch Gummihandschuhe dabeigehabt.

Ich stieg wieder in den Wagen und spannte meine Finger, bis die Knöchel krachten. Ich war unruhig und kam mir albern vor, herausgeputzt wie eine Heldin vom Sondereinsatzkommando.

Ich wartete so lange, bis Ranger mit seinem Bronco hinter meinem Wagen zum Stehen kam. Ich ging zu ihm und sah ihn grinsen.

»Diesmal meinst du es ernst, was?«

»Es wird dauernd auf mich geschossen.«

»Ernster geht es nicht«, sagte Ranger.

Er trug bereits eine kugelsichere Weste. Er zog seinen Pistolengürtel stramm, während ich ihm die Lage erklärte.

»Das ist deine Festnahme«, sagte er. »Hast du einen Plan?«

»Reinfahren. Anklopfen. Festnehmen.«

»Willst du die Vorder- oder die Rückseite für dich?«

»Die Vorderseite.«

»Ich lasse meinen Wagen hier stehen und pirsche mich von hinten durch den Wald heran. Laß mir ein paar Minuten Zeit, bis ich eine gute Stelle gefunden habe, dann kannst du dein Ding abziehen.«

Es war bloß eine vage Vermutung, daß Mo sich in dem Haus befand. Wenn ich mehr Zeit gehabt hätte, hätte ich es vorher beobachtet. Nach dem jetzigen Stand der Dinge zu urteilen, würden wir entweder irgendeine unschuldige Menschenseele zu Tode erschrecken, oder das Risiko eingehen, an der Tür durchlöchert zu werden. Andererseits konnte es auch sein, daß Mo wirklich nichts mit den Morden zu tun hatte und vollkommen ungefährlich war.

Ich ließ Ranger ein paar Minuten Vorsprung und fuhr dann in die Einfahrt zum Haus, stellte meinen Pickup hinter dem Wagen auf dem Carport ab und marschierte schnurstracks auf die Haustür des Bungalows zu. Die Vorhänge an den Fenstern waren zugezogen. Ich wollte gerade anklopfen, als die Tür geöffnet wurde und Mo mir gegenüberstand.

»Tja«, sagte er, »das war's dann wohl.«

»Sie sind ja nicht gerade erstaunt über meinen Besuch.«

»Ehrlich gesagt, hat mich das Geräusch eines Autos in meiner Einfahrt schon ziemlich aufgeschreckt, aber dann habe ich Sie erkannt, und ich war erleichtert.«

»Sie hatten wohl Angst, es könnte Reverend Bill sein.«

»Dann wissen Sie also Bescheid über Bill.« Er schüttelte den Kopf. »Ich bin bloß froh, wenn das alles aufgeklärt ist. Ich fühle mich hier nicht mehr sicher. Ich fühle mich nirgendwo mehr sicher.«

Ich stand noch im Hauseingang und sah mich erst mal um. Zwei Schlafzimmer, ein Badezimmer, ein Wohnzimmer, Küche mit Eßecke und Hinterausgang. Der Teppich war zerschlissen, aber sauber, die Möbel waren abgenutzt. Es herrschte keine Unordnung, und die Farben waren zu einem neutralen Einerlei verblichen. Ein Sofa, ein breiter Polstersessel, ein Fernsehgerät, ein Videorecorder. Auf dem Sofatisch lag kein Staub.

»Sie selbst dürften sich wohl auch nicht sicher fühlen«, sagte Mo. »Sie haben Bill ganz schön nervös gemacht.«

Ich mußte innerlich den Kopf schütteln. Ich hatte ganz ohne Absicht vor der Freedom Church Posten bezogen. Mo und Reverend Bill müssen ausgerastet sein, weil sie glaubten, ich wäre über sie im Bilde. Manchmal mußte ich über mich selbst staunen. Wie konnte ein Mensch mit seinen Instinkten nur so falsch liegen und gleichzeitig absolut richtig?

Mo schob einen Vorhang beiseite und spähte durch das vordere Fenster. »Wie haben Sie mich gefunden?«

»Ich habe einen Rundgang durch den Burger Weinberg gemacht und mich umgehört.«

Mo wandte sich wieder mir zu, die Furcht stand ihm ins Gesicht geschrieben. Ich sah in seine Augen, und ich spürte, wie sein Verstand rasend schnell arbeitete.

»Das ist unmöglich«, sagte er. Vor Angst preßte er die Lippen zusammen, bis sie weiß wurden. »Keiner in ganz Burg kennt das Haus hier.«

»Larry Skolnik kennt es. Erinnern Sie sich noch an Larry? Der Junge, der kleine Geheimbotschaften auf seinen Arm kritzelte. Er arbeitet heute in der Reinigung seines Vaters.«

Ich spazierte durch die geöffnete Schlafzimmertür und schaute hinein. Ein Bett, ordentlich gemacht, Bettvorleger, Nachttisch mit Lampe und Wecker. Das andere Schlafzimmer war leer. Auf dem Teppich waren frische Staubsaugerspuren zu sehen und ein paar Abdrücke von Möbelstücken oder anderen schweren Gegenständen. Es war deutlich zu erkennen, daß das Zimmer erst kürzlich gereinigt worden war. Ich überprüfte das Badezimmer. Vor dem kleinen Fenster hing ein schwerer Vorhang. Dunkelkammer, war mein erster Gedanke. Wahrscheinlich machte Mo auch Standfotos von seinen Darstellern. Ich ging wieder zur Haustür.

»Ich weiß Bescheid über die Filme«, sagte ich zu Mo.

Er gaffte mich an. Er schien es immer noch nicht wahrhaben zu wollen. Ich rasselte das Register herunter, ließ meine Überlegenheit durchblicken, gab ihm zu verstehen, daß das Spiel aus war.

Mo riß sich zusammen und streckte das Kinn ein paar Millimeter vor. Eine defensive Geste. »Na und? Ich drehe Kunstfilme mit erwachsenen Menschen, die freiwillig daran mitwirken.«

»Freiwillig? Vielleicht. Ob erwachsen, das ist die Frage. Weiß Reverend Bill von Ihrem Freizeitvergnügen?«

»Reverend Bill ist einer meiner ergebendsten Fans. Seit Jahren. Reverend Bill ist ein Verfechter der Prügelstrafe für schlechtes Benehmen.«

»Dann weiß er also von dem Haus hier?«

»Er weiß nicht, wo es liegt. Aber das Filmen ist kein Freizeitvergnügen von mir. Ich bin professioneller Regisseur. Ich verdiene gutes Geld mit meinen Filmen.«

»Das nehme ich Ihnen glatt ab.«

»Sie glauben doch wohl nicht, ich würde mich mit dem Geld zufriedengeben, das man aus dem Eisverkauf erzielt?« blaffte Mo zurück. »Wissen Sie, wieviel ich an so einer Eistüte verdiene? Rein gar nichts.«

Hoffentlich erwartete er kein Mitleid von mir. Ich mußte mir schon alle Mühe geben, nicht jedesmal angewidert das Gesicht zu verziehen, wenn mir wieder mein Bild an seiner Küchenwand einfiel.

Er schüttelte den Kopf, vor Entrüstung prustend. Mo stand kurz vor einem Kollaps. »Ich kann nicht fassen, daß mir so etwas passiert. Ich hatte ein gutes Auskommen. Ich konnte Geld fürs Alter beiseite legen. Ich habe einer erlesenen Schar von erwachsenen Menschen vergnügliche Stunden bereitet, und ich habe bedürftigen jungen Menschen Arbeit gegeben.«

Ich verdrehte die Augen in Gedanken zur Decke. Moses Bedemier bezahlte Drogenhändler dafür, daß sie ihm Frischfleich für seine Pornofilme rekrutierten. Die Drogenhändler kannten die Kinder, die von zu Hause weggelaufen waren und auf der Straße lebten. Sie wußten, daß die Teenager noch unverbraucht und gesund aussahen und daß sie alles tun würden, um an Stoff zu kommen.

»Ich habe einen Fehler gemacht«, sagte Mo. »Ein Fehler, und das ganze Netz fing an, sich aufzulösen. Alles nur wegen diesem blöden Jamal Brousse.« Er ging unruhig vor dem Fenster auf und ab, sichtlich erregt, spähte nach draußen, faltete die Hände zusammen und löste sie wieder voneinander.

»Sie haben hoffentlich darauf geachtet, daß Ihnen niemand gefolgt ist«, sagte er. »Bill sucht nach mir.«

»Es ist mir niemand gefolgt.« Hoffentlich.

Mo lief weiter auf und ab. Ich hatte den Verdacht, daß er seine Geschichte loswerden wollte. Er sah irgendwie verwirrt aus, maßlos erstaunt, daß es so weit gekommen war, und er redete ununterbrochen beim Gehen. Wahrscheinlich hielt er schon seit Stunden diese Selbstgespräche und hatte versucht, sich selbst dazu zu überreden, die Polizei zu rufen.

»Alles nur wegen diesem Brousse«, sagte er. »Drogenhändler und Lieferant. Ich habe nur ein einziges Mal Geschäfte mit ihm gemacht, eine mißglückte Transaktion mit einem jungen Mann, der für mich Modell stehen sollte. Ich wollte nur ein paar Fotos machen.«

Er hielt inne und lauschte. »Bill bringt uns beide um, wenn er uns hier findet.«

Daran hatte ich nicht den geringsten Zweifel. Sobald Ranger aufkreuzte, würden wir von hier verschwinden. »Was ist mit Brousse?« fragte ich, nicht aus Neugier, sondern eher, um mich von dem Gedanken abzulenken, Reverend Bill könnte vor Ranger hier eintreffen.

»Ich habe meinen Teil der Abmachung mit Brousse eingehalten, aber er kam immer wieder, stellte neue Ansprüche, erpreßte mich. Ich war verzweifelt. Ich wußte nicht, was ich machen sollte. Ich verdiene vielleicht nicht viel Geld mit meinem Laden, aber ich genieße eine gewisse Stellung in dem Viertel, die ich nicht verlieren wollte. Brousse hätte alles zunichte gemacht.

Eines Tages verirrte sich Reverend Bill in meinen Laden, und mir kam eine Idee. Ich erzählte Bill von dem Kerl, diesem Jamal Brousse, der Drogen an Kinder verkaufte. Ich dachte, Bill würde ihm vielleicht gehörig den Marsch blasen, ihm eines in die Fresse hauen, ihm jedenfalls dermaßen angst machen, daß er wegblieb. Es gab nur ein Problem. Bill fand Gefallen an der Idee, das Recht in die eigene Hand zu nehmen, und er brachte Brousse um.

Bill beging allerdings einen Fehler. Er warf Brousse in den

Fluß, und zwei Stunden später wurde die Leiche ans Ufer gespült. Das mißfiel Bill natürlich. Er meinte, das sei unangenehm. Ich wollte an dem Punkt aussteigen, aber Bill drängte mich, ihm noch mehr Namen zu nennen. Ich gab nach, und ehe ich mich versah, hatte Bill den nächsten Dealer umgebracht und die Leiche in meinem Keller vergraben. Es dauerte nicht lange, und mein Keller war bis oben hin voll mit toten Drogenhändlern. Sogar noch, nachdem ich verhaftet worden war, hörte Bill mit dem Morden nicht auf. Bloß war es jetzt nicht mehr so leicht, in den Keller zu kommen, also versteckten wir die Leichen woanders, so gut es ging. Cameron Brown, Leroy Watkins.« Mo schüttelte den Kopf. »Bill war wie besessen. Er stellte eine regelrechte Todesschwadron auf die Beine, und die operierte so erfolgreich, daß Bill nicht bei den Drogenhändlern stehenblieb, sondern dazu überging, auch die Benutzer von harten Drogen umzubringen. Die Todesschwadron lernte, wie man die Drogenabhängigen mit einer Überdosis töten konnte, damit es natürlicher aussah.

Deswegen habe ich mir einen Anwalt genommen. Ich wollte bei diesem ganzen Wahnsinn nicht mehr mitmachen. Man wollte sogar Sie umbringen! Sie können sich nicht vorstellen, wer da alles mitgemischt hat. Polizisten, Schuhverkäufer, Omas, Lehrer. Es war verrückt. Wie ein Geheimorden. Wie diese Milizgruppen in Idaho, die immer im Fernsehen gezeigt werden. Ich war ja selbst eine Zeitlang darin verwickelt. Hatte immer eine Waffe dabei. Und dann entdeckte der Polizeibeamte die Waffe, und ich geriet in Panik. Es war die Waffe, mit der Brousse getötet worden war. Was habe ich mir bloß dabei gedacht?«

»Warum haben Sie sich einen Anwalt genommen? Warum haben Sie sich nicht selbst der Polizei gestellt?«

»Ich bin ein alter Mann. Ich will nicht für den Rest meines Lebens hinter Gitter. Ich habe mir gedacht, wenn ich mich kooperativ verhalte und mir einen guten Anwalt nehme, käme ich vielleicht ungeschoren davon. Ich habe keinen von denen selbst getötet, ich habe Bill nur die Namen genannt, und ich habe die Treffen arrangiert.«

»Trotzdem haben Sie weitergemacht, auch nachdem Sie sich einen Anwalt genommen hatten. Sie haben Elliot Harp in die Falle gelockt.«

»Ich konnte nicht einfach aussteigen. Ich hatte Angst. Ich wollte nicht, daß sie spitz kriegen, daß ich Kontakt mit der Polizei hatte. Es ist so weit gekommen, daß ich jedesmal zusammenzucke, wenn draußen ein Auto vorbeifährt. Es könnte Bill sein, und er hat das Haus gefunden, und jetzt kommt er und holt mich. Wenn ich mich doch bloß gleich von Anfang an anders entschieden hätte. Ich hatte keine Wahl. Ich habe das Gefühl, ich bin in diese Sache hineingeschlittert, in diesen Alptraum.«

»Man hat immer die Wahl«, sagte Ranger und hielt den Lauf seiner 44er Magnum an Mos Schläfe.

Mo schielte seitwärts, um Ranger zu erkennen. »Wie sind Sie denn reingekommen? Ich habe Sie gar nicht gehört.«

»Ich kam wie der Nebel, auf kleinen Katzenpfoten.«

Ich sah Ranger an. »Schön gesagt.«

»Carl Sandburg«, erwiderte Ranger. »Oder so ähnlich.«

Von draußen drang ein Geräusch herein, knirschender Kies unter Autoreifen. Mo stellte sich neben mich. »Da ist er!«

Ich schob den Vorhang beiseite und sah nach draußen. »Das ist nicht Reverend Bill.«

Ranger und Mo runzelten neugierig die Stirn.

»Ihr werdet es kaum glauben«, sagte ich.

Ich öffnete die Tür auf das Klopfen hin, und vor uns auf der Veranda stand Lula, strahlend, hochzufrieden.

»Hallo, meine Freundin«, sagte sie. »Vinnie hat mir von diesem Versteckchen erzählt, und ich dachte mir, du könntest vielleicht Hilfe gebrauchen.«

»Die Verrückte mit dem roten Firebird!« sagte Mo mit gebrochener Stimme.

»Hnh«, entgegnete Lula.

Ich holte Mos Mantel aus der Garderobe, legte ihn ihm um, verknotete die Ärmel und suchte ihn nach Waffen ab. Ich schob ihn durch die Haustür und stand mit ihm auf der Veranda, als ich von ferne Autolärm vernahm. Wir hielten alle inne und rührten uns nicht. Der Lärm kam näher, wir sahen etwas Blaues zwischen den Bäumen aufblitzen, dann bog das Auto in die Einfahrt. Es war ein Kleinbus Marke Ford Econoline, an der Seite prangte die Aufschrift der Freedom Church. Der Wagen blieb auf halber Strecke stehen, Lulas Firebird hinderte ihn an der Weiterfahrt. Die Tür an der Seite wurde nach hinten geschoben, und ein Mann mit einer Maske und im Overall stieg aus. Wir sahen uns einen Moment lang in die Augen, dann hievte der Mann eine Panzerfaust auf die Schulter. Treibsatzfeuer leuchtete auf, dann ein Fffnufff!, und mein Truck explodierte, die Türen flogen durch die Luft wie Frisbeescheiben.

»Das war ein Warnschuß«, schrie der Mann. »Wir wollen Mo!«

Ich war sprachlos. Was fiel denen ein? Einfach meinen Truck in die Luft zu sprengen! Ihn in einen großen gelben Feuerball zu verwandeln!

»Immer nur das Positive sehen«, sagte Lula zu mir. »Jetzt brauchst du dir wenigstens keine Sorgen mehr zu machen, daß der Kleine absäuft.«

»Er kam gerade aus der Reparatur!«

Es stiegen noch zwei weitere Männer aus dem Wagen. Sie ließen uns ihre Sturmgewehre sehen, und wir stolperten rückwärts ins Haus und knallten die Tür zu.

»Wenn die ein Auto in die Luft jagen können, dann können die das auch mit einem Haus machen«, sagte Ranger, zog seine Autoschlüssel aus der Tasche und drückte sie mir in die Hand. »Verschwinde mit Mo durch den Hinterausgang. Ich halte die Kerle solange in Schach. Schlag dich irgendwie durch den Wald, bis zu meinem Bronco, aber mach bloß, daß du wegkommst.«

»Was ist mit dir? Ich lasse dich hier nicht allein!«

Die Hauswand wurde von Kugeln durchsiebt, und wir warfen uns auf den Boden.

Ranger schlug mit der Faust eine Fensterscheibe ein und erwiderte das Feuer. »Ich komme schon zurecht. Ich verschaffe euch einen guten Vorsprung, und dann verpisse ich mich selbst in den Wald.« Er warf mir einen Blick zu. »Ich kenne das, ich habe das schon mal erlebt.«

Ich packte Mo am Ärmel und schubste ihn zum Hinterausgang. Lula folgte uns. Wir huschten geduckt durch den kleinen Garten in den Wald hinein, während von der Einfahrt erneut Schüsse zu hören waren. Mo quälte sich ab beim Laufen, und Lula schimpfte: »Scheiße! Ach, Scheiße!«

Wir rutschten auf dem Hintern eine kleine Böschung hinunter, kamen unten wieder auf die Beine, liefen weiter, schlugen uns durch trockenes, rankenartiges Unterholz. Nicht gerade das, was man einen stillen Rückzug nennt, aber das war auch nicht nötig, weil hinter uns der Dritte Weltkrieg ausbrach.

Als ich meinte, wir hätten uns weit genug entfernt, wechselte ich die Richtung und lief in einem Bogen zurück zur Straße. Wieder war eine Explosion zu hören, und ich drehte mich um und sah einen Feuerball in den Himmel aufsteigen.

»Das muß der Bungalow sein«, sagte Lula.

Ihre Stimme klang düster. Unheilvoll. Wir mußten beide an Ranger denken.

Mo fiel auf die Knie, das Gesicht kreidebleich, er hielt sich die Stelle, wo ein dunkler Fleck sich langsam auf seinem grauen

Mantel ausbreitete. Ein Tropfen Blut fiel auf die trockenen Blätter.

»Er muß im Haus einen Schuß abbekommen haben«, sagte Lula.

Ich versuchte, Mo wieder auf die Beine zu stellen. »Sie schaffen es«, sagte ich. »Es ist nicht mehr weit.«

Von der Straße waren Sirenen zu hören, und zu meiner Linken sah ich das rote Warnlicht eines Polizeiwagens durch die Bäume schimmern.

Mo gab sich alle Mühe, wieder aufrecht zu stehen, aber brach dann vollends zusammen und lag mit dem Gesicht zur Erde.

»Lauf zur Straße und hol Hilfe«, sagte ich zu Lula. »Ich bleibe hier.«

»Hast du eine Pistole?«

»Ja.«

»Ist sie geladen?«

»Ja. Geh schon.«

Sie zögerte. »Ich kann dich doch hier nicht sitzenlassen.«

»Geh!«

Sie wischte sich die Augen. »Scheiße. Ich habe Angst.«

Sie wandte sich ab und rannte los. Sie sah sich noch einmal um und tauchte dann unter.

Ich zog Mo hinter einen Baum, der Stamm wie ein Schild zwischen uns und dem Haus. Ich zog die Pistole und kauerte mich auf den Boden.

Ich brauchte wirklich dringend einen neuen Job.

Es war dunkel, als Lula mich auf dem Parkplatz vor meinem Haus absetzte.

»Nur gut, daß Morelli und die Polizisten dem Kleinbus von der Freedom Church gefolgt sind«, sagte Lula. »Bill und seine

Kumpane hätten uns sonst noch bei lebendigem Leib geröstet.«

»Die Polizei ist dem Kleinbus hinterhergefahren. Morelli ist mir hinterhergefahren.«

»Glück gehabt«, sagte Lula.

Mickeys Hände auf meiner Armbanduhr zeigten sieben Uhr an, aber es kam mir viel später vor. Ich war hundemüde und hatte erste Anzeichen von Kopfschmerzen. Ich schlurfte zum Aufzug und lehnte mich gegen den Knopf. Gott sei Dank gibt es Aufzüge, dachte ich. Bevor ich die Energie aufgebracht hätte, die Treppe bis zu meinem Stock zu Fuß hochzugehen, wäre ich längst in der Eingangshalle eingeschlafen.

Lula, Ranger und ich hatten auf der Polizeihauptwache Frage und Antwort gestanden. Es war mir vorgekommen wie Stunden.

Ich war gerade im Gespräch mit irgendeinem Detective, als Dickie aufkreuzte und mir anbot, mich anwaltlich zu vertreten. Ich sagte, vielen Dank, aber es würde gar keine Anklage gegen mich erhoben. Er schien enttäuscht. Wahrscheinlich hatte er gehofft, er könnte mich zu einem freiwilligen Schuldbekenntnis überreden, das mir einen Job in der Fabrik für Autonummernschilder einbrachte, und mich so von Mallory fernhalten. Vielleicht hatte er auch gehofft, ich hätte etwas besonders Abscheuliches verbrochen. Ich sah schon die Schlagzeile vor mir: *Ex-Frau von Promi-Anwalt begeht abscheuliches Verbrechen. Anwalt zeigt sich nicht überrascht.*

Kurz bevor ich die Wache verließ, kam die Nachricht, daß Mo die Operation überstanden hätte und es ihm gut ginge. Er hätte viel Blut verloren, aber die Kugel sei glatt ein- und wieder ausgetreten und habe kein lebenswichtiges Organ getroffen. Die Nachricht brachte eine gewisse Erleichterung und setzte allem ein Ende. Bis dahin war ich wie aufgeputscht gewesen, voll auf Adrenalin. Als ich endlich meinen Namen unter das Protokoll über die Ereignisse des Tages setzen konnte und mir klar wurde, daß Mo durchgekommen war, verließen mich auch die letzten Kraftreserven.

Rex und ich begutachteten das Festmahl auf dem Sofatisch. Rex von seinem Käfig, ich vom Sofa aus. Ein Eimer extrascharf gebratenes Hähnchen, ein Teller Plätzchen, eine Schüssel Kohlsalat, Baked Beans und dazu ein halber Schokoladenkuchen, der vom elterlichen Samstagabendessen übrig war.

Die Rangers spielten im Garten gegen Boston, was bedeutete, daß ich das weiße Trikot meiner Heimmannschaft trug. Es war das Ende des ersten Spielabschnitts, und die Rangers waren mit einem Tor im Vorsprung.

»So ist das Leben«, sagte ich zu Rex. »Schöner kann es nicht mehr werden.«

Ich nahm mir ein Stück gebratenes Hähnchen und wurde von einem Klopfen an der Tür aufgeschreckt.

»Keine Angst«, sagte ich zu Rex. »Es ist wahrscheinlich nur Mrs. Bestler.«

Mrs. Bestler war es bestimmt nicht, das wußte ich. Mrs. Bestler klopfte nie so spät nachts an meine Tür. Keiner klopfte noch so spät an meine Tür. Keiner, der nicht Ärger machte. Es war schon ein paar Wochen her, daß die maskierten Männer meine Wohnung gestürmt hatten, aber der Überfall hatte mich vorsichtig werden lassen. Ich hatte an einem Selbstverteidigungskurs teilgenommen und achtete darauf, nie so müde zu werden, daß meine Wachsamkeit nachließ.

Die Männer mit den Masken trieben ihr Unwesen nicht mehr. Reverend Bill und die Todesschwadron saßen jetzt mietfrei und auf Kosten der Steuerzahler ein. Mickey Maglio hatte nicht zur Schwadron gehört. Es waren zwar Polizisten beteiligt gewesen, aber er war nicht dabei. Der Mann, der mir die Brandwunden zugefügt hatte, war Reverend Bills Schwager, angereist aus Jersey City. Wenigstens den Dialekt hatte ich richtig erraten.

Bestimmt liefen noch irgendwo versteckt Bürgerwehrleute auf freiem Fuß herum, aber die hielten sich bedeckt.

Als Mos verborgenes Leben in der Öffentlichkeit bekannt wurde, war der Bewegung der Wind aus den Segeln genommen. Und ohne Reverend Bill als Katalysator war auch der verbliebenen Triebkraft der Bürgerwehr ein natürlicher Tod beschert.

Ich ging auf Zehenspitzen zur Tür und schaute durch den Spion. Joe Morelli erwiderte meinen Blick. Ich hätte es mir denken können.

Ich machte ihm auf. »Du mußt den Hühnerbraten gerochen haben.«

Morelli grinste und schaukelte auf dem Absatz. »Ich will mich nicht aufdrängen.«

Ach nein? Ich holte ihm ein Bier aus dem Kühlschrank. »Lange nicht gesehen.«

»Seit wir den Fall Mo abgeschlossen haben. Du hast meine Anrufe nie erwidert.«

Ich ließ mich aufs Sofa fallen. »Es gab nichts zu sagen.«

Morelli trank einen Schluck Bier. »Bist du immer noch sauer, weil ich dir Informationen vorenthalten habe?«

»Ja. Ich habe dir bei Dickie geholfen, aber ich habe nichts dafür gekriegt von dir.«

»Das stimmt nicht. Ich habe dir den Namen von Reverend Bill genannt.«

»Nur weil du wußtest, daß ich den auch aus anderer Quelle erfahren würde. Ich bin froh, daß ich dich neulich abend bei dir in der Küche vollgekotzt habe.«

»Das war wohl auch meine Schuld.«

»Was dachtest du denn.« Eigentlich war ich voll und ganz

selbst dafür verantwortlich, aber ich hatte nicht die Absicht, das freiwillig zuzugeben.

Morelli nahm sich ein Stück Hähnchen. »Du hast ganz schön Eindruck gemacht auf die Kollegen von der Hauptwache. Du warst die einzige, die dem Hinweis ›Film‹ nachgegangen ist.«

»Sue Ann Grebek sei Dank, der alten Quasselstrippe. Als sie mir von Larry Skolnik erzählte, fiel mir Cameron Brown wieder ein. Bei dem Mordfall Cameron Brown hatte ich immer schon ein ungutes Gefühl. Er hatte mit Drogen gehandelt, aber er war keine große Nummer. Seine Haupteinnahmequelle war die Prostitution. Dann haben Larry und Gail meine Zweifel bestätigt. Eigentlich hatte Larry längst alles herausgefunden.«

Die Rangers erzielten einen zweiten Treffer, und wir rückten näher an den Fernsehapparat heran, um die Wiederholung zu sehen.

Ich hatte Zeitung gelesen und mit Eddie Gazarra gesprochen, ich wußte also Bescheid, was mit Mo und Reverend Bill weiter geschehen würde. Beiden sollte der Prozeß gemacht werden. Ich wußte nicht, welcher Straftat Mo angeklagt werden sollte, Bill stand jedenfalls wegen siebenfachen Mordes vor Gericht. Hinzu kam, daß die Beamten der Abteilung Alkohol, Tabak und Feuerwaffen bei einer Razzia am späten Nachmittag in den beiden Häusern der Freedom Church in der Montgomery Street genug Waffen gefunden hatten, um einen Fünftonner damit zu beladen. Das ging weit über den Tatbestand »Aufbau eines anarchistischen Waffenlagers« hinaus.

»Ich habe gehört, du arbeitest jetzt wieder bei der Sitte.«

Morelli nickte. »Ich hatte nicht die passende Garderobe für die Mordkommission. Außerdem erwarten sie von einem, daß man sich jeden Tag rasiert.«

»Wohnst du immer noch in dem Haus?«

»Ja. Es gefällt mir. Es hat mehr Platz. Einbauschränke, große Küche, Keller.« Er rückte näher. »Sogar einen Hintereingang.«

Ich sah ihn scheel von der Seite an.

Er ließ seine Fingerspitzen an meiner Schläfe kreisen, und seine Stimme senkte sich einen Ton tiefer. »Ich habe auch einen Garten nach hinten raus.«

»Ein Garten ist was Feines.«

Die Fingerspitzen bewegten sich in Richtung Schlüsselbein. »Ist im Sommer prima ... wenn man grillen will, zum Beispiel.«

Ich drehte ihm den Kopf zu und sah ihn an. Morelli und Grillen?

»Wenn du es richtig anstellst, lade ich dich auch auf einen Hamburger ein«, sagte Morelli.

»Nur auf einen Hamburger?«

»Du kannst auch mehr haben, wenn du willst.«

Es rief mir das bekannte Sprichwort ins Gedächtnis: Paß auf, was du dir wünschst, es könnte sich erfüllen.

Leise Ironie schlich sich in Morellis Stimme. »Nach dem Hamburger könnte ich dir meine Garage zeigen. Habe ich dir schon verraten, daß ich eine Garage habe?«

»Bis jetzt nicht.«

»Ja, also, ich habe eine Garage, und ich kenne da so ein Spiel ...«

Meine Güte. »Ich glaube, das Spiel kenne ich.«

Die Ironie war in seinen Augen angekommen. »Sag bloß?«

»Es hat was mit ... Verkehr zu tun.«

»Ich hab einige neue ... Verkehrswege erkundet, seitdem wir es das letzte Mal gespielt haben«, sagte er.

Seine Lippen streiften meinen Nacken, und es durchfuhr mich wie ein Blitz.